KB265258

현대문학의

흐름과 전망

현대문학의 흐름과 전망

2004년 10월 22일 초판 1쇄 인쇄
2004년 10월 29일 초판 1쇄 발행

지은이 | 이재복
펴낸이 | 孫貞順
펴낸곳 | 도서출판 작가
　　　　서울 서대문구 북아현3동 180-22 (우120-193)
　　　　전화 | 365-8111~2　팩스 | 365-8110
　　　　이메일 | morebook@korea.com
　　　　홈페이지 | www.morebook.co.kr
　　　　등록번호 | 제13-630호(2000. 2. 9.)

편집 | 김이하 김민정
디자인 | 오경은
영업 | 설동근 손순희
관리 | 남종역 이용승

ISBN 89-89251-28-1

*잘못된 책은 구입하신 서점에서 바꾸어 드립니다.
*지은이와의 협의 하에 인지를 붙이지 않습니다.

값 15,000원

현대문학의 흐름과 전망

이재복

작가

책머리에

　　90년대 이후 우리 근·현대문학에 대한 자의식이 일어나면서 그에 대한 여러 편의 글들을 발표했다. 나의 이 자의식은 우리 문학에 대한 위기설과 무관하지 않다. 90년대 이후 비트를 토대로 한 영상 시대가 도래하면서 문자를 토대로 한 문학이 그 영향력을 잃어가면서 문학의 위기설은 점점 확산되기에 이른 것이 사실이다. 우리 근·현대문학사에서 문학이 이렇게 절박한 실존의 위기에 처한 시기는 없었을 것이다. 이것은 90년대 이후 부상한 문학의 위기설이 단순한 문학적 인식의 문제가 아니라 존재의 문제와 맞물려 있다는 것을 말해준다.

　　문학의 위기설에 대한 입장은 사람에 따라 다를 수 있다. 문학이 정말로 위기냐 아니냐의 이 차이는 90년대 이후 부상한 문학의 위기설이 논란의 여지를 가지고 있다는 것을 의미한다. 문학의 위기라고 할 때 그 위기란 문학 일반에 대한 것이라기보다는 근대적인 제도에 의해 성립된 문학에 대한 것이라고 할 수 있다. 하나의 근대적인 제도로서의 문학은 분명 위기를 맞은 것이 사실이다. 하지만 이 위기를 문학 일반에 대한 위기로 몰아가는 것은 근대중심주의적인 사고의 일환으로 볼 수 있다. 근대적인 인식의 범주를 벗어나 문학을 바라보면 문학은 위기를 맞은 것도 또 죽음을 맞은 것도 아닌 단지 그 개념이 바뀌었을 뿐이다.

　　근대적인 제도에 의해 생성된 문학과는 다른 개념의 문학이 모습을 드러낼 것이다. 아직 징후만 있을 뿐 구체적인 모습으로 드러나지 않아 혼란스럽기는 하지만 분명한 것은 근대적인 제도로서의 문학과는 다른 양식이 출현할 것이라는 사실이다. 탈근대적인 문학은 순수를 넘어 잡종화되거나 다른 양식과의 'co - work'의 관계 속에서 활용이라는 차원에서 그 존재성을 드러내게 될 것이다. 이렇게 되면 문학성의 개념은 새롭게 규정될 수밖에 없을 것이다. 하지만 이 탈근대적인 문학은 아직 진행 과정 중에 있기 때문에 이에 대한 논의는 일정한 한계를 가질 수밖에 없다. 이런 점에서 '지금', '여기'에서의 문학에 대한 이해를 위해서는 미래에 대한 전망뿐만 아니라 과거에 대한 성찰이 필요하리라고 본다. 이 책은 이런 관점에서 쓰여졌다고 할 수 있다.

제1부 '신춘문예의 문학제도사적 의미'는 우리 근·현대문학의 제도적인 차원을 확대 재생산하는데 결정적인 토대를 제공해 온 신춘문예에 대해 살펴본 글이다. 신춘문예의 발생 과정부터 그 전개양상을 통시적으로 고찰하면서 근대적인 제도로서의 문학이 어떻게 변모해 왔는지를 알아보았다. 이 과정에서 제도화된 문학, 문학의 제도화의 문제가 자연스럽게 드러나 있다.

제2부 '문단의 권력지향성과 비평의 부재'는 90년대 이후 제기된 문학의 위기를 자기반성과 성찰의 눈을 가지지 못한 데서 그 원인을 찾고 있다. 문단의 권력지향성의 경우에도 자기 자신에 대한 반성과 성찰의 부재에서 그것이 비롯된 것으로 보고 있다. 이것은 비평이 자기반성과 성찰 없이 비평 대상의 욕구를 충족시켜주는 쪽으로 전락한 사실과 다르지 않다고 할 수 있다. 비평이 제 기능을 발휘하지 못하면 문학의 도태 및 역도태 현상은 계속될 것이고, 이것이 곧 문학을 위기로 내몰 수 있다.

제3부 '공적 혹은 사적 감성의 불균형과 문학의 위기'는 우리 문학의 이데올로기 혹은 탈이데올로기 편향성에 대해 고찰하고 있는 글이다. 식민지

시대와 분단을 거치면서 우리 문학은 이데올로기와 늘 긴장 관계를 유지해 왔다. 이데올로기에 의해 우리의 삶의 체험이 결정되었다고 해도 과언이 아닐 정도로 그것은 우리 문학의 상상력에 지배력을 행사해 왔다. 이로 인해 우리 문학은 사회·역사적인 상상력이 예각화되어 드러난 반면 미학적인 감각은 그만큼 둔화되어 나타나고 있는 것이 사실이다. 이러한 이데올로기 편향은 그러나 90년에 들어서면서 탈이데올로기 편향성으로 바뀐다. 공적 감성보다는 사적 감성이 강하게 발현되면서 급격하게 이데올로기는 우리 문학에서 소멸하고 만다. 그 자리에 탈이데올로기적인 일상이 들어선다. 사소하고 비루한 것들이 문학 속으로 수용되면서 문학이 개인의 욕구 차원의 문제로 전락한다. 이것은 이데올로기 편향성만큼 위험한 것이다. 이에 대한 고찰이 문학의 위기 담론으로 이어진다고 볼 수 있다.

제4부 '문학의 활용과 전망'은 문학의 위기설에 대한 하나의 대안으로 그것의 활용 가능성과 전망을 점검하고 있는 글이다. 문학의 활용은 문학의 순수함과 신성함을 넘어 서는 것으로 여기에는 문학 이외의 양식과의 상호 텍스트성과 복합성의 개념이 내재해 있다. 문학의 순수성은 문학의 엘리트주의와 통한다. 문학의 엘리트주의는 근대 이후 문학이 제도화되면서 더욱 공고해 진다. 근대 이후에 문학은 일상의 실천적인 장에서 벗어나 독특한 차원의 아우라를 획득하게 된다. 근대 이후 우리가 체험한 문학은 철저하게 엘리트주의적인 것이다. 엘리트주의적인 문학을 학교라는 또 다른 제도 속에서 체험하면서 그것이 주는 인생의 의미나 세계의 진리를 일방적으로 주입받게 된 것이다. 문학을 스스로의 참여에 의해 즐기는 것이 아니라 수동적인 즐거움만을 체험하게 된 것이라고 할 수 있다.

그러나 이러한 근대적인 의미의 문학의 개념은 해체되기에 이른다. 이것에 결정적인 계기를 제공한 것은 매스미디어의 발달이다. 매스미디어

가 급속도로 팽창하면서 문학은 이것이 만들어내는 새로운 형식에 영향
력을 잠식당하게 되고 더 이상 고유한 아우라를 유지할 수 없게 된 것이
다. 매스미디어의 발달, 특히 인터넷의 발달은 문학을 기존의 방식과는
다른 차원에서 활용하게 하는 계기를 제공한다. 기존의 문학 텍스트를 토
대로 그것을 매스미디어를 이용해 비주얼한 것으로 바꿔놓는다거나 아니
면 그것을 인터넷이라는 아주 새로운 공간 속에 위치시킴으로써 전혀 다
른 형식을 창출하게 하기도 하고, 근대 이후 금기시했던 문학의 산업화
혹은 문학의 상품화 전략의 차원에서 그것에 접근하도록 한 것이다. 문학
을 즐거움이 아니라 즐김의 차원(하이퍼텍스트)으로 바꿔 놓고 있을 뿐
만 아니라 그것을 영화, 애니메이션, 게임화하고 또 그것의 속성을 최대
한 이용해 다른 부가가치를 창출하기에 이른 것이다.

우리 문학에 대한 점검과 전망은 반성과 성찰의 차원에서 깊이 있게
논의되어야 한다. 이 과정이 제대로 이루어져야 문학의 위기나 죽음 담론
에 대한 허와 실이 보다 분명하게 드러날 것이다. 90년대 이후 문학의 개
념이 변화하면서 겪는 전환기로서의 혼란은 그 자체로 의미가 있다고 본
다. 나의 이 미욱한 글이 전환기로서의 우리 문학의 혼란스러움을 이해하
는 데에 작은 도움이 되었으면 한다. 이 책이 나오기까지 늘 애정 어린 격
려와 질책을 아끼지 않은 여러 동학들께 감사드린다. 그리고 어려운 상황
속에서도 이렇게 좋은 책으로 묶어 준 '작가'의 손정순 사장님과 편집부
가족들에게 감사드린다. 나의 공부 길에 큰 힘이 되어 주신 이 모든 분들
께 보답하는 길은 늘 나의 모자람을 잊지 않고 더 열심히 땀 흘리는 일밖
에는 없으리라고 본다.

2004년 10월

이 재 복

1부
신 춘 문 예 의
문학제도사적 의미

신춘문예의 문학제도사적 의미

1. 신춘문예의 제도사적인 맥락과 특성

1990년대 이후 '문학의 위기' 혹은 '문학의 죽음'에 대한 담론이 대두하면서 문학에 대한 자기 성찰적인 논의가 다양하게 전개되어 왔다. 근대 이후 우리 문학사에서 문학의 개념이 어떻게 형성되고 그것이 역사적으로 어떤 전개 양상을 거치면서 발전해 왔는지 하는 것이 바로 그것이다. 이 과정에서 드러난 논의의 방향은 크게 두 가지이다. 하나는 미학사적인 것이고, 또 다른 하나는 제도사적인 것이다. 미학사적인 경우는 주로 문학의 내적 논리에 따르는 텍스트의 구조에 초점을 두고 논의되며, 제도사적인 경우는 주로 문학의 외적 논리에 따르는 사회·역사 같은 컨텍스트의 구조에 초점을 두고 논의되는 것을 말한다. 미학사적인 것에 비해 제도사적인 차원의 논의는 대상 자체가 보다 분명하게 드러나 있기 때문에 그 현상에 대한 이해와 판단이 용이할 수 있다.

그러나 제도사적인 차원의 논의는 이러한 용이함에도 불구하고 체계적으로 행해지지 않았다. 특히 제도사적인 논의에서 간과할 수 없는 신춘문예에 대한 연구는 거의 이루어지지 않았다고 해도 과언이 아니다. 여기에는 신춘문예라는 제도 자체가 가지는 한계가 크게 작용했다고 볼 수 있다. 신춘문예는 하나의 제도로서 우리 문학사에 커다란 영향력을 행사해 왔음에도 불구하고 제도로서의 형식의 고정성과 저널리즘에 입각한 통과제의적인 단발성과 이벤트성으로 인해 문학사적인 논의에서 배제되어 온 것이 사실이다. 신춘문예에 대한 논의는 근대적인 문학 제도와 관련해서, 그것도 문학지의 등단제도 논의와 함께 단편적으로 이야기되어 온 것이 고작이다. 하지만 근대문학의 형성과 관련해서 신춘문예는 '첫째 근대적 직인(職人)으로서의 문인의 정체성 형성, 둘째 사회영역과는 분리된 문단이라는 자율적인 장(場) 성립, 셋째 한국적 문학 저널리즘의 활성화, 넷째 근대문학의 이념의 재생산, 다섯째 문학이 예술적 노동을 통해 이윤을 창출하는 수단이기도 하다는 인식의 확산'[1] 등 그 의의가 크다고 할 수 있다.

신춘문예가 가지는 이러한 의의는 근대적인 제도로서의 문학을 논의하는데 결코 간과할 수 없는 중요한 연구 대상이라는 것을 말해준다. 특히 우리의 신춘문예는 근대문학의 형성과 관련해서 다른 어떤 국가에서도 찾아 볼 수 없는 독특한 제도이다. 이와 같은 이유만으로도 신춘문예는 충분한 연구의 대상이 되지만 여기에 대한 기본적인 자료의 정리 및 체계조차 마련되지 않은 상태에서 이 모든 점들을 논의

---

1) 이명원, 「신춘문예 제도의 역기능과 순기능」, 『시인세계』, 2002. 겨울호, pp.86-87 참조.

한다는 것은 불가능할 뿐 아니라 자칫하면 인상비평적인 차원의 해석에 그칠 위험성이 있다. 따라서 지금 여기에서 무엇보다도 중요한 것은 실증적인 차원의 검증작업과 함께 논의의 단계적인 구분과 집중화라고 할 수 있다. 이것은 신춘문예가 사적인 통찰을 필요로 한다는 것을 의미한다. 1914년에 시작된 신춘문예의 역사가 90년이라는 시간의 흐름을 거치면서 발생·성장·소멸이라는 사적(史的)인 패러다임을 가지게 된 것이다. 이런 점에서 볼 때 신춘문예의 논의에서 우리가 먼저 고려해야 할 것은 신춘문예의 발생 과정에 대한 면밀한 검토와 그 전개 양상에 대한 통시적인 시각의 확보라고 할 수 있다. 1914년「매일신보」를 시작으로 지금까지 이어져 온 신춘문예를 신문의 역사적인 추이와 사회·문화적인 정황, 그리고 여기에 따른 제도의 변화라는 맥락에 입각해 시기적으로 구분하고 그 각각의 특성을 정리해 보면 다음과 같다.

A. 신춘문예의 발생기(1914년 – 1928년) :

a. 신춘문예의 사회·문화적인 발생 배경(「매일신보」,「동아일보」,「조선일보」)

b. 신춘문예 용어의 출현과 모집 장르

c. 심사 제도의 특이성(심사위원 구성, 상금내역, 선외가작)

d. 당선 작품의 세계와 그 문학사적인 의의

B. 신춘문예의 모색기(1929년 – 1940년) :

a. 신춘문예 모집 장르의 고정화와 근대문학제도의 정립과의 상호 비교

b. 신춘문예와 각종 잡지의 등단제도와의 비교

c. 신문에서의 문예란의 비중 및 영향력

d. 일제강점기 속에서의 신춘문예의 위상

C. 신춘문예의 암흑기(1941년 - 1954년) :

 a. 신춘문예의 저널성(신문사의 흥망과 신춘문예의 운명)

 b. 신춘문예의 공백기와 우리 문학사와의 관계(빈약한 작품 생산과
    작가 배출,「매일신보」에 대한 평가, 잡지의 역할)

 c. 문학보다 삶의 실존의 문제가 더 절박(문학적인 거리 유지 불가)

 d. 남북 분단으로 문학판 약화

D. 신춘문예의 발전기(1955년 - 1969년) :

 a. 전후복구와 신춘문예의 부활(「동아」「조선」의 1955년 기점)

 b. 전후의 체험과 문학적인 상상력의 태동

 c. 라디오나 텔레비전에 비해 신문 매체의 영향력 팽창

 d. 신춘문예에 대한 인식의 확산(청록파와 생명파 이후 우리 문단의
    새로운 세력들이 대거 신춘문예를 통해 등단, 이후 문단의 중추
    형성)

E. 신춘문예의 융성기(1970년 - 1989년) :

 a. 문학의 신성화, 작가의 지사적인 이미지(독재와 문학, 문학가의
    역할 중시)

 b. 문학의 진정성에 대한 신뢰

 c. 정치적인 억압으로부터의 도피(문학의 비정치성 순수성 추구 -

신춘문예가 일종의 탈출구)

　d. 문학 교육 제도의 확대와 글쓰기 인구의 증가

　e. 문학 출판의 활성화

F. 신춘문예의 쇠퇴기(1990년 – 2004년 현재) :

　a. 신문 매체를 대체할만한 다양한 매체(비주얼한 매체)의 등장

　b. 비주얼한 세대의 등장과 문학의 아마추어리즘의 확산

　c. 신춘문예 제도의 패턴화(문창과의 과도한 신설이 문학의 패턴화 초래 가속화, 문학의 현장적인 리얼리티 감소)

　d. 각종잡지의 범람과 등단의 다양화(신춘문예 등단제도 유명무실화)

　e. 문학 장르의 변화에 대한 인식의 부재(대중적이고 하위 문학 장르 모집 활성화 필요)

　어디까지나 이러한 시기 구분은 가설에 불과하다. 신춘문예의 시기를 이런 식으로 구분하는 분명한 준거가 있다고 생각하지 않는다. 신문의 역사적인 추이와 사회·문화적인 상황 변화를 고려해 시기를 구분한 것이다. 따라서 관점에 따라 이 구분은 얼마든지 달라질 수 있다. 특히 논란의 여지가 될 수 있는 것은 1991년부터 2004년 현재까지를 신춘문예의 쇠퇴기로 규정한 대목이다. 앞서 그 이유에 대해 이야기했지만 여기에는 문학의 개념을 어떻게 규정할 것인가 하는 문제와 대중 취향의 가변성과 그것의 정략적인 활용의 문제가 맞물려 있기 때문에 선불리 규정할 수 없는 그 무엇이 존재한다고 볼 수 있다. 2004년「경향신문」에서는 신춘문예 모집 장르에 '단편창작만화'를 새롭게 포함시켰

다.[2] 시대적인 흐름에 발 빠르게 대처한 신문사의 의도가 역력하지만 그것의 제도로서의 성공 여부는 아직 미지수라고 할 수 있다.

그러나 이런 식의 구분은 가설에 불과하지만 논의를 전개해 나가는 데는 효과적일 수 있다. 가설은 논의를 통해 보완할 수 있고, 그것이 가설의 존재 이유이다. 이 가설을 토대로 신춘문예에 대한 제도사적인 접근을 시도하면 대체적인 모습은 드러나게 될 것이다. 이 연구는 많은 시간을 필요로 하는 일이기 때문에 여기에서 모두 논의할 수 있는 문제는 아니다. 우선 본고에서는 발생기(1914년 – 1928년)에 초점을 맞춰 신춘문예의 발생 과정에서 드러나는 여러 가지 제도적인 특성을 살펴보고자 한다. 이 시기의 제도적인 특성들이 시대에 따라 다소 변화하긴 했지만 그 기본적인 틀은 그대로 유지되고 있다는 점에서 발생기에 대한 논의는 커다란 의미를 가진다고 할 수 있다.

2. 신춘문예의 발생과 근대적 등단제도로의 이행

1) 신춘문예의 내적 발생 과정

신춘문예가 하나의 제도로 우리 문학사에 드러난 것은 1914년 12월

---

2) 「경향신문」이 신춘문예에 단편창작만화 부문을 신설한 결과 40여 편의 응모가 있었다. 이 단편창작만화 부문에는 개인 뿐 아니라 만화 창작 집단도 응모할 수 있도록 하고 있다. 대부분의 일간지가 주최하는 신춘문예가 시, 소설, 수필, 평론 등 고전적 문예 영역만을 대상으로 하고 있는 데 반해 창작만화를 포함시키고 있는 것은 우리 사회에서 만화에 대한 부정적인 이미지가 많이 해소되었음을 반영하는 동시에 문학의 대중문화 수용 혹은 '문학을 넘어 문화로' 라는 시대적인 흐름을 반영하고 있는 것으로 볼 수 있다.

10일자 「매일신보」를 통해서이다. 「매일신보」 삼(三) 면 중앙에 '新年文藝募集' 이라는 공고가 바로 신춘문예라는 용어의 첫 출현이라고 할 수 있다.[3] 이 용어는 이후 '新年寄稿募集'(1915), '新年文藝募集'(1916), '新年號素材漢詩募集(1919)' 을 거쳐 1920년에 '新春文藝' 의 출현으로 이어진다.[4] 다른 어느 나라에서 볼 수 없는 한국적 문인등단

3) 신춘문예의 시작은 우리 신문의 창간과 맥을 같이 한다. 「매일신보」가 창간된 것은 1910년이고, 신춘문예가 시행된 것은 1915년이다. 「동아일보」와 「조선일보」가 창간된 것은 1920년이며, 신춘문예가 시행된 것은 1925년과 1928년이다. 「경향신문」의 경우에는 1906년에 창간된 것으로 되어 있지만 그것은 어디까지나 종교지로서의 위상을 벗어나지 못한 상태였기 때문에 종합일간지라고 하기에는 문제가 있다. 「경향신문」이 이것으로부터 벗어나 본격적인 종합일간지로 거듭 창간된 해는 1946년이며, 신춘문예의 시행은 그 이듬해인 1947년이다. 「한국일보」와 「중앙일보」는 그 창간 연도가 각각 1954년과 1965년이고, 신춘문예의 시행 연도는 1955년과 1966년이다. 「대한매일신보」 및 「매일신보」를 개명한 「서울신문」을 제외하고는 대부분의 신문이 창간되고 얼마 지나지 않아 신춘문예를 시행하고 있음을 알 수 있다.

이렇게 신문의 창간과 함께 시작된 신춘문예는 순탄한 과정을 걸어온 것은 아니다. 신문이라는 매체에 의해 제도화된 이상 그것은 또한 신문의 운명과 궤를 같이 할 수밖에 없었던 것이다. 식민지 시대와 해방, 6 · 25, 군부독재 시대를 거치면서 각 신문이 휴간과 폐간 그리고 복간을 거듭하면서 여러 해에 걸쳐 신춘문예가 시행되지 못했던 것이 사실이다. 「매일신보」의 경우에는 1916년-1919년, 1926년-1929년, 1944년, 1945년, 「동아일보」의 경우에는 1926년, 1928년-1931년, 1937년, 1941년-1954년, 「조선일보」의 경우에는 1933년, 1936년, 1937년, 1941년-1954년, 「경향신문」의 경우에는 1948년-1958년, 1960년, 1963년, 1969년, 「서울신문」은 1957년, 1958년, 1962년에 각각 신춘문예가 시행되지 않았다. 대체로 신춘문예가 새롭게 시작된 해는 전쟁으로 인해 파괴된 사회 체제 및 제도가 정비된 1955년으로 볼 수 있다. 그러나 신춘문예의 대체적인 틀은 크게 변하지 않았다고 할 수 있다. 이 사실은 1955년 이전, 다시 말하면 1915년부터 신춘문예를 실시해온 「매일신보」와 1920년대부터 신춘문예를 실시해온 「동아일보」와 「조선일보」의 제도화된 형식이 크게 변하지 않았다는 것을 의미한다. 따라서 신춘문예 제도의 발생단계와 대체적인 모습에 대한 이해는 이 세 신문을 중심으로 이야기 할 수밖에 없다.

4) 1920년 「매일신보」의 '新春文藝' 라는 용어가 완전히 여기에서 고정된 것은 아니다. 「매일신보」의 경우 이후에도 '新年文藝(1921),' '新年懸賞文藝 '(1922, 1923, 1924, 1925, 1927)' 新年號原稿懸賞募集 '(1926) 등의 용어가 사용되기에 이른다. 이 용어가 어느 정도 고정된 형태를 갖춘 것은 「동아일보」와 「조선일보」가 신춘문예를 시행하고 어느 정도 시기가 지난 1930년 이후라고 할 수 있다. 1930년 이후 세 신문사가 공히 ' 신춘 '이라는 용어를 사용하고 있다.

제도로 오늘날까지 계속되고 있는 '新春文藝'라는 용어가 여기에서 비롯된 것이다. 이 용어가 '新春文藝'로 굳어진 것은 「동아일보」와 「조선일보」가 이 제도를 시행하고 어느 정도 시기가 지난 1930년 이후이다. 1930년 이후부터는 이 세 신문사 모두 공히 '新春'이라는 용어를 사용하고 있다. 이것은 '新春文藝'가 역사적인 용어로 굳어지게 되었다는 것을 의미한다. 아울러 이것은 한국 근·현대문학이 견고한 제도성을 갖추게 되었다는 것을 의미한다.

신춘문예의 효시가 된 1914년 매일신보의 '新年文藝募集'에는 種目及課題로 '詩, 文, 時調, 언문줄글, 언문풍월, 우슘거리, 歌(唱歌), 언문편지, 단편쇼셜, 畵' 등을 내걸고 있다. 種目及課題란 신춘문예의 모집 장르를 말하는 것으로 여기에 포함된 10개의 種目은 지금의 시, 소설, 평론, 희곡 등과 비교해서 차이가 있을 뿐만 아니라 그 실행 방식에 있어서도 일정한 차이를 드러낸다. 먼저 장르상의 차이를 살펴보자. '時調', '歌(唱歌)', '단편쇼셜'은 그 의미가 오늘날의 인식으로 보아도 그다지 큰 차이는 없다. 이것을 제외한 나머지 장르들은 오늘날과 비교해서 낯선 형식의 것이라고 할 수 있다. 種目及課題로 내건 장르 중 '詩'는 지금의 자유시를 의미하는 것이 아니다. 이때의 '詩'는 漢詩를 말한다. 오늘날과 같은 자유시를 모집한 것은 1920년이다. 따라서 시의 경우 오늘날과 같은 자유시를 모집한 진정한 신춘문예의 효시는 1920년이라고 할 수 있다. '文'은 어린이를 겨냥한 동화적인 이야기를 말하며, '언문줄글'은 부녀자를 대상으로 한 산문 형태의 글이고, '언문풍월'은 운문 형식의 리듬이 있는 짧은 글을 말한다. '우슘거리'는 신변잡기적인 재미있는 이야기를, '언문편지'는 서간형식의 글을 그리고 '畵'는 전문적인 형식의 그림이 아니라 가벼운 데생 정도의 그림을 의미한다.

「매일신보」 '新年文藝募集'의 種目及課題를 통해 알 수 있듯이 여기에 제시된 장르들은 오늘날과 비교해서 상당한 차이가 있다. 그런데 이 차이는 비단 '種目'에서만 드러나는 것이 아니라 '課題'에서도 드러난다. 오늘날과 다르게 여기에서는 각 '種目', 다시 말하면 장르에 대한 '課題'가 주어졌다. 이를 정리해 보면 다음과 같다.

種目	課題
詩	屠蘇 ○ 押蘇
文	兎에 關한 滑稽文及傳說
時調	덧없는 세월(平調)
언문줄글	過去一年間의 갑갑했던 일 슬펐던 일(女子에 限함)
언문풍월	달속에 옥토끼 운자 아, 다, 가
우슴거리	신년에 관계 있는 것
歌(唱歌)	우리 靑春(七五調)
언문편지	신년의 경성에서 고향의 모친에게(女子에 限함)
단편쇼설	新年의 家庭小說
畵	兎(擔任敎師의 證明 ○○ 있는 ○○○度學○男女生徒에 限함)[5]

각각의 種目에 課題가 주어진다는 것은 오늘날의 신춘문예 제도에서도 찾아 볼 수 없는 것으로 그것은 단순하게 보아 넘길 성질의 것은 아

---

5) 「매일신보」, 1914. 12. 10.

니다. 이것은 文士형 지식인을 뽑던 중세적인 과거제도의 무의식적인 잔재인 동시에 근대적인 문학 장르에 대한 인식이 아직 정립되지 않았다는 사실을 의미한다고 볼 수 있다. 이렇게 「매일신보」의 '新年文藝募集' 제도가 문학과 정치가 미분화된 중세적인 과거제도에서나 볼 수 있는 課題의 형식을 답습하고 장르에 대한 인식이 부재한 것은 제도 운영 주체의 의식의 문제라기보다는 문학에 대한 당대의 보편적인 상황을 반영한다고 할 수 있다.

신춘문예가 처음 시행된 1914년만 하더라도 근대적인 문학에 대한 인식이 널리 보편화되었던 것은 아니다. 근대적인 문학에 대한 인식의 단초를 '19세기 후반에서 1900년대의 계몽의 기획·의사소통 양식의 변화·새로운 미디어 환경 등과 관련을 맺으며, 의사소통 양식으로서의 문학 또는 미디어로서의 문학 개념'[6]에서 찾고 있는 경우가 있긴 하지만 분명한 것은 이 당시의 문학의 개념은 지금의 그것과는 비교할 수 없을 정도로 포괄적으로 사용되었다는 점이다. 시, 소설, 희곡, 평론 같은 지금의 문학 개념이 그 안에 포함되어 있지 않다고 말할 수 없지만 그것이 근대적인 차원의 분화된 문학 개념을 가지고 있다고는 볼 수 없다. 이러한 근대적인 차원의 문학 개념이 드러난 것은 20세기 초에 이르러 이광수에 의해서이다. 「文學이란 何오」(1916)[7]에서 이광수는 기존의 중세적인 문학관을 버리고 서구의 문학 개념을 수용하여 새로운 문학관을 정립하기에 이른다. 문학의 목적을 '情의 만족'에 두면서 예술과 사상이 知·情·義로 분화되는 근대적인 차원의 문학 개념이 탄

---

6) 김동식, 「개화기의 문학 개념에 관하여」, 『국제어문』 29집, 국제어문학회, p.95.

7) 이광수, 「文學이란 何오」, 『이광수 전집』 1권, 삼중당, 1962, p.508.

생한다. 하지만 그의 근대적인 문학관이 당시에 어떤 보편적인 인식 틀로 받아들여진 것은 아니다. 따라서 「매일신보」의 '新年文藝募集' 제도가 문학과 정치가 미분화된 중세적인 과거제도에서나 볼 수 있는 課題의 형식을 답습하고 근대적인 문학 장르에 대한 인식이 부재하다고 비판하는 것은 당대의 상황을 고려하지 않고 있다는 점에서 당위론적인 비판에 빠질 위험성이 있다.

1914년에 실시된 「매일신보」의 신춘문예는 차츰 근대적인 문학 장르에 대한 인식을 드러내면서 新詩(자유시)(1921)와 童話(1922)와 童謠(1924) 등 근대적인 새로운 장르와 용어를 사용하기에 이른다. 「매일신보」 신춘문예의 제도적인 틀은 「동아일보」와 「조선일보」로 이어진다. 1925년과 1928년에 각각 신춘문예를 처음 시행한 두 신문의 모집 공고를 보면 이 사실을 알 수 있다. 1924년에 이미 '懸賞文藝大募集'을 통해 문인선발을 시작했던 「동아일보」의 경우에는 1925년에 '新春文藝募集'이라는 이름을 걸고 '短篇小說, 新詩, 家庭小說, 童話, 童謠'[8]를 모집했으며, 「조선일보」의 경우에는 '詩歌, 隨筆, 콘트(꽁트), 繪畵, 童話, 童謠, 日記, 自由畵 , 短篇小說, 傳說'[9]를 모집했다. 1914년 「매일신보」의 경우와 비교해 보면 이 두 신문의 모집 장르가 비교적 근대적인 문학 개념에 근접해 있음을 알 수 있다. 오늘날과 같은 신춘문예의 토대를 마련한, 근대적인 분화된 문학의 틀을 갖추게 된 것은 1930년대에 들어서면서부터다. 1933년 「동아일보」[10] '新春文藝懸賞募集' 공고를 보면 이 사실을 확인할 수 있다. 이 해에 「동아일보」에서 공고한 모집

---

8) 「동아일보」, 1925. 11. 15.

9) 「조선일보」, 1928. 11. 18.

10) 「동아일보」, 1933. 11. 2.

장르는 '文藝評論, 短篇小說, 戱曲, 新詩, 時調, 歌謠, 童話, 童謠, 自由
畵, 習字, 作文, 개의 傳說' 등이다. '歌謠, 自由畵, 習字, 作文, 개의 傳
說' 등이 오늘날의 신춘문예 모집 장르와 비교해서 낯설기는 하지만 나
머지 장르는 근대적인 분화된 문학 형식을 갖추고 있다고 할 수 있다.
특히 신춘문예에 文藝評論(문학평론)이 포함되어 있다는 점은 주목에
값한다.

　文藝評論이 여타의 다른 장르와 다른 점은 그것이 근대적인 문학 개
념 내지 이데올로기를 한층 공고히 수렴하고 논쟁할 수 있는 그런 내적
형식을 가지고 있다는 사실이다. 근대적인 문학 개념이 이광수의 「文學
이란 何오」(1916), 「朝鮮 文士와 修養」(1921), 염상섭의 「個性과 藝術」
(1922), 「文藝批評家의 態度·其他」(1927), 김기진의 「新興文藝의 構
圖에 對하여」(1927), 박영희의 「文藝批評의 形式派와 마르크스主義」
(1927), 김환태의 「藝術의 純粹性」(1934), 김문집의 「言語와 文學 個
性」(1936), 김기림의 「詩의 方法」(1932)과 「藝術에 있어서의 리얼리티
·모럴 問題」(1933), 「午前의 詩論 Ⅰ·Ⅱ」(1935), 「科學으로서의 詩
學」(1940), 최재서의 「現代 主知主義 文學理論의 建設」, 「批評과 科學」
(1934) 등의 비평적인 통찰과 논쟁적인 형식을 통해 발전해 왔다는 점
을 상기해 보면 근대적인 문학 개념 및 제도의 정립에 비평이 얼마나
중요한 역할을 수행해 왔는지 알 수 있을 것이다. 비평이 신춘문예의
제도적인 장으로 수용되면서 문학이 단순한 이벤트성의 흥미거리나 양
식 미달의 저급한 차원으로 떨어지는 것을 적절하게 견제하는 하나의
전문화된 제도적 기능을 담당하게 된 것이다.

　신춘문예의 근대적 문학 제도로서의 특성을 가장 잘 드러내는 것이
모집장르라는 점을 고려한다면 「매일신보」로부터 「동아일보」와 「조선

일보」로 이어지면서 체계화된 이러한 일련의 과정은 근대적인 문학관에 대한 인식이 비교적 빠른 시간 안에 하나의 틀로 정착되었음을 말해 준다. 이것이 가능했던 것은 먼저 신문사 자체의 이데올로기를 널리 보급하려는 저널리즘의 대중화 전략을 들 수 있다. 「매일신보」의 경우는 일본의 제국주의적인 이데올로기를, 「동아일보」와 「조선일보」는 민족주의적인 이데올로기를 널리 확산시키려는 목적으로 신춘문예를 적극 활용했다고 볼 수 있다. 신춘문예에 대한 지대한 관심은 문자 및 인쇄 매체에 의존할 수밖에 없었던 당대의 매체 환경과 향유 조건에서 비롯된다. 이런 점에서 신문사의 '學藝面'은 저널리즘의 대중화 전략에 더 없이 좋은 활용의 장이었던 것이다. 따라서 각 신문사들은 앞다투어 문예작품을 모집하고 소개하는 란 - 「매일신보」의 '부인의 친구', '아혜차지', '일요부록', '매신문단', 「동아일보」의 '부인란', '아동란', '소년란', 「조선일보」의 '학생문예' 등 -을 만들어 그 효과를 극대화하려고 했고, 신춘문예의 발생 역시 이와 같은 맥락에서 이해할 수 있을 것이다.

이처럼 1914년에서 1928년에 이르는 신춘문예의 발생기를 전후로 저널리즘의 대중화 전략을 위해 문예와 관련된 각종 제도적인 장치를 마련한 결과 신춘문예라는 아주 독특한 근대적인 등단제도가 탄생하게 된 것이다.

2) 신춘문예의 외적 발생 과정

신춘문예의 발생에 신문사의 대중화 전략이 크게 영향을 미친 것은 사실이지만 그것 못지않게 중요하게 고려해야 할 것은 근대적인 문단

형성과 등단제도와 관련된 '당대의 사회·문화적인 경향'이다. 「매일신보」의 '每申 文壇'에 앞서 『少年』은 이미 1908년에 '少年 文壇'이라는 란을 만들어 '文壇'이라는 용어를 선보이고 있다. 비록 독자 투고란 정도의 의미로 쓰였지만 문학을 공론의 장으로 인식하고 있다는 점에서는 주목에 값한다고 할 수 있다. 또한 1914년 「매일신보」의 '新年文藝募集'에 앞서 이미 『時事總報』(1899)와 『少年』(1908)은 다양한 종류의 글을 모집하고 있다. '少年 文壇'을 보면 '感懷를 書함도 可하고 見聞을 記함도 可하고 日記를 寄함도 可하고 課文을 投함도 可하고 吾鄕의 風土를 誌함도 可朝하고 先輩의 經歷을 錄함도 可하고 詩詞도 可하고 書翰도 可하나 行文結辭하난사이에 힘써 眞境을 그리고 實地를 일티말디니 執筆人은 詞藻에 富한 것도 取티아니랄것이오 結構에 妙한것도 擇티아니하며 다만 거딧말아닌듯한것과 首尾가 相接하야 이르라 한 뜻이 낫타난것이면 뽑을터이니"[11]라는 대목이 나온다. 이것은 執筆者가 뽑으려는 글이 새로운 형식의 글, 다시 말하면 '新體詩'임을 의미한다. 『少年』이외에도 『奬學月報』(1908), 『朝鮮文藝』(1917), 『諺文風月』(1917), 『泰西文藝新報』(1918), 『開闢』(1920), 『朝鮮文壇』(1924) 등의 잡지가 현상문예를 실시하였다. 특히 『開闢』과 『朝鮮文壇』은 현상문예제를 본격적으로 시행하여 등단제도를 확립하기에 이른다. 『開闢』은 '원고량을 확대하고 시와 소설, 소품 분야로 장르를 구분하여 전문화했으며, 희곡 분야도 모집했다. 『朝鮮文壇』은 신진 작가들의 등단 이후에도 이광수, 주요한 등 저명한 심사위원들을 통해 신인의 작품 활동을

___

11) 『少年』, 1918. 창간호, p.74.

12) 김종회, 「한국문학의 근대성과 근대적 문학제도의 형성」, 『한국문학평론』, 2002. 봄호, p.50.

지속적으로 후원하는 노력을 보였다.'[12]

　　잡지의 신춘문예에 끼친 영향 중 또 하나 간과할 수 없는 것은 상금제도이다. 우리 근대문학에 있어서 최초로 상금제도를 내건 잡지는 『獎學月報』(1908)이다. 이것이 가지는 의의에 대해 김종회는 다음과 같이 말하고 있다.

　　근대문학에 있어 최초로 포상제도의 명목을 공시한 것은 1908년 1월의 『獎學月報』이다. 이 포상의 항목을 보면 현상문예가 논설과 소설 뿐 아니라 사조(詞藻)와 작문·역사·지리·산술까지 포함된 현상학술집의 형태를 띠고 있다. 그러나 포상금의 금액에 있어서는 논설과 소설의 1등이 각 10환, 2등이 각 5환, 3등이 각 3환이며 사조는 등위대로 5환, 2환, 1환이며 작문·역사·지리·산술은 등위대로 3환, 2환, 1환의 계량을 보여 논설과 소설이 당대의 중요한 장르로 인식되고 그만큼 금액도 높았다는 사실을 알 수 있다. 이 두 장르가 개화세대를 향한 교훈으로서의 사회적 역할에 있어서는 물론 당시 본격적인 형성을 보이기 시작한 자본주의적 시각과 그 상업적 판단에 있어서도 중요한 위치를 차지했던 것이다.[13]

　　1914년 「매일신보」 신춘문예보다 앞서 1908년에 『獎學月報』에서 포상제도를 두고 있다는 것을 이야기하고 있다. 이후 잡지의 포상제도는 『開闢』(1920)으로 이어진다. 이 사실은 중요한 의미를 포함한다. 그것은 문예 자체가 상업적인 논리, 다시 말하면 근대 자본주의의 논리 속으로 들어왔다는 것을 반영한다. 근대문학이 사용가치가 아닌 교환가

---

13) 김종회, 위의 글, p.52.

치화되면서 이후에 신문사나 잡지사의 상업성에 문학이 종속화되고 도구화되는 단초를 여기에서 발견할 수 있다. 이러한 우려는 1938년「매일신보」현상소설 공모를 통해 현실화된다. 신문사에서는 현상문예의 상금으로 천환을 내걸었던 것이다. 여기에 당선된 소설이 박계주의 『순애보』이며 이것은 이후 문학제도로서의 신문 매체가 가지는 대중성과 상업성의 문제를 배태시키는 계기를 제공한다. 신문사의 신춘문예의 포상제도 역시 이 맥락 속에 있다고 할 수 있다.

이처럼 1910년-1920년 전후로 창간된 이 잡지들의 일련의 문단형성 과정과 등단제도는「매일신보」,「동아일보」,「조선일보」신춘문예의 제도적인 확립에 커다란 영향을 주었다고 할 수 있다. 그러나 이들 잡지와 신문의 등단제도가 긴밀한 영향 관계를 보여주는 것은 사실이지만 발생기의 신춘문예는 이들과는 다른 특징을 보여주기도 한다. 이 다른 특징 중의 하나가 바로 ‘選外佳作’과 ‘심사위원의 이름을 밝히지 않고 있다는 점’이다. ‘選外佳作’이란 當選이나 入選에 들지 못한 작품을 말하며, 당선자나 입선자와 함께 발표되는 경우도 있었으며 운이 좋으면 지면에 작품이 실리기까지 했다. 뿐만 아니라 상금까지 주어지는 경우도 있었다. 選外佳作의 경우 많게는 15명에서 20명까지 작품과 이름을 게재하기고 했다. 이것은 신문사의 대중화 전략의 일환으로 볼 수 있는 대목이다. 발생기 신춘문예의 또 다른 특징 중의 하나는 세 신문사가 모두 심사위원의 이름을 직접적으로 밝히지 않고 있다는 점이다. 단순히 ‘選者’로만 표시하고 있다. 1920년 1월 3일자「매일신보」를 보면 ‘考選을맛치고’라는 제목으로 신춘문예에 대한 심사평이 실려 있지만 심사위원의 이름을 ‘選者’라고만 표기하고 있다.「매일신보」의 경우 심사위원의 이름이 직접 드러난 것은 1943년이다. 1943년 1월 9일자에

'詩의 摸索時代'라는 제목으로 주요한의 평이 실려 있다. 「동아일보」의 경우 또한 심사위원을 '一選者'로만 표기했을 뿐 직접적으로 이름을 밝히지 않고 있다. 심사위원의 이름이 직접 거론이 되는 것은 1955년 이후부터이다. 「조선일보」의 경우 역시 '一選者'로만 표기했다. 그러다가 '1928년의 朝鮮 詩壇에 첫소리 - 本考 新春 當選 詩 읽고'라는 제목으로 이허천이 이틀에 걸쳐 신춘문예 당선시에 대한 소감문을 썼고, 1931년 1월 2일자에 '懸賞作品選後感'이라는 제목으로 '麗水'의 심사평이 실려 있다. '麗水'는 심사위원의 필명이다. 물론 이것이 심사위원의 실명은 아니지만 '麗水'라는 필명이 박팔양이라는 사실은 그 당시 알만한 사람들은 모두 알고 있었다는 점에서 이러한 식의 드러냄은 특기할 만한 사항이라고 할 수 있다.

이처럼 「매일신보」, 「동아일보」, 「조선일보」 등 신춘문예 발생기의 모습은 오늘날과 비교해서 차이가 있다. 하지만 매년 말에 신춘문예를 공고해서 신년 초에 당선자를 뽑는다는 점, 운문과 산문 등 장르적인 인식을 바탕으로 모집을 하고 있다는 점, 심사위원제를 두고 있다는 점, 그리고 상금이 주어지고 있다는 점 등은 오늘날과 비교해서 큰 차이가 없다고 할 수 있다. 이것은 발생기의 신춘문예의 기본 틀이 지금까지 계속되고 있다는 것을 의미한다. 이 대목에서 우리가 간과해서는 안 되는 것이 바로 「매일신보」의 존재이다. 「매일신보」를 주목해야 하는 것은 근대적인 등단제도인 신춘문예를 최초로 시행했다는 점 이외에도 1930년대와 1940년대 초까지 이 제도를 시행해 왔다는 사실이다. 「동아일보」와 「조선일보」가 폐간 및 정간, 휴간을 거듭하면서 이 시기에 제대로 신춘문예를 시행하지 못하고 있는 것과는 달리 「매일신보」는 계속해서 그것을 시행하고 있다는 점이다. 이것은 「매일신보」가 총독부

기관지라는 이유에서 그 원인을 찾을 수 있을 것이다. 총독부의 비호 아래 신문을 발행하면서 일제의 '內鮮一體'의 선전장이 되었던 신문이 바로 「매일신보」다. 그래서 많은 당대의 문인들이 여기에 친일적인 작품을 게재했던 것이다. 이것은 분명 우리가 짚고 넘어 가야 할 사항이다.

그러나 그럼에도 불구하고 신춘문예의 공백기에 문인을 배출하는 장으로 기능해 왔다는 것은 또 달리 보아야 할 사항이라고 할 수 있다. 이렇게 신춘문예의 시초가 「매일신보」였으며, 그 장르상의 큰 틀이 여기에서 비롯되었음에도 불구하고 많은 사람들이 신춘문예의 효시를 1925년 「동아일보」로 보는 경향이 있다. 여기에는 그 나름의 이유가 있다. 「매일신보」가 일본 총독부의 기관지였다는 사실이 그 하나이고, 또 다른 하나는 「매일신보」가 1945년에 폐간되었다는 사실이다. 「매일신보」가 폐간되기 전인 1943년까지 신춘문예가 시행되면서 그다지 이름 있는 문인을 배출하지는 못했지만 1925년 이효석(「春」, 선외가작), 1938년 김동명(「芭蕉」, 김혜숙으로 투고, 입선), 1940년 조향(「첫날밤」, 조섭제로 투고, 삼석) 등이 대표적인 사람들이라고 할 수 있다. 일본 총독부의 기관지인 「매일신보」에는 이인직, 조중환, 이해조, 이상협 등의 신소설과 번안소설이 실렸고, 이광수의 처녀작인 「무정」과 「개척자」 등이 또한 여기에 실리기도 했다. 하지만 일제의 침략이 점점 노골화되면서 친일 작품들의 발표장이 되었다. 노천명, 서정주 등이 친일 시를 발표한 지면이 바로 「매일신보」다.

「매일신보」가 총독부 기관지로서의 성격을 노골적으로 드러냄에 따라 대부분의 의식 있는 사람들은 여기에 자신의 글을 싣는 것에 대해 심한 자의식을 가지지 않을 수 없게 된 것이다. 「매일신보」는 1914년에 우리나라 최초로 신춘문예를 시행하였을 뿐만 아니라 「동아일보」와 「조선일보」가 강제 정간, 휴간, 폐간을 거듭하면서 신춘문예를 시행하지 않을 때도 일제의 비호 아래 꾸준히 그것을 시행했음에도 불구하고 이렇다할 만한 문인 하나 배출하지 못한 데에는 이러한 이유가 크게 작용했다고 볼 수 있다. 그 당시 시나 소설 등 문학에 대한 관심과 실질적인 창작을 할 정도라면 상당한 지식인 계층으로 볼 수 있을 것이다. 특히 문학이 역사나 철학과 불가분의 관계를 유지하면서 시대정신의 총아로 널리 인식되는 상황에서 「매일신보」에 글을 쓴다는 것은 자기 치욕을 감수해야 하는 고통스러운 행위에 다름 아닌 것이다.

「매일신보」에 대한 인식이 그 안에 상당한 부정성을 함축하고 있었음에도 불구하고 신춘문예를 시행한 데에는 그 나름의 정치적인 계산 때문이라고 할 수 있다. 그 당시 일제의 식민통치 이념을 널리 알리는 수단으로 신문보다 효율성이 뛰어난 매체는 없었던 것이다. 그리고 일반 대중 속으로 이념을 좀더 부드럽고 자연스럽게 전파하는 데에는 정치나 경제 그리고 사회보다 문학이 더 효과적이었던 것이다. 「매일신보」의 문예란은 이런 점에서 일제의 정치적인 음모가 저변에 깔린, 불온한 여론의 장이라고 해도 과언이 아니다. '부인의 친구', '학생 페이지', '아혜 차지' 같은 문예 공모란 뿐만 아니라 '일요부록', '매신문단'과 같은 주간 문예란이 그 불온성을 전파하는데 동원되었던 것이다. 이 문예란에 실리는 글들은 대개 정치적인 색채가 제거된 단순한 오락거리 아니면 가벼운 여담 같은 것이었다. 이것은 억압적인 현실 상황을 무마하기 위해 일제가 행사한 교묘한 '이벤트성 전략'이라고 할 수 있다. 이런 점에서 보면 「매일신보」의 신춘문예는 문예가 가지는 정치적인 전략을 더 강화하기 위해 신설한 것이라고 할 수 있다. 이것은 신춘문예의 제도적인 기반이 신문 매체의 목적이나 환경 변화에 의해 얼마든지 변할 수 있다는 것을 의미한다.

이런 맥락에서 볼 때 1914년「매일신보」'新年文藝募集'을 시작으로 1925년「동아일보」, 1928년「조선일보」에 이르는 발생기의 신춘문예를 통해 우리가 좀더 깊이 있게 고찰해 보아야 할 과제로는 다음과 같은 것을 들 수 있을 것이다. 첫째 신문의 신춘문예와 잡지의 현상문예와의 관계성이다. 신춘문예는 앞서 살펴본 것처럼 많은 부분 잡지의 영향 관계 하에서 근대적인 등단제도를 확립해 왔다고 할 수 있다. 이 연관 관계가 밝혀지면 신춘문예는 물론 근대적인 등단제도 전반에 대한 이해가 이루어질 수 있을 것이다. 둘째 신춘문예를 시행하지 않은 연도에 대한 당시 사회 현상에 대한 보다 정확한 이해가 있어야 한다. 사회 전반을 아우르는 문제이기 때문에 그것에 대한 보다 정확한 조사가 이루어지지 않았다. 제도사적인 차원에서 신춘문예를 해명할 때 필요하리라고 본다. 셋째 당선된 작품에 대한 전체적인 이해가 있어야 한다. 작품의 소재, 주제, 인물, 서사, 이미지, 상징, 리듬, 세계관 등 형식과 내용에 대한 보다 섬세한 분석을 통해 당선 작품에 대한 전체적인 면모를 파악할 필요가 있다. 이렇게 되면 점점 패턴화되어가는 신춘문예에 대한 문제점이 자연스럽게 드러나게 될 것이다. 넷째 심사위원의 배정과 그것에 심사에 미친 영향에 관한 연구이다. 심사위원의 구성이 적절했는지, 심사위원의 시적 취향이 어떻게 심사에 영향을 미쳤는지 그것에 대한 연구가 필요하리라고 본다. 심사위원의 구성과 그들이 행사한 선택과 배제의 논리가 어떻게 심사에 영향을 미쳤는지에 대한 연구는 문학과 권력의 문제에 중요한 키 워드가 될 것이다. 다섯째 당선자들의 문학적인 궤적을 추적하여 정리하는 일이다. 신춘문예 당선자에 대한 자료 분석을 통해 드러나는 사실은 거의 절반 이상의 등단 문인들이 이름도 없이 사라져버렸다는 사실이다. 이것은 신춘문예가 가지는 이벤트성에 대한 하나의 좋은 참고 자료가 될 것이다. 또한 신문의 저널성과 문학이 어떤 연관성을 가지는지에 대한 해석에도 많은 시사점을 제공해 줄 것이다.[14]

3. 신춘문예의 문학제도사적 의의와 비판적 전망

1914년「매일신보」 '新年文藝募集'을 시작으로 1925년「동아일보」, 1928년「조선일보」, 1947년「경향신문」, 1955년「한국일보」, 1956년「서울신문」, 1966년「중앙일보」, 1970년「대한일보」, 1992년「문화일보」에 이르기까지 우리 현대시사의 젖줄 역할을 해 온 신춘문예의 의의는 무엇보다도 문학에 대한 관심을 전국적인 차원의 문제로 인식하게 하는데 중요한 역할을 담당해 왔다는 점에서 찾을 수 있다. 잡지가 전문적인 문학 담당층을 중심으로 향유되어 온 데 반해 신문의 신춘문예는 매체의 특성상 대중적인 차원에서 그것이 향유되어 왔다고 할 수 있다. 문학에 대한 관심은 우리에게 특별하다고 할 수 있다. 그것은 문학이 단순한 문학의 영역이 아니라 한 국가의 통치에 적극적으로 활용되어 왔기 때문이다. 조선시대의 과거제도란 문(文)을 통해 이루어진 국가 장치라고 해도 과언이 아니다. 우리가 흔히 '文士'라고 할 때 그 단어의 의미 속에는 순수하게 문학 그 자체가 아니라 역사나 철학 그리고

---

14) 이재복, 「신춘문예 우리문학사에 어떻게 기여했나」, 『시인세계』, 2002. 겨울호, pp.61-62 참조.

정치와 윤리, 도덕까지 포함된 것으로 이해하는 이유가 바로 여기에 있는 것이다.

문학에 대한 이런 식의 인식은 근대에 들어 와서도 바뀌지 않는다. 그래서 이광수와 같은 근대 작가들은 단순한 글쟁이가 아니라 대중을 계도하고 계몽하는 선각자 내지 그 시대의 도덕과 윤리적인 존재의 표상으로 인식되었던 것이다. 이것은 문학이 역사와 철학 그리고 정치나 도덕, 윤리와 미분화된 상태를 반영하는 것으로 볼 수 있다. 하지만 이것은 서구의 맥락과는 다른 우리 문학의 특수한 모습이라고 할 수 있다. 신춘문예 제도가 신문사의 전략적인 의도에서 비롯된 것이긴 하지만 그 이면에는 이러한 문사적인 전통이 자리하고 있는 것이다. 등단 지면이 많지 않아 문인의 수가 적었던 근대 초기의 문인의 위상은 상상을 초월할 정도로 대단했다고 할 수 있다. 이광수의 변절이나 서정주의 친일 행위에 대해 우리 문학사가 보인 민감한 반응을 상기해 보면 알 수 있다.

신춘문예가 이처럼 문사적인 전통의 계승과 전국적인 문학의 열기를 주도하면서 지금까지 하나의 견고한 문학적인 혹은 문화적인 제도로 그 명성을 유지해 왔지만 그것이 어느 정도 효율적으로 생산성을 담보해 왔는지에 대해서는 의문의 여지가 많다고 할 수 있다. 특히 80년대 이후 텔레비전 시대의 개막과 함께 그 영상매체 환경에 기반을 둔 속칭 '텔레비전 키드' 세대가 생겨나고, 다양한 매스미디어의 등장과 비주얼한 문화가 보편화되는 90년대를 기점으로 신춘문예는 더 이상 그 옛날의 화려했던 명성을 유지하지 못한 채 있어도 그만 없어도 그만인 연례 행사로 전락하게 된다. 이렇게 단정적으로 말하는 것은 90년대 이후 시행된 신춘문예에서 '온 나라를 기대와 설레임으로 가슴 떨게 했던 열병’ 같은 것을 발견할 수 없기 때문이다. 각 신문사에서 발표하는 응모 편수를 보면 예전에 비해 그 숫자가 오히려 늘어났음에도 불구하고 그 것이 신춘문예에 대한 식지 않는 열기를 반영하는 것이라고 말할 수 없 는 이유가 바로 여기에 있다.

응모자의 대부분은 문학에 대한 열정보다는 이벤트에 참여한다는 의 미밖에 가지지 않은 상태에서 투고하는 경향이 강할 뿐만 아니라 치열 한 경쟁 운운하는 것이 무색할 정도로 대학의 문창과나 국문과에서 제 도적인 문학교육을 받은 몇몇 사람들끼리 경쟁해야 하는 그런 상황이 된 것이 사실이다. 전반적으로 문학에 대한 관심과 공부(제도적인 차원의 공부만이 아니라 현실 속에서의 체험과 그것의 문학적인 형상화까지 포함하는 공 부를 말한다)가 부족한 상태에서 이렇게 제도적인 문학교육을 받은 몇몇 사람들끼리의 경쟁이기 때문에 그 체험의 폭이 좁고 그 형식이 점점 패 턴화되고 매너리즘화되는 경향을 보인다. 이것은 우리 문학을 점점 왜 소하게 만드는 결과를 초래해 문학의 위기 내지 죽음을 야기할 수도 있 다는 점에서 문제적이라고 할 수 있다.

하지만 이것을 극복할 수 있는 대안은 쉽지 않아 보인다. 문학의 열 기를 대중화한다는 것도 불가능할 뿐만 아니라 신춘문예의 제도적인 보완을 통해 그것을 회복하는 것도 결코 쉽지 않기 때문이다. 제도적인 보완이래야 이 시대의 기호에 맞게 대중문화의 양식을 대거 신춘문예 에 포함하는 것 정도가 되겠지만 이것 또한 제도적인 장치가 갖춰지지 않은 상태이기 때문에 큰 기대를 하기에는 시기상조라고 할 수 있다. 제도적으로 문화적인 인프라가 갖춰진다면 이야기는 또 달라질 수 있 을 것이다. 그러나 대중문화란 단순하게 한 개인의 독창성만으로 그 생 산성을 담보할 수 없는 것이 사실이다. 전통적인 시나 소설의 경우에는 그 자체로도 진정한 향유의 대상이 되지만 영화, 애니메이션, 게임, 광고 등은 신춘문예라는 제도를 통해 그것을 가려 뽑는다는 것은 거의 불가능하다고 할 수 있다. 기껏해야 그것의 시나리오 정도가 될 것이다. 시나리오가 중요한 것이긴 하지만 이것은 실제 제작 과정에서 얼마든지 변용될 수 있을 뿐만 아니라 그 자체가 또한 아무 것도 아닐 수 있다. 신춘문예의 위상 축소는 인터넷 시대가 되면서 굳이 신춘문예라는 제도화된 절차를 통하지 않고서도 작가로서 인정받을 수 있는 그런 인식이 팽배하면서 더 가속화되고 있다고 할 수 있다.

　이런 외적 구조의 문제 못지않게 우리가 심각하게 고민해야 할 것은 내적인 구조의 문제이다. 그 중에서도 가장 크게 문제가 되는 것은 권력의 집중화이다. 이것, 다시 말하면 심사위원의 편중과 중복의 문제는 어제 오늘의 일이 아니다. 신춘문예가 실시된 초기(1914년 - 1954년, 「매일신보」, 「동아일보」, 「조선일보」)에는 심사위원의 이름이 대부분 '選者' 혹은 '一選者'로만 표기되어 있어 그 내막을 상세히 알 수 없다. 시의 경우를 놓고 보자. 「매일신보」의 경우에는 신춘문예가 그 명맥을 다한 1943년 1월 9일자에 처음으로 '詩의 摸索時代'라는 제목으로 주요한의 평이 실렸고, 「조선일보」의 경우에는 1931년 '…麗水, 박팔양'이라는 식으로 심사위원의 이름을 밝혔을 뿐이다. 본격적으로 심사위원의 이름이 공개된 것은 1955년 이후이다. 1955년 이후부터 2004년까지 심사위원에 이름을 올린 사람들의 면면을 보면 심사위원 자체의 편중과 중복이 어느 정도 심각한지 금새 알 수 있다. 일례로 1955년부터 2004년까지 「조선일보」 신춘문예 시 부문에 심사위원으로 참여한 사람들의 면면을 보자.

「조선일보」(1955년 - 2004년)

1955년 : 박종화

1956-57년 : 김광섭

1958년 : 김광섭, 박종화

1959년 : 양주동, 박종화

1960년 : 김광섭, 양주동

1961-1962년 : 박목월, 양주동

1963년 : 조지훈, 박두진

1964년 : 박두진, 박목월

1965-1967년 : 김수영, 박태진

1968년 : 박두진, 김수영

1969년 : 박두진, 박남수

1970년 : 박남수, 조병화

1971년 : 전봉건, 조병화

1972년 : 박남수, 조병화

1973-1975년 : 박두진, 조병화

1976년 : 박목월, 조병화

1977년 : 박두진, 조병화

1978년 : 박두진, 정한모

1979-1990년 : 박두진, 조병화

1991-1992년 : 박두진, 황동규

1993년 : 황동규, 김화영

1994-1997년 : 황동규, 김주연

1998년 : 정현종, 김주연

1999-2004년 : 황동규, 김주연[15]

　1955년부터 2004년까지 시 부분 심사위원으로 참여한 사람은 모두 16명이다. 1955-1957년만 한 명이 심사했을 뿐 그 이후로는 두 명이 심사한 것을 고려한다면 16명이라는 숫자는 심사위원의 편중 및 중복과 관련하여 어떤 심각한 문제성을 던져준다고 할 수 있다. 이 16명의 심사 횟수를 살펴보면 박종화 3회, 김광섭 4회, 양주동 4회, 박목월 4회, 조지훈 1회, 박두진 23회, 김수영 4회, 박태진 3회, 박남수 3회, 전봉건 1회, 조병화 20회, 정한모 1회, 황동규 12회, 김화영 1회, 김주연 10회, 정현종 1회 등이다. 이 결과가 말해주듯이 「조선일보」 신춘문예 시 부문 심사는 박두진과 조병화, 황동규와 김주연이 거의 독식해 왔다고 할 수 있다. 어느 한 개인이 23년 혹은 20년을 거의 연이어 심사해 왔다는 것은 심사 위원의 자질과 관계없이 그것은 제도의 효율성과 생산성 면에서 치명적인 문제를 드러낸다고 할 수 있다. 심사 과정에서 이들은 자신의 취향에 맞는 시를 뽑을 수밖에 없으며, 응모자들은 자신의 취향과 관계없이 이들의 취향에 맞는 시를 써서 투고해야 하는 일방통행적인 시의 주종관계가 발생하게 된다. 이러한 관계가 지속되면 시의 매너리즘화와 패턴화 그리고 시의 왜소화는 물론 제도 자체가 권력화되고 이를 통한 문학적 사제관계의 위치가 형성되어 '권력 편중현상'[16]과 같은 심각한 문제가 발생하게 될 것이다.

　심사 대상 작품 수와 심사 기간의 부족 또한 심각한 문제다. 이 두 문

---

15) 「조선일보」, 1955. 1. 1 - 2004. 1. 31 참조.
16) 이명원, 위의 글, p.86.

제는 맞물려 있기 때문에 어떤 혜안이 필요하다. 신춘문예에서 요구하는 작품 수는 시의 경우는 3편 이상이고 소설이나 희곡, 평론 등은 대개 1편이다. 작가로서의 자질을 평가받기에 대상 작품 수가 적은 것이 사실이다. 응모자를 오랫동안 지켜보면서 그가 가지고 있는 문학적인 자질이나 가능성을 따져보지 않는 상태에서 이러한 규정에 의해 작가를 발굴한다는 것은 신춘문예의 이벤트성과 일회성을 강화시켜 줄 뿐이다. 하지만 심사 대상 작품 수의 문제는 심사 기간 및 심사 위원 수 등과 맞물려 있기 때문에 쉽게 결정해서 실행에 옮길 수 있는 그런 문제는 아니다. 이것은 신춘문예에 매년 응모하는 작품 수를 살펴보면 이해가 될 것이다.

2004년 「조선일보」의 경우 신춘문예 응모 편수를 보면 시 6217편, 단편소설 530편을 비롯해 모두 8414편이다.[17] 2003년에 비해 10% 정도 응모작이 줄어들었다는 점을 고려한다면 매년 거의 10000여 편 정도 응모한다는 계산이 나온다. 그런데 이 많은 응모 작품의 심사 기간은 고작 하루내지 이틀이다. 시와 단편소설의 경우 예심은 대개 이틀이고 본심은 하루 정도이다. 예심 위원들이 3-4명 정도 된다고 하더라도 이들이 하루에 심사해야할 작품 수는 대략 시의 경우 800-1000여 편, 소설은 60-80여 편 정도이다. 하루에 이 정도의 작품을 읽는다는 것이 산술적으로는 가능할지 모르나 정치한 읽기를 전제한 경우 이 작품 수는 거의 불가능에 가까운 수치라고 할 수 있다. 작품 간의 편차가 심하고, 수준 이하의 작품의 대부분이라고 하더라도 이 많은 작품을 심사한다는 것은 분명 무리라고 할 수 있다. 이 정도면 정말로 신춘문예 당선

---

17) 「조선일보」, 2003. 12. 31.

이 운에 의해 좌지우지된다고 말해도 무방할 것이다.

신춘문예의 역사가 오래되면서 심각하게 대두되는 문제 중의 하나가 바로 당선 작품의 패턴화와 매너리즘화이다. 이것은 시, 소설, 희곡, 평론이라는 장르의 노쇠화와 관련되어 있을 뿐만 아니라 문학 교육 제도의 문제와 관련되어 있다고 할 수 있다. 이제 이러한 근대적인 문학 양식으로는 탈근대적인 징후를 보여주는 '지금', '여기'의 현실을 제대로 반영할 수 없는 것이 사실이다. 이런 형식으로 새로운 무엇인가를 창조한다는 것은 거의 한계에 도달했다고 할 수 있다. 어떤 새로운 시도도 그것이 이전의 것의 되풀이에 지나지 않다는 것을 발견하는 일은 그다지 어렵지 않다. 기존의 문학 제도 안에서 그것에 저항하고 해체하는 진정한 아방가르드의 출현이 요원한(아니 거의 불가능한) 이유가 바로 여기에 있다. 그러나 신춘문예 당선 작품의 패턴화와 매너리즘화의 원인이 여기에 있는 것만은 아니다. 그 중요한 원인 중의 하나는 아러니컬하게도 문학 교육에 있다.

문학 교육의 목적은 창조적인 상상과 표현에 있지만 우리의 문학 교육은 그렇지 못하다. 그 대표적인 예가 바로 90년대 이후 우후죽순 격으로 생겨난 각 대학의 문예창작학과에서 행해지고 있는 문학 교육이다. 여기에서 배우는 것은 현실의 장에서의 생생한 체험을 통한 그것의 창조적인 실현이 아니라 이미 제도화된 모범 답안을 주고 그것에 맞는 기교나 기법을 구사하는 일종의 틀 지워진 작문이다. 이들의 목표는 이 모범 답안을 적절히 잘 작성하여 신춘문예에 투고해서 화려하게 등단하는 것이다. 최근 신춘문예 당선자 중 문예창작학과 출신들이 차지하는 비율이 거의 절대적이다. 이것은 바람직한 현상이라고 볼 수 없다. 진정한 문학은 그런 제도권에서 그런 식으로 길러지는 것이 아니기 때문이다.

신춘문예의 문제점 중에는 이 이외에도 공모 시기의 편중, 공모 분야의 한정과 전문화, 문학의 왜소화 등을 들 수 있다. 먼저 신춘문예의 공모 시기를 모든 신문사가 연말(대개 12월 10일 전후)로 할 필요가 있는가 하는 점이다. 공모 시기를 분산하면 응모자들이 좀더 안정적으로 창작에 전념할 수 있을 것이다. 마치 무엇에 쫓기듯 혹은 도박을 하듯 연말이면 불안해지는 응모자의 심리는 생산적인 창작에 도움이 되지 않는다고 할 수 있다. 이것은 문학의 이벤트성과 일회성을 조장하는 결과를 낳을 수 있다. 공모 시기를 분산하면 심사위원의 확보에 좀더 여유가 생길 수 있고, 신문사들끼리 과도하게 경쟁적으로 신춘문예를 포장하는 일도 그만큼 줄어들 것이다. 공모 시기의 편중과 함께 또 이야기할 수 있는 것이 공모 분야의 한정과 전문화이다. 모든 신문사에서 같은 장르를 동시에 공모한다는 것은 바람직하지 않다고 본다. 신문사의 이름만 다를 뿐 신춘문예의 형식은 거의 같다고 보아도 무방하다. 각 신문사마다 색깔 있는 공모 양식을 도입한다면 등단 제도 자체가 한층 다채로워질 것이다. 이렇게 되면 응모자는 여기저기 기웃거릴 필요 없이 자기 취향에 맞는 신문사에 투고하면 되는 것이다. 어쩌면 이것은 우리 문학의 넓이와 깊이라는 두 마리 토끼를 다 잡을 수 있는 방법이 될 수도 있을 것이다.[18]

신춘문예 심사평을 보면 심사위원들이 가장 크게 우려하는 것 중의 하나가 문학의 왜소화 경향이다. 이것은 주로 소설 부문에서 표 나게 드러난다. 이런 점에서 문학의 왜소화는 서사의 약화와 다른 것이 아니

---

18) 이경호, 「일회성의 경쟁 원리를 극복하기」, 『시인세계』, 2002. 겨울호, pp.72-79 참조.

다. 80년대 중·후반을 기점으로 거대담론이 붕괴되면서 소설이 점점 내면화의 길을 걷게 된 것이 사실이다. 소설의 서사가 민족이나 국가 혹은 사회를 지향하는 것이 아니라 개인의 사소한 내면 심리나 상처를 고백이나 독백의 양식으로 드러내는 쪽으로 흘러가버린 것이다. 소설이 에세이적인 것으로 전락하면서 서사성은 점점 약화되거나 소멸되는 경향을 보이게 된 것이다. 각 신문사에서 공모하는 소설이 대개 단편이기 때문에 진정한 의미의 서사 운운하는 것이 적절하지 않을 수도 있다. 하지만 최근에 응모되는 작품의 대부분이 서사에 대한 인식조차 없는 경우가 허다하다. 따라서 이것을 그냥 보아 넘긴다는 것은 곧 우리 소설의 왜소성, 더 나아가 우리 문학의 왜소성을 방관하는 것이 되는 것이다. 서사성의 가치하락이 시대의 산물이라는 점을 부정하고 싶지 않다. 아울러 그것이 또한 지금 이 시대의 필연적인 귀결이라고도 생각하지 않는다.

신춘문예의 역사가 90년이 되었다는 것은 놀라운 일이다. 이것은 우리 근·현대 문학의 역사와 맞먹는 족적을 가진다고 할 수 있다. 지금까지 90년 역사를 거치면서 신춘문예는 문학의 전대중적인 확산에 절대적인 기여를 했을 뿐만 아니라 수많은 문인을 배출하여 우리 문학사를 풍요롭게 하는데 크게 이바지해 왔다고 할 수 있다. 신춘문예의 이러한 공과는 우리가 인정하지 않을 수 없을 것이다. 하지만 신춘문예가 이렇듯 우리 문학사에 절대적인 기여를 해 왔다고 해서 그 안에 드리워진 부정성의 차원이 사라지는 것은 아니다. 신춘문예 역시 하나의 제도이다. 제도 중에서도 허약하기 짝이 없는 제도이다. 신문이라는 매체를 통해 성립된 제도이기 때문에 언제든지 필요에 의해 좌지우지 될 수 있다. 사실 신춘문예의 역사가 90년이라고 하지만 그 시행 횟수가 90년이 되는 신춘문예는 존재하지 않는다. 신문사의 필요에 따라 중단되기도 했고 또 폐지되기도 했기 때문이다.

신문사란 대중적인 호응도에 민감하기 때문에 90년대 이후 쇠퇴일로에 있는 신춘문예 제도를 그대로 유지하리라고는 아무도 장담할 수 없다. 또한 이 제도가 그대로 유지된다면 그것은 지금까지의 전통적인 방식이 아니라 시대에 맞게 변형된 형식으로 존재하게 될 것이다. 전통적인 방식으로는 우리 시대의 대중적인 취향과 흐름을 제대로 구현할 수 없다. 이 제도의 변화의 여지가 많은 이유가 바로 여기에 있다고 할 수 있다. 신춘문예는 하나의 제도에 불과하다. 더욱이 신문이라는 매체를 통해 성립된 제도이다. 비주얼한 매체에 대중을 빼앗겨버린 신문이 그들을 다시 불러 모으기 위해 신춘문예라는 훌륭한 제도를 활용하지 않을 수 없다.

신춘문예 제도의 변화의 문제는 문학이라는 근대적인 제도에 대한 인식의 문제와 맞물려 있다는 점에서 중요하다고 하지 않을 수 없다. 근대적인 제도인 문학의 개념이 지금 중대한 도전을 받고 있는 것이 사실이다. 한편에서는 그것이 문학의 위기 혹은 죽음이라고까지 말한다. 하지만 이러한 우려는 기우에 지나지 않는다. 우리가 지금까지 인식해 온 문학은 근대적인 제도가 생산해 낸 추상적인 산물이기 때문이다. 근대적인 제도가 해체되고 새로운 제도가 생겨나는 것이 '지금', '여기'의 현실이다. 따라서 근대적인 문학 제도가 해체되고 새로운 개념의 문학 제도가 생겨난다고 해서 불안해 할 필요는 없다. 문학이라는 제도는 고정된 개념이 아니다. 이런 점에서 신춘문예 제도 역시 시대의 변화에 따라 그 형태가 변화될 수밖에 없을 것이다. 이 변화된 의식을 얼마나 빨리 수용하느냐 아니냐에 따라 신춘문예의 역사는 새롭게 쓰여질 것이다.

2부

문단의 권력 지향성과
비 평 의 부 재

중심에 대한 향수와 변방의식

— 『다층』에 대한 비판적 읽기

1) 변방의식과 중앙 콤플렉스

1998년 여름이던가. 어느 무더운 날, 제주도 출신의 K 시인이 나를 찾아온 적이 있다. K형과 나는 대학은 다르지만 대학원은 입학 동기이다. 내가 K형보다 두 살이 위인 관계로 우리는 대학원 입학 당시부터 형 아우하면서 가까이 지내던 처지였다. 그런 K형이 그날 서류 봉투에서 무엇인가를 꺼내 나에게 보여주는 것이었다. 보통 크기에 조금은 얇아 보이는 두 권의 잡지였다. 그리고 그 얄팍함에 뒤이어 눈에 들어온 것은 명도와 채도가 형편없이 떨어져 보이고, 글자의 크기와 배열 상태에 대한 기본적인 상식조차 없는 상태에서 레이 아웃에 들어가 만들어진 듯한 표지였다. 한 잡지의 얼굴이라는 표지에서 별다른 매력을 가지지 못해서 그런지 그 표지의 한쪽에 제법 큼지막하게 새겨진 '다층'이라는 제목도 왠지 아마추어적이고, 어설프며, 또 약간은 치기까지 느껴질 정도로 경박하고 가벼워 보였다.

『다층』에 대한 이 좋지 않은 첫 인상은 표지에 깨알처럼 박혀 있는 이름을 보는 순간 절정에 달했다. 그 이름들 중 거의 대부분은 도무지 듣도 보지도 못했던 사람들이었고, 구색을 맞추기 위해 끼워 넣은 몇몇 알려진 이름들도 신뢰할 수 없는 사람들이었다. 그들은 다소 이름이 알려졌다는 이유만으로 똥오줌 안 가리고 여기 저기 글을 써대는, 더욱이 그 글의 완성도나 엄정함, 어떤 뚜렷한 세계관도 없이 글을 써서 내가 뒤에서 시간날 때마다 열불나게 씹어대던 그런 사람들이었다. 참 웃기는 군. 이런 작자들이 모여서 도대체 뭘, 어떻게 한다는 건가. 게다가 『다층』이라니. 지들이 무슨 토대가 있다고, 아니 토대를 만들 능력조차도 없는 것들이 무슨 두터운 층을 형성할 수 있다는 거야. 웃기다 못해 건방지다는 생각에 나는 냉소했고 또 분노했다. 그러나 앞에 턱하니 버티고 앉아 내 반응을 살피는 K형을 생각해서 몇 장 뒤적거려 보긴 했지만 『다층』은 이미 내 관심권에서 멀어져 있었다.

솔직히 나는 그때 『다층』보다는 시원한 맥주 생각이 더 간절했다. 하지만 K형은 이런 내 심중은 아랑곳하지 않고 『다층』에 대해 이런 저런 이야기를 두서없지만 열심히 했던 것 같다. 지금 그 말을 뚜렷이 기억할 수는 없다. 어차피 그때 나는 『다층』에 관심이 없었고, 날씨가 너무 더워서 다른 무엇보다도 시원한 맥주 생각이 내 의식 속에 흘러넘치고 있었기 때문이었다. K형의 말은 대충 이런 것이 아니었나 싶다. 『다층』은 K형의 모교 은사이신 제주도의 Y 선생님을 중심으로 그 후학들이 모여서 만든 시 전문 동인(동인지)이라는 것, 동인들은 거의 대부분이 제주도 출신이며, 그 인원은 줄잡아 이 십에서 삼 십명 정도 된다는 것, 90년(K형이 몇 월이라고 했는지는 기억이 안 남)에 동인이 결성되어 지금까지 계속 이어지고 있는데 다가오는 봄(그러니까 1999년 봄)에 『다층』을 동인지 성격에서 벗어나 계간지로 새롭게 창간하려 한다는 것. 뭐, 대충 이런 이야기였든 것 같다. 그러면서 이야기 말미에 K형은 나에게 계간지가 되면 글도 좀 주고, 제주에서 뿐만 아니라 서울에서도 모임이 있으니까 그때는 좀 참석해 달라는, 아니 어쩌면 같이 참여해 『다층』을 위해 일해 보자는 그런 부탁을 했었다. 나는 전혀 그럴 생각이 없었기 때문에 K형에게 열심히 해 보자는 말 대신 열심히 해 보라는 말만 되풀이 했다. K형과 헤어지고 난 후 나는 적잖이 마음이 상해 있었다.

처음에는 뭐 이런 잡지에 나를 끌어들이나 하는 일종의 자격지심으로 인해 마음이 상했지만 차츰 그보다 더 큰 이유 때문에 내가 마음 상해하고 있다는 것을 알게 되었다. 그 당시 나는 비평가들이 모여서 만든 잡지인 계간 『한국문학평론』의 기획위원으로 일하고 있었다. 이 잡지의 큰 모토는 우리 문단의 고질병인 패거리, 골목 비평을 청산하고, 객관적이고 합리적인 기준에 입각해 이미 썩을 대로 썩은 우리 문학과 문단을 새롭게 평가하고 진단해 보자는데 있었다. 학연이나 지연, 인맥 등에 의해 철저하게 섹트화된 문단이라는 제도가 행사하는 권력의 논리에 차츰 환멸과 회의를 느끼고 있던 나로서는 이 잡지가 내건 모토에 공감하지 않을 수 없었던 것이다. 섹트주의를 배제하고 다양한 층위의 목소리들을 수용하는 과정에서 잡지의 색깔이 흐려지고 집중된 논의가 미흡하다는 비판을 받기는 했지만 최소한 패거리를 만들어 문학이나 문단을 독점하려 했다거나 그 패거리들의 이익을 위해 문학을 이벤트화하지는 않았다. 당시 이런 처지에 있던 내게 『다층』이라는 계간지가 창간될 것이라는 소식은 그것이 또 하나의 패거리에 불과할지도 모른다는 불길한 의혹을 심어주기에 충분했던 것이고, 그래서 내 자신 몹시 마음 상해 있었던 것이다.

패거리나 골목 비평에 대한 불안과 함께 내 가슴을 상하게 했던 것은 은연중 K형의 말 속에 묻어 있던 그 놈의 변방의식이다. 기본적으로 나는 변방의식을 싫어한다. 나는 중심과 주변 혹은 중앙과 변방과 같은 이분법 속에 내재해 있는 권력의 그 음험한 속성을 싫어한다. 그것은 중앙과 변방이라는 이분법 자체가 이미 중앙에 권력이 집중되어 있다는 의식 하에 그것을 정치적으로 이용하려는 전략일 수 있기 때문이다. 중앙은 말할 것도 없고 변방의식을 드러내는 경우, 그 변방이란 대개가 중앙이 가지는 권력에 대한 그리움 내지 그것을 갖지 못한데서 오는 일종의 자기 콤플렉스의 양태로 드러난다. 이 자기 콤플렉스는 그것을 해소할 수 있는 통로가 막히면 한풀이의 차원으로 발전하게 된다. 나는 이 무엇 무엇에 대한 한풀이, 이것이 싫었다. 제주도에 대한 어떤 편견을 가지고 있는 것은 아니지만 나는 제주도 이야기만 나오면 언제나, 또 그 놈의 육지나 중앙에 대한 한풀이 차원의 변방의식이 튀어나오는 것이 아닌가 하고 신경을 곤두세우곤 했다. 중앙이 어디 있고 또 변방이 어디 있는가. 만일 변방이 있다면 그 변병은 변방으로서의 존재성이 있는 것 아닌가. 한풀이가 아니라 존재인 것이다. 변방의 새들 틈에 끼여 내가 청승맞게 울부짖을 아무런 이유가 없었던 것이다.

『다층』의 행태가 변방에 우짖는 새로 치환되는 상황에서 나의 곱지 않은 눈길은 자연히 『다층』 동인들에게로 옮겨가게 되었다. 『다층』이 동인지의 형태로 출발했고, 그것이 계간지로 이어진다는 사실은 나의 의혹을 자극하기에 충분했다. 1920년대 문단이 동인지 중심으로 형성된 예는 있지만 근자에 들어 이런 경우는 없었다. 따라서 『다층』이라는 동인지가 전국 잡지가 된다는 사실은 근자에 보기 드문 하나의 사건이라면 사건일 수도 있었지만 나는 그 자체에 주목하지는 않았다. 그 대신 왜, 이 자들이 동인지를 전국 잡지화하는가. 그 이면에 도사리고 있는 욕망을 읽어내고 싶었다. 『다층』이 전국 잡지화된다는 것은 동인이 주체가 되는 체제를 벗어나는 일인 동시에 경우에 따라서는 그동안 유지해온 동인의 성격이 흐려질 수 있다는 위험성까지 내포하고 있는 결단에 다름 아니었던 것이다. 이런 위험을 감수하면서까지 『다층』을 전국 잡지화하려는 데는 분명히 불온한 그 무엇인가가 없고서는 불가능한 일이라고 나는 믿고 또 믿었다. 이 불온함을 나는 『다층』 동인들의 이름(허명)에 대한 욕망이라고 생각했다. 『다층』이라는 잡지를 출구로 해서 자신의 이름을 교환가치화하려는 욕망, 그때 내가 생각했던 『다층』의 불온함은 여기에 있었던 것이다.

그해 여름 K형을 몇 번 더 만났지만 『다층』에 대한 나의 이 구멍 난 마음은 쉽사리 치유되지 않았다. 나에게 『다층』은 바다 건너 저 먼 섬 사람들의 잡지일 뿐이었다.

2) 편차와 격차에 대한 인식

1999년 봄 『다층』이 계간지로 창간되고 나서도 나는 이 잡지에 관심을 두지 않았다. K형을 생각해서라도 관심을 가져주는 것이 예의인 줄은 알면서도 나는 지난 봄 서점이나 도서관 잡지 코너에 꽂혀 있는 창간호를 그냥 지나치곤 했다. 간혹 문학 잡지를 보다가『다층』광고가 나오면 이 잡지에 대한 좋지 않은 생각들이 불쑥 불쑥 다시 고개를 드는 것이었다. 그럴 때마다 나는『다층』에 대한 이 좋지 않은 감정이 그렇게 쉽게 사라질 성질의 것이 아님을 예감했다.

그러나 나의 예감은 나의 기대를 배반하고 말았다. 그 배반은 생각보다 쉽게 찾아 왔다. 1999년 여름, 좀더 정확히 말하면 1999년 8월부터 나는『현대시학』에 '90년대 시인들과 몸의 언어' 라는 제목으로 연재를 하게 되었다. 물론 그 이전에 같은 잡지에 '내가 읽은 이달의 작품' 이라는 란에 6개월 정도(1998년 11월부터 99년 4월) 시평을 쓰기는 했지만 이 포맷이라는 것이 시에 대해 깊이 있게 글을 쓸 수 있는 것이 아니었기 때문에 본격적으로 시에 대해 천착하지는 못했다. 그러다가 연재를 시작하면서 잡지에 발표된 시들은 물론 시집에 수록된 시들을 체계적으로 읽게 되었다. 이 과정에서 나는 새로운 사실을 발견할 수 있었다. 그것은 내 자신이 외면하고 배제해 버린『다층』이(동인과 잡지) 내비평의 영토 안으로 조금씩 밀려들고 있다는 사실, 바로 그것이었다. 나는 이 사실을 믿으려 하지 않았지만 곧 믿지 않을 수 없게 되었다.

나는 내 자신이 시를 잘 본다고 생각해 본 적이 없다. 그러나 나는 적어도 정치적인 입장에서 시를 평가하지 않았다고 생각한다. 이 덕분에 나는 시에 대해 어느 정도 보편타당한 가치 평가는 내릴 줄 안다. 그저 남들이 좋다는 시는 나도 좋다고 인식할 줄 안다는 것이다. 이런 점에 입각해 그 좋다는 시를 선별해 놓고 보니 예상치도 않았던『다층』동인들의 시가 적잖이 포함되어 있었던 것이다. 그동안 읽어낸 시 중에서 정찬일, 현희, 윤지영 같은『다층』동인들의 시는 만만찮은 실력을 갖추고 있었다. 이들은 모두 언어에 대한 민감한 자의식과 함께 언어가 곧 존재의 집이라는 사실을 알고 있었다. 이들의 시에 관심을 가지게 되면서 차츰 『다층』을 다시 보게 되었다. 그러면서 나는 K형과 만난 후에 가졌던 『다층』에 대한 생각들이 다소 편견에 치우쳐 있다는 것을 알게 되었다.

『다층』의 이 만만찮은 시인들을 통해 내가 인식하게 된 것은 우선 변방의식에서 벗어날 수 있는 어떤 가능성에 대한 발견이다. 사실 중앙이나 중심에 대한 그리움과 한풀이는 『다층』 동인들의 시에 대한 능력이 뒷받침 되지 않을 때 더욱 그 정도가 심해지리라는 것은 불 보듯 뻔한 일이다. 몇 번 이런 변방의식을 가진 사람들과 만나 술을 같이 한 적이 있는데 이들이 공통으로 내보이는 것은 자기 능력에 대한 점검내지 그것에서 비롯되는 한계의 인식이 아니라 단순히 변방이라는 상황성에 대한 강조이다. 집요할 정도로 물고 늘어지는 그 놈의 변방의식은 나중에 가면 자기 연민으로 바뀌고 그것이 심해지면 황홀한 나르시시즘이 되기에 이른다. 그래서 이런 사람들을 만날 때마다 내가 해주는 말이 하나 있다. 그것은, 당신이 내보이는 변방의식이 당신의 능력에 대한 격차에서 비롯되는 것이라고 다른 사람들이 생각한다면 당신은 지금 자신의 능력을 숨기기 위해 가증스러운 연극을 하고 있는 것으로 그들의 눈에 비칠 수도 있다는 말을 해주곤 한다.

자신이 변방에 놓여 있다고 생각하는 사람들은 대부분 이 능력의 격차에 대한 인식을 회피하려고 한다. 이것은 회피한다고 해결될 수 있는 문제가 아니다. 만일 격차가 있다면 그것을 인정하고 그 격차를 줄이기 위해 노력해야 한다. 이 점에서 『다층』 동인들 중에 능력 있는 시인들이 있다는 것은 중요한 의미를 지닌다고 할 수 있다. 능력 있는 시인들이 많아야 『다층』의 그 변방의식은 하루 빨리 치유될 수 있는 것이다.

아울러 능력 있는 시인들이 많아진다는 것은『다층』이 동인지에서 전국 잡지화된 것에 대해 가질 지도 모르는 의혹과 혐으로부터 자유로울 수 있다는 것을 의미한다. 만일『다층』동인 중에 능력 있는 시인이 없거나 많지 않다면『다층』의 전국 잡지화는 기존의 권위와 명성에 빌붙어 기생하려는 다분히 정략적인 것으로 밖에 비치지 않을 것이다. 간혹 동인 체제로 창간된 잡지들을 보면 이런 정략적인 측면이 강하게 드러나 정작 중요한 자신들의 정체성을 찾지 못하는 경우를 볼 수 있다. 이런 경우 그 가장 큰 원인은 자신의 능력에 대한 불안과 불신이다. 자신을 믿을 수 없기 때문에 기존의 권위나 명성을 통해 그 입지를 마련하려 하지만 그것은 이미 자신의 것이 아닌 것이다. 따라서 여기에서 중요한 것은 능력의 격차가 아니라 편차의 차원에서 성립되는 기존의 이름들과의 몸섞음이다.

『다층』이 이렇게 격차가 아니라 편차의 차원에서 성립되는 능력 있는 시인들을 주축으로 하여 유지되고, 또 국부적인 동인 체제를 넘어 전국적인 차원의 열린 체제를 밀고 나간다면 자연히 패거리 혹은 골목 잡지라는 오명에서도 벗어날 수 있을 것이다. 사정이 이러하다면『다층』동인들은 자신들의 능력을 다지고 항상 열린 체제를 견지하는 일이 다른 그 무엇보다도 중요하다고 할 수 있다.

3) 자의식의 부재와 의욕의 과잉

『다층』의 능력 있는 시인들을 주목하면서 내가 이 잡지에 대해 관심을 가지게 된 것은 사실이다. 그러나 좀 미안한 말이지만 내 기준으로 볼 때 이 잡지는 아직까지 좋은 잡지에 속하지 않는다. 1999년 봄부터 지금까지 4호 정도 나온 것 가지고 이 잡지가 좋으냐 나쁘냐를 판단한다는 것 자체가 좀 가혹한 처사 아니냐고 말할지 모르지만『다층』이라는 동인이 결성된 지 9년, 동인지를 10여 차례나 낸 저간의 전력을 고려해 보라. 창간호 한 호만 가지고도 이 잡지는 충분히 평가의 대상이 될 수 있는 것이다.

그런데 9년을 준비하고 낸 잡지치고는 분명한 자기 색깔이 드러나지 않는다. 대개 이 잡지의 색깔은 편집 방향에 의해 결정되는데『다층』의 경우에는 이 편집 방향이 분명히 있다. 창간 준비호라고 명시된『다층』1998년 여름호를 보면 편집 방향을 1) 일반 시단과 동인 시단의 구분, 2) 문단과 학계의 연결, 3) 시 이외의 타 장르와의 연계, 4) 제주 문화 소개 등으로 되어 있다. 창간 준비호에 명시된 이 편집 방향은 타 장르와의 연계를 제외하고는 창간호에 그대로 반영되었다고 할 수 있다.『다층』이 내건 이러한 편집 방향은 분명히 자기 색깔을 가질 수 있는 항목임에 틀림없다. 하지만 이 잡지의 색깔은 분명하게 드러나지 않고 있다. 무엇이 문제인가.

먼저 일반 시단과 동인 시단의 구분에 대해 생각해 보자. 이 구분 의도는 "『다층』의 이념을 유지 발전시키면서도 문단의 공기 구실을 하기 위해서"(『다층』, 1998년 여름, 창간 준비호)이다. 이 의도는 좋다. 그러나 의도가 전부는 아니다. 과연 일반 시단과 동인 시단을 구분해 놓는다는 것 자체가 얼마나 의미가 있을까? 단지 이들에게 지면 한 부분을 할애했다는 것 이외에 어떤 의미가 있을까? 하나의 새로운 의미가『다층』이라는 장에서 생성되기 위해서는 이들 상호간의 어떤 접촉과 충돌이 있어야 하는 것 아닌가. 바흐찐식으로 이야기하면 그것은 이질적인 층위 간의 대화성을 의미한다고 할 수 있다. 어차피『다층』동인들이 자신들의 정체성을 확립하고 기존 시단에 대한 열린 체제를 유지하기 위해서는 이 이질적인 층위들 간의 대화성에 대해 한 번쯤 생각해 보아야 할 것이다.

의도가 아니라 그 구체적인 방법이 문제되기는 문단과 학계의 연결이라는 항목도 마찬가지이다. 잡지는 저널해야 한다는 것이 기본 상식으로 되어 있는 풍토에서 아카데믹한 부분을 강조한다는 것은 그렇게 쉬운 일이 아닐 뿐더러 좀 무모한 짓이라고도 할 수 있다. 꼭 이런 이유 때문인지는 몰라도 지금 간행되고 있는 시 잡지 중에 아카데믹한 것은 없다. 그러나 나는 개인적으로 아카데믹한 시 잡지가 한두 권 정도는 있어야 한다고 본다. 사실 우리 잡지가 천편일률적으로 모두 저널하다는 것은 변변한 시학이나 시론이 부재한 우리 시단이나 학계의 처지를 생각하면 부끄러운 일임에 틀림없다. 만일 이러한 상황을 감안해 아카데믹한 부분을 강조했다면 그것은 칭찬받아 마땅한 일이다. 그래서 그런지『다층』은 이 아카데믹한 것에 대해 매우 민감한 반응을 보이고 있다.

『다층』을 보면 세계 여러 나라의 시단을 점검하고 있는 기획 특집란, 시론하는 교수들의 시쓰기와 시학 연구 같은 란이 있는데 이것이 바로 아카데믹한 것에 대한 민감한 자의식을 반영하고 있는 징표들이다. 한 잡지에서 특집을 포함해 두 서너 개의 기획들이 아카데믹한 것을 지향한다면 그것은 곧 그 잡지의 편집 중심이 아카데믹한 것에 있다는 것을 의미한다. 그런데 문제는 이렇게 잡지의 방향이 아카데믹한 것을 지향하지만 그것이 진정으로 아카데믹하지도 또한 문제적이지도 않다는 점이다. 가령 세계 여러 나라의 시단을 점검하고 있는 기획 특집란은 그 시의 적절함에도 불구하고 현상에 경도된 감이 없지 않다. 내가 보기에 이 세기말에는 국적을 불문하고 시의 흐름을 현상이 아니라 본질의 차원에서 읽어낼 때 그 의미들이 풍부하게 드러난다고 할 수 있다. 특히 세기의 말중에 말인 1990년는 시가 과연 존재하느냐 아니냐, 혹은 시가 존재할 필요가 있느냐 아니냐 하는 그런 존재론적인 딜레마를 가장 심하게 앓은 시대가 아닌가. 이것을 고려한다면 현상보다는 본질적인 차원에서 시의 의미를 되짚어 봤어야 하지 않았는가.

시론하는 교수들의 시쓰기의 경우 역시 마찬가지이다. 여기에서의 포인트는 시가 아니라 시론이라는 사실이다. 그런데 사정은 어떠한가. 시론이라고 하는 것이 마치 시에 대한 해석의 도구로 전락된 듯한 인상과 함께 론이라고 하기에는 부끄러울 정도의 그야말로 낙서하듯이 끄적거려 놓은 단상의 차원에 머물러 있다는 점이다. 각 시인들의 시론을 그야말로 론의 차원에서 접근했더라면 그것은 상당히 의미 있는 기획물이 되었을 것이다. 우리 현대 시사를 더듬어 보아도 제대로 된 자기 시론을 가지고 시를 쓴 시인들은 손을 꼽을 정도이다. 시가 감성적인 예술인데 무슨 그런 개념화된 론이 필요하냐고 반문하는 사람들이 있겠지만 나는 그렇게 생각하지 않는다. 나는 시와 시론은 상보적인 것이라고 생각한다. 물론 시론 없이도 시를 잘 쓰는 시인들이 많지만 시론을 통해 자신의 시 세계를 다진 그런 시인들도 있다는 것을 간과해서는 안 된다. 가령 제대로 된 시론을 가진 김수영이나 김춘수, 오규원, 김지하, 이승훈 같은 시인들은 모두 수준 높은 시와 함께 확실한 자기 세계를 가지고 있지 않은가. 이런 점에서 시인들이 자신의 시론을 가지는 것을 긍정적으로 보아야 할 것이다.

이렇게 좋은 의도의 기획이 하나의 눈요기꺼리로 그쳤다는 것은 정말이지 커다란 아쉬움으로 남는다. 이 아쉬움은 시학 연구에서도 그대로 드러난다. '동양에서 본 서양 현대 시학의 문제들'이라는 타이틀로 계속되고 있는 기획물은 그 기본 취지인 동서 시학의 비교와 그것을 통한 우리 시학의 정립이라는 의도를 충족시키기에는 미흡한 점이 많다. 지금까지의 연재를 통해 드러난 사실은 이 글의 필자가 과연 어느 정도로 주체적인 입장에서 서양 현대 시학을 다루고 있는가 하는 점이다. 이 글의 필자가 주체성을 가지기 위해서는 그가 적어도 동양 시학 혹은 우리 시학에 대한 기본적인 토대 정도는 갖추고 있어야 한다고 본다. 이것이 갖추어지지 않고서는 결코 주체적인 입장에 설 수 없다. 이 글의 필자가 불문학 전공자라서 그런지 그런 주체성보다는 서구 시학에 대한 현학적인 지식의 나열 같다는 인상을 떨어버릴 수가 없다. 시학의 지향이 타자에서 주체로라면 이 글의 방향도 그렇게 가야하지 않을까? 어렵고 힘들겠지만 동서양의 시학을 아우를 수 있는 시각이 필요하리라고 본다.

시학 연구의 또 다른 연재물인 리빠떼르의 텍스트 생산은 스터디 그룹의 성과물을 다루고 있다는 점에서 이채롭다. 어떤 측면에서는 개인보다는 이렇게 집단 속에서 대화를 통해 얻어진 성과물이 더 생산성이 높을 수 있다. 리빠떼르라는 이름은 낯설지 않지만 그 이론은 낯설은 텍스트 이론가를 선정해 그의 실체를 함께 벗겨간다는 것은 퍽 흥미 있는 일임에 틀림없다. 그들이 해석해 놓은 리빠떼르의 텍스트 생산 이론을 읽어가면서 나는 '지금', 여기'의 우리의 지적 풍토를 반성하는 계기가 되었다. 내가 여기에서 배운 것은 리빠떼르의 텍스트 생산에 관한 단편적인 지식이 아니라 시에 대한 그의 사유 과정(thinking process)이다. 이렇게 그의 사유 과정을 따라가다 보니 정작 한 가지 아쉬운 점을 이 글에서 발견할 수 있었다. 그것은 리빠떼르의 텍스트 생산 이론이 나오게 된 지식 사회학적 배경에 대한 포괄적인 설명이 없다는 점이다. 나는 하나의 이론을 읽어낼 때 다른 무엇보다도 이 지식 사회학적 배경을 중시한다. 그 이유는 언제나 이론이란 단순히 이론을 위한 이론으로써 보다는 사람이나 사회를 위한 이론으로 존재해야 한다고 믿기 때문이다.

4) 차별화 전략과 다층의 존재 이유

『다층』에 대해 쓴 소리를 많이 한 것 같다. 하지만 당장은 듣기 싫어도 멀리 보면 이 쓴 소리가 약이 될 것이다. 달콤한 소리를 할 요량이었으면 나는 애초에 이 글을 쓰려고 하지도 않았을 것이다. 이렇게 쓴 소리할 작정을 했다는 것은 내가 이 잡지에 대해 어떤 가능성을 보았기 때문이다. 그 가능성 중에서도 가장 큰 것을 나는 다른 어떤 것에서도 아닌 바로 이런 자기 비판적인 글을 청탁한다는 그 용기에서 발견할 수 있었다. 요즘 세상에 어느 잡지가 이런 자기 비판적인 글을 청탁하는가. 모두가 나르시시즘의 견고한 성채 속에서 황홀한 꿈을 즐기려고 하지 누가 이 차고 매서운 바람을 맞으려 하겠는가. 이런 점에서 『다층』은 차별화되며, 이 차별화가 곧 『다층』의 존재 이유가 될 것이다.

근대와 탈근대의 도그마와 이율배반의 논리
―『창작과 비평』과『문학과 사회』비판적 읽기

1) 근대성에 대한 성찰, 그 이율배반의 딜레마

2001년 한 해『창작과 비평』(이하『창비』)과『문학과 사회』(이하『문사』)가 특집으로 다루고 있는 것은 근대와 탈근대에 대한 탐색과 전망이다. 근대의 문제는 분단과 식민지의 역사가 청산되지 않는 한 그것은 하나의 온전한 존재성을 가지지 못할 것이다. 분단과 식민지의 체험은 너무나 견고하고 질진 것으로 존재하기 때문에 근대 및 탈근대 논의에 상당한 부담감으로 작용하고 있다. 그동안 근대의 문제를 분단과 식민지의 체험 속에서 탐색해 온『창비』의 근대 관련 논의가 변증법적인 발전의 단계를 보여주지 못하고 퇴행 내지 정체의 길을 드러내고 있는 이유가 여기에 있다. 뿐만 아니라『문사』가 보여주고 있는 통시적인 역사성과 공시적인 사회성을 제대로 내장하지 못한 채 표피적이고 유행에 치우친 겉멋부리기식의 담론을 생산해 온 것도 그 이유가 여기에 있다고 할 수 있다.

분단과 식민지 체험이라는 특수성으로 인해 우리의 근대에 대한 논의는 상당 부분 혼란과 혼돈의 양태를 벗어나지 못하고 있다고 해도 과언이 아니다. 분단과 식민지 체험의 특수성을 살리면서 근대에 대한 논의를 전개하려는 의도는 주체성의 딜레마라는 암초에 걸려 제대로 그 체계를 확립하지 못한 채 계속 되어 왔다고 할 수 있다. 주체성의 딜레마를 심하게 앓을수록 표면화되는 문제는 이식적인 서구의 근대화론과 탈근대화론이다. 그러나 이식화론은 우리의 주체적인 현실을 간과한 상태에서 전개되는 경우가 있기 때문에 많은 문제를 야기한다. 그 대표적인 사례가 바로 탈근대론자들의 근대비판이다. 이들은 우리 사회가 탈근대로 접어든 것처럼 담론을 유도하고 통제하면서 근대적인 것에 대한 부정과 비판을 서슴지 않았다. 탈근대론자들의 근대비판은 물질적인 토대를 담보할 수 없었기 때문에 근대주의자들의 공격에 맥없이 허물어지고 만다. 마치 아무 일 없었다는 듯이 이 문제가 잠잠해지면서 탈근대주의자들은 자신들의 관심을 탈근대에서 근대로 돌린다. 이것은 명백한 이율배반이다.

이러한 모순과 이율 배반성은 문제적인 것이다. 이 문제는 그들이 전개하는 근대의 논의에 대해 진정성을 의심하게 하는 하나의 불안 요인임에 틀림없다. 만일 이 모순과 이율 배반성을 극복하지 못한다면 그들은 계속해서 의혹의 눈길을 받게 될 것이다. 하지만 여기에 대해 그들은 무슨 뚜렷한 대안을 가지고 있는 것 같지 않다. 그들이 최근 보여주고 있는 것은 근대에 대한 일정한 관심일 뿐 탈근대의 비판과 반성을 통해 개진되는 그런 종류의 근대 담론은 아니다. 그들은 상황만 바뀌면 다시 근대 비판으로 돌아설 것이다. 이것은 그들을 위해서도 또 우리 사회의 발전을 위해서도 결코 바람직한 것이 아니다. 이것으로 보면 근대의 문제는 민족문학론자들 못지 않게 탈근대론자들에게도 중요한 문제라고 할 수 있다. 더욱이 이 담론의 생산에 주체적으로 참여했거나 참여하고 있는 사람들에게 이 문제는 그들이 감당해야만 하는 일종의 벗어날 수 없는 '감옥'과 같은 것이다. 이런 점에서 근대와 탈근대 담론을 형성하고 주도해온 『창비』와 『문사』가 봄호 특집을 '21세기 어떤 시대인가'와 '모더니티와 사랑의 발견'으로 정한 것은 실로 주목에 값한다고 할 수 있다.

우리 시대의 가장 큰 난제인 근대에 대한 논의는 아이러니컬하게도 탈근대론자들의 '근대비판'이 결정적인 계기가 되어 촉발되었다. 그러나 탈근대론자들의 '근대비판'에 대항한 새로운 담론 권력의 주체들은 아직도 그 근대 혹은 근대성에 대해 일정한 이론적인 토대조차 확립하지 못하고 있는 실정이다. 이 새로운 담론 권력으로 부상하고 있는 민족문학론자들이 내세우는 근대성은 탈근대론자들이나 보수적 근대주의자들이 내세우는 외발적(外發的)이고 부르조아적인 것이 아니라 내발적(內發的)이고 민족이나 민중적인 토대에 입각한 어떤 것이다. 이들의 주장은 주체적인 근대성을 확립하려는 당위성을 띠고 있기는 하지만 아직 그 담론의 중심에 있지 못하다. 이로 인해 지금 행해지고 있는 근대에 대한 이론적 혹은 이념적 헤게모니는 아이러니컬하게도 탈근대론자들이 쥐고 있다. 이것은 이들이 전개하는 근대에 대한 논의가 '자체 모순'에 빠져 있거나 '이율배반적인 딜레마'에 빠져 있다는 것을 의미한다.

　이러한 모순과 이율 배반성은 문제적인 것이다. 이 문제는 그들이 전개하는 근대의 논의에 대해 진정성을 의심하게 하는 하나의 불안 요인임에 틀림없다. 만일 이 모순과 이율 배반성을 극복하지 못한다면 그들은 계속해서 의혹의 눈길을 받게 될 것이다. 하지만 여기에 대해 그들은 무슨 뚜렷한 대안을 가지고 있는 것 같지 않다. 그들이 최근 보여주고 있는 것은 근대에 대한 일정한 관심일 뿐 탈근대의 비판과 반성을 통해 개진되는 그런 종류의 근대 담론은 아니다. 그들은 상황만 바뀌면 다시 근대 비판으로 돌아설 것이다. 이것은 그들을 위해서도 또 우리 사회의 발전을 위해서도 결코 바람직한 것이 아니다. '지금', '여기'에서 필요한 것은 적절한 자기 비판과 반성이며, 타자의 영역으로 존재하는 민족문학론자들의 담론에 대한 지배력의 강화가 아니라 변증법적인 통합을 통해 새로운 근대의 담론을 생산해내는 일이다.

　이런 점에서 두 계간지가 이번 특집을 통해 얼마만큼 근대와 탈근대의 문제를 감당하고 있는지 그것을 살피는 일은 다른 어느 일보다 중요하다고 할 수 있다. 따라서 여기에서 가장 중요하게 문제삼아야 할 것은 근대와 탈근대에 대한 단편적인 지식이 아니라 그것에 대한 인식 주체의 입장과 시각이라고 할 수 있다.

　『창비』가 이번 특집에서 문제삼고 있는 것은 근대가 안고 있는 문제와 그것에 대한 성찰과 반성을 통한 새로운 대안 제시이다. 「다시 지혜의 시대를 위하여」에서 백낙청은 세계 체제 차원의 근대 및 그 최신 국면으로서의 신자유주의적 세계화 시대와 한반도의 통일시대간의 상관관계, 그리고 이것에 대한 동아시아 차원의 연대를 모색하고 있다. 그의 논지는 한반도를 둘러싼 외부적인 상황에 대한 성찰 속에서 우리의 근대를 문제삼는다는 종전의 그가 주장해온 담론과 크게 다르지 않다. 그러나 문제는 근대의 딜레마를 해결할 수 있는 분단과 식민 권력의 구조 자체에 대한 전망이 불투명하다는 점이다. 그 동안 북한은 세계 질서에 편입되는 것을 거부하면서 우리 식의 사회주의를 고집해 왔지만, 최근에는 자본의 압박이 강화되면서 개방과 수구의 양면 전략을 구사하면서 버티고 있는 것이 사실이다. 이런 북한에 대해 우리는 미일 자본의 하위 파트너가 되어 북한을 그대로 흡수통일하지도, 또 이들 국가의 자본 침투를 수수방관할 수도 없는 그런 어중간한 상황에 처해 있다.

식민 권력의 구조 문제와 관련해서도 우리는 어떤 명확한 답을 가지고 있지 못하다. 근대적 주체를 강조하는 백낙청을 포함한 민족문학론자들이 가지는 문제는 식민 권력의 구조를 창출하고 있는 일본이나 미국의 영향과 잔재가 너무도 견고하다는 점이다. 우리는 일본을 넘어서야 한다고 역설하고 있지만 패전 후 미국에 의해 강요된 민주화로부터 경제대국과 기술대국을 건설하고, 이제는 유엔 안보이사회 성원의 자리를 넘보게 된 정치대국 일본의 현재 모습을 미래의 우리의 모습으로 대치하고 있는 아이러니를 연출하고 있다. 뿐만 아니라 우리는 미국의 종속으로부터 벗어나 자주적인 국가를 건설해야 한다고 역설하고는 있지만 근대가 지닌 힘의 논리로부터 벗어나지 못한 채 오히려 그 힘에 대한 동경을 하게 되는 상황 하에 놓여 있는 것이 사실이다. 이러한 상황에서 보면 백낙청의 논리는 하나의 논리를 위한 논리로밖에 이해되지 않는다.

백낙청과는 조금 다른 시각에서 김상환은 근대와 탈근대의 문제를 논의하고 있다. 「테크놀로지 시대의 동도서기론」이라는 제목에서 알 수 있듯이 그는 테크놀로지(서기)가 그 영역을 급속하게 확장하고 있는 시대에 과연 동도라는 것이 어떤 의미를 가질 수 있는 지 그것에 대해 살펴보고 있다. 그는 이 글에서 맑스, 하이데거, 데리다 등의 발본적 근대 비판이 동도에 대한 새로운 관심을 환기했다고 전제한 뒤, 그들이 동도에 대한 관심을 가진 것처럼 우리도 서기의 근원과 실상에 대해 깊이 있게 사유할 필요가 있음을 설파하고 있다. 그의 근대 및 탈근대를 바라보는 이러한 시각은 동도 자체가 20세기의 실존적인 한계 상황을 넘어서는, 21세기의 새로운 대안이 될 수 있다거나, 또 되어야만 한다고 떠들어대는 대책 없는 관념론자들에게 일침을 가하는 날카로움이 담겨 있다고 할 수 있다. 그러나 문제는 그가 서기에 대한 사유의 필요성을 역설하면서 이야기한 '유령'이라는 개념이다. 그는 이 '유령'을 동도도 서도도 아닌 그 무엇이라고 정의하고 있다.

> 동도는 자신의 범주들을 합리적 언어의 문법 안에서 번역할 수 있어야 다시 살아날 수 있다. 동도는 자신의 속내를 근대적 이성의 범주들로 옮기고 담아내지 않고는 근대적 이성이 지키는 시대의 문턱을 넘을 수 없을 것이다. 그런 이동의 노동을 통해서만 동도는 과학과 기술의 역사적 전개과정과 근대 민주주의의 이념을 동아시아적 전통의 기억과 이어놓을 수 있을 수밖에 없다. 그것이 원래 숨어 있던 장소를 떠나기도 해야 할 것이다. 그 옮김과 이동 속에서 동도는 이미 죽어 있는 것도 아니고 아직 살아 있는 것도 아닌 것, 유령처럼 떠다녀야 할 것이다. 동도는 유령이 되어야 역사의 문턱을 넘어 미래에 부활할 수 있을 것이다.(『창비』, p.88)

이 글의 논지는 동도가 합리적 언어의 문법 혹은 근대적 이성의 범주들에 의해 옮겨지고 담아내져야 한다는 것이다. 이것이 가능하기 위해서는 동도는 원래 숨어 있던 장소(동양이라는 존재 영역)를 떠나 유령처럼 떠다녀야만 한다. 인식론적인 현란함으로 치장된 이 말의 요점은 동도가 서기 안에서 실천적인 차원을 모색해야 한다는 것이다. 김 교수의 이 유령이라는 말이 담고 있는 의미는 '환부가 있으면 그 환부를 덮어두는 것이 아니라 그 환부 속으로 들어가 그것을 들추어내는 그런 방식'과 일맥상통한다고 할 수 있다. 이것은 대단한 탁견이다. 그러나 그의 이 대안은 지나치게 인식론적이다. 지독한 인식론자인 데리다의 해체의 논리처럼 그것은 결국 어떤 실천적인 대안 제시 없이 단순히 인식론적인 유희의 차원에 머물 위험성이 도사리고 있다고 할 수 있다. 김 교수의 글들은 대부분 대단한 인식론적인 사유의 깊이를 가지고 있음에도 불구하고 그것이 하나의 유희로 느껴지는 것은 '지금', '여기'에서의 삶에 대한 몸으로 밀고 가는 치열한 체험이 부재하기 때문이다.

『문사』의 「모더니티와 사랑의 발견」이라는 특집은 지금까지 『문사』가 견지해온 근대 및 탈근대에 대한 이율배반적인 자기 모순을 노출하고 있다고 볼 수 있다. 「모더니티와 사랑의 발견」이라는 특집은 이것이 『문사』의 특집이기 때문에 문제가 된다. 근대 및 탈근대와 관련하여 지금까지 『문사』가 견지해 온 저간의 사정을 고려한다면 왜 이 특집이 문제가 되는 지를 곧 알 수 있을 것이다. 80년대 중반 우리 사회 혹은 우리 문단을 광풍 속으로 몰아넣은 것은 탈근대에 관한 논쟁이며, 여기에 『문사』가 첨병 역할을 했다는 것은 누구나 다 아는 사실이다. 마치 우리 사회가 탈근대로 접어든 것처럼 요란하게 선전하고 나선 잡지가 바로 『문사』이다. 탈근대 담론의 급작스런 부상에 『창비』 진영이 숨을 죽이고 혹은 전전긍긍해 할 때 『문사』에서는 마치 고기가 물을 만난 듯이 요란하게 우리 담론의 바다를 가로지르지 않았던가.

　그토록 야단법석을 떨던『문사』진영이 탈근대 논의가 근대론자들에게 비판을 받게 되자 침묵을 지키다가 다시 최근에는 근대에 대한 관심을 보이는 그런 이율배반적인 자기 모순을 연출하고 있다. 이것은『문사』진영이 외국 이론이나 사상에 대해 개방이고 탄력적인 데서 기인한 필연적인 결과라고 할 수 있지만, 그보다는 우리 사회에 대한 깊이 있는 성찰을 결하고 있다는 것을 말해주는 단적인 예로 보는 것이 더 타당하다고 할 수 있다.『문사』가 보여주는 그 전위적이고 실험적인 미학성이 때때로 불안한 이유가 바로 여기에 있다.

2) 혼돈 속의 눈

(1) 인간의 경계를 묻는다

『문사』여름호는 인간의 경계에 대해 묻고 있다. 2001년 2월, 게놈 지도가 완성된 이후 새롭게 제기되고 있는 인간 존재에 대해 직접적인 성찰을 단행하고 있다는 점에서 의미 있는 문제제기라고 할 수 있다. 게놈 지도가 완성되었다는 것은 인류사의 최대의 사건이라고 하지 않을 수 없다. 게놈 지도의 완성은 이제 인류의 진화가 '자연 선택(natural selection)'이 아니라 '인공 선택(artificial selection)'에 의해 결정된다는 것을 의미한다. 이것은 인간이 인간을 창조할 수 있다는, 다시 말하면 인간이 신이 될 수 있다는 불경의 최대치를 드러내고 있는 것으로 볼 수 있다.

　게놈 지도의 완성은 유전자 조작을 통해 인류의 오랜 숙원인 질병으로부터의 해방과 수명 연장이라는 장밋빛 미래에 대한 전망을 담고 있지만 그것이 인간 욕망의 궁극적인 지향점과 만난다는 점에서 그 이면에는 인간 욕망의 돌이킬 수 없는 음험함이 도사리고 있다고 할 수 있다. 인간의 욕망은 제어하기가 힘들며(그래서 욕망을 '환유' 혹은 '기계'라고 하지 않는가.), 우리가 그 욕망의 끝을 경험한다는 것은 죽음이 아니고서는 불가능하다. 이 사실은 우리가 욕망을 단순한 경계나 계몽의 대상으로만 간주할 수 없다는 것을 말해준다. 게놈 지도의 완성으로 인해 인류의 진화가 인공 선택에 의해 결정된다는 것은 그 누구도 막을 수 없는 대세이다. 보다 현명한 방법은 인공 선택의 욕망을 욕망으로 받아들이는 일이다. 『문사』의 특집은 이런 점에서 주목에 값한다.

　이필렬의 「인간 게놈 프로젝트, 인간 유전자의 조작, 현생인류의 증발」과 주일우의 「인간 게놈 프로젝트의 숨은 그늘」은 게놈 지도 완성에 대해 불안과 경계 쪽에, 복거일의 「유전자 혁명과 인류의 진화」, 듀나의 「게놈 프로젝트의 SF적 모티프」는 그 반대쪽에 놓인다. 그러나 이필렬과 주일우의 글이 단순한 경계나 계몽으로 일관하는 것은 아니다. 이들의 글은 인공 선택을 인정한 상태에서 그것을 비판적으로 읽어내고 있다. 이필렬의 글 중에서 유전자의 조작으로 인해 인간이 서로 생식이 안 되는 많은 종류로 분화된다는 예측 대목과 인간 수명의 연장이 결국에는 생명의 탄생에 대한 무관심 또는 생명의 탄생이 지닌 신비스러운 감정의 상실을 가져올지도 모른다는 대목 등이 바로 그 비판적인 읽기의 예이다. 그의 글은 인공 선택이 단순한 인식론적인 선택의 문제가 아니라 그것이 존재론적인 생존의 문제와 직접 연결되어 있다는 점에서 일종의 묵시록적인 속성을 지닌다. 주일우의 글은 인간 게놈 프로젝트가 정치·경제적인 가능성을 간과하고 있음을 지적한다. 그에 의하면 인간 게놈 프로젝트는 유전자의 조작만으로 실현될 수 있는 것이 아니라 그에 따르는 정치·경제적인 제도가 행사하는 힘의 실체와 그 상황을 고려해야만이 실현될 수 있다고 보고 있다. 과학적인 어떤 발견이 현실 속을 뚫고 들어오기에는 많은 난점이 있다는 지적은 과학적인 발견과 현실을 아주 쉽게 동일시해버린 상태에서 우리 시대의 여러 실존적인 조건들을 말하는 오류를 저지르고 있는 경우를 되돌아보게 한다.

이필렬과 주일우의 비판은 인간 게놈 프로젝트에 대한 부정 의식을 드러내고는 있지만 그것이 가지는 보다 근본적인 불안의 실체에 대해서는 언급하고 있지 않다. 인간 게놈에 의한 인공 선택의 문제는 근본적으로 심대한 불안을 유발할 수밖에 없다. 그것은 자연 선택을 배제함으로써 강제적인 분리 및 분화를 경험하기 때문이다. 분리 및 분화는 통합을 지향할 수밖에 없고, 이것은 근대 이후 우리가 가지는 태생적 불안의 한 양태이다. 따라서 인공 선택에 의한 게놈 프로젝트가 유발하는 보다 중요한 문제 중의 하나는 심리적인 불안이라고 할 수 있다. 그러나 『문사』의 특집에서는 이 사실을 간과하고 있다. 인간이 인간을 조작할 수 있다는 오만은 과학에 대한 절대적인 믿음에서 기인하며, 이러한 조작은 언제나 보이는 것보다는 보이지 않는 쪽에서 더 많은 문제들을 가지고 있는 것이 사실이다. 게놈 프로젝트에 의한 인공 선택이야말로 이 보이지 않는 인간의 심리적인 불안을 유발할 수 있는 많은 인자들을 가지고 있다고 볼 수 있다. 게놈 프로젝트에 대한 장밋빛 환상이 환멸로 바뀔지도 모른다는 불안은 그것을 욕망하는 자들을 뜻하지 않은, 아니 어쩌면 예정된 아이러니에 직면하게 할 것이다.

(2) 남북한 개혁의 이룩은 가능한가

『창비』는 남북 정상회담이 개최된 지 일년이 되는 시점에서 '통일과
정과 개혁과제'라는 의미 있는 특집을 선보이고 있다. 두 정상의 만남
은 그동안 분단체제와 민족의 문제에 초미의 관심을 견지해 온 창작과
비평 진영에 실로 막대한 파장을 불러일으켰다고 할 수 있다. 이 사건
을 계기로 그들이 지향해 온 민족 통일의 과제가 힘을 얻게 된 것이 사
실이다. 그러나 이 사건이 민족의 문제를 일시에 해결해 주리라고는 아
무도 믿지 않았다. 그만큼 우리의 통일에는 해결해야 할 과제가 산적해
있기 때문이다.

『창비』여름호는 이 과제에 대해 집중적으로 조명하고 있다. B. 커밍
스의「냉전구조들과 한반도의 지역적 전지국적 안보」는 한반도를 둘러
싼 주변국들의 이해관계를 거시적인 시각으로 다루고 있다. 그의 논리
중에서 주목되는 부분은 그가 남한 민중이 일궈낸 민주화를 높이 평가
하고 있다는 점이다. 독재에 대한 민중들의 치열한 정치투쟁이 새로운
민주주의를 잉태하게 했으며, 그 사건의 중심에 김대중이 있다는 것이
다. 이것은 북한과의 대화에서 큰 힘이 되며, 미국을 비롯한 주변국들
의 이해를 이끌어낼 수 있는 일정한 토대를 제공하고 있다고 해도 과언
이 아니다. 그러나 부시 행정부는 김대중과 남한 민중들의 이 힘을 간
과하는 실수를 범하고 있으며, 이 때문에 남북 관계가 교착상태에 빠지
게 된 것이라고 그는 진단하고 있다. 그의 글에서 엿볼 수 있는 것은
"한반도의 문제는 한반도 주민들이 관장해야 한다"는 주체성의 논리이
다. 이것은 이론의 여지가 없는 지당한 논리이다. 하지만 커밍스의 이
러한 논리는 서구인의 눈으로 본 한반도에 대한 인식에 불과하다. 즉

74

그에게 있어 한반도는 하나의 인식론적인 대상이거나 타자일 뿐이다.

이러한 맥락에서 이남주의 「북한 개혁의 이륙은 가능한가」, 정해구의 「탈독재 탈냉전시대의 정치개혁과 언론개혁」, 조은의 「침묵과 기억의 역사화:여성 문화 이데올로기」, 그리고 황상익의 「남북한의 의료체계에 관하여」 등의 글은 보다 더 피부에 와 닿을 뿐만 아니라 주체성의 문제와 관련하여 커밍스의 글에 대해 가졌던 의혹이 많이 상쇄된 것이 사실이다. 이것은 필자의 지나친 편견이라기보다는 남북 분단의 문제가 우리의 일상이나 현실의 미시적인 부분에 걸쳐 실감의 차원으로 존재하기 때문이다. 정해구의 글과 조은의 글은 이런 점에서 주목된다.

정해구의 글은 통일의 과정에 가장 큰 영향력을 행사하는 정치와 언론에 대해 분석하고 있다. 정치개혁과 언론개혁 없이는 시민사회 각계각층의 요구와 이해를 제대로 반영할 수 없으며, 이것은 곧 통일을 향한 결집된 힘을 가지지 못한다는 것을 의미한다. 독일의 통일에서 보듯 언론 및 방송 매체의 역할은 중요하다. 이질화된 서로의 문화적인 정서를 통합시키기 위해서는 매체의 역할이 절대적이라고 할 수 있다. 통일이 이루어지기 전 동독 국민의 80%가 서독의 TV를 시청했다고 하는 사실이 이것을 잘 말해준다. 그러나 정해구의 글은 여기에 대한 자세한 언급이 없다. 이 점, 그의 글에서 가장 아쉬운 대목이다.

조은의 글은 이산가족상봉에 나타난 억압의 여성사를 들추어 냄으로써 이것에 대한 온전한 치유 없이는 온전한 통일도 없다는 논리를 펼치고 있다. 남북의 헤어진 핏줄의 만남이라는 이벤트성의 기획에 가려 여성이라는 이유만으로 가족을 떳떳하게 만날 수 없는 억압의 현실을 드려다 보았다는 점에서 그 동안 남성 위주의 통일논리에 대한 비판과 반성을 제기하고 있는 중요한 글이라고 할 수 있다. 이 글을 통해 알 수 있듯이 통일의 문제는 세세하고 구체적이며, 넓고 깊은 이해와 탐구를 필요로 하는 지난한 일이다.

아직 통일의 과제를 제대로 실현하기에는 남북한 사회는 문제가 많다. 밖이 아닌 안으로부터의 개혁이 필요한 이유가 바로 여기에 있다. 진정한 의미에서의 통일은 주체적인 통일이며, 내발적인 통일이다. 지금 남한은 언론개혁을 둘러싸고 복마전을 방불케 하는 험한 기류가 형성되어 있다. 분명한 것은 그동안 언론이 우리의 통일에 하나의 덫으로 기능해 왔다는 점이다. 통일의 대국적 견지에서가 아니라 자사의 혹은 사주의 이익을 위해서 언로를 통제하고 관리해 왔기 때문에 통일의 도정에 그들은 개혁의 대상이 될 수밖에 없는 것이다. 한반도의 통일은 궁극적으로 남과 북이 하나가 되는 것이지만 그것은 단순히 휴전선이 없어지고, 헤어졌던 핏줄이 서로 만나는 그런 차원을 말하는 것이 아니다. 그것은 남북한 사회에 뿌리 깊게 자리하고 있는 모순과 부조리를 개혁하는 일로부터 실현될 수 있는 그 무엇이라고 할 수 있다.

3) 전체에 대한 통찰의 부재

『창비』 가을호 특집은 '21세기 과학, 낙관과 비관 사이'이고, 『문사』 특집은 '자율성이란 무엇인가?'이다. 『창비』의 경우는 이미 제목부터 이 잡지 특유의 사회 비판과 성찰의 감각을 발견할 수 있고, 『문사』의 경우는 미학적인 성찰의 감각을 발견할 수 있다. 특집으로 잡은 이 주제는 이런 점에서 두 잡지의 방향성을 드러내고 있다고 볼 수 있지만 그것은 또한 '지금', '여기'의 상황을 첨예하게 드러내고 있다고도 볼 수 있다. '지금', '여기'에서 벌어지는 가장 중요한 특징 중의 하나는 과학과 미학을 따로 떼어놓고 생각할 수 없다는 사실이다. 과학의 객관적이고 물질적이며 이성적인 영역과 미학의 주관적이고 의식적이며 감성적인 영역이 따로 존재하는 것이 아니라 통합되고 혼합된 양태로 존재한다고 할 수 있다.

『창비』와 『문사』가 우리 시대의 이러한 관심사를 통합되고 혼합된 시각에서 어떤 논의를 전개하고 있지는 않다. 『창비』는 과학 중심으로, 『문사』는 미학 중심으로 논의를 독립적으로 전개하고 있다. 그러나 이 두 잡지가 독립적인 논의를 전개하고는 있지만 이 두 잡지를 읽다 보면 과학과 미학이 자연스럽게 연계되고, 여기에서 다양한 연상들이 일어난다. 과학의 발달은 테크놀로지의 발달로 이어지고, 이것은 다시 미학의 변화로 이어진다고 할 수 있다. 과학과 테크놀로지의 발달의 속도에 미학의 변화의 속도가 크게 영향을 받는다고 할 때, 미학의 개념과 정체성의 문제는 혼돈과 혼란 상태에 놓일 수밖에 없다. 과학과 미학의 연계성은 지금 이 시대의 존재 기반을 밝히는 두 축이다. 그러나 애석하게도 이 두 잡지의 특집은 이러한 점을 고려하지 않고 있다. 따라서 논의 자체가 힘을 얻지 못하고 있다. 『창비』의 특집은 어떤 과학적 사실에 대한 정보의 나열 같다는 인식을, 『문사』의 그것은 미학을 위한 미학이라는 공허한 울림만을 자아내고 있다는 인식을 떨쳐버릴 수 없다. 이것은 단순한 문제라고 볼 수 없는 부분이 있다. 『창비』와 『문사』의 가을호 특집은 이 두 잡지가 가지고 있는 불안을 그대로 드러내고 있다고 할 수 있다.

(1) 담론과 문학 사이

『창비』는 현실 인식을 바탕으로 역사·사회적인 문제를 담론화함으로써 질곡으로 점철된 우리 근·현대사를 성찰할 수 있는 시각을 제공한 것이 사실이다. 특히 이념이나 이데올로기가 가지는 허구성과 억압성에 대해 비판적이고 반성적인 입장을 견지함으로써 우리가 어느 정도 여기기에서 벗어나는데 일조했다고 할 수 있다.『창비』가 견지해 온 이러한 시각은 군부독재로 얼룩진 70년대와 80년대에 들어 강력한 저항의 기제로 존재하면서 우리 지성사의 양심의 한 단면을 보여줌으로써 사회나 역사에 대한 문학의 참여적인 기능을 극대화하였다고 할 수 있다.『창비』의 이러한 점은 그것이 어둠 속에서 행해졌기 때문에 더 빛이 날 수 있었고 어느 누구도 이 점에 대해서는 이의를 달지 않았다. 그러나 80년대 후반을 기점으로 이념이나 이데올로기 같은 거대담론이 무너지고 미시담론이 부상하면서『창비』가 견지해 온 시각에 적지 않은 혼란과 혼돈이 일기 시작했다. 그 대표적인 것이 바로 리얼리즘과 모더니즘 논쟁, 신세대 문학을 둘러싼 민족문학의 범주 논쟁이다. 이 외에도『창비』의 상업성에 대한 문제를 들 수 있다.『창비』를 둘러싸고 전개된 일련의 논쟁의 원인은 기본적으로『창비』의 시각이 미시담론이 지배적인 시대에 생산성과 효율성을 담보하기에는 경쟁력이 없다는 인식으로부터 출발한다.

'지금', '여기'에서『창비』가 가지는 정체성 문제에 대한 탐색은 시의적절한 것이며, 앞으로 어떤 변모를 보여줄 지 귀추가 주목된다.『창비』의 변모에 대한 관심은 그것이 우리 사회의 진보와 비판적인 성향을 대표하는 잡지라는 점에서 중요하다고 하지 않을 수 없다. 하지만『창비』의 변모라는 측면에서 우리가 유심히 지켜 보아야 할 대목이 여기에만 있는 것이 아니다. 『창비』의 변모와 관련하여 더 중요한 것은 『창비』 내부에 있다고 할 수 있다. 『창비』 내부란 『창비』가 가지는 제도 및 구조의 문제를 포함하면서 그동안 고질병으로 이어져 온 사회와 문학 혹은 역사와 문학 사이의 긴장의 문제에 대한 성찰의 부재이다. 『창비』가 사회·역사적인 문제에 대해 첨예한 인식을 보여주고 있음에도 불구하고 그것이 문학을 통해 제대로 구현되지 않고 있다는 점은 문제라고 하지 않을 수 없다. 『창비』가 보여주는 풍부한 사회·역사적인 담론과 문학 사이의 괴리는 『창비』가 문학 혹은 미학의 차원에서 상당한 경직성을 불러일으키는 원인이 되고 있다. 사회·역사적인 담론과 문학 사이의 넘나듦이 부재하다는 것은 담론이 담론의 차원으로만 머문다는 것을 의미한다. 이렇게 되면 담론은 강한 정치성만을 띠게 될 뿐이다.

『창비』 가을호가 보여주는 것이 바로 그것이다. 21세기 과학기술의 특징이 인터넷과 생명공학 그리고 에너지 기술에 있다는 전제를 내린 뒤 그것이 가지는 문제가 전체를 조망할 수 없을 정도로 복잡하고 통제가 거의 불가능한 분산적 네트워크에 있다는 이필렬 교수의 견해는 과학기술이 주도하는 현실세계의 맹점을 정확하게 짚은 탁견이라고 할 수 있다. 또한 「실험실 속의 모반자들」이라는 글에서 한스 마그누스 엔스베르거가 인간과 자연을 완전히 지배하려는 유토피아의 기획이 자신들의 반대세력에 의해서가 아니라 그 자체 내에 잉태된 자기모순과 과대망상에 의해서 파멸하게 될 것이라는 결론은 과학의 오만함에 대한 엄중한 경고의 메시지를 담고 있다. 강신익 교수의 「게놈, 생명의 지도인가 인간 종의 역사인가」는 의학 지식을 바탕으로 그동안 피상적인 관념의 형태로 이야기되던 유전자의 실체에 대해 과학적이고 객관적인 접근을 보여주고 있다는 점에서 유전자에 대한 잘못된 지식을 바로잡아 주는데 일정한 기여를 하고 있다고 할 수 있다. 고철환 교수의「새만금 문제와 과학기술의 정치경제」는 과학기술이 언제나 정치·경제와 함수관계가 있다는 점을 밝힘으로써 과학기술의 환경파괴적인 원인이 결국 인간의 이해 관계에 있다는 지극히 당연하지만 중요한 결론을 내리고 있다.

이 네 편의 글은 지금 우리 시대의 과학이 가지는 존재 양태를 잘 보여주고 있다고 할 수 있다. 이 사실만 놓고 보면 이 글들은 과학과 관련하여 견고한 담론 체계를 형성하는데 부족함이 없다. 따라서 문제는 여기에 있지 않다. 이 글의 문제는『창비』라는 잡지 전체와 관련시킬 때 드러난다.『창비』의 존재 이유는 사회·역사적인 담론의 생산과 그것의 문학적인 재생산에 있다. 그렇다면 이 과학담론들은 어떻게 문학적으로 재생산되고 있는가? 이 물음에 대한 답은 부정성을 띨 수밖에 없다. 이 과학 담론은 시인이나 작가들 또는 비평가들의 관심을 불러일으키면서 그들의 창작 행위와 비평 행위에 동기를 부여할 수 있다. 이것은 담론의 문학적인 재생산이다. 그러나 담론의 문학적인 재생산이란 이런 식의 양상을 말하는 것이 아니다. 그것은 담론과 문학이 분리된 상태에서 행해진 유기적이지 못한 양상일 뿐이다. 진정한 의미에서의 담론의 문학적인 재생산이란 그것이 담론의 논의 과정에서 잉태되어야만 하는 것이다.『창비』특집에서 다루고 있는 과학 담론이 어떻게 문학을 변화시키고 또 그 존재방식을 결정하는지 그 문제를 담론 속에서 다루어야 한다는 것이다. 과학이 이런 식의 존재양태를 보이기 때문에 그것과 밀접한 관계를 유지하고 있는 문학도 이러한 존재양태를 가지게 될지도 모른다는 개연성을 담론 내에서 이야기해야 한다는 것이다. 과학

기술의 변화에 따라 문학이 변모된 양상을 상기해 보라. '지금', '여기'
에서의 문학의 존재형식은 과학기술에 절대적인 영향을 받고 있다는
점을 부인할 사람은 아무도 없다. 매스미디어 혹은 디지털과 문학의 관
계는 차지하고라도 특집에서 논의된 유전자와 문학의 관계에서도 이러
한 영향 관계는 명백해진다.

　유전자 문제는 단순한 문제가 아니다. 그것은 인간의 몸이 바뀌는 것
이다. 인간의 유전자를 조작하여 인간의 몸을 질병으로부터 벗어나게
하여 수명을 연장할 수도 있고, 인간의 몸에서 유전자 생식세포를 채취
하여 여자의 몸을 빌려 자신과 유전자가 같은 또 다른 자신의 몸을 복
제할 수 있으며, 스티브 호킹 박사가 '우주 생명의 기원'에서 말했듯이
태양계가 소멸한 뒤 생식기능과 신진대사를 하는 생명체가 실리콘 생
명체로 바뀔 때 만일 인간의 뇌를 복제할 수 있다면 육체가 없는 정신
만으로 존재하는 새로운 몸이 탄생할 수 있는 것이다. 이렇게 유전자
조작을 통해 인간의 몸이 바뀌면 글쓰기 역시 일정한 변모를 거듭할 수
밖에 없다. 몸의 운명과 글쓰기의 운명은 서로 인과적인 관계를 유지할
수밖에 없는 것이다. 몸의 조그마한 변화에도 글의 질감은 변화한다.
이런 점에서 『창비』 가을호 과학 담론 특집에서 정작 중요하게 다루어
야 할 부분이 바로 이것이라고 할 수 있다. 과학 담론 속에서의 문학에
대한 탐색은 담론과 문학을 피상적으로 혹은 기계적으로 연결시키는
위험성으로부터 벗어나게 하는 중요한 방식이다. 『창비』가 가지는 사
회·역사적인 담론과 문학의 기계적인 대응이라든가 지나친 정치성의
전경화, 여기에서 비롯되는 문학 및 미학에 대한 경직성의 원인도 따지
고 보면 담론 속에서 문학의 재생산의 부재가 가져온 결과라고 할 수
있다. 담론과 문학이 넘나드는 담론에 대한 성찰이 없으면 『창비』의 새

로운 변신은 불가능하리라고 본다.

(2) 심미성과 비심미성 사이

『문사』의 경우는 『창비』가 범한 실수를 역으로 범하고 있다.『문사』
의 이번 가을호 특집은 자율성이다. 이 제목만 보아도 우리는『문사』가
지향하는 것이 무엇인지를 한 눈에 알 수 있다.『문사』가 지향하는 바
를 '가을호를 엮으며'의 다음 대목은 잘 말해주고 있다.

> 문학의 논리는 진보와 보수라는 이분법과는 다른 층위에 속한다. 문학
> 의 공간은, 사회와 삶에 관한 태도에 있어 얼마나 많은 빛깔이 이미 존재
> 하고, 그리고 다시 만들어질 수 있는가를 묻는 자리이다. 다른 방식으로
> 말하면, 그것은 이념의 명도와 채도를 묻는 것이 아니라, 사유의 질감과
> 지형을 탐색하는 자리이다. 변혁에의 열망은 귀중한 것이지만, 그 안에 은
> 밀하게 새로운 권력의 논리가 자라고 있다면, 그것은 삶에 관한 심미적 성
> 찰을 제한하는 반문학적 사태일 수 있다. 그러므로 가령 이 서문에 관해서
> 도 '결국 너희는 누구 편이냐'를 묻는다면, 그 물음은 이미 문학적 물음이
> 아니다. 문학적인 물음이 아니기 때문에, 우리는 문학의 이름으로, 그 물
> 음의 방식에 대해 다시 질문할 수 있다. (…) 정치적 척도로 모든 지식과
> 문학을 재단하려는 이 새로운 야만의 시대에, 우리가 예술과 문학의 '자율
> 성'이라는 주제를 다루는 것은 바로 위와 같은 이유에서이다. 자율성을 말
> 하는 것이 사치스럽고 시대착오적인 것이 되는 사회는, 건강한 사회도 살
> 만한 사회도 아니다. 자율성의 테제를 역사적으로 점검하고 재의미화하려
> 는 우리의 작업은, 자율성의 가치에 대한 진지한 성찰을 보여준 적이 없는

우리 시대에 대한 문학적 탄핵의 의미를 갖는다. (p.875)

　위에서 말하고 있는 정치적 척도란 지금 언론사 세무 조사를 둘러싸고 전개되는 각 시민 사회와 지식인 사회에서의 격렬한 이념 대립을 말한다. 이 이념 대립은 모든 지식과 문학을 정치적 척도로만 규정하려고 한다는 것이다. 이러한 발언은 한편으로 보면 중립과 중용의 미덕으로 간주할 만한 부분들이 있지만, 다른 한편으로 보면 그것은 중립과 중용을 가장한 사회적이고 현실적인 이념과 이데올로기를 배제하려는 의도로도 볼 수 있다. 이 글에서 말하고 있는 문학적인 것, 다시 말하면 문학의 자율성이라는 것이 사회적이고 현실적인 이념과 이데올로기를 배제한 개념이라면 이것은 지극히 위험한 발상일 수 있다. 문학의 자율성을 사회의 열린 체계의 일부로써, 그리고 동시대에 대한 비판적 거점으로 제기한다고 하지만 어떻게 사회적이고 현실적인 이념과 이데올로기를 배제한 상태에서 그것을 실현할 수 있는 지 의문이다. 분명 문학은 사회와 현실의 이념이나 이데올로기와 차별화되는 문학 고유의 어떤 부분들이 있지만 사회와 현실을 배제한 상태에서 문학 고유의 정체성을 확립할 수는 없다.

　문학의 자율성의 영역에서 사회와 현실을 괄호 친다는 것은 지금 이 시대의 문맥에서 볼 때는 실로 위험하다고 하지 않을 수 없다. 물론 자율성 특집에서 최문규는 서구에서 칸트로부터 최근에 이르는 자율성 개념의 역사적 전개 과정을 성찰하고 있을 뿐만 아니라 예술의 자율성이 가지는 현재적 의미를 탐색하고 있고, 김태환 역시 부르디외와 루만 등의 이론을 중심으로 하여, 자율성의 미학과 문학사회학과의 전통적인 반목을 극복하는 새로운 이론들을 소개하고, 이를 통해 자율성 개념의 재인식을 유도하고 있다. 그러나 이들의 논의에서 발견할 수 있는 것은 자율성 그 자체를 지나치게 심미적인 차원에서 이야기하고 있다는 점이다. 미적인 자율성에 대한 개념 규정이 심미적인 차원에서 행해진 것이 사실이지만 이것은 어디까지나 근대라는 범주 안에서이다. 근대적인 개념에서 미적인 자율성은 심미적인 차원의 순수함과 동의어이다. 이것은 분리 및 분화라는 근대의 논리에 기인한다고 할 수 있다.

하지만 미적인 자율성과 관련하여 이러한 근대의 논리는 20세기 후반에 들어와 상당한 도전을 받고 있는 것이 사실이다. 탈근대 혹은 탈근대적인 속성 내에서 미적인 자율성은 그 순수함을 위협하는 요인들에 의해 해체일로에 있다고 할 수 있다. 벤야민의 '기술복제 시대의 예술'이 잘 말해주고 있듯이 '지금', '여기'에서의 예술은 순수하고 자율적인 아우라를 상실한지 오래다. 모든 것들이 아우라를 상실한 채 끊임없이 복제되고 있을 뿐이다. 이 말이 우리의 현실과는 어느 정도 거리가 있다고 할 수 있지만 어느 누구도 그것이 하나의 거대한 흐름으로 다가오고 있다는 사실을 부인하지는 못할 것이다. '지금', '여기'에서 우리의 예술이나 문학이 순수하게 심미적인 속성을 가진다고 말 할 수 없는 이유가 바로 여기에 있다.

미적 근대라는 차원에서 문학의 자율성의 전통을 찾고 있는 이광호의 글은 그것이 우리의 근대 문학에 대한 반성과 성찰의 의미를 가질 수는 있어도 '지금', '여기'에서의 우리 문학의 자율성에 대해 깊이 있는 성찰을 보여주고 있다고는 말할 수 없다. 미적 근대의 차원에서 우리의 근대 문학을 보는 시각은 그동안 리얼리즘적인 근대 해석이 놓쳐버린 부분들에 대한 보충과 그것을 통한 새로운 가치평가를 수행하고 있다고 할 수 있지만 '지금', '여기'에서 행해지는 미적인 자율성을 진단하기에는 미흡하다고 할 수 있다. 만일 위 글에서 밝힌 것처럼 우리 사회의 과도한 이념이나 이데올로기성을 비판하고 문학의 자율성을 정립하려는 의도라면 이광호 식의 미적 근대성에 대한 성찰만으로는 힘을 가질 수 없다. 우리 시대의 문학은 심미적인 것과 비심미적인 것 사이에 있다고 할 수 있다.

우리 문학의 존재성을 정립하기 위해서는『문사』의 특집에서 배제해 버린 우리의 현실을 지배하고 있는 과학기술에 대한 성찰이 선행되어야만 한다.『문사』의 자율성 특집은 현실의 패러다임을 배제한 채 지나치게 정보화된 지식체계에 의존하고 있다. 우리의 현실은 정보화된 지식체계와 같은 의식의 차원보다는 테크놀로지와 같은 물질의 차원에 더 깊은 영향을 받고 있는 것이 사실이다. 물질적 차원에서 행해지고 있는 현실의 양상에 주목했다면 이런 식의 특집이 얼마나 견고하지 못한 논의를 위한 논의인가를 인식했을 것이다. 문학의 자율성은 문학의 자기동일성 속에 존재하는 것이 아니라 끊임없이 현실과의 대화를 통해서 정립되는 것이다. 따라서 문학의 자율성은 심미적인 것 속에 있는 것이 아니라 비심미적인 것과의 몸섞음 속에, 다시 말하면 그 사이에 있는 것이다.

『창비』와『문사』는 미학과 현실을 전체적으로 통찰하는 데에는 일정한 한계를 가지고 있다고 할 수 있다. 이 한계는 어제 오늘의 일이 아니다. 이 한계를 우리는 그것이 마치 두 잡지의 색깔인 것처럼 간주해 왔다.『창비』의 현실인식과『문사』의 미학적인 감각 사이에 수행되어온 긴장이 있었을 뿐이지 그 이면에는 이처럼 미학과 현실의 인식에 대한 중대한 한계가 가로놓여 있었던 것이다.『창비』와『문사』가 가지는 우리 문단에서의 영향력을 고려할 때 이 두 잡지의 이러한 존재 양태는 미학과 현실을 전체적으로 인식한 그런 작품의 부재로 연결된다고 할수 있다. 실제로 우리 문학사에서 『창비』와 『문사』 양진영으로부터 높은 평가를 받은 작품은 조세희의 『난장이가 쏘아올린 작은 공』 정도이다. 현실과 미학에 대한 전체적인 통찰이 있을 때 우리 문학이 두터워진다는 점을 감안한다면 『창비』와 『문사』가 고민해야 할 바가 무엇인지는 자명하다고 할 수 있다.

4) 90년대 문학과 신포도의 늪

90년대에 대한 평가는 여전히 뜨거운 감자로 남아 있다. 90년대가 드러내는 문학적 징후는 그동안 우리 문학사에서 볼 수 없었던 혼돈을 내장하고 있다고 할 수 있다. 문학의 정체성 자체를 위협하는 다양한 형식의 대두와 환경의 급격한 변화는 불안 의식의 확산과 담론의 대량 생산을 초래했다. 90년대에 들어와 급격하게 문학의 개념이 바뀌면서 여기에 대한 탐색이 우리 문단의 기층으로부터 강렬하게 일어났지만 그 누구도 여기에 대해 명확한 인식을 가지지 못했다. 90년대 문학이 드러내는 징후에 대해 갈피를 잡지 못한 채 난감해 하면서 그동안 세계 인식의 틀로 삼아온 규범이나 제도에 대한 성찰의 자세를 견지하는 모습을 보여주었다.

하나의 괴물의 형상을 하고 있는 90년대 문학에 대한 성찰의 움직임은 『창비』 진영에서 논쟁의 형태로 불거지면서 그 모습을 본격적으로 드러내게 된다. 『창비』 진영이 견지해온 리얼리즘의 방식으로 90년대 문학을 이해하는 것이 불가능하다는 인식이 팽배하면서 이들이 백안시해 온 모더니즘에 대한 관심과 그것의 적극적인 수용을 공론화하기에 이른다. 리얼리즘의 한계 극복으로서의 모더니즘의 수용은 『창비』 진영의 보편타당한 이념으로 자리잡지는 못했지만 비판적 수용 내지 지지라는 결과로 귀착된다. 리얼리즘과 모더니즘이 배타성이 아닌 상보성의 차원에서 서로 회통한다는 인식은 『창비』의 경직된 사고를 좀더 유연하게 바꾸어 놓았다고 할 수 있다.

　『창비』 겨울호(2001년)에 실린 임규찬의 '리얼리즘과 모더니즘을 둘러싼 세 꼭지점'은 바로 이러한 『창비』의 변모를 상징적으로 잘 보여주고 있는 글이라고 할 수 있다. 제도적인 규율과 통제가 강하기로 소문난 『창비』의 편집위원이 리얼리즘과 모더니즘에 대한 비판적인 성찰을 행하고 있다는 것은 리얼리즘에 대한 완고함에서 어느 정도 벗어나 모더니즘의 세계 인식을 수용하는 유연함을 보여주고 있다는 것을 의미한다. 우리 시대의 리얼리즘에서 모더니스트인 카프카를 지독히 혐오하고 있는 루카치를 절대적인 우상으로 신봉해 온 『창비』 진영의 저간의 사정을 상기해 보면 90년대가 이들에게 얼마나 큰 충격파를 던졌는지 충분히 짐작이 가고도 남는다. 이 글에서 임규찬이 문제삼고 있는 것은 최원식, 윤지관, 황종연의 비평집을 통해 드러나는 리얼리즘과 모더니즘에 대한 이들의 인식이다.

　윤지관의 『놋쇠하늘 아래서』, 황종연의 『비루한 것의 카니발』, 최원식의 『문학의 귀환』을 통해 이들이 보여주고 있는 인식 태도에 대해 임규찬은 적절한 동조와 함께 비판을 가하고 있다. 윤지관의 비평에 대해 그는 리얼리즘의 정당성을 확인하고 옹호하는 논리화 방식이 눈에 잡힌다고 전제한 뒤, 그가 보여 준 과학주의와 정치주의로 범주화하여 한국 비평을 예리하게 분석한 점, 광기와 신경증과 환상이 난무하는 프로

이트적 세계의 언어로 가득한 90년대 담론을 사회적 무의식 차원에서 징후적으로 꼼꼼하게 읽어 내 비판한 점, 모더니즘의 주요한 이론적 토대가 된 버만의 근대성의 경험을 비판적으로 읽어 낸 점을 높이 평가하고 있다. 그러나 그는 윤지관의 비평이 탄력적이고 유연하지 못하다고 비판한다. 윤지관의 비평은 자신이 확립해 놓은 리얼리즘론을 원론적인 수준에서 되풀이하고 있기 때문에 90년대 문학에 대한 정치한 읽기라든가 비평이 지향하는 객관성을 확립하지 못하고 있다고 지적한다.

황종연의 비평에 대해 임규찬은 그가 기본적으로 모더니즘론의 진지한 핵심을 보존하고 그에 기반하여 오늘의 문학에 나타난 여러 징후를 검증한다고 보고 있다. 그러나 임규찬은 그를 윤지관과는 달리 이론을 선험적으로 이해하고 그것을 텍스트 해석에 적용하는 것이 아니라 꼼꼼한 작품 읽기와 폭넓은 문학적 지식이 상호 넘나들며 텍스트의 해석을 수행하고 있다고 평가한다. 하지만 황종연의 이러한 해석 방식의 저변에는 리얼리즘이 한계에 도달하여 종말이 왔다는, 리얼리즘에 대한 한계 선언을 통해 모더니즘을 대량으로 유포하려는 의도가 숨어 있다고 그는 지적하고 있다. 임규찬은 그가 보여주고 있는 모더니즘 옹호(장정일, 윤대녕)가 개인과 사회의 조화를 위한 새로운 윤리의 창출이라는 근대적인 과제를 달성하기에는 너무 병리적이고 관념적이라는 이유를 들어 견고하지 못하다고 비판한다.

최원식의 비평에 대해 임규찬은 상당히 긍정적인 태도를 보여준다. 최원식이 드러내고 있는 리얼리즘과 모더니즘 사이의 회통을 90년대 이후 혼돈에 휩싸인 우리 문단을 진단하고 전망하는 한 방법으로 간주한다. 그가 이야기하고 있는 최량의 리얼리즘론이 최량의 모더니즘론이 될 수 있다는 논리, 또는 최량의 모더니즘론이 최량의 리얼리즘론이 될 수 있다는 논리를 새로운 변증법의 시각에서 해석해 내고 있다. 그러나 그는 최원식의 이러한 변증법적인 논리가 형식 논리로 그칠 수도 있다는 점을 지적한다.

윤지관, 황종연, 최원식의 비평에 대한 임규찬의 비판적인 인식은 타당한 일면이 있다. 리얼리즘과 모더니즘이 분리된 것이 아니라 동전의 양면처럼 존재한다는 그의 인식은 이 둘을 대립적이고 배타적인 것으로 이해해서 문학의 진정한 가치를 훼손시켜 온 저간의 사정을 고려할 때 실로 값지다고 할 수 있다. 그러나 90년대 문학은 리얼리즘과 모더니즘을 둘러싼 담론에 대한 논의만으로 포착할 수 없는 애매모호함과 다양함이 존재한다고 할 수 있다. 모더니즘을 수용하면서 90년대가 드러내는 '사회의 미학화' 혹은 '미학의 사회화'라는 양상을 우리 문학이 어느 정도 담지한 것이 사실이지만 여전히 미적이라는 의미는 그 존재성이 제대로 드러나지 않고 있다고 할 수 있다. 이런 점에서 『문사』 겨울호(2001년)의 다음과 같은 지적은 실로 주목에 값한다고 할 수 있다.

1990년대부터 현재에 이르는 한국 문학에 대한 평가는 대체적으로 부정적이다. 심하게 말하면 별것 없다 또는 지리멸렬하다는 표현까지도 접한 적이 있을 정도니 말이다. 하지만 이러한 평가에는 문학의 현장성에 대한 모종의 자기 방어적인 태도가 느껴진다. 이솝 우화의 예를 들자면 '신 포도'라는 일갈로 포도를 애써 외면해버리는 여우의 표정과도 같은 것이라고나 할까. 여기서 문제 삼고자 하는 것은 '신 포도'를 말하는 욕망, 달리 말하면 하나의 이름으로 또는 몇 줄의 문장으로 문학의 현장성을 정리 요약하고자 하는 욕망이다.

사회 전반을 감싸고 있는 학습지적인 발상법이 문학의 공간에까지 침투한 것일지도 모른다. 그렇다면 과연 1990년대부터 현재까지의 문학은 지리멸렬한 것일까. 그럴지도 모른다. 하지만 지리멸렬함을 말하는 무의식 속에는 문학에 대한 어떤 특수한 규정만을 승인하고자 하는 태도가 숨어 있는 것은 아닌지 반성해볼 필요는 없는 것일까. 과연 1990년대 이후의 문학은 지리멸렬한가. 정말로 그럴지도 모른다. 하지만 그런 주장을 하기 위해서는 '우리가 언제 이 시기처럼 다양한 문학적 현상들을 동시적으로 경험한 적이 있었던가'라는 물음을 반드시 거쳐야 할 것이다.(『문사』, 문학공간 2001 겨울 서문)

90년대 문학에 대한 단선적인 재단을 경계하고 있는 인용문의 발언을 통해 알 수 있는 것은 문학의 개념 변화를 두려워 하고 또 인정하지 않으려는 보이지 않는 우리 문단의 보수성이다. 90년대 문학이 지리멸렬하다고 말하는 언술 주체의 내면을 들여다 보면 여기에는 그동안 자신들이 견지해 온 고상하고 성스러우며, 순수한 개념으로서의 문학에 대한 완고한 고집이 자리하고 있다. 90년대 문학이 보여주는 가볍고 경박한 담론, 통속성과 감상성의 강화, 과도한 욕망과 병리적인 징후, 서사성의 약화와 에세이화, 장르의 혼합과 해체, 작가의 권위 상실과 독자의 권위 강화 등은 문학이 신포도의 차원으로 간주될 여지가 충분하다고 할 수 있다.

리얼리즘적인 인식에 완고한 사람들에게 90년대 문학이 보여주는 병리성과 아방가르드적인 것은 계몽의 대상일 뿐이다. 가령 백민석, 김언희, 김영하가 보여주는 과도한 욕망과 환각, 나르시시즘, 성욕, 죽음, 엽기 등의 세계와 송경아, 박상순, 박순업 등이 보여주는 해체적인 세계, 그리고 김정란, 위승희, 장경기가 보여주는 영상시 혹은 멀티 포엠

90

의 세계는 보수적인 리얼리스트에게는 불안하고 공포스러운 것이 될 수밖에 없다. 이들은 문학의 즐김이라는 것 자체를 이해하지 못한다. 90년대 작가들이 보여주고 있는 이러한 세계는 이들이 보기에는 이성이나 합리적인 법칙에 입각해 극복해야만 하는 그런 세계일 뿐이다. 그러나 이성과 합리적인 법칙이 지배하는 건강한 세계로의 진입은 먼저 징후를 징후로써 만나는 과정을 거친 다음에야 가능하다. 이 세계의 징후를 알기 위해서는 먼저 징후 속으로 들어가 그 징후와 친해지는, 혹은 한몸이 되는 것이 필요하다. 신포도라는 일갈로 포도를 애써 외면해 버리는 여우와 같은 인식 태도는 그 세계를 심하게 왜곡시켜 버릴 것이다. 우리가 살고 있는 시대가 기존의 인식 틀로는 제대로 드러나지 않는다면 체험을 통해 새로운 인식 틀을 만들어 내야 할 것이다.

모더니즘 수용을 둘러싸고 벌어지는 『창비』 진영의 논쟁도 따지고 보면 우리가 살고 있는 세계를 좀더 온전히 드러내기 위한 모색으로 볼 수 있다. 우리 사회에서 유행병처럼 번진 포스트모더니즘 담론의 이율배반성과 허구성을 누구보다도 깊이 자각하고 여기에 대한 경계를 늦추지 않고 있는 『창비』 진영의 리얼리즘론자들의 진정성을 이해하면서도 문학의 자율성에 입각해 우리 문학을 바라보는 것을 등한시해서는 또한 안되리라고 본다. 만일 우리가 90년대 이후에 생산된 우리 문학에 대해 그것은 가짜요 사이비라는 이유를 들어, 다시 말하면 신포도라는 일갈로 애써 그 포도를 외면해버린다면 앞으로 전개될 특히 비트로 표상 되는 테크놀로지와 문학의 만남으로 인해 생산될 수많은 새로운 문학 양식들을 규정하고 이해하는데 있어서 그 답을 구하기가 어려울 것이다. 문학은 고정 불변한 것이 아니라 사회와 문화의 변동에 따라 끊임없이 그 개념이 변하는 살아 움직이는 체계 아닌 체계에 불과하다는 유연한 인식이 필요하리라고 본다.

　『창비』와 『문사』가 근대적인 도그마를 넘어서기 위해서는 전체에 대한 통찰과 같은 인식을 가져야 하지만 그것 보다 중요한 것이 하나 있다. 바로 권위주의의 청산이다.『창비』와 『문사』가 근대적인 담론을 형성하고 그것의 확장에 기여한 것은 그 누구도 부인할 수 없는 사실이다. 부정적이든 긍정적이든 근대적인 담론의 온상지 역할을 수행해 오면서 이 두 잡지에 관여해 온 많은 논객들은 우리 사회의 담론 생산자로서의 자부심과 선민의식을 암암리에 가지게 되었다고 할 수 있다. 근대적인 담론 생산에 참여하기 위해서는 이 두 잡지의 힘을 빌리지 않을 수 없었다. 근대적인 담론 생산의 주체로 자타의 인정을 받으면서 이 두 잡지는 엘리트 집단의 사교의 장으로 발전하게 된다.

　『창비』와 『문사』는 근대적인 담론을 이야기하는 데는 더없이 좋은 발표의 장으로 인식되면서 이 자장 안으로 들어오려는 욕망을 가진 자들이 생겨나고, 이것이 이 두 잡지로 하여금 선택과 배제라는 이분법적인 논리를 작동하게 하는 일정한 계기를 마련해 주었다고 할 수 있다. 선택과 배제의 논리가 작동하는 곳에는 언제나 권력이 또아리를 틀고 그 음험한 혀를 날름거리면서 우리에게 치명적인 독을 내쏠 준비를 하고 있다.『창비』와 『문사』가 권력의 생산 기제가 되면서 그 권력 안에 있는 사람들은 그것이 가져다 주는 달콤함에 눈이 멀어 점점 보수적이고 수구적인 존재가 되어간다. 이 과정에서 그들은 자신의 존재를 타인과 구별해서 보게 된다. 자신은 우월하고 타인은 열등한 존재가 되는 것이다. 타인을 열등하게 볼 때 동반하게 되는 것은 권위주의이다. 타인을 권위로 찍어누른 다음 자신과 분리시켜 대상화함으로써 스스로 주인과 노예의 관계를 만든다.

『창비』와『문사』가 보여주고 있는 행태가 바로 이것이다. 그동안『창비』와『문사』의 권위에 도전하는 발언이 있을 때마다 이 두 잡지의 논객들은 냉소와 침묵으로 일관하면서 그 권위를 지키려고 했다. 권위란 자신이 세우는 것이 아니라 타인에 의해 세워지는 것이다. 근대의 이념인 자율적인 주체를 밥먹듯이 이야기하면서 이들이 보여준 행태는 철저하게 반근대적인 것이라고 할 수 있다. 이 두 잡지의 이러한 권위적인 구조를 바꾸지 않은 채 진정한 차원의 근대 운운하는 것은 어쩐지 앞뒤가 맞지 않는다. 자유로운 비판을 무지에 찬 사람들의 비난으로 몰아세우는, 자신들만이 정당한 비판적인 발언을 할 수 있는 자격을 가진 존재로 합리화하는 오만과 편견이 있는 한 근대의 도그마는 넘어설 수 없는 벽과 같은 것이 되고 말 것이다.『창비』와『문사』가 권위주의의 빗장을 풀기를 기대한다는 것은 기대로 그칠 수도 있겠지만 그것이 언젠가는 풀릴 빗장이라면 그 빗장을 내지른 자들이 먼저 그것을 풀어야 하지 않을까?

고양이의 목에 방울을 달아라

1) 비평의 위기 혹은 비평의 죽음

비평의 위기 혹은 비평의 죽음은 여전히 이 시대의 화두다. 지금 이 시대에, 여전히 비평이 이런 미망에서 헤어나지 못하는 것은 왜 일까? 최근에 우리 비평이 활기를 띠고 있는 것은 부인할 수 없는 사실이다. 이전에 비해 부쩍 늘어난 비평담론과 그것을 통한 텍스트 해석의 다양한 방법 제시는 비평의 위기 혹은 죽음 운운하는 것을 무색하게 할 정도다. 가령, 90년대 이후 급부상하고 있는 생태나 해체주의, 페미니즘, 대중문화론과 관련하여 인식과 존재의 토대를 마련해야 하는 철학에서조차 아직 변변한 이론적인 체계를 세우지 못하고 있음에도 불구하고 그것을 앞질러 실천적인 대안까지 서슴없이 제시하고 있는 우리 비평의 현실을 상기해 보라. 어찌 보면 이것은 그동안 침체에 빠져 있던 우리 비평에 대한 부활의 조짐으로 읽어 낼 수 있을 것이다.

하지만 조금만 주의를 기울여 그 이면을 들여다 보면 그것이 부활이 아니라 죽음을 내장하고 있음을 알 수 있다. 수많은 비평담론의 출현은 텍스트 해석에 다양한 방법적 시각을 제시한 것은 사실이지만 그 이면에는 돌이키기 힘들 정도의 희생이 전제되어 있다. 비평담론의 출현은 비평의 위기에 대한 자기방어본능 혹은 그 탈출구로써 성립된 감이 없지 않아 담론 자체의 깊이나 완성도에 있어 일정한 한계를 드러내고 있다. 아직 설익은 담론을 가지고 텍스트를 해석하고 평가함에따라 텍스트가 가지는 고유한 가치를 훼손하는 우를 범하는 경우가 많다. 뿐만 아니라 어떤 하나의 담론을 고집함으로써 텍스트에 대한 해석과 평가가 배타성을 띠게 되고, 우리의 지적 풍토와는 차이가 있는 서구의 최신 담론이 전경화되어 작가나 독자와의 소통이 제대로 이루어지지 않는 문제점을 노정하기에 이른다.

이러한 일련의 사실은 비평의 위기 더 나아가 비평의 죽음을 이야기하기에 부족함이 없는 요인들이다. 제대로 비평담론을 소화해 내지 못한 채 그것을 도그마하여 비평을 위기로 몰고 가거나 심지어는 죽음의 굴헝으로 빠뜨려버리는 일은 우리 비평이 앓고 있는 고질병 중의 고질병 아닌가. 이 병으로 인해 우리 비평은 제대로 된 미학 하나 가지고 있지 못하다. 따라서 비평의 계보라고 할 만한 것이 없다. 우리 비평이라는 것이 모두가 서구의 비평담론을 가져다 앵무새처럼 지껄이는 수준이거나 현란한 문체로 텍스트의 본질을 외면한 채 변죽만 울리다 사그라드는 사이비적인 겉멋부리기 아니면, 출판사의 상업적 전략에 빌붙어 자기 희생도 마다하지 않는 치졸한 기생의 생리를 넘어서지 못하고 있다. 최근 비평 인구의 급증과 출판의 용이함에 힘입어 우후죽순처럼 쏟아져 나오는 비평집을 보면서 그것이 생산적인 담론의 결집체가 아닌 하나의 소모품에 불과하다는 생각을 떨쳐버릴 수 없는 이유가 바로 여기에 있다.

비평의 부재 시대에 오히려 비평의 득세라는 이러한 아이러니 속에 우리 비평이 섬짓한 죽음의 그림자를 드리우고 있다는 사실은 비극적인 슬픔을 환기한다. 그러나 우리 비평의 비극성은 여기에만 있지 않다. 어쩌면 이와는 다른, 아니 이보다 더 큰 비극이 우리 비평 내부에 도사리고 있다. 그것이 무엇인지는 '지금', '여기'에서 발행되는 문학 잡지를 대충 훑어보면 쉽게 알 수 있다. 문학 잡지의 포맷을 보면 가장 제 기능을 발휘하지 못하는 것이 하나 있다. 심지어 어떤 잡지에는 그것이 포맷조차 되어 있지 않은 경우도 있다. 바로 월평과 계간평이다. 문학 잡지에 월평과 계간평이 설정되어 있지 않다는 것은 일종의 직무 유기이다. 물론 여기에는 그만한 사정이 있을 것이다. 무엇보다도 생산적인 담론의 결집체가 아닌 소모품에 불과한 월평과 계간평을 단순히 구색맞추기 위해 둔다는 것이 무의미하다고 판단했기 때문일 것이다. 하지만 무의미하다는 이유를 들어 배제하기에는 잡지에서 월평과 계간평이 차지하는 비중이 너무나 크다고 하지 않을 수 없다. 월평과 계간평이 배제되었다는 것은 곧 저널함을 기본 속성으로 하는 잡지가 기능을 제대로 수행하지 못한다는 것을 의미한다.

저널의 차원에서 보면 잡지는 현장성과 함께 전망을 내장하고 있어야 한다. 잡지는 '지금', '여기'에서 행해지고 있는 문학의 생생한 양태를 담고 있어야 할 뿐만 아니라 그것에 대한 일정한 반성과 성찰을 통해 보다 생산적인 효과를 창출할 수 있어야 그것이 진정한 의미에서의 잡지라고 할 수 있다. 잡지의 속성이 이러하다면 그것을 가장 잘 보여주고 있는 것은 월평과 계간평이다. 월평과 계간평은 잡지의 중심 중의 중심이다. '지금', '여기'에서 행해지고 있는 문학 현상을 잘 포착하여 그것에 대한 정확한 해석, 가치의 우열을 통한 차별화 전략, 문제적인 담론의 도출과 전망 제시 등이 모두 이 월평과 계간평을 통해 이루어지는 것이다.

이렇게 잡지의 심장부 역할을 해야 할 월평과 계간평이 설정조차 되어 있지 않거나 제대로 기능을 발휘하지 못하고 있다는 것은 우리 문단에 도태 내지 역도태 현상이 일어나고 있다는 것을 말해준다. 월평이나 계간평이 제대로 기능을 하지 못하고 있음에도 불구하고 우리 문단에 이론적인 담론이나 온갖 독설들이 횡횡하고 있다는 것이 바로 그 증거 아닌가. 이 담론이나 독설들은 모두 알맹이가 빠져 있어 진정한 의미에서의 생산성을 담보할 수 없는 것이 사실이다. 이와 관련하여 한 가지 주목할 만한 사실은 최근 우리 비평에 대한 반성의 차원에서 활발하게 전개되고 있는, 에꼴이 행사하는 권력에 대한 저항으로서의 글쓰기조차도 그 순수한 의도와 열정과는 무관하게 그 안에 일정한 정도의 위험성이 숨어 있다는 점이다. 이러한 글쓰기가 내세우는 에꼴과의 생산적인 대화가 무게를 갖지 못하고 권력의 자장에서 밀려 난 아웃사이더들의 한풀이 혹은 또 하나의 권력을 위한 전략적 선택으로 비칠 수밖에 없는 이유도 따지고 보면 모두 월평과 계간평을 통해 드러나는, 실질적인 텍스트에 대한 해석과 평가의 부재로부터 자유롭지 못한 데 그 주된 원인이 있다고 할 수 있다.

에꼴의 권력에 저항하는 글을 쓰는 평론가들(젊고 패기넘치는 젊은 평론가들이 대부분이다)의 경우, 월평과 계간평이 내장하고 있는, 우리 문단의 저변으로부터 행해지는 현상에 대한 철저한 탐색과 전망 없이 단순히 저항을 위한 저항을 미덕으로 삼고 있다는 혐의로부터 자유롭지 못한 것이 사실이다. 저변으로부터 행해지는 철저한 탐색과 전망 없이 어떤 사실을 발설한다는 것은 곧 발화 주체의 진정성이 문제가 될 수 있다는 것을 의미한다. 발화 주체의 진정성이 의심받을 때 그 발화가 구구절절이 타당한 내용을 담고 있다고 하더라도 그것은 힘을 가질 수 없다. 이들이 발화 주체의 진정성을 확보하기 위해서는 다른 무엇보다도 먼저 이 저변으로부터 행해지는 현상에 대한 철저한 탐색과 전망이 있어야 한다. 간혹 이들이 행하는 실제 비평을 보면 어렵지 않게 해석이나 평가의 정도가 수준 이하라는 사실을 알 수 있다.

비평의 위기나 죽음은 바로 이 월평과 계간평이 내장하고 있는 우리 문단 저변으로부터 행해지는 현상에 대한 철저한 탐색과 전망의 부재에서 기인한다고 할 수 있다. 에꼴에 대한 저항을 위한 저항에 앞서 우리 비평은 먼저 실제 비평의 영역에서 월평과 계간평이 내장하고 있는 비평의 본질적인 측면을 부활시켜야 한다. 월평과 계간평을 통해 정확하게 현상을 파악하여 가치의 우열을 가려내고, 문제작을 여과해 생산적인 담론을 만들어 낼 때 우리 비평은 위기나 죽음의 비극적인 상황으로부터 벗어날 수 있을 것이다.

2) 월평과 계간평의 기능 상실과 역도태 현상

'지금', '여기'에서 간행되는 주요 문학 잡지 중에서 월평과 계간평의 형식을 유지하지 않는 경우가 의외로 많다. 여기에는 그동안 우리 문단의 중추적인 역할을 담당해 온 잡지들이 대거 포함되어 있다. 『창작과 비평』, 『문학과 사회』, 『실천문학』, 『세계의 문학』, 『작가 세계』, 『한국문학』 등은 아예 계간평이라는 형식 자체가 없으며, 『현대문학』은 월평이 아닌 격월평이라는 불구적인 형식으로 그 명맥을 유지하고 있다. (필자의 불구적이라는 표현에 대해 『현대문학』 편집자들은 찬성하지 않을 것이다. 하지만 그동안 『현대문학』이 우리 문단사에서 수행해온 역할을 고려한다면 불구적이라는 표현은 그렇게 틀린 말은 아닐 것이다. 누가 뭐라고 해도 『현대문학』은 우리 잡지 중에서 에꼴을 형성하지 않은 채 문학의 본령을 지켜 온 그야말로 범문단지였다고 할 수 있다. 『현대문학』이 범문단지가 될 수 있었던 것은 그것이 월평이 내장하고 있는 현장성과 탁월한 비평 감각을 충실하게 유지해왔기 때문이라고 할 수 있다. 『현대문학』의 존재성은 바로 이 월간 혹은 월평의 형식 속에 은폐되어 있다고 해도 과언이 아니다. 그럼에도 불구하고 월평의 형식을 유지하지 않고 있거나 그 감각을 제대로 살리지 못하고 있다는 사실은 곧 그것의 불구성을 드러내는 것이라고 할 수 있다.) 우리 문단의 중추적인 역할을 담당해 온 이러한 전통 있는 잡지들이 계간평과 월평의 형식을 유지하지 않거나 불구적으로 수행해 오고 있다는 사실은 그만큼 우리 비평의 기능이 유명무실할 수밖에 없음을 드러내는 단적인 예라고 할 수 있다.

　월평과 계간평의 기능 상실은 비단 전통적인 잡지들에서만 발견되는 것은 아니다. 비교적 최근에 창간된 신생 잡지들에서도 이것은 마찬가지이다. 최근에 창간된 잡지 중에서 가장 빠르게 문단의 중심부로 잠식해 들어오고 있는 『문학동네』를 보자. 기존의 전통적인 잡지들, 특히 『창작과 비평』이나 『문학과 사회』가 주로 견고한 에꼴의 형성을 통해 비평이 가지는 본질적 기능을 훼손하고 있다면 『문학동네』는 그와는 좀 다른 방식으로 그것을 훼손하고 있다. 얼핏 보면 『문학동네』는 에꼴을 형성하고 있지 않은 것처럼 보인다. 그것은 『문학동네』가 『창작과 비평』이나『문학과 사회』라는 에꼴처럼 자신들의 이념이나 이데올로기를 전면에 내세우고 있지 않기 때문이다. 그러나 전면화되지 않았다고 해서 이념이나 이데올로기를 가지고 있지 않다고 보는 것은 잘못된 생각이다.『문학동네』역시『창작과 비평』이나『문학과 사회』처럼 이념이나 이데올로기를 가지고 있다. 어쩌면『문학동네』가 가지고 있는 이념이나 이데올로기가 '지금', '여기'에서 가장 강력한 힘을 내장하고 있다고 할 수 있을 것이다. 그렇다면 그 강력한 힘의 실체는 무엇일까?

이 물음에 대한 답은『문학동네』의 포맷을 대강만 살펴보아도 쉽게 알 수 있다.『문학동네』가 철저하게 선택하고 있는 것은 이벤트화할 수 있는 대상이며, 배제하고 있는 것은 이벤트화할 수 없는 것들이다. 이벤트란 무엇인가? 고도의 상업적인 전략 중의 하나 아닌가.『문학동네』가 창간 이래 보여주고 있는 잡지의 골격은 철저하게 이 포맷 속에 놓여 있다고 해도 과언이 아니다. 상품성이 될만한 작가의 발굴(『문학동네』소설상이나 문예 공모에 당선된 작품들의 경향을 보면 그것은 대개 젊은 세대의 현실감각의 일단을 선명하게 드러낸, 다시 말하면 변화하는 풍속에 민감한 감각을 보여주고 있는 상품성 있는 것들이다), 인기 작가에 대한 배려(인기 작가 중에서도 시인보다는 소설가에 대한 편애가 강하다. 이것은 소설이 시보다 몇 곱절의 상업성을 담보할 수 있기 때문이다), 문단의 저변을 가로지르는 이슈보다는 시류에 적합한 이슈에 대한 천착, 양적인 팽창을 담보하기 위한 전략적인 형식의 리뷰(스무 편 가까운 작품을 리뷰한다는 것 자체가 많은 작가와 평론가를 자신들의 이벤트에 끌어들이려는 전략적인 의도로 밖에 볼 수 없다.) 등은『문학동네』가 고도의 상업적인 전략을 통해 우리 문단의 헤게모니를 잡으려 한다는 사실을 입증하고 있는 적절한 예이다.

상업적인 전략에서는 우리가 지금까지 중요한 덕목으로 여겨 온 가치들을 무차별화할 수 있다. 좋은 게 좋다는 식의 논리는 상업적인 메커니즘의 지배를 받고 있는 지금 이 시대에 어쩌면 가장 훌륭한 실존의 양식인지 모른다. 하지만 가치에 대한 시시비비가 상업적인 전략에 의해 좌우된다는 사실은 지금 당장은 몰라도 시간이 흐를수록 문학이 지켜왔던 어떤 소중한 것들을 황폐하게 할 것이다. 상업적인 전략에서가 아니라 보다 순수한 입장에서 우리 문학의 가치를 해석하고 판단할 때 보다 생산적인 창조의 장이 마련될 것이다. 이 역할을 비평, 특히 순간순간 살아 있는 현장의 흐름 속에서 작품의 해석과 평가를 통해 어떤 내발적인 힘을 생성해 내는 월평이나 계간평이 수행해야 한다. 과정 없는 결과가 어떻게 성립될 수 있겠는가.

『문학동네』처럼 계간평이라는 형식 자체가 없는 경우도 있지만 그것을 유지하고 있는 잡지들도 있다. 『동서문학』, 『21세기문학』, 『소설과 사상』, 『문학사상』, 『문예중앙』, 『시와 반시』, 『현대시』, 『현대시학』 등은 그나마 월평이나 계간평의 형식을 유지하고 있다. 그러나 문제는 그것을 유지하느냐 하지 않느냐에 있는 것이 아니다. 비평의 기능 상실이라는 측면에서 보면 이 잡지들은 월평과 계간평의 형식 자체가 없는 잡지와 크게 다를 바가 없다. 이 잡지들의 체계에서 월평과 계간평은 구색을 맞추기 위해 끼워 넣은 보릿자루이거나 잘못 끼어든 이물질에 불과하다. 이런 상황에서 월평과 계간평이 무엇을 할 수 있으리라고 믿는 것 자체가 무리일 수 있다. 그럼에도 불구하고 미미하기는 하지만 이 잡지들 중에서 어떤 가능성의 일단을 발견할 수 있는 글들은 있다. 『소설과 사상』, 『문학사상』, 『현대시학』, 『시와 반시』 등의 월평과 계간평이 그것이다. 이 중에서 『소설과 사상』은 소설 전문지이기 때문에 여기에서 직접적으로 언급할 수는 없다. 필자가 청탁받은 글이 시비평에 대한 비평이기 때문이다.

3) 비평 대상의 편협성과 감각의 부재

『문학사상』의 월평은 그동안 우리 문단의 버팀목 구실을 해 온『현대문학』의 기능 상실로 인해 그 중요성이 상대적으로 높아진 것이 사실이다. 비평의 부재 시대에『문학사상』의 월평은 그 나름대로 비평의 기능을 유지해 왔다고 할 수 있다. 여기에는『문학사상』이 어떤 뚜렷한 색깔을 가진 잡지가 아니기 때문에 오히려 글쓰기에 자유로울 수 있었다는 점도 작용했겠지만 그보다는 필진으로 참여한 김윤식, 이승훈, 신범순 등 제씨들이 성실한 독서와 비평적인 직관력을 겸비한 평론가들이라는 점이 좀더 크게 작용했다고 볼 수 있다. 특히 김윤식의 경우에는 이미 이순을 넘긴 나이에도 불구하고 읽어내는 일 자체만으로도 일정한 고통이 따르는 소설을 정열적으로 독파해내고 있지 않은가. 그의 성실한 독서와 비평적인 직관력은『문학사상』의 월평을 그가 독식한다고 비난할 수 있는 기회를 박탈하고 있다. 월평이나 계간평을 쓰는 평론가들 중에는 그 달 혹은 그 계절에 발표된 소설을 모두 아니 제대로 읽지 않고 자기 구미에 맞는 몇 편만 가려 뽑아 손쉽게 글을 쓰는 경우가 허다하다.

『문학사상』의 시 월평은 이승훈이 맡고 있다. 2000년 2월부터니까 벌써 칠 개월째다. 장기집권이라면 장기집권이라고 할 수 있겠지만 그의 월평은 비평적인 직관력 뿐만 아니라 매혹적인 데가 있다. 이 매혹은 그의 레토릭에서 비롯된다. 그의 월평의 레토릭은 일단 가볍고 유연

102

하다. 그의 월평을 읽고 있으면 마치 한 편의 에세이를 읽는 것같은 착각이 들 정도다. 중간 중간에 불쑥불쑥 얼굴을 내미는 '나'라는 주관적인 화자가 그렇고, 그가 뱉어내는 회의와 허무에 가득찬 가벼운 토운의 말들과 텍스트와 해석자인 '나' 사이를 자유자재로 넘나드는 그 유연함이 또한 그렇다.

물론 국가나 지역의 차이가 있지만 대체로 이번 비엔날레가 강조한 것은 담양 길에 피어 있던 빠알간 영산홍이 아니고, 서정주가 노래한 "영산홍 꽃잎에는/산이 어리고//산자락에 낮잠든 슬픈 소실댁"도 아니다. 하기야 선무당이 사람 잡는다고 미술 공부를 제대로 한 적이 없는 나 같은 돌팔이 시인이 하는 말이 무슨 객관성을 띠랴? 시간도 충분치 않고, 피로도 겹치고, 이런저런 이유로 제대로 감상할 여유가 없었지만 아무튼 거기서 내가 읽은 것은 지금 이 시대 예술이 나가는 방향이고, 물론 이 방향은 실패의 연속이다. 이 글도 무언가를 시도하지만 언제나 실패하고, 실패의 운명이 글쓰기의 운명이다.

—「예술 나를 웃겨라」,『문학사상』, 6월호, p.285.

그건 그렇고 왜 깊은 밤 산길을 오르며 스님은 또 하필이면 문둥이, 그것도 손발 없는, 얼굴 없는 문둥이가 되고 싶다고 말하는가? 이런 문제는 이홍섭 씨가 스님에게 다시 물어 보기 바란다. 물론 이홍섭 씨가 물어도 스님은 다시 팔뚝질을 하실지 모른다. 그러므로 눈치껏 하시기 바란다. 하기야 무슨 뜻이 있으랴? 얼굴 없는 문둥이는 자아의 정체성에 대한 부정이고, 좀더 발전하면 스님의 말씀은 인간을 회피하기, 회피하면서 인간이 되기, 우리 시단에서 이른바 선적(禪的)인 시를 쓰네 하는 시인들에게 한마디 하시는 소리인지 모른다.

— 「상처투성이 청바지여, 그대가 구원이다」,
『문학사상』, 7월호, pp.298–299.

　이승훈의 이러한 레토릭은 하나의 전략일 수 있다. 저널한 잡지의 속성상 그가 이야기하고 있는 해체적인 사유들이 쉽게 먹혀들기는 어려운 일이다. 먹혀들지 않는 글은 그것이 아무리 보석을 숨기고 있다고 해도 힘을 가질 수 없다. 만일 그가 ‘오류도 진리도 기원도 없는 놀이’(6월호 월평 부제)를 데리다의 이론을 생짜로 가지고 들어와 텍스트를 분석했다거나 아니면 ‘기법의 무의식, 무의식의 기법’(7월호 월평 부제)을 프로이트나 라깡의 이론을 생짜로 가지고 들어와 텍스트를 분석했다면 그것은 이론을 위한 이론의 덫에 걸려들었을 것이다. 이런 점에서 그는 상당히 발 빠른 행보를 할 줄 아는 사람이다. 아니 어쩌면 자기다운 글쓰기의 형식을 발견하고 개발할 줄 아는 사람이라고 해야 할 것이다.

　우리 시에 드러난 욕망과 해체의 징후가 그의 가볍고 유연한 레토릭 속에 스며들어 새롭게 소통의 길을 트고 있다는 사실은 분명 생산적인 담론 형성에 도움이 될 것이다. 이승훈이 보여주고 있는 욕망과 해체적인 사유는 후기산업사회의 존재 형식을 노래하는 시인들의 상상체계를 적나라하게 드러낼 수 있는 방식임에 틀림없다. 그러나 이 방식이 ‘지금’, ‘여기’에서 절대적인 것은 아니다. 바로 여기에 그의 월평의 문제가 숨어 있다. 지금까지 그는 철저하게 욕망과 해체의 논리에 입각해 시를 선택하고 또 배제해 왔다. 이것은 그의 월평 방식이 일정한 정도의 희생을 통해 이루어졌다는 것을 의미한다. 욕망과 해체의 논리를 토대로 하는 미적 변증법에 입각해 시를 본다는 것은 비록 그것이 하나의 사적인 체계를 가질 수 있을지는 몰라도 월평의 방식으로서는 문제가 있다고 할 수 있다.

좋은 시는 어떻게 보아도 좋게 마련이다. 그가 선정한 시들 중에서 좋은 시도 있지만 그렇지 않은 시도 있다. 좋은 시는 개인의 취향 뿐만 아니라 공통감각을 통해서 결정되는 것이다. 개인의 취향에 맞는다고 그것이 모두 좋은 시가 될 수 없듯이 욕망과 해체를 노래한다고 그것이 모두 좋은 시가 되는 것은 아니다. 그의 선정 기준은 이 점에서 객관성을 상실하고 있다. 비평의 미학은, 특히 월평의 미학은 객관적인 입장에서 좋은 시와 그렇지 않은 시를 선별하고 그에 정당한 해석과 평가를 내리는 데에 그 정수가 숨어 있는 것이다. 만일 공통감각에 입각한 객관적인 선별 방식을 포기한다면 그것은 타자에 대한 무차별적인 억압과 지배의 양태를 띠게 되어 그가 알레르기 반응을 보일 정도로 싫어하는 주체 중심주의적인 권력을 지향하는 아이러니를 연출하게 될 것이다.

월평에서의 이러한 취향과 공통감각의 문제는 『현대시학』의 경우에도 똑 같이 반복된다. 『현대시학』은 「내가 읽은 이달의 작품」이라는 형식이 월평을 대신하고 있다. 이 형식은 월평 치고는 좀 독특하다고 할 수 있다. 네 명의 필자가 한 작품을 선정하여 그것에 대한 해석과 평가를 내리는 방식은 어느 잡지에서도 볼 수 없는 그런 월평의 방식이다. 이 방식의 취지는, 정말로 이 달에 문제적인 작품을 선정하여 그 작품의 미적 가치를 적나라하게 까발겨 보는 데 있다고 할 수 있다. 이 방식의 강점은 특정 이론이나 테마에 꿰어 맞추는 그런 도그마적인 글쓰기로부터 자유로울 수 있다는 점이다. 이럴 경우 기대되는 것은 몇몇 이름 있는 시인들의 작품에 편중되지 않고 그야말로 저변에 놓인 시를 찾아내어 그것이 가지는 그 나름의 가치에 대한 의미매김이다.

그러나 사실은 어떤가. 『현대시학』 6월호와 7월호를 보면 이런 기대가 그저 기대에 그치고 있다는 것을 알 수 있다. 네 명의 필자들이 가려 뽑은 시가 정말로 이달에 문제적인 작품인지 의심스럽다. 적어도 문제작이라는 것은 누구나 공감할 수 있는 보편타당함이 있어야 하는 것 아닌가. 7월호에서 네 명의 필자들이 가려 뽑은 시, 서정주의 「추천사」, 이근배의 「오디」, 김승희의 「딴 사람」, 연왕모의 「「html」「head」「title」뭘 찾는데요? 「/title」「/head」」가 과연 어떤 보편타당함을 가지고 있는 시일까? 또한 네 명의 필자들의 이런 글쓰기가 과연 우리 시단의 저변에서 정확하게 우열을 가려내고, 문제작을 여과해 내고 있다고 할 수 있을까? 월평이란 익히 알려진 최소한 이름값 정도 하는 시인들의 작품을 관성에 젖어 해석하는 수준은 아니지 않는가. 개인의 취향에 따라 가려 뽑는다고 해도 그것이 적어도 누구나 공감할 수 있는 시이어야 하지 않는가.

여기에 한 마디 덧붙이자면 미학적으로 문제적인 시는 기발한 시가 아니라는 점이다. 네 명의 필자 중에서 이성우(서정주의 「추천사」)와 이창용(연왕모의 「「html」「head」「title」뭘 찾는데요? 「/title」「/head」」)이 시를 선정하는 기준을 보면 이 기발함이 무의식 중에 작용하고 있는 것 같다. 서정주의 「추천사」는 월평에서가 아니라 다른 종류의 글, 이를테면 본격 비평이나 논문에서 다루어야 할 성질의 것이다. 서정주의 「추천사」를 새롭게 읽어 보겠다는 필자의 생각은 충분히 이해가 가지만 월평에서 그것을 들고 나왔다는 것은 그가 아직 월평의 기능을 제대로 이해하지 못하고 있거나 아니면 그것을 망각하고 있다고 밖에 달리 말할 수 없다. 이창용의 경우는 문제가 더 심각하다. 그는 연왕모의 「「html」「head」「title」뭘 찾는데요? 「/title」「/head」」를 선정한 이유에 대해 독자를 당황하게 하는 난감함(『현대시학』, p.45) 때문이라고 말하고 있지만 이 시는 난감함을 넘어 어떤 불길함을 던져주고 있다. 이 시는 그 옛날 '미친놈의 잠꼬대' 취급을 받았던 이상의 그 파격과는 족보가 다르다. 아무리 난해한 시라고 하더라도 그것이 미적 충격을 준다면 그 시는 시가 되는 것이지만 연왕모의 「「html」「head」「title」뭘 찾는데요? 「/title」「/head」」는 감성적인 소통(혹은 미적 소통) 자체를 파괴하고 있는 그야말로 비시(非詩)이다. 이 시에 대해 과대한 의미부여를 하는 것은 '원숭이가 그린 그림을 유명 갤러리에 전시해 놓았을 때 많은 미술평론가들이 앞 다투어 거기에 대해 커다란 의미부여를 했다'고 하는 웃지 못할 일화와 닮은 데가 있다.

『현대시학』의 월평과 관련하여 한 가지 아쉬운 것은 '내가 읽은 이달의 작품'에 선정된 시가 모두 좋은 시라고 해서 가려 뽑은 것이라는 점이다. 그렇다면 이달에는 좋지 않은 시는 없단 말인가. 그렇지 않을 것이다. 좋지 않은 시가 얼마나 많은가. 이제는 좋은 시만 가려 뽑아 해석하고 평가할 것이 아니라 좋지 않은 시도 가려 뽑아서 속속들이 그것을 해부해야 할 것이다. 비판에 인색하거나 두려움을 느낀다면 그 사람은 월평을 하지 말아야 할 것이다. 그저 시인들 밑이나 닦아주는 그런 노예적인 근성을 버리지 못한다면 우리 비평의 미래는 없을 것이다.

『시와 반시』의 계간평은 그 형식에 있어 크게 새로울 것은 없다. 단지 두 명의 필자가 계간평을 쓴다는 것이 조금 이채롭다면 이채롭다고 할 수 있다. 하지만 『시와 반시』는 이 이채로움을 제대로 살리지 못하고 있다. 각기 두 사람이 글을 쓰고는 있지만 어떤 테마에 입각해 시를 선정하는 것하며, 내용 위주의 의미론적인 해석, 가치의 우열에 대한 평가와 문제작을 여과해 내는 생산적인 힘의 부재 등 다른 잡지와 별반 다를 바 없다. 이런 식이라면 두 명의 필자를 둘 필요가 없다.

둘은 둘에 맞는 어떤 형식이 있다. 둘은 하나나 넷과는 또 다르지 않은가. 둘이기 때문에 할 수 있는 일, 이를테면 좋은 시와 좋지 않은 시를 두 사람이 나누어 각각 쓰게 한다든지, 정말로 문제적인 시를 선정하여 그것에 대해 심층적으로 파헤쳐 들어간다든지, 아니면 두 사람이 글이 아니라 좌담을 통해 서로의 의견을 조율해 나간다든지 하는 등 좀 더 다양한 방식으로 계간평을 유지해 나갈 수 있을 것이다. 방법은 없는 것이 아니라 우리가 그것을 찾으려고 하지 않기 때문에 없는 것처럼 보이는 것이다. 계간평이 생산적인 방법을 찾는다면 『시와 반시』는 우리 시단의 저변으로부터 치고 올라오는 힘을 결집시키는 보다 좋은 잡지로 거듭날 수 있을 것이다.

4) 비평가의 비평적 태도에 대한 회복과 가치정립

우리 비평이 위기에서 벗어날 수 있는 길은 비평가 자신에게 있다. 출판사나 시인에게 빌붙어 기생하려는 노예 근성을 버리고 비평이 본연의 기능을 되찾을 수 있는 힘은 순전히 비평가의 용기와 결단으로부터 생겨나는 것이다. 술자리와 같은 사석에서는 거침없이 독설을 풀어놓다가도 막상 공적인 발언의 장인 잡지에서는 자신의 심중을 숨기고 이중적인 글을 쓰는 비평가들이 횡횡하는 것이 바로 '지금', '여기'의 상황이다. 이런 의미에서 비평가들은 우리 시를 왜곡하고 그 가치를 무

차별화하는데 앞장 선 주범들이다. 이 오명을 씻기 위해서는 무엇보다
도 먼저 문학잡지에서의 비평란이 순기능을 유지할 수 있어야 한다. 특
히 월평과 계간평이 잡지의 꿔다 놓은 보릿자루나 이물질이 아니라 가
장 번쩍번쩍 빛나는 보석이 되어야 한다. 그러나 과연 그런 날이 올까?
이 회의를 잠재울 수 있는 것은 비평가의 비평적 태도에 대한 올바른
혹은 명확한 가치정립이라고 할 수 있다.

비평의 죽음 혹은 감성적(感性的) 소통의 부재

1) 텍스트의 탈은폐와 살림의 비평

김현 사후 많은 사람들이 비평의 죽음을 이야기한 바 있다. 이 믿고 싶지 않은 이야기는 단순히 한 대가의 죽음에 대한 추도의 염(念) 속에서 예의상 나온 말은 아니다. 그것은 그의 사후 실질적으로 체감해 온 비평의 공백 상태에서 자연스럽게 흘러나온 말이다. 그의 죽음 이후 우리 평단은 비평의 인적·물적자원에서는 수적으로나 양적으로 팽창했지만 그에 걸 맞는 질적인 진보는 이루어지지 않고 있으며, 오히려 비평에 대한 공백 상태만 지루하리만큼 계속되고 있다. 이러한 비평의 공백 상태에 대한 인식은 비단 비평가 뿐만 아니라 시인이나 소설가 쪽에서도 감지되는 하나의 공통된 현상이다. 이제 우리 사회에서 비평은 살아 있는 고양이의 목에 달린 방울이 아니라 부패한 고양이 시체에 걸린

110

방울과 같은 존재가 되어 버린 것이다.

김현 사후에 드러나는 이러한 일련의 공백감은 그의 비평이 평단 뿐만 아니라 우리 문단 전체를 아우르는 하나의 강력한 자장으로 작용해 왔다는 것을 의미한다. 이 사실은 그의 비평 활동이 어느 한 장르에 국한되지 않고 모든 문학 장르에 걸쳐 폭넓게 수행되었다든지, 또 그가 초인적인 힘으로 각종 지면에 발표되는 모든 작품들을 읽고 그것에 대해 빠짐없이 평을 했다든지, 아니면 그가 정치적인 권력을 가지고 문단의 헤게모니를 장악했다든지 하는 그러한 것들을 의미하는 것은 아니다. 그는 생전에 주로 시를 자신의 비평 대상으로 삼았고, 각종 지면에 발표된 작품을 엄격하게 선별하여 평을 했으며, 정치성을 띤 어떤 문학 단체에도 참여한 일이 없다. 이러한 기준에 입각해서 보면 그는 분명히 문단 전체를 아우를만한 강력한 자장을 가질 수 있는 존재는 아니다.

이렇게 김현은 외적으로 강력한 자장을 발산할만한 아무런 조건을 구비하지 못했음에도 불구하고 쉽사리 사라지지 않을 강력한 자장을 비평가와 시인 그리고 소설가의 심층까지 발산해 온 것이다. 그와 동류의 비평가들 뿐만 아니라 시인들, 더우기 비평 대상으로 즐겨 다루지 않은 소설가들조차도 그의 자장권 내에서 벗어나지 못하고 있는 것은 그의 비평이 이들에게 어떤 보편적인 만족의 대상으로 존재한다는 것을 의미한다. 그의 비평에 대한 이러한 보편적인 만족감이란 공통감각의 산물이며, 이것은 그의 비평이 어떤 목적의 표상없이 수용자의 감성을 통해 아름다움 그 자체로 수용되어 하나의 궁극적인 형식이 되었다는 것을 말해주는 것이다.

김현의 비평이 이들에게 보편적인 만족감과 하나의 궁극적인 형식으로 인지된다면 거기에는 반드시 그것을 가능하게 하는 감성적인 질료들이 존재할 수밖에 없다. 이 감성적 질료들이야말로 그의 비평이 가지는 강력한 자성이며, 그의 비평의 존재성을 해명하는 중요한 단서가 된다고 할 수 있다. 개념이나 논쟁적인 수렴의 과정을 거치지 않고도 모든 사람들이 공감할 수 있는 그 감성적 질료는 그의 비평의 전 부분에 걸쳐 두루 발견할 수 있지만 그 중에서도 특히 시를 비평한 부분에 잘 드러나 있다. 그의 시 평문을 보면 그는 결코 자신의 개념화되고 도구화된 잣대를 만들어 그것을 준거로 삼아 시를 평하지 않는다는 점이다. 이 말은 그가 텍스트 속에 은폐된 의미를 탈은폐시킬 때, 텍스트 그 자체가 스스로 말하도록 한다는 점이다. 텍스트가 스스로 말하기 때문에 그 말은 텍스트의 말일 뿐만 아니라 비평가의 말이며 또한 시인의 말이기도 한 것이다. 비평가와 시인 사이에 벽이 있을 수가 없으며, 이들은 서로 깊은 연대감을 가지게 되는 것이다.(김현의 사후, 황지우 시인은 "1962년부터 1990년까지 한국문학은 김현에 의해 축복받았다."라고 말한 바 있다. 이 말은 단순히 대가의 죽음에 대한 대한 추도의 염 속에서 예의상 나온 말이라기보다는 그와의 깊은 연대감 속에서 스스로 흘러넘친 말이라고 보아야 한다.) 이것은 궁극적으로 그의 비평이 시인과 텍스트를 죽이는 비평이 아니라 살리는 비평이며, 억압이 아니라 해방의 비평이고, 말(末)을 이야기하는 비평이 아니라 본(本)을 이야기하는 비평이라는 사실에 다름 아니다.

그러나 요즘 우리 비평은 김현이 보여준 비평과는 달리 작가와 텍스트를 죽이고, 억압하고, 본이 아니라 말을 이야기하는 심각한 비평의 공백 상태에 있다. 만일 이 공백 상태를 정확하게 진단하고 그 진단을 토대로 새로운 대안을 마련하지 않는다면 이 상태는 앞으로 계속될 것이다. 아울러 만일 우리가 이 공백 상태를 극복하기 위해 대안을 마련하려고 한다면 김현이 보여준 죽임이 아니라 살림, 억압이 아니라 해방, 그리고 말이 아니라 본을 이야기하는 비평 방식은 하나의 전범이 될 수 있을 것이다. 이제 작가와 텍스트를 죽이고 억압하며, 그들(그것들)의 본이 아니라 말을 이야기하여 비평의 공백상태를 조장하는 비평은 더 이상 존재하지 말아야 할 뿐만 아니라 존재할 수 없도록 해야 한다.

2) 텍스트 그 자체(text itself)와 내적 감성의 논리

비평의 공백 상태를 조장하는 대부분의 비평은 김현의 경우에서 엿볼 수 있는 텍스트 그 자체가 스스로 말하게끔 해야 한다는 비평의 가장 기본적인 전제에 대한 무지에서 비롯된다. 텍스트가 스스로 말한다는 것은 형식주의자들에게서 발견할 수 있는 텍스트 그 자체의 자족적인 체계의 논리를 말하는 것은 아니다. 이 전제가 함축하고 있는 진정한 의미는 텍스트의 존재성 자체를 개념이나 이론적인 파악에 앞서 세계와의 총제적인 연관 속에서 있는 그대로 들어내 보이는 탈은폐(disclose) 행위라고 할 수 있다. 이러한 이해가 비평의 가장 기본적인 전제임에도 불구하고 지금 우리 비평은 이것을 망각하고 있다. 이 망각의 심각성은 우리 평단의 최고의 비평가로 추앙받고 있고, 가장 권위 있는 문예지를 주간하는 사람이 기실은 텍스트 그 자체가 스스로 말한다는 이 기본 전제를 망각한 채 비평을 하고 있다는 점을 통해서도 분명하게 알 수 있다. 그가 하는 비평은 텍스트의 실체를 드러내는 비평이 아니라 그 텍스트가 던지는 그림자만을 포착하는 비평에 불과한 것이다.(나는 텍스트의 실체를 망각한 채 그림자만을 쫓는 그의 비평을 '그림자 비평' 혹은 '허상의 비평'이라고 부르고 싶다.)

그런데 우리 비평이 범하고 있는 텍스트 자체가 말을 한다는 이 기본적인 전제를 무시한 비평이 최근 평단에서도 발견되고 있다. 이러한 현상은 비단 어제 오늘의 일이 아니기 때문에 그다지 새롭다거나 놀랄만한 일이라고는 할 수 없지만 미래의 우리 비평을 책임져야 할 신진 평론가들조차 이러한 비평 방식에서 벗어나지 못하고 있다는 점에서 일말의 불안감과 안타까움을 떨쳐버릴 수 없다. 이들 신진 평론가들은 비록 대다수가 상식적인 차원에 머물고 있긴 하지만 하나같이 문학 뿐만 아니라 그 주변 이론에 대한 방대한 양의 정보를 집적하고 있으며, 문학이라는 고정된 틀에서 벗어나 텍스트 그 자체를 보려는 경향이 있다. 이것은 바람직한 현상이다. 그러나 문학이라는 고정된 틀을 벗어난다는 것이 텍스트 자체를 벗어나 그 주변적인 그림자만을 본다는 것을 의미하지는 않는다. 이를테면 아무리 문학이 문화라는 메타담론 안에서 해석되어진다 할지라도 그 해석의 출발은 텍스트 자체로부터 수행되지 않으면 안 되는 것이다.

이러한 기본적인 전제를 망각하고 비평을 텍스트 자체로부터 출발하는 것이 아니라 그 주변의 그림자를 통해 수행하려는 신진 평론가의 비평을 1997년『세계의 문학』가을호에 실린 이성욱의「내면, 타자의 복원과 타자의 배제」라는 글에서 엿볼 수 있었다.

이성욱은 이 글에서 1990년대 문학의 경향을 내면에 대한 성찰 또는 내성(內省 혹은 內性)에 대한 집중으로 보고 있다. 그에 의하면 내면은 타자의 존재성을 자신의 존립 조건으로 삼아 타자와의 관계를 지향하지만 다른 한편으로는 그 타자를 배제하거나 일방적으로 포섭하는 이중성을 띤다는 것이다. 그는 이러한 내성의 특성을 잘 드러내는 예로 윤대녕 소설을 들고 있다. 그에 의하면 윤대녕의 소설은 현실의 타자인 비현실(시원, 저쪽세계), 자아의 타자인 또 다른 자아 그리고 타인의 존재(지하 부락의 부락민들, 누이, 은하, 유진, 화교처녀 자경, 금영 등)가 등장하지만 결국에는 그 타자가 자아의 재전유를 위해 존재하지 않고 타자 자체로 귀결되기 때문에 진정한 의미의 타자는 존재하지 않는다는 것이다. 따라서 그는 진정한 의미의 타자를 복원하기 위해서는 작가가 다시 현실 속으로 되돌아와야 한다는 논지를 펴고 있다.

이러한 논지 자체만 놓고 보면 그의 글은 나름대로의 비평적인 시각과 정연한 논리를 지니고 있다. 그러나 이 글의 문제는 비평적인 시각과 정연한 논리에 있는 것이 아니라 그 시각과 논리를 이끌어내는 방법에 있다. 그는 1990년대 문학이 가지는 「내면, 타자의 복원과 타자의 배제」라는 논지를 펴기 위해 먼저 텍스트 자체로부터 그 요소들을 찾고 있는 것이 아니라 이미 개념화되고 이론화된 텍스트 외적인 것에서 그것을 찾고 있다. 물론 그가 텍스트 그 자체의 정치한 분석을 마친 상태에서 1990년대 문학의 특성을 내면성의 추구와 타자의 복원과 타자의 배제라고 결론을 내렸다고 볼 수도 있겠지만 그러기에는 텍스트에 대한 구체적인 분석의 흔적이 너무 없으며, 그가 자신의 논지를 전개하기 위해 인용하고 있는 막스 베버, 알튀세르, 가라타니 고진, 프레드릭 제임슨, 데카르트, 헤겔, 루카치, 바흐친, 데리다, 바타이유, 김우창 등 동·서양 사상의 한 줄기를 이루고 있는 이론가들의 개념화된 담론이 우리의 의식에 미치는 영향이 너무 강하다.

텍스트 그 자체가 아니라 이미 개념화된 텍스트 외적인 것에서 자신의 논지를 입증하려고 들기 때문에 그의 비평은 많은 부분의 희생을 감수하지 않을 수 없다. 그 희생 중에서 가장 큰 것은 문학 텍스트 자체가 가지고 있는 개념화와 이론화 이전에 존재하는 감성적인 부분이다. 그가 비평 대상으로 삼은 1990년대 내면 탐구의 문학 텍스트들, 특히 윤대녕과 신경숙 소설은 이 감성이 다른 어떤 문학 텍스트보다도 살아 있는 것들이다. 가령, 윤대녕 소설에서 발견할 수 있는 은어, 불꽃나무의 이미지라든가, 우물, 물속, 동굴의 이미지들, 신경숙의 말해질 수 없는 것들에 대한 표현은 어떤 개념화되고 이론화된 틀로는 결코 포착할 수 없는 감성적인 영역을 거느리고 있다. 비록 개념화되고 이론화된 틀로는 포착할 수 없다고 해서 이 감성이 아무런 가치가 없는 것은 아니다. 이 감성으로 인해 문학 텍스트는 하나의 미적인 대상으로 존재할 수 있게 되는 것이다. 미란 개념화된 부분보다는 감성화된 부분을 통해 성립되기 때문이다.(그래서 미학을 감성의 학이라고 부른다.)

이렇게 문학 텍스트의 정체성을 결정해 주는 감성을 개념화되고 이론화된 텍스트 외적인 틀로서 희생시키는 이성욱의 비평은 텍스트와 작가를 살리는 비평이 아니라 죽이는 비평이며, 해방이 아니라 억압의 비평이고, 본이 아니라 말을 이야기하는 비평이며, 실체가 없는 허상의 비평이다. 「내면, 타자의 복원과 타자의 배제」라는 그의 논리정연한 글을 읽고 나서도 이것이 진정으로 1990년대 한국문학의 내면적인 특성에 대한 비판적인 글이라기보다는 한 편의 잘 정리된 내면과 타자에 관한 이론적인 담론서에 불과하다고 생각되는 것은 그가 텍스트를 주(主)로 하여 비평을 하는 것이 아니라 텍스트 외적인 것을 주로 하여 비평을 하는데서 전적으로 기인한다고 할 수 있다. 만일 그의 이러한 비평방식이 시정되지 않고 우리 평단의 하나의 지배적인 흐름으로 굳어진다면 이러한 비평방식을 통해 풀어 놓는 무수한 담론들이 우리 문학의 실체를 가리는 일종의 악성 바이러스로 작용할 수도 있을 것이다.

3) 순수성과 계몽성 사이

이성욱의 비평이 텍스트 외적인 틀에 의해 텍스트 그 자체가 가지는 감성적인 영역을 억압하고 죽이는 비평을 수행하고 있다면 죽비소리 (1997년『현대문학』, 11월호)와 김외곤의 비평(1997년『한국문학』, 겨울호)은 정신주의에 입각한 지나친 순수성의 강조과 이성중심주의에 입각한 계몽적인 속성으로 인해 텍스트의 감성을 희생시키고 있다. 그들의 비평이 정신주의와 이성중심주의에 입각한 계몽성을 띤다는 것은 그들이 비평 대상으로 삼은 김영하의『호출』과 백민석의『16믿거나말거나 박물지』에 대해 보인 과도하리만치 민감한 반응 속에 잘 드러나 있다. 그들에 의하면 김영하와 백민석의 텍스트들은 우리의 삶과 세상에 대해서 파괴와 일탈을 조장하는 불순한 것이기 때문에 마땅히 극복되어야 할 그 무엇이다. 따라서 그들은 이러한 불순한 텍스트를 생산하는 자들에 대해 차후에는 그와 같은 텍스트 생산을 중단할 것을 어른이 철부지 아이 타이르듯 점잖으면서도 다소 권위적인 어투로 간절하게 당부하고 있다.

인스턴트 감각과 상상력으로 만들어진 소설은 궁극적으로 우리 삶을 허방으로 빠뜨리는 소비대중문화와 크게 다를 바 없다. 젊은 작가들이「삼국지라는 이름의 천국」의 주인공처럼 가짜 현실에 매몰된다면 우리 소설의 미래는 어둡다. 김영하가 삶과 세상에 대한 실제적 감각을 회복하여 우리 사회의 가짜 감각의 위험성을 경고하는 작품들을 써주길 기대한다.

—「죽비소리」.

　　90년대 작가들도 감각적인 것에 몰두하는 창작 태도에서 벗어나 감각의 저편에 위치하는 '정신'이라는 낯선(?) 영역에 발을 내디딤으로써, 타자의 시선을 느끼면서 그들과 더불어 나아감으로써 환각적 자기애와 맹목적인 타나토스(Thanatos)로부터 벗어날 수 있기를 바라는 마음 간절하다.

—「종말론 · 욕망 · 폭력 · 환각 · 순응론자」.

　　정신주의와 이성중심주의적인 시각에 입각해서 보면 김영하와 백민석의 텍스트들이 드러내고 있는 종말의식, 폭력, 환각, 나르시시즘, 타나토스, 과도한 성욕, 도착, 말초적인 감각 등과 같은 양태들은 계몽의 대상임에 틀림없다. 이 양태들은 지극히 우연적이고 충동적이며, 순간적인 속성을 가지고 정상적이 아닌 병리적인 것들을 끊임없이 생산하고 있기 때문에 정신주의를 표방하는 자들이나 이성중심주의 신봉자들이 보기에는 절대적인 투명성이나 객관성 또는 과학적이고 합리적인 법칙성도, 역사와 사회에 대한 진보적인 이념과 실천적인 대안도 가지고 있지 못한 것으로 간주될 수밖에 없는 것이다.

　　이렇게 정신주의와 이성중심주의 안에서 백해무익한 것으로 치부되어버린 이 병리적인 양태들은 우리가 극단적인 이분법적 논리를 떠나 냉철한 시각으로 다시 보면 그것들 또한 정신이나 이성 못지않은 존재성을 지니고 있다. 이 병리적인 양태들은 대부분 정신과 이성에 대립되거나 열등한 것으로 인식되어 온 육체와 감성의 산물이다. 정신주의와 이성중심주의자들이 이 병리 현상에 대해 과도하리만치 예민한 반응을 보이는 이면에는 사실 육체와 감성에 대한 뿌리 깊은 우월감과 적대감이 작용한 결과라고 할 수 있다. 그러나 육체와 감성은 정신과 이성에 비해 열등한 것이 절대 아니다. 정신은 육체 없이 존재할 수 없고, 정신이 가지는 관념성은 육체가 가지는 실체성에 의해 극복될 수 있다. 인간 존재를 드러내는 것 중에서 육체의 실체성 만큼 확실한 것은 없다. 또한 이성은 감성 없이 온전히 성립될 수 없으며, 인간은 이성보다는 감성에 의해 더 많은 지배를 받는 존재이다. 감성은 이성이 존재하지 않는 깊은 잠 속에서도 존재한다. 가령 잠 속에서의 호흡은 이성이 아니라 감성이다. 감성은 인간이 살아 있다는 증거다.

　이처럼 육체·감성은 정신·이성과 대립이 아니라 공존, 우열이 아니라 동등한 가치를 가지고 있는 것이다. 그럼에도 불구하고 육체와 감성에서 비롯된 이 병리적인 양태들을 정신과 이성의 패러다임으로의 이행을 통해서만 정상적인 양태들로 되돌아 올 수 있다고 믿는 죽비소리와 김외곤의 비평은 궁극적인 해결 방법이 될 수 없다. 육체와 감성에서 기인하는 이 양태들이 병리적이라면, 다시 말해 김영하와 백민석의 텍스트들이 징후적인 양태를 띤다면 일단 정신과 이성의 패러다임으로의 이행에 앞서 먼저 이 징후를 징후로서 만나야 한다. 김영하의 『호출』이 환상(환영)이라는 징후를 띤다면 그 환상을 환상으로 만나야 하며, 백민석의 『16믿거나말거나박물지』가 환멸(환각)의 징후를 띤다면 그 환멸을 환멸로서 만나야 한다는 것이다. 이것은 마치 의사가 정신병적인 징후를 가진 환자를 진단할 때 그 징후를 자신의 개념화되고 이론화된 논리에 입각해 제거하려 하지 않고 환자가 그 징후와 친해질 수 있도록 도와주는 것과 같은 이치라고 할 수 있다. 환자들에게 있어 환상과 환멸 같은 정신병적인 징후들은 그들을 살아가게 하는 동력이기 때문이다. (필자는 이미 이러한 논지의 글을 1997년 『문학정신』, 겨울호에서 김영하의 『호출』과 백민석의 『16믿거나말거나박물지』를 평하면서 피력한 바 있다.) 이렇게 자꾸 징후를 징후로써 만나다 보면 『호출』과 『16믿거나말거나박물지』가 가지고 있는 병리적인 양태들은 스스로 제 모습을 적나라하게 드러내 보일 것이다. 이것은 마치 텍스트가 스스로 말할 수 있도록 해야 한다는 비평의 가장 기본적인 명제와 같은 이치라고 할 수 있다. 만약 텍스트가 가지는 징후를 징후로써 만나지 않고 정상적이고 건강한 페러다임(정신, 이성)으로의 이행만을 강조한다면 그 텍스트가 가지는 징후의 실체가 점점 멀어질 뿐만 아니라 그것으로 인해 결국에는 그들이 텍스트에서 실현해 주길 바라는 정상적이고 건강한 페러다임으로의 이행도 불가능하게 될 것이다.

죽비소리의 평자들과 김외곤 자신의 인정 유무에 관계없이 지금 우리 문학 외적인 환경은 인스턴트 감각과 과도한 욕망, 환각, 극단적인 폭력 등 병리학적인 징후에 휩싸여 있는 것이 사실이다. 사정이 이러하다면 예민한 감각의 촉수를 가진 신세대 작가들이 텍스트 속으로 이러한 현실을 끌어들이는 것은 지극히 당연한 일이라고 할 수 있다. 이 당연한 것들에 대해 징후적인 텍스트를 생산하여 "우리 삶을 허방으로 빠뜨리고" 있다고 비판한다거나 "감각의 저편에 위치하는 정신이라는 낯선 영역에 발을" 들여 놓기를 바란다는 것은 실제하는 현실을 도외시한 채 당위성만을 강조하는 처사로 텍스트 뿐만 아니라 작가를 억압하여 그들(그것들)과의 소통, 특히 감성적인 소통을 불가능하게 하는 것이다. 이렇게 되면 비평가와 텍스트, 비평가와 작가, 또는 비평가와 독자 사이에는 넘을 수 없는 불신의 벽만 생기게 되는 것이다.

4) 감성적 소통과 비평의 자기 정체성 회복

우리 비평이 감성적 소통의 부재로 말미암아 하나의 보편적 만족의 대상이 되지 못하고 있다는 것은 비평의 위기 혹은 비평의 죽음이라는 말이 단순한 기우 속에서 나온 말이 아니라는 사실을 의미한다. 비평이 텍스트와 작가 그리고 독자를 자유롭게 하는 것이 아니라 오히려 그들(그것들)을 억압하고 있다면 비평이 존재해야 할 아무런 이유가 없는 것이다. 비평이 비평으로서의 정체성을 회복하기 위해서는 하루 빨리 이러한 상태에서 벗어나야 한다.

그런데 우리 비평가들은 아직 이러한 위기가 자신들의 비평 방식에 대한 잘못된 인식과 실천으로부터 비롯된다는 사실은 망각한 채 작가와 문단에 대한 계몽에만 열을 올리고 있다.

> 선방(禪房)에서 조는 스님이 있으면 죽비로
> 어깨를 치는 관행이 있다고 한다. 그 치는 뜻이
> 아프게 하는 데 있는 것이 아니고 다만 딱, 소리
> 로써 졸음을 쫓는 데 있다고 하니, 바라거니와
> 이 「죽비소리」가 문단의 졸음을 쫓아내기를.

죽비에 맞아 졸음을 쫓아내야 할 사람은 다른 그 누구보다도 먼저 비평가 자신들이다. 그들은 작가나 문단을 향해 죽비를 휘두를 것이 아니라 먼저 자신들을 향해 그 죽비를 사용해야 한다. 이 죽비 소리에 놀라 비평이 자기최면 상태에서 깨어날 때 비로소 비평은 그 존재성을 회복할 수 있게 될 것이다.

3부
공적 혹은 사적 감성의
불균형과 문학의 위기

이데올로기적 국가장치와 그 해체 욕망
— 장용학론

1) 50년대적인 상황과 역설의 논리

장용학은 전후의 가장 문제적인 작가 중의 한 명이다. 그에 대한 이러한 평가는 누구나 공감하는 바이다. 그의 글쓰기의 원천이 6·25 전쟁에 있으며, 여기에 대한 강한 자의식이 그의 소설 전반을 지배하고 있기 때문이다. 전쟁에 대한 자의식만 놓고 본다면 그는 분명 전후 최대의 작가이다. 자의식의 과잉이라고 규정해도 무방할 정도로 그의 전쟁에 대한 태도는 집요하다. 이 집요함으로 인해 그의 소설은 전쟁에 대한 인식의 불투명함을 드러낸다. 눈에 보이는 세계의 투명함보다는 눈에 보이지 않는 은폐(close)된 세계의 불투명함을 겨냥하고 있기 때문에 그의 소설은 낯섦과 함께 난해함을 동반한다. 이것은 그의 소설을 처음 대할 때 드는 의문, 곧 소설에서 보여주고 있는 세계가 과연 전쟁과 어떻게 현실적으로 연결되는가? 하는 의문과 다른 것이 아니다.

이러한 의문의 기저에는 그의 소설이 너무나 현실적이지 않다는 의미가 들어 있다. 사실 그의 소설에는 당대의 현실이 직접적으로 반영되어 있지 않다. 이것은 그의 소설이 당대의 현실로부터 벗어나 있다는 의미와는 다른 것이다. 그의 소설은 당대의 현실 속에 있다. 단지 당대의 현실을 직접적으로 반영하지 않고 그것을 간접적으로 반영하고 있을 뿐이다. 이 간접적인 반영의 형식 중의 하나가 바로 역설(paradox)이다. 전쟁이 지배논리로 작동하는 현실이란 어떤 세계일까? 그 세계란 다름아닌 가장 비현실적인 세계 아닌가. 지금까지 현실로 존재해 온 모든 것들이 일순간 폐허로 변해버린 그런 현실의 세계란 곧 비현실의 세계 아닌가. 현실과 비현실의 경계가 해체되어버린 세계에서 비현실의 세계를 드러내는 것은 곧 현실의 세계를 드러내는 것이 되어버리는 것이다.

가장 비현실적인 것이 가장 현실적인 것이 되는 50년대적인 상황은 그로 하여금 이러한 역설의 논리를 통한 새로운 인식적인 실험을 가능하게 한 것이다. 만일 이러한 사실을 배제한 채 그의 소설의 비현실성을 이야기한다면 그것은 온전한 해석의 방법이 될 수 없을 것이다. 하지만 이 역설의 논리가 곧 전후 작가들을 평가하는 절대적인 잣대라는 것은 아니다. 여기에는 다양한 논리(풍자, 알레고리, 패러독스, 아이러니, 냉소, 니힐, 트라우마 등)가 가능하다. 장용학과 더불어 가장 문제적인 전후 작가로 평가받고 있는 손창섭의 경우는 전후의 참담하고 무기력한 현실 상황과 그 속에서 살아가는 인간군상을 냉소의 논리로 그려내고 있고, 김성한의 경우는 전후의 폐허화된 현실의 부조리와 허구성을 알레고리와 풍자의 논리로 훌륭하게 형상화하고 있는 예가 바로 그것이다. 전후의 상황이 다면적인 만큼 여기에 대한 작가의 인식 역시 다면적일 수밖에 없다. 장용학은 이 다양한 논리 중에서 역설을 자신의 글쓰기의 한 형식으로 선택한 것 뿐이다.

그렇다면 그의 이러한 선택이 겨냥하고 있는 것은 무엇일까? 이 물음에 대한 답은 현실과 비현실이 다른 것이 아니라 마치 동전의 양면처럼 혹은 거울에 비친 사물처럼 하나도 아니고 둘도 아니라는 사실에 있다. 비현실의 세계가 전경화되면 현실 세계도 함께 전경화되기에 이른다. 이것은 현실 세계가 아무리 어떤 사실을 은폐하려 해도 그것의 또 다른 분신인 비현실 세계의 존재로 인해 그것이 불가능하다는 것을 의미한다. 그가 비현실의 세계를 전면에 내세운 것도 그 이유가 여기에 있다. 현실의 세계에 은폐된 것들이 비현실의 세계를 통해 탈은폐(disclose)된다는 구도 하에 그는 현실을 구성하고 있는 여러 제도적인 장치들을 불러내 그것을 비판하고 또 해체한다.

그에 의해 호명된 것들은 사상, 인문, 계급으로부터 자유, 평등, 평화, 정의 그리고 말(언어), 기계, 가족, 문명에 이르기까지 실로 다양하다. 하지만 이것들은 모두 현실을 구성하고 있는 제도적인 장치들이다. 이 모든 제도적인 장치들은 인간을 위해 생겨난 것이다. 인간은 이 제도적인 장치 속에서 보호를 받으며 살아갈 수밖에 없는 존재이다. 하지만 아이러니컬하게도 이 제도적 장치들에 의해 인간은 생존을 위협받게 된다. 세계의 모순이 드러나는 것이다. 이와 함께 역설의 논리 속으로 아이러니(irony)의 양식이 끼어들게 된다. 이 아이러니의 양식을 발생시킨 가장 극단적인 모순의 형태가 바로 전쟁이다. 따라서 전쟁은 제도적 장치가 행사하는 최정점의 지배적인 논리인 것이다. 그가 바라본 전쟁 역시 이와 다르지 않다. 전쟁이 가지는 무서운 지배적인 논리에 대해 그는 해체의 날을 세운 채 그것과 맞선다. 그는 현실을 구성하고 있는 제도적인 장치들의 이면에 도사리고 있는 이데올로기의 검은 욕망과 부조리의 불순한 찌꺼기들을 본격적으로 들추어 내 그것을 해체하기에 이른다.

2) 이데올로기적 국가장치의 허구성에 대한 자각

제도적인 장치들 이면에 은폐된 것들을 해체하려는 그의 의도는 소설 전편에 걸쳐 있지만 그것이 첨예하게 드러난 것은 「요한 詩集」(1955)과 『圓形의 傳說』(1962)이다. '그의 최초의 출세작이면서 그의 최대의 화제작'[1]인 이 두 작품의 기저에는 이데올로기적 국가장치에 의해 희생당한(스스로 자살할 수밖에 없는) 젊은 영혼의 환영 같은 것이 흐르고 있다. 그는 이 비현실의 환영 쪽에 초점을 두고 여기에서 발생하고 생성된 모든 것들을 현실 쪽으로 투사한다.

「요한 詩集」에서 가장 중요한 사건은 누혜의 자살이다. 그는 포로수용소의 철조망에 목을 매고 죽는다. 그는 철조망에 걸려 있는 누혜의 시체에 대해 "그 철조망에 어느날 새벽 한 시체가 걸리게 되었으니 그것은 하나의 돌파구가 거기에 트여짐"(「요한 詩集」, 『정통한국문학대계』 18, 어문각, p.239)이라고 서술하고 있다. 이것은 그가 누혜의 자살을 '하나의 돌파구'로 인식하고 있다는 것을 의미한다. 그렇다면 그 '하나의 돌

---

1) 김현, 『한국문학사』, 민음사, 1991, p.254.

128

파구'란 무엇인가? 이 물음에 대한 답은 철조망에 있다. 철조망이란 일 차적으로 보면 포로수용소와 바깥 세계와의 경계를 상징한다. 그러나 그것의 의미는 여기에 그치지 않는다. 그것은 현실과 이상, 억압과 자 유, 삶과 죽음, 의식과 무의식, 전쟁과 평화 등으로 확대된다. 따라서 누 혜의 자살은 그를 죽음으로 몰고 갈 수밖에 없는 상황과 그것을 야기한 이데올로기적 국가장치에 대한 상징적인 저항으로 볼 수 있다.

누혜의 자살에 대한 이런 식의 해석은 그(누혜)가 아니라 그에 대해 이야기하고 있는 서술자의 시각에서 비롯된다. 물론 서술자의 시각의 이면을 들추어 보면 거기에는 최종적으로 작가가 위치한다. 이런 점에 서 볼 때 "그 철조망에 어느날 새벽 한 시체가 걸리게 되었으니 그것은 하나의 돌파구가 거기에 트여짐"의 진정한 목소리의 주인은 작가이다. 누혜의 자살을 '하나의 돌파구'로 인식하고 있다는 것은 작가가 그것에 대해 일정한 자의식을 갖고 있다는 것을 의미한다. 작가의 자의식은 누 혜가 남긴 유서를 보고 난 후 표면으로 떠오르는 것으로 되어 있지만 사실 그것은 이미 그 이전에 암시적으로 드러나 있다. 누혜가 철조망에 목 매달아 죽기 전 동호에게 한 꿈 이야기 속에 숨어 있다. 누혜는 자신 과 요한을 동일시한다. 요한은 뒤에 올 참된 구세주 예수를 위하여 길 을 닦고 죽은 자이다. 누혜 역시 요한처럼 뒤에 올 참된 그 무엇을 위하 여 스스로를 희생한다.

누혜의 자살이 단순한 죽음이 아니라 '하나의 돌파구'로써의 죽음이 라는 사실이 여기에 숨어 있는 것이다. 작가의 자의식이 본격적으로 드 러난 계기는 누혜의 유서를 보고 난 이후이며, 이것은 누혜의 시체를 토막 내 변소에 버린 후 동료 포로들이 동호에게 준 눈알을 통해 강렬 하게 표상된다. 누혜의 눈알은 "칠흑 같은 어둠 속에 화석(化石)한 주문처럼 언제까지"(p.243) 동호를 노리고 있지만 기실 그것은 누혜의 작가에 대한 '바라봄'이라고 할 수 있다. 누혜 쪽에서 보면 '바라봄(eye)'이 되지만 작가 쪽에서 보면 그것은 '보여짐(gaze)'이 된다. 자신이 누군가에게 보여진다는 것은 곧 나르시시즘적인 의식의 감옥에서 벗어난다는 것을 의미한다.(물론 이 감옥에서 온전히 벗어날 수는 없다. 나르시시즘적인 의식은 소멸하는 것이 아니라 다른 형태로 변형되거나 억압된 상태로 존재하게 된다) 누혜의 눈에 의해 보여짐으로써 작가는 그의 죽음이 갖는 의미에 대해 새롭게 자각하게 된다. 심지어 작가는 전망 자체가 불투명함에도 불구하고 자신이 누혜가 되어 하나의 돌파구를 찾기에 이른다. 그 결과 작가의 누혜와의 동일시는 소설 속의 이데올로기적 국가장치에 대한 저항의 문맥을 보다 선명하게 하나의 연속선상에 위치시켜 놓기에 이른다.

1) 오늘날까지 있는 모든 힘을 내어본 사람은 아무도 없었기 때문이다. 못 내게 되어 있다. 공기속에 살고 있다는 것은 「말」속에 살고 있다는 것과 마찬가지다. 처음에만 「말」이 있는 것이 아니라 처음부터 끝까지 있는 것은 「말」뿐이었다. 인간은 그 입에 지나지 않았다. 입으로서의 운동, 이것이 인간 행위의 전체였다. (「요한 詩集」, p.227).

2) 철조망 안에서의 이 두번째 전쟁은 완전히 자기의 전쟁이었다. 순전히 자기의 목숨을 보존하기 위한 자기의 전쟁이었다. 그러기 때문에 그 전쟁에 참가하지 않는다는 것은 스스로 생존의 권리를 포기하는 것과 마찬가지였다. …(중략)…죽음에는 생의 전중량이 걸려 있다. 그의 죄는 그 생보다 더 클 수 없는 것이고, 죽음이라는 끝나는 것이다. 모든 것이 끝나는

것이다. 악도, 지상의 모든 약속이 끝나는 것이 죽음이다. …(중략)…그런데 거기에는 시체에서 팔다리를 뜯어내고 눈을 뽑고, 귀, 코를 도려냈다. 아니면 바위를 쳐서 으깨어버렸다. 그리고 그것을 들어서 변소에 갖다 처넣었다. 사상의 이름으로, 계급의 이름으로, 인민이라는 이름으로!(「요한 詩集」, pp.236-237).

3) 학교는 죄의 집이다. 벌에서 죄를 배웠다. 1분 지각했는데 삼십 분 동안이나 땅에 손을 짚고 오토세이처럼 엎드리고 있으면 학교는 그만큼 잘되어가는 것이다. 그렇게 하고 엎드리고 있는 내 앞을 나보다 십초 가량 앞서 뛰어가던 아이가 싱글벙글 줄속에 끼여, 「하나 둘 하나 둘」 발을 맞추며 교실로 들어갔다. 그때 나는 육십 초 지각은 지각이지만 오십 초 지각은 지각이 아니라는 것을 배웠다.(「요한 詩集」, p.240).

4) 드디어 나의 책상 앞이 되는 벽에는 자율(自律)이라는 모토다 붙었다. 그것이 더 깊은 타율의 바다에 빠져드는 길목이 된다는 것을 몰랐고, 좀 지나서 대학생이 되어버렸다.(「요한 詩集」, p.241).

5) 나는 인민의 벗이 됨으로써 재생하려고 했다. 당에 들어갔다. 당에 들어가보니 인민은 거기에 없고 인민의 적을 죽임으로써 인민을 만들어내고 있었다. 만들어 내는 것과 죽이는 것, 이어지지 않는 이 간극(間隙). 그것은 생의 괴리(乖離)이기도 하였다.…(중략)…노예, 새로운 자유인을 나는 노예에서 보았다. 차라리 노예인 것이 자유스러웠다. 부자유를 자유의 사로 받아들이는 이 제 3 노예(第三奴隷)가 현대의 영웅이라는 인식에 도달했다. 그 인식은 내 호흡과 맞았다. 오래간만에, 생각해보니 나의 이름

이 지어진 이래 처음으로 나는 나의 숨을 쉬었고, 나의 육체는 그 자유의 숨결속에서 기지개를 폈던 것이다.(「요한 詩集」, p.242).

　1)과 2는 서술 주체는 동호이고, 3), 4), 5)의 서술 주체는 누혜이다. 1)과 2)는 동호가 누혜의 시체를 보기 전에 서술한 것이고, 3), 4), 5)는 누혜가 철조망에 목을 매기 전에 쓴 유서이다. 비록 서술 주체가 다르긴 하지만 여기에는 이데올로기적 국가장치에 대한 비판이 일관되게 흐르고 있음을 알 수 있다. 이것은 동호와 누혜의 서술 속에 작가가 개입되어 그것을 통제하고 있다는 것을 말해준다. 누혜의 자살을 계기로 자기희생을 통한 세계에 대한 참다운 자의식을 갖게 된 것은 소설의 말미에서지만 이미 그 이전에도 이런 의식은 존재했던 것이 사실이다. 1)과 2)에서 비판의 대상으로 삼은 것은 말과 사회주의 이데올로기이다. 여기에서의 비판의 요체는 말이 인간을 위해 존재하는 수단이 아니라 목적이 됨으로써 그 말에 인간이 갇히게 된다는 것과 사회주의에서 말하는 사상과 계급과 인민이 타인이나 공동체의 번영을 위해 존재하는 것이 아니라 자기 자신의 보존을 위해 존재함으로써 인간을 철저하게 소외시킨다는 것이다. 3), 4), 5)에서 비판의 대상으로 삼은 것은 학교와 당이다. 학교는 벌에서 죄를 배우고, 자율이 타율의 바다로 빠지게 하는 체험을 하게 하는 이율배반적인 공간이며, 당은 인민의 적을 죽임으로써 인민을 만들어내는 이율배반적인 공간인 것이다.

　말, 사상 · 계급 · 인민이라는 이름, 학교, 당에 대한 비판은 결국 이데올로기적 국가장치가 인간을 자유롭게 하는 것이 아니라 억압하고 소외시킨다는 것을 의미한다. 이것은 다시 말하면 인간이 이데올로기적 국가장치에 의해 왜곡될 수밖에 없는 존재라는 것을 의미한다. 동호, 누혜, 누혜의 어머니, 수용소의 포로들 모두 이런 존재들이다. 작가는 이들의 존재를 토끼의 우화, 온갖 망상과 환영, 인과율의 파괴와 불연적인 서사 등을 통해 다소 과도하게 (혹은 과장되게) 부각시킨다. 이것은 작가의 전략이다. 이들처럼 이데올로기적 국가장치에 의해 억압받고 소외받는 존재들을 부각시킴으로써 역설적으로 그것이 가지는 부정적인 측면을 더욱 도드라지게 하려는 작가의 역설의 전략이 여기에 내재해 있는 것이다. 그러나 이 전략이 궁극적으로 겨냥하는 것은 이데올로기적 국가장치의 허구성에 대한 자각이다. 이런 맥락에서 볼 때 이들에게 가장 소중한 것은 자신들의 존재를 왜곡시키는 이데올로기적인 국가장치로부터 벗어나는 일이다. 이 일은 이들에게 이데올로기의 허구성을 벗어나 참다운 인간을 발견하는 성스러운 행위가 되는 것이다. 누혜의 자살이 의미하는 것이 바로 여기에 있다. 누혜의 자살은 이데올로기적인 국가장치로부터 벗어나 인간을 인간 그 자체로 평가해주는 자유로운 세계로의 목숨을 건 탈주로 볼 수 있다.

그러나 누혜의 자살은 이데올로기의 허구성에 대한 저항이라는 모토를 강렬하게 보여주고 있기는 하지만 그것은 지나치게 예언적이고 시적이다. 누혜의 자살에 대한 서사적인 리얼리티가 부족하다. "서사성의 요건이라고 할 수 있는 행위의 구조를 해체하고 오히려 대담하게 관념의 단편들을 대입하고 있"(권영민, 『한국현대문학사』, p.151)기 때문이다. 하지만 이것보다 더 커다란 이유는 「요한 詩集」이 가지는 장르적인 한계이다. 단편의 형식으로 인간, 자유, 사상, 이념, 제도와 같은 커다란 문제를 다룬다는 것 자체가 불가능한 일이라고 할 수 있다. 이 문제는 장편인 『圓形의 傳說』에 오면 어느 정도 해결된다.

3) 이데올로기적 국가장치로부터의 해방과 해체 욕망

『圓形의 傳說』 역시 모토는 이데올로기적 국가장치가 행사하는 억압으로부터 벗어나 참다운 인간의 모습을 발견하는 것이다. 이러한 구도를 실현하기 위해 작가는 패러독스와 아이러니의 양식을 적극 활용한다. 이 두 양식은 이 소설의 근간을 이루는 이장의 서사에서 빛을 발한다. 이 소설의 주인공인 이장은 사생아이다. 이장은 자신의 출생담을 알기 위해 남과 북을 가로지르면서 다양한 체험(제도적인 체험 – 의용군, 국군, 포로수용소, 광산, 대학원, 시골 농업학교의 교원, 경찰서)을 한다. 결국 이장은 자신이 근친상간의 더러운 피를 받고 태어난 존재라는 것을 알게 된다. 그는 자신의 외삼촌이자 아버지인 오택부를 찾아 복수하려 한다. 이 과정에서 오택부의 딸, 즉 이복 남매인 안지야를 범하게 되고, 이 근친상간의 모습을 오택부에게 보여줌으로써 복수한다. 이에 노한 오택부가 이장을 죽이려 하고, 이장은 안지야와 함께 동굴 속으로 들어가 그곳에서 최후를 맞는다.

이러한 일련의 사실을 통해 알 수 있는 것은 작가가 이데올로기적 국가장치가 행사하는 억압에 맞서 그 허구성을 폭로하기 위해 끌어들인 대상이 가족 제도라는 것이다. 그러나 작가가 끌어들인 가족 제도는 단순히 가족의 범주에 머무는 것이 아니라 사회의 차원으로 확대된다. 따라서 가족 제도가 가지는 모순은 곧 사회 제도가 가지는 모순으로 그 의미가 확대되는 것이다. 작가는 가족 제도가 가지는 허구성을 폭로하기 위해 근친상간의 문제를 제기하고 있다. 이장의 아버지(오택부)와 어머니(오기미)는 친남매이며, 이장이 사랑한 여인 안지야 역시 이장과는 이복남매 사이다. 이장은 오택부에게 복수하기 위해 그가 했던 방식과 똑같이 자신의 여동생을 범한다. 이것은 역설인 동시에 아이러니이다. 또한 이것은 비극이다.

이장의 행위가 드러내는 표층의 의미는 아버지 오택부에 대한 복수이지만, 그 심층의 의미는 '아버지라는 이름'에 대한 복수라고 할 수 있다. 아버지(아버지의 이름)란 가족을 보호하기 위해 존재하지만 여기에서는 오히려 가족을 파괴하고 억압하기 위해 존재한다. 자신의 비밀이 탄로 날까 봐 아들인 이장을 죽이려 하는 오택부의 모습이 바로 그것이다. 오택부를 통해 드러나는 이런 아버지의 모습은 명분을 앞세워 전쟁을 일으켜 국민을 억압하고 희생시키는 국가의 그것과 다른 것이 아니다. 이장이 자신의 출생 비밀을 알기 위해 넘나드는 북과 남의 체제는 반인간적이고 비도덕적이며(비윤리적), 사상과 계급적인 모순으로 가득 찬 그런 세계이다. 이장이 아버지의 허구성을 폭로하여 그를 상징적으로 죽이려 하듯 국가 또한 폭로와 죽임의 대상으로 존재한다.

'아버지의 이름'에 대한 전복과 해체의 욕망은 이 소설 전반에 걸쳐 폭 넓게 드러난다. 그 결과 그의 소설은 현대 혹은 현대성에 대한 비판으로 나아간다. 그의 이 비판은 이분법에 의해 대립지어진 반대 항의 의미를 복원하는 일로부터 시작된다. 이분법에 의해 열등한 개념으로 간주되어 억압받아 온 것들을 복원하여 기존의 우세한 것들을 해체하려는 의도는 그 방식자체가 상당히 포스트모던하다. 이것은 이를테면 이런 것이다. 작가는 문명을 이야기하면서 그것 자체만 이야기하는 것이 아니라 그것이 숨기고 있는 야만적인 것을 폭로하는 것이다. '문명의 야만', '야만의 문명'이라는 구도가 성립되는 것이다. 이런 식으로 그는 이데올로기적 국가 장치들을 하나씩 해체해 간다. 현대/원시, 기계 · 제도 · 전쟁/맹수(天變地異), 합리성/자연숭배 · 주술, 자유/노예,

인간선/인간악, 도회인/혈거인 · 동굴인, 공자(성인)/가장 속된 암노루, 성스러움(고상함)/사악(사악함 · 뱀) 등의 이분법적인 구도가 그에 의해 폭로되고 또 해체된다.

소설 속에 드러난 이분법적인 구도는 상당히 패러독스하고 아이러니컬한 것이다. 두 개의 항 중 어느 하나를 극대화하면 그것 자체가 역설과 모순의 양태를 드러내게 된다. 그것은 두 개의 항이 분리가 아니라 통합되어 있기 때문이다. 문명의 의미를 극대화하면 할수록 그에 비례해 야만의 의미 또한 극대화된다. 이 괴리가 곧 역설이며 모순이다. 오택부를 예로 들어보자. 그는 문명인이면서 동시에 법을 제정하는 국회의원이다. 이런 그가 친동생을 범해 사생아를 낳는다. 이것은 분명한 야만인이나 할 수 있는 행위이며 법의 근간을 송두리째 뒤흔든 폭거인 것이다. 소설 속에서 그가 후자의 의미를 숨기려 하면 할수록 또는 전자의 의미를 내세우면 내세울수록 그에 비례해 세계는 역설과 모순의 양태를 더욱 강하게 띠게 된다. 이것은 안지야(마담 버터플라이) 역시 마찬가지이다. 그녀가 성스러움과 고상함을 내세우면 내세울수록 또는 속됨과 사악함을 감추면 감출수록 역설과 모순의 양태 역시 더욱 강하게 드러난다. 오택부와 안지야가 드러내는 세계에 대한 괴리는 이들이 결핍된 존재라는 것을 의미한다.

오택부는 백정 콤플렉스의 소유자이다. 그의 아버지는 백정이며 평안 감사를 지낸 집안의 딸인 어머니를 겁탈하여 결혼한다. 두 사람 사이에서 오택부와 오기미가 태어났는데 아들은 아버지를 딸은 어머니를 닮는다. 오택부는 어머니를 닮은 여동생을 자랑스러워 한다(좀더 정확히 말하면 욕망한다). 그런데 이 여동생한테 현만우라는 애인이 생기면서 오택부는 자신의 욕망의 대상을 빼앗길지도 모른다는 생각에 오기미를 겁탈하기에 이른다. 안지야는 지식 콤플렉스의 소유자이다. 그녀의 어머니는 국민학교도 나오지 못한 기생이다. 어느날 아버지라는 사람이 나타나 그녀는 고등학교, 대학을 나오게 되지만 실력이 아닌 돈으로 다녔기 때문에 제대로 학생들을 가르치지 못한다. 그 결과 학생들로부터 모욕을 당해 학교를 그만두고, 머리가 아닌 육체의 가치를 철저하게 신뢰하며 살아가게 된다. 그녀가 이장을 좋아하게 된 것도 지적 소유자인 공자가 그를 좋아하기 때문이다. 이들이 결핍의 소유자라는 것은 이들이 모두 욕망하는 존재라는 것을 의미한다. 이들의 결핍, 특히 오택부의 결핍은 국가라는 이름의 제도가 가지는 결핍을 의미한다는 점에서 주목에 값한다.

국가라는 제도는 그것이 본래부터 가지고 있는 결핍을 숨긴 채 완전함의 환상을 무의식화하는 절대 권력 기구인 것이다. 국가가 행사하는 이데올로기적인 허위의식을 인식하지 못하게 되면 인간은 주체가 아닌 노예로 전락하게 되는 것이다. 전쟁이란 이런 국가의 이데올로기적인 허위의식이 만들어 낸 아주 위험한 환상에 불과한 것이다. 국가 이데올로기가 조장한 애국심이라는 환상에 사로잡혀 수많은 인간들이 희생당했지만 자신의 죽음 이면에 놓인 저 표독스러운 음모를 자각한 사람은 많지 않다. 작가는 이 사실에 주목해 자신을 직접 개입시켜 여기에 대해 말하게 한다. 그의 소설의 관념성은 여기에서 기인한다고 할 수 있다.

마르크시즘은 무산독재(無産獨裁)로 계급을 없앤다고 한다. 무산독재로 계끕이 없어질 만큼 인간이 그렇게 간단하단 말인가.

계급은 욕망과 빵의 부조화에서 생긴 것이다. 독재, 바꾸어 말하면 욕망을 억제함으로써 계급을 없앨 수 있다고 생각하는 것은, 잎사귀를 따버림으로써 나무를 죽일 수 있다고 하는 것과 같은 즉흥이 아니면 죄악이다.

그것은 계급의 말살이 아니라 인간의 포기다. 직립을 중지하고 네 발로 기어다니면서 살라고 강요하는 것을 의미한다. 목자와 가축, 딴은 계급이 아니다. 시민사회가 없어지고, 노동계급은 「노예군」이 된다.

계급을 없앨 수 있고 인간을 해방시켜주는 것은, 독재가 아니라 생산이다.

빵을 약속했다는 점에서 마르크시즘이 복음이란다면 그것은 샤머니즘이 복음이었던 시절이 있었던 것처럼, 핵분열(核分裂) 이전의 복음이다. 그 핵분열에 비하면 마르크시즘은 자본주의나 봉건제도나와 마찬가지로 단오(端午)날에 두둥실 춤을 추는 빨간 고무풍선에 지나지 않는다.(『圓形의 傳說』, 『정통한국문학대계』 18, p.101).

작가가 직접 문면에 개입해 마르크시즘에 대해 비판하고 있는 대목이다. 표면상으로는 마르크시즘 비판이지만 이것은 사회주의 사상을 기반으로 하는 북한 체제에 대한 비판으로 볼 수 있다. 작가는 사회주의에서 말하는 계급 평등이 인간의 가장 기본적인 조건인 욕망 추구를 말살함으로써 성립된다고 본다. 하지만 이것은 "잎사귀를 따버림으로써 나무를 죽이는 것"과 같다는 것이다. 인간을 위해 존재해야 할 사회주의 체제가 인간을 억압하고 소외시키는 이데올로기적 장치에 불과하다는 비판은 그의 소설을 관통하고 있는 주제이다.

작가의 이데올로기 비판은 6·25의 본질을 탐색하고 있다는 점에서 의미가 있지만 이 비판이 한쪽(북한의 사회주의 체제)으로 기울어져 있다. 작가의 상황을 고려할 때 불가피한 선택으로 볼 수 있다. 그러나 이 소설의 한계는 비단 여기에만 있는 것은 아니다. 가장 큰 문제는 소설의 말미에서 보여준 이데올로기적 국가장치에 대한 저항과 해체의 태도이다. 이장과 안지야가 오택부의 일행의 추적을 피해 달아난 곳이 바로 동굴이다. 그의 소설은 동굴에서 시작해서 다시 동굴에서 끝나는 서사의 구도를 보여준다. 『圓形의 傳說』은 그의 이러한 서사 구도의 대미를 장식하는 작품이다. 이런 점에서 이장과 안지양의 동굴로의 도피는 중요한 의미를 가진다. 이들이 동굴로 도피한 것은 단순한 몸 숨김의 의미를 넘어 영원한 안식과 휴식의 의미를 지닌다. 이장은 "동굴에는 동물적인 자유가 없고, 바깥 세계에는 인간적인 자유가 없"다고 하면서 "인간이라면 동물적 자유가 없는 자유보다는 인간적 자유가 없는 자유를 택해야"(『圓形의 傳說』, p.139)한다고 말하고 있다. 하지만 그가 선택한 것은 동물적 자유가 없는 동굴이다. 그가 동물적 자유가 없는 동굴을 택한 것은 다분히 역설적이다. 그는 '반〈인간적〉일수록 인간은 인간이다'(p.215)라고 말한다. 그의 논리대로라면 바깥 세계는 '인간적'인 곳이고 동굴은 '인간'인 곳이다.

이장의 이 발언은 곧 작가의 발언에 다름 아니며, 이 말이 담고 있는 의미는 실존주의적이기보다는 자연주의적이다. 여기에는 실존적인 상황도 없고 그것을 만들어 갈 의지도 없다. 비현실이 의미가 있는 것은 그것이 현실과 긴장을 유지할 때이지만 동굴로의 도피는 그런 긴장이 부재한다. 이 세계에는 아버지가 없다. 어머니와 나 둘 밖에 없는 행복한 세계이다. 하지만 이 세계는 이미 잃어버린 낙원과 같은 곳이다. 이 말은 이런 세계는 우리가 발 딛고 사는 지상에는 존재하지 않는다는 것이다. 스스로 현실로 나오는 통로를 차단한 채 상상계적인 동굴 속에 안주하는 태도는 그동안 작가가 보여 온 이데올로기적 국가장치에 대한 저항과 비판을 무화시켜버리는 위험한 발상이다. 이것은 「요한 詩集」에서 누혜의 철조망에서의 자살의 의미를 제대로 계승한 것이라 볼 수 없다. 누혜의 자살은 경계의 의미가 강한 것이다. 경계란 고뇌의 의미를 내포한 개념이다. 이 말은 경계가 동굴과 바깥 세계 사이에 아슬아슬하게 걸쳐 있다는 것을 의미한다.

4) 자유에 대한 보편성과 시대정신

이장과 안지야의 동굴행은 작가의 비대한 관념의 산물 아닐까? 이 비대한 관념 속에서 그는 운명 자체를 지나치게 즐긴 것은 아닐까? 만일 그렇다면 그의 눈에 벼락 맞아 죽은 이장의 양부모의 운명은 매력적인 것으로 다가왔을 것이다. 이 벼락을 그는 또 한번 그것도 화룡점정의 대목에서 다시 불러낸 것이다. 벼락으로 동굴이 무너져 죽게 된 이장과 안지야의 운명을 지켜보면서 작가는 그것이 장엄하고 숭고하다고 생각했을 것이다. 하지만 그것은 생산성 없는 무의미한 죽음에 불과한 것이다. 이런 점에서, 이들의 죽음에서 비극성을 찾는다는 것 또한 무의미하다고 할 수 있다.

전쟁은 장용학이 보여준 것처럼 현실의 투명하고 밖으로 드러나는 표층의 논리로는 해명할 수 없는 불투명하고 심층적인 논리를 가지고 있다. 어쩌면 그가 보여준 관념도 이런 맥락에서 비롯된 것은 아닐까? 눈에 보이는 모든 것들의 소멸이 그저 투명한 논리로 이해되었다면 그것은 하나의 상처(트라우마 trauma)로 남지 않았을 것이다. 이 상처를 드러내는 일이 전후세대 작가들에게는 하나의 사명 같은 것이지만 그것이 쉽지 않다는 것을 우리 현대문학사는 말해주고 있다. 전란의 상처는 60년대(김승옥의 소설 속에 내면화 되어 흐르는 전란의 상처를 상기해 보라)를 거쳐 지금까지 계속되고 있다. 전쟁은 눈에 보이지 않는다고 끝난 것은 아니다. 우리가 장용학의 소설을 다시 읽어야 하는 이유가 바로 여기에 있는 것이다.

장용학의 소설, 「요한 詩集」과 『圓形의 傳說』을 탈근대적인 관점에서 읽어 보는 일은 이런 점에서 유용하다. 그의 소설의 표면에 드러나는 가장 큰 특징 중의 하나가 우리가 흔히 이데올로기적 국가장치라고 하는 것에 대한 비판과 해체의 욕망이다. 최근 들어 우리 문학 혹은 문화 담론 중에 국가의 의미를 탈근대적인 관점에서 다시 해석하려는 시도들이 행해지고 있다. 이 이데올로기의 허위의식의 문제는 대중문화가 지배력을 확장하면서 좀더 폭 넓게 다양한 차원에서 제기되고 있다. 그러나 대중문화가 행사하는 이데올로기의 허위의식에 대한 싸움은 그다지 치열하지 않은 것 같다. 이것이 우리 시대의 전망을 불투명하게 하는 한 원인으로 작용한다.

전망의 불투명하기야 이 소설의 배경이 되는 50년대 전후에도 마찬가지였을 것이다. 물론 차이는 있다. '지금', '여기'에서의 불투명함이 무언가 너무 넘치기 때문에 발생한 것이라면 50년대 전후의 그것은 너무 부족하기 때문에 발생한 것이라는 차이가 바로 그것이다. 그의 소설이 전망을 확보하는데 실패했다고 평가하는 사람들이 있다. 여기에 대해 '오히려 그 전망 없음이 전망 없는 시대를 반영한다'는 식으로 그의 소설을 옹호하고 싶지는 않다. 분명 그의 소설은 전망의 문제와 관련해서 문제가 있는 것이 사실이다. 내가 『圓形의 傳說』을 비판한 이유를 상기해 보라. 그러나 그가 시도한 세계에 대한 저항과 비판 의식은 시대정신의 일단을 구현하고 있다고 볼 수 있다. 특히 누혜의 자살의 상징성은 시대를 뛰어 넘어 자유에 대한 어떤 보편적인 의미를 띤다고 할 수 있다.

민족적 원형심상과 실향의 내적 형식
— 전봉건, 박남수, 구상, 김광림, 김종삼을 중심으로

1) 한국문학과 실향의식

우리 현대문학사에서 실향은 결코 가볍게 다루어질 수 없는 문제이다. 그것은 실향이 민족의 개념을 강하게 내포하고 있기 때문이다. 우리에게 실향이란 단순한 개인적인 차원이 아닌 집단적인 차원의 문제인 것이다. 이 문제는 개항과 일제 강점기를 거쳐 분단, 제3공화국과 유신 개발 독재로 이어지면서 집단 무의식을 형성하기에 이른다. 서방 제국주의 세력에 의한 개항으로 인해 하와이와 멕시코의 유카탄 반도로 이주한 이민자들을 비롯하여, 일제에 의해 일본, 남양, 간도, 연해주, 사할린으로 징용 및 강제 이주한 동포들, 분단 이후 남북으로 갈라진 이산가족들, 그리고 박정희 개발 독재 시대를 거치면서 독일, 네덜란

드, 미국 등으로 떠난 입양인들은 모두 이 집단 무의식의 실체들이다.

이들이 우리에게 어떤 존재인지는 이들을 수치로 환산해 보는 것만으로도 족하다. 강제 징용 및 이민 등으로 세계 각지에 흩어져 사는 한민족의 수가 약 600만이고, 1955년 미국인 헤리 홀트가 전쟁고아를 미국으로 입양시키면서 시작된 입양인의 수가 지금까지 20만명이 넘으며, 남북 분단으로 인한 이산가족은 그 수가 무려 1000만을 헤아린다. 이 수는 시간과 공간을 달리 하면서 한민족의 역사의 장을 형성해 온 집단 무의식의 실체들이기 때문에 결코 우리가, 다시 말하면 우리 문학사가 간과해서는 안 될 그런 존재들인 것이다. 하지만 우리 문학사는 이들의 존재를 적극적으로 수렴하지 못한 것이 사실이다. 남북 분단으로 인한 이산가족의 문제만이 관심 있게 다루어져 왔을 뿐 그 이외의 문제에 대해서는 이렇다 할 만한 관심조차 가지지 않았다고 할 수 있다. 그 결과 우리 문학사의 시공 개념이 한반도를 벗어나지 못하게 되었을 뿐만 아니라 민족의 개념이 중층성을 띠지 못한 채 단일한 의미 차원으로 전락하게 되었던 것이다.

한반도를 벗어나 세계 각지에 흩어져 살고 있는 사람들에게 가장 뚜렷이 드러나는 것은 민족의 정체성 문제이다. 자신이 현재 살고 있는 나라와 자신의 모태가 되는 나라 사이에서 갈등하면서 민족의 정체성 문제는 자연스럽게 이들 속에서 하나의 의식 내지 무의식의 원형으로 자리잡게 되는 것이다. 이것은 이들이 드러내는 실향의 의미가 남북 분단으로 인한 이산가족들의 그것에 비해 좀더 중층적인 복합성을 띨 수 있다는 것을 의미한다. 이들에게 고향은 남북 이산가족들이 드러내는 우호적인 친밀감과 무조건적인 귀향의 기착지로 존재하지 않을 수도 있다. 이들에게 고향이란 자신을 따뜻하게 품어 주고 자신을 살아내게 하는 곳으로 인식되기도 하지만 그것보다는 자신을 차갑게 소외시킨 그래서 자신을 한없는 절망과 복합적인 외상으로 고통받게 하는 저주받은 곳으로 인식되기도 한다. 이런 점에서 보면 이들의 의식이나 무의식을 우리 문학사 안으로 수렴하는 일은 다른 어떤 것보다 절실하다고 할 수 있다. 우리 현대문학사가 드러내는 시공의 협소성과 왜소성의 문제에 대한 답을 여기에서 찾을 수 있을 것이다.

한반도 안과 밖의 문제의식을 우리 문학사 안으로 수렴할 때 실향에 대한 온전한 이해가 이루어질 수 있을 것이다. 하지만 한반도 밖은 물론 안의 경우에도 그 문제의식이 온전히 공유되고 있다고 할 수 없다. 한반도 안에서의 실향이란 남북 분단으로 인해 발생한 것으로 크게 휴전선을 기준으로 남 → 북, 북 → 남으로의 이동 과정을 보여준다. 전자는 대개 강제 납북 아니면 사회주의 이념을 쫓아 자진 월북한 경우이며, 후자는 자유민주주의 이념과 삶의 실존을 쫓아 월남한 경우이다. 이러한 이동은 민족의 재편성과 국가 구조의 변화를 가져 왔다. 이것은 곧 우리 문학사의 재편성과 구조의 변화를 의미하는 것이기도 하다. 문인의 남 → 북으로의 이동으로 인해 사회주의 문예미학의 토대가 정립되고 그 실천의 장이 마련되게 되었으며, 북 → 남으로의 이동으로 인해 자유 민주주의를 표방한 '문협 정통파'가 자신들의 논리를 강화시키는데 보다 수월한 입장을 마련해 줌으로써 분단 이후 남한 문단의 재편과 구조에 영향을 주었다고 할 수 있다.

그러나 우리가 월남 문인들에게서 발견할 수 있는 중요한 것은 분단과 실향에 대한 문학적인 형상화의 문제이다. 분단 이후 우리 문학사의 절대적인 주제가 된 분단과 실향의 중심에 이들이 있었던 것이다. 따라서 이들의 문학적인 변모 과정은 중요한 관심의 대상이 되었을 뿐만 아

144

니라 여기에 대한 수많은 논의들이 있었던 것 또한 사실이다. 하지만 이 많은 관심과 논의의 이면을 들여다보면 정작 중요한 것이 빠져 있음을 발견하게 될 것이다. 분단과 실향에 대해 이야기하면서 전경화하고 있는 것은 이데올로기의 문제이다. 분단과 실향의 근본적인 원인이 이 이데올로기에 있다는 것은 누구나 다 아는 사실이지만 월남한 문인들의 의식과 무의식 속에 더 절실하게 자리하고 있는 것은 '실향의식'이라고 할 수 있다. 이런 점에서 이들에게 실향의식이 어떻게 작품 속에 내재화되어 있는지 또한 그것이 무의식의 차원에서 어떻게 집단적인 원형심상으로 자리하고 있는지 하는 문제에 대한 이해가 먼저 있어야 할 것이다.

이 문제는 민족의 원형심상이라는 집단적인 무의식과 맞물려 있기 때문에 결코 간단하지 않다. 따라서 '지금', '여기'에서 무엇보다도 중요한 것은 아직 제대로 논의조차 되어 있지 않은 월남한 개별 문인들의 실향의식에 대한 이해이다. 실향의식은 개별 문인들이 놓인 상황에 따라 각기 다른 모습으로 드러난다. 실향의식과 그것의 텍스트를 통한 형상화는 안수길, 이호철, 최인훈 등의 소설가와 전봉건, 박남수, 구상, 김광림, 김종삼 등의 시인들에 의해 구체화되기에 이른다. 하지만 이들의 실향의식에 대해 우리가 보여준 지금까지의 논의는 상대적으로 이들이 보여준 실향에 대한 자의식의 수준에 훨씬 못 미치는 것이 사실이다. 특히 월남한 시인들의 실향의식에 대한 논의는 이들의 문단에서의 위치와 문학사적인 중요성에도 불구하고 여기에 대한 자료적인 정리조차 되어 있지 않는 상태이다. 이 시인들의 이러한 실향의식이 시쓰기의 한 원천으로 작용하고 있다는 점에서 이에 대한 관심과 이해의 과정은 일종의 통과제의 같은 것이라고 할 수 있다.

<h2 style="text-align:center">2) 실향의 의미와 내적 형식</h2>

(1) 전봉건 혹은 역설의 미학

전봉건의 실향의식은 집요하다. 『사랑을 위한 되풀이』(1959), 『春香戀歌』(1967), 『속의 바다』(1970), 『피리』(1980), 『北의 고향』(1982), 『돌』(1984) 등으로 이어지면서 그의 실향의식은 그의 시의 한 주제를 이룬다. 이것은 1950년 등단 이후 그의 시가 줄곧 추구해 온 것이 6·25 체험에 뿌리를 두고 있다는 사실과 다른 것이 아니다. 초기의 그의 시세계는 '6·25 체험을 피와 꽃 그리고 돌의 이미지를 통해 주관적으로 드러내는 경향'을 보인다. 이에 반해 그의 후기의 시세계는 '6·25라는 역사적인 사실을 객관적으로 드러내는 경향'[1]을 보인다. 그의 시쓰기가 6·25 체험의 시적 극복이라는 차원에서 출발하지만 그것이 이러한 변모 양상을 보이는 것은 전쟁의 문제를 단순히 개인의 고백이나 독백이 아닌 집단적인 소통과 공감의 문제로 확장하고 있다는 것을 의미한다.

그러나 이러한 변모 양상이 주관적인 것의 배제를 의미하는 것은 아니다. 주관의 객관화 혹은 특수한 것의 보편화로 보는 것이 옳을 것이다. 그의 실향의식 역시 이런 맥락에서 이해되며, 이것이 전면으로 드러난 것은 『北의 고향』에서라고 할 수 있다. 이 시집은 북에 고향을 두고 월남한 시인의 상실감과 회귀 욕망을 강렬한 어조로 노래하면서 그것을 실향민의 보편적인 정서의 차원으로 확장하고 있다. 시인의 독백이 이렇게 보편적인 정서를 획득하게 된 데에는 고향을 상실한 자의

---

1) 이승훈, 「전봉건론 - 6·25 체험의 시적 극복」, 『문학사상』, 1988. 8.

아픔이 진하게 묻어나는 언술 때문이기도 하지만 보다 중요한 것은 그것을 드러내는 형식에 있다고 할 수 있다. 고향에 대한 그리움과 상실의 아픔은 월남한 사람들이라면 누구나 가지고 있는 보편적인 감정이지만 그것이 감동을 주느냐 아니냐의 문제는 그 표현 형식에 있는 것이다.

『北의 고향』에서 전봉건이 구사하고 있는 형식은 역설(paradox)이다. 시인에게 고향은 역설의 형식으로 존재하는 세계인 것이다. 시인의 역설은 하나의 기교가 아니라 지극한 현실의 논리이다. 이 역설은 시인의 고향이 갈 수 없는 곳(北)에 있기 때문이다. 시인이 고향에 갈 수 있는 방법은 죽음과 꿈(「꿈길」, 「찬바람」, 「뼈저린 꿈에서만」)밖에는 없다. 죽으면 시인은 이미 먼저 간 부모님과 두 형제와 함께 북의 고향집에서 살 수 있다. 하지만 시인은 죽음을 택하지 않고 꿈을 택한다. 그것은 이남에서 자신이 낳은 두 자식들이 "제 뿌리요 제 아비의 고향으로 가는 길을"(「찬바람」, 『북의 고향』, p.27) 찾을 수 없기 때문이다. 이런 점에서 시인에게는 죽음마저도 자유롭지 못한 것이 되고 만다. 그래서 시인은 "나는 죽을 수가 없다"(「꿈길」, 『북의 고향』, pp.18-20)고 수없이 되뇌이는 것이다. 이 말은 '나는 죽지 않는다' 와는 의미가 다르다. 나 역시 죽지만 죽을 수 없다는 것 아닌가. 죽음이 자유이면서 동시에 구속이 되는 세계, 다시 말하면 가장 자유로운 것이 가장 자유롭지 못한 것이 되고 마는 세계, 이것이 바로 지금 시인이 놓여 있는 역설적인 상황인 것이다.

이러한 이유로 시인은 '뼈저린 꿈에서만' (「뼈저린 꿈에서만」, 『北의 고향』, p.28) 고향을 그릴 수 있게 된다. 따라서 이때의 꿈은 죽음보다 더 '뼈저린' 의미를 가진다. 죽음을 통해 드러나는 역설의 형식은 『北

의 고향』 도처에서 발견된다.

    찬 서리 길을 가도
    고향 길이 아니다

    잎 지는 길을 가도
    고향 길이 아니다

    손 잡은 길을 가도
    고향 길이 아니다

    한 사나이 늙어
    아

    강나루 건너가도
    고향 길이 아니다

    달 지는 길을 가도
    고향 길이 아니다

　　　　　　　　　　—「길」 전문 인용, 『북의 고향』, p.58.

    어둠 속에서만
    그 마을은 나무와 언덕 풀을 거느리고
    바람과 새들도 거느립니다

148

그리고 눈부십니다

어둠 속에서만

그 해와 꽃은 불탑니다

어둠 속에서만

그 말은 들립니다

어둠 속에서만

그 얼굴은 다가섭니다

어둠 속에서만

그 따뜻한 손은 다가와서

내 시리고 주름진 손을 꼭 잡아줍니다

눈 감으면

어둠입니다

내 먼 북녘의 고향은

그 어둠 속에 있읍니다

아프게 저리도록 훤한 밝음으로 있읍니다

—「내 어둠」 부분 인용, 『북의 고향』, pp.68-69.

'길 아닌 길이 곧 고향 길'(「길」)이며, '북녘의 고향은 어둠 속에서만 훤한 밝음으로 있다'(「내 어둠」)는 것은 곧 고향이 역설의 논리 속에 있다는 것을 의미한다. 길 아닌 것이 길이 되고 어둠이 곧 훤한 밝음이 되는 또는 "눈을 감아야/보이는"(「봄이 오는 4월」, 『北의 고향』, p.67) 이러한 역설의 논리가 의미하는 것은 무엇일까? 이 물음에 대한 답은 6·25에서 찾을 수 있다. 그의 시의 역설은 6·25의 상황 논리가 드러내는 세계와 동일한 의미 구조를 가진다. 6·25의 상황 논리란 전쟁이 지배 논리로 작동하는 현실이다. 그런데 이 현실이란 다름 아닌 가장 비현실적인 세계인 것이다. 지금까지 현실로 존재해 온 모든 것들이 일순간 폐허로 변해버린 그런 현실의 세계란 곧 비현실의 세계 아닌가. 현실과 비현실의 경계가 해체되어버린 세계에서 비현실의 세계를 드러내는 것은 곧 현실의 세계를 드러내는 것이 되어버리는 것이다.

6·25의 이러한 역설의 의미구조는 그대로 『北의 고향』의 논리로 이어져 하나의 미학적 원리를 낳은 것이다. 북의 고향이 역설의 의미구조를 가지면서 시적 주체와 고향 사이의 심적인 거리는 가까우면서도 멀고, 멀면서도 가까운 그런 중층적인 효과를 불러일으킨다. 이것은 안정된 정서구조가 아니다. 이것은 갈등과 긴장이 반복적으로 출몰하면서 강렬한 파토스를 불러일으키는 그런 정서구조이다.[2] 이로 인해 시인은 정신적인 외상(trauma)을 갖게 된다. 이 외상은 시적 주체를 언제든지 삼켜버릴 수 있다. 하지만 또한 그것은 시적 주체를 살아내게 하는 힘의 원천이기도 하다. 시인이 '나는 결코 죽을 수 없다'고 되뇌이는 이 말속에 그런 의미가 담겨 있는 것이다. 고향상실로 인해 받은 정신적인 외상이 그들을 살아가게 하는 힘이 된다는 이 논리야말로 지독한 역설 아닌가.

전봉건은 그것을 온몸으로 보여준 시인이다. 6·25라는 상황이 그를

---

2) 우리는 이러한 역설적인 정서구조를 이미 소월과 만해의 시에서 체험한 바 있다. 소월의 '哀而不悲'의 정서나 만해의 윤회와 공허의 불가적인 논리 속에 깃들어 있는 것이 바로 그것이다. 이러한 논리는 단일한 평면적인 구조가 아닌 중층적인 의미 구조를 가진다는 점에서 정서적인 파급력 혹은 감염력이 클 수밖에 없다. 더욱이 그것이 사랑이나 향수 같은 인간의 가장 근원적인 것과 맥이 닿았을 때는 그 효과가 배가되어 드러나는 것이 사실이다.

그런 존재로 살아가게 했지만 보다 중요한 것은 그가 누구보다도 전쟁과 분단 그로 인한 고향상실에 대해 강한 자의식을 보여주었다는 점이다. 이 자의식이 역설의 미학을 낳았다고 할 수 있다. 이것을 미학이라고 명명하는 것은 그가 일급의 감수성으로 그것을 빚어냈기 때문이다. 가령 다음과 같은 대목에서 발견할 수 있는 것이 바로 그것이다. "눈물은 만질 수가 있읍니다/마음은 만질 수가 없읍니다/하지만 눈물은 마음을 만질 수가 있읍니다"(「눈물」, 『北의 고향』, p.41) 시인처럼 이렇게 마음을 만질 수 있는 감각의 소유자는 많지 않다. 그에 의해서 6·25 체험과 실향의 문제가 시적으로 극복되고 또 일정한 전망을 성취하게 되었다고 할 수 있다.

(2) 박남수 혹은 원형적인 상처의 시화

박남수의 시에는 고향에 대한 보다 근원적인 이미지가 존재한다. 이것은 그의 시에 드러난 고향이 '원형으로서의 고향'을 암시한다는 것을 의미한다. 이러한 그의 시적 경향은 등단 이후 계속되어 온 순수에 대한 탐구의 연장이자 변형이라고 할 수 있다. 그의 시적 궤적에 대해 김현은 "새를 통해서 순수를 드러내려 하고 있는 그의 詩들은 60년대의 후반에 들어서서 서서히 융적인 集團無意識에 접근해 들어가, 望鄕意識을 문화사적인 차원으로 높이려고 애를 쓰고 있다"(『한국문학사』, p.281)고 말하고 있다.

그의 말을 신뢰한다면 박남수의 실향의식은 문화사적으로 고양된 미적 세계를 지향하는 것이 된다. 이 고양된 미적 세계의 표상이 바로 '새'이다. 새는 『갈매기 素描』(1958)를 시작으로 『神의 쓰레기』(1964),

『새의 暗葬』(1970), 『사슴의 冠』(1981)을 거쳐 『서쪽, 그 실은 동쪽』(1992)에 이르기까지 이런 의미구조가 강하게 표상되기에 이른다. 이 과정에서 '새'는 시인과 대상을 매개해 주는 역할을 하기도 하고 또 그 자체로 시적 주체의 강렬한 의지를 표상하기도 한다. 그의 시에서의 이러한 새의 의미는 실향의식을 노래하고 있는 경우에도 그대로 드러난다. 가령 「오랜 祈禱」에서의 '새'는 시인이 "어머니를 향해/二十年 의 세월을 祈禱로 띄운" 존재이며, 「悲歌」에서의 '갈매기'는 6·25 동란으로 인해 고향을 잃고 타지에서 고통스러운 삶을 견디는 시인 자신을 포함 한 "삼팔 따라지"들의 초상이다.

그러나 그의 시에서의 '새'는 고향과 관련하여 보다 본원적인 세계를 표상한다. 시인의 고향상실은 '새의 날아감'과 등가로 놓인다.

초가집 처마를 보면, 그 때
밤 하늘로 날아간 것을 생각한다.

날아간 것이 무엇이었는가
를 생각한다. 분명
귀를 울린 깃치는 소리 같은 것
형태는 보지 못하였지만
소리가 울린 밤 하늘을, 뭣인가
분명치 않은 것이 날아가고 있었다.

초가집 처마를 뒤져, 손에
조금 온기를 남기고 빠져나간 것

그것은 지금도 내 속에서 깃을 치고 있다.
—「幼年」 전문 인용, 『박남수 전집』, p.365.

유년기의 새의 날아감의 체험을 아름답게 노래하고 있는 시이다. 이 때의 체험은 무언가 소중한 것의 상실을 의미한다. 그 소중한 것의 형 태를 시인은 보지 못했지만 그것은 '귀를 울린 깃치는 소리 같은, 온기 가 있는 어떤 것'이다. 그리고 "그것은 지금도 내 속에서 깃을 치고 있" 기까지 하다. 무언가 분명하지 않지만 '새의 날아감'으로 표상되는 상 실은 시인에게 절대적인 것이다. 이것은 그 상실이 단순한 것이 아니라 보다 근원적인 것에 닿아 있다는 것을 의미한다. 이것이 이 시를 단순 히 두고 온 고향에서의 유년 체험에 대한 그리움 정도로 해석할 수 없 는 이유이다.

그의 시에서의 무언가 본원적인 혹은 근원적인 것이란 우리가 고향 이라고 부르는 대상 이전의 세계를 말한다.

참으로 한 순간 그 굉장한 爆音이 울리고, 그 다음에는 거기에 아무 것 도 없어진 저 흙더미 속에 아직도 그 家風에 길들었을 깨어진 장독들이며, 쭈그러진 놋그릇들이며, 불탄 옷가지들이며, 분명 저 흙더미 속에 있어야 할 노래소리며 이야기들이며 心臟의 고동들을 저 爆音은 어디로 끌어 갔 는가.

저 흙더미 위에 기와집이 생기기 전에는, 저 흙더미 위에 사람이 살기 전에는, 저 흙더미 위에 의롱도 장독대도 놓이기 전에는, 참으로 저 흙더 미 위에 노래 소리도, 웃음 소리도, 그리고 울음 소리도 들리기 그 전에는,

저 흙더미 위에 골목도 동리도 생기기 전에는, 분명 저 흙더미 위에 넓은
벌과 아름드리 나무와 높은 풀섶과 짐승들과 강과 산과 태양만이 있었을
뿐이고……

—「始原流轉」 부분 인용, 『박남수 전집』, p.77.

이 시에서 노래하고 있는 것은 집과 사람이 살기 전의 나무, 풀, 산,
짐승, 태양 같은 원형의 것으로만 존재하는 그런 세계이다. 시인이 지
금 이 세계를 노래하고 있는 것은 전쟁으로 인해 폐허가 된 땅, 그것이
"아무 것도 없는 原始"와 같다는 것을 드러내기 위해서이다. 전쟁이란
우리를 아무 것도 없는 폐허로 만들어버린다는 것, 다시 말하면 전쟁은
우리로 하여금 원형적인 상처 혹은 상처의 원형조차 보게 만든다는 것,
시인은 지금 그것을 노래하고 있는 것이다.

이렇게 시인은 상처로 가득 찬 原始의 풍경을 노래한다. 그 풍경은
어두울 수밖에 없다. 시인은 자신이 지금까지 그 '아무도 모르는 숲의
기억'을 더듬고 있다고 고백한다. 이것은 시인이 앓고 있는 상처에 대
한 심리적인 표상에 다름 아니다. 어두운 숲의 기억으로부터 그는 끊임
없이 헤맬 뿐 그곳으로부터 빠져나오지 못한다. 그에게는 "하늘이", 다
시 말하면 자신의 "큰 날개를 날릴 하늘이 없"기 때문이다. 시인의 인
식을 이토록 어둡게 한 데에는 분단으로 인한 고향상실이 크게 작용한
결과이지만 이 체험을 계기로 시인은 보다 근원적인 아픔에 도달한다.
시인은 "사람은 모두 原生의 새"이며, 그 새는 "어느 記憶의 숲을 날며,
가지 무성한 잎 그늘에/잠깐 씩 쉬어가는"(「어딘지 모르는 숲의 기억」,
『박남수 전집』, p.157) 존재라고 규정한다.

사람이 "原生의 새"라면 그 새는 "땅으로 꺼져들던가" 아니면 "하늘

로 蒸發되"든가 하는 운명을 지닌 존재인 것이다. 그런데 시인은 자신에게는 "큰 날개를 날릴 하늘이 없"다고 하지 않았던가. 만일 이런 하늘이 없다면 시인은 "땅 위를 기는" 수밖에 없다. 이것을 다시 정리해 보면 시인은 '原生의 새이며, 어딘지 분명 찮은 숲의 기억이 날개를 돋게 하지만 큰 날개를 날릴 하늘이 없어 땅 위를 길수밖에 없' 는 존재로 전락하게 된다는 것이다. '原生의 새' 가 상승이 아니라 추락의 의미구조를 가진다면 그것은 밝음보다는 어둠의 원형심상을 가질 수밖에 없을 것이다. 이 어둠의 원형심상은 수난으로 점철된 우리 민족의 집단 무의식의 시적 반영이라고 할 수 있다.

(3) 구상 혹은 구원의 형식

전후 시단에서 구상의 존재는 이채롭다.[3] 『구상시집』(1951), 『焦土의 시』(1956)를 시작으로 『까마귀』(1981), 『구상 시전집』(1986)을 거쳐 『인류의 盲點에서』(1998)에 이르기까지 그의 시는 개인의 서정이나 문명 비판, 이데올로기에 대한 관심을 넘어 존재한다. 그는 철저하게 존재론적인 토대 위에서 어떤 대상을 종교적인 구원의 차원에서 깊이 있게 성찰한다. 늘 절대적 신앙의 경지에서 구원의 문제에 접근하기 때문에 그의 시에는 과도한 정서의 과잉이나 세계에 대한 극도의 부정성이 드러나지 않는다. 그의 초기의 대표작으로 평가받고 있는 「焦土의 詩 1」를 보아도 이러한 경향을 쉽게 알 수 있다. 이 시는 6·25 전쟁으로 인해 폐허가 된 현실을 대상으로 하고 있지만 여기에는 절망적인 상

---

3) 권영민, 『한국현대문학사』, 민음사, 1993, p.135.

황에서 기인하는 불안과 패배의식 그리고 전망의 불투명함 같은 비관적인 인식이 보이지 않는다. 오히려 이 시에서는 그 참담한 고통이 구원의 형식을 통해 견고하게 제시되고 있다.

　이러한 시적 경향은 실향의식을 드러내고 있는 시편에서도 그대로 드러난다. 시인 역시 북에 두고 온 고향과 부모형제에 대해 정서적인 반응을 보인다. 시인의 눈에 가장 강하게 각인되어 있는 풍경은 "어린 시절", "마을 뒷산 時祭터 동성마루에 올라/멀찌막히 풍경을 바라보는 것"(「遠景」, 『인류의 盲點에서』, p.112)과 "내 원산 바다와 같은/솔숲"(「失鄕 바다」, 『드레퓌스의 벤치에서』, p.134)이며, 그의 마음에 가장 강하게 각인되어 있는 풍경은 "어머니/어머니"(「한가위」, 『造花 속에서』, p.21)이다. 하지만 시인의 정서는 감정의 과잉으로 흐르지 않고 지극히 절제되어 드러난다. 시인은 고향의 풍경에서조차 '안정'을 찾으려고 한다.

　　저녁 어스름 속에
　　소를 몰아
　　지게지고 돌아온다.

　　굴뚝 연기와
　　사립문이 정답다.

　　太古로부터
　　산과 마을과 들이
　　제자리에 있듯이

나라의 진저리나는

북새통에도

이 原景에만은

안정이 있다.

—「夏日敍景」 부분 인용, 『드레퓌스의 벤취에서』, pp.130~131.

"나라의 진저리나는/북새통" 속에서도 '안정된 原景'을 찾을 정도로
시인의 인식을 견고하게 해 준 것은 신앙이다. 절대적 신앙의 경지에서
그는 전쟁으로 인해 고통받는 현실을 구원하려고 한다. 절대적 신앙의
경지에서 보면 그 고통은 신이 준 시련에 불과하며, 그 때문에 시인은
그것을 두려움이 아닌 축복과 은총으로 받아들인다. 북에 두고 온 고향
과 부모형제에 대한 인식 역시 마찬가지인 것이다. 이런 차원에서 시인
은 죽음을 두려움 없이 받아들인다.

병실 창문으로

오직 보이는 저 하늘,

무한히 높고 넓고 깊은

그 속이나 아니면 그것도 넘어서

그 어딘가에 있을 영원의 동산엘

털벌레처럼 육신의 허물을 벗어놓고

영혼의 나비가 되어 찾아들 양이면

내가 그렇듯 믿고 바라고 기리던

그 님을 뵈옵게 됨은 물론이려니와

내가 그렇듯 그리고 보고지고 하던

어머니, 아버지, 형, 먼저 간 두 아들과 아내

또한 다정했던 벗과 이웃들을 만나서

반기고 기쁨을 나눌 것을 떠올리니

이승을 하직한다는 게

그닥 섭섭하지만은 않구나.

—「病床偶吟 · 2」 전문 인용, 『인류의 盲點에서』, p.46.

　시인에게 죽음이란 북에 두고 온 고향과 부모 형제와의 만남 이상의
의미를 지닌다. 시인은 자신이 죽으면 "어딘가에 있을 영원의 동산엘"
갈 수 있고, 그곳에서 "내가 그렇듯 믿고 바라고 기리던/그 님을 뵈옵
게 될"수 있다고 믿는다. "영원의 동산"과 "그 님"과의 만남은 시인이
궁극적으로 소망하는 것이다. 어쩌면 시인에게 이것은 그가 궁극적으
로 돌아가야 할 고향이라고 할 수 있을 것이다. 북의 고향과 부모형제
와는 또 다른 층위의 이 고향과 님은 현실 시간 속에서 행해지는 상실
과 헤어짐의 의미를 보다 숭고한 차원으로 끌어올린다. "그 님"의 시간
차원에서 보면 시인의 현실에서의 상실은 절망적인 거리가 아닌 기쁘
게 기다릴 수 있는 축복의 거리인 것이다.

　이처럼 그의 시에 드러나는 실향은 종교와 신앙이라는 층위로 두텁
게 감싸여 있기 때문에 다른 월남한 시인들의 실향의식을 노래하고 있
는 시편과는 차이가 있다. 그의 시가 보여주는 이러한 형식은 6 · 25 전
쟁으로 인해 상처받은 영혼들(특히 실향민들)을 치유하고 민족의 비극

이자 인류사의 비극인 전쟁 자체를 구원할 수 있는 시적 영감을 그 안에 지니고 있다고 할 수 있다. 또한 시인의 이 형식은 끊임없이 전쟁을 낳는 인류 문명의 盲點에 대한 비판과 반성의 의미도 지닌다고 할 수 있다. 이런 점에서 마치 임종 고백하듯 순수한 열정으로 세상의 모든 것들을 따뜻하게 감싸 안은 채 쓴 『인류의 盲點』에서는 신 앞에서 그가 우리를 대신해서 행한 고해성사의 성격을 띤다. 6·25 전쟁에 대한 이데올로기적인 놀음에 분노하고 그것이 야기한 고통에 괴로워하면서도 정작 그것이 인류가 저지른 끔찍한 죄악이라는 것을 인식하지 못하고 있는 사람들에게 그의 구원의 형식은 하나의 자각에 이르는 통로를 제공해 주리라고 본다.

(4) 김광림 혹은 내성적인 현실 감각

김광림의 실향에 대한 자의식은 그 자체만으로 전경화 되어 드러나지는 않는다. 그의 실향의식은 『상심하는 接木』(1959)의 세계가 말해 주듯 그것은 전후 현실에 대한 고뇌의 일환으로 드러난다. 그의 고뇌는 현실과 언어의 차원으로 나아가지만 이것을 그대로 실향의식에 적용할 수는 없다. 그의 실향의식은 그의 시세계 안에서 독특한 의미 영역을 거느린다. 그는 실향에 대해 직접적인 발설을 많이 하지 않고 있다. 그렇다고 미학이나 언어 차원의 간접적인 발설을 하고 있는 것도 아니다.

시인은 실향에 관한 한 철저하게 '내성적'이다. 내성적이기에 그는 실향에 대해 많은 말을 하고 있지 않은 것이다. 이것은 그가 실향에 대해 무관심하다거나 그것에 대한 상처가 없다는 것을 말하는 것은 아니다. 그는 누구보다도 실향에 대해 민감한 자의식을 가지고 있다. 다만

내성적인 감각으로 인해 그것을 직접적으로 드러내지 않고 있을 뿐이
다. 시인 스스로도 자신이 내성적이라고 밝히고 있다.

시큼한 냄새가 코를 찌르자

나는 부엌문을 열고

칭얼대기 시작했다

난생 처음으로 맡아 보는

그것이 뭔지도 모르고

먹고 싶어서

-엄마 나 좀

어머니는 들은 채도 않았다

내가 칭얼대다 못해

울음보를 터뜨리자

어머니는 생선회를 무치다 말고

얼른 숟가락을 내 주둥이에 들이밀었다

일순 울음끈이 끊겼다

그도 그럴 것이

입 안이 뒤집혔기 때문이다

(불이 붙었거나 할퀴는 아픔이었다)

내가 자지러들자

어머니는 엉겁결에

나를 들쳐업고

허겁지겁 병원으로 달음박질쳤다

스물 네 살 난 젊은 엄마가

초친 첫아들의 나이는

다섯 살이었다

— 「內省的 11」 전문 인용, 『소용돌이』, pp.169-170.

　이 시는 유년기의 체험을 노래하고 있다. 그런데 제목이 '內省的'이다. 시의 내용과 제목 사이의 관계가 선뜻 연결되지 않는다. 시 속의 '나'의 어떤 행위가 내성적인가? 직접 부엌에 들어서지도 않은 채 문을 열고 칭얼대다가 울음보를 터뜨리는 것이 내성적인가? 아니면 입 안이 뒤집혔기 때문에 일순 울음끈이 끊겼다가 자지러든 행위가 내성적인가? 어쩌면 이 행위 자체는 내성적이라고 볼 수 없다. 다섯 살짜리 아이라면 누구나 할 수 있는 그런 평범한 행위이기 때문이다. 여기에서의 문제는 시인의 태도이다. 이런 행위를 내성적이라고 보는 시인의 태도가 문제적인 것이다.

　유년기 때의 이 체험은 시인만이 그 전모를 알 수 있고 또 느낄 수 있는 것이다. 시인의 인식은 시 속에 드러난 것 이상이라고 할 수 있다. 시인의 입장에서 보면 다섯 살 때의 이 사건은 자신의 내성적인 성격이 만들어낸 하나의 풍경인 것이다. 시인을 내성적이게 한 원인이 어디에 있는지는 이 시 속에는 드러나 있지 않지만 「內省的 12」보면 그것이 '아버지의 부재'에 있다는 것을 암시받을 수 있다. "어머니는 연거푸 매질하/며 넋두리하며 돈벌러 타관으로 떠난 아버지 타령하며 그만 나/를 쓸어안고 통곡하였다 소매짓으로 콧물을 문질러 대던 시절 외/아들이 나를 데불고 외할먼네 집에 더부살이 할 때의 일이었다"가 바로 그것이다.

　시인의 내성적인 면모는 그가 북에 고향과 부모형제를 두고 월남한 이후에도 그대로 이어진다. 그의 내성적인 면모를 가장 잘 보여주는 시편이 「離散家族」과 「續·離散家族」이다. 「離散家族」에서 시인은 이산가족 상봉을 지켜보면서 북에 두고 온 가족에 목이 메인다. 하지만 시인은 목놓아 울지 못한다. "자식들에게는 눈물을 숨기노라/전전긍긍한"다. 또한 시인은 「續·離散家族」에서 월남한 중학 동창이 찾아와 집 떠날 때 부모형제들한테 제대로 말을 못한 아픈 상처를 마치 "國會 청문회"하듯 들추어 낼 때도 한마디 변명도 못한 채 울먹이다가 급기야 울음보를 터뜨리고 만다. 내성적인 것이 하나의 상처로 자리하는 대목이다.

내 자식들은

무시로 아버지 어머니를 불러쌌지만

서른 일곱 해

아버지

어머니

남몰래 되뇌고

한 번은 목청껏 어머니를 찾은 적이 없다

이제 내 입은

아버지 어머니를 잊어버린 반벙어리

강이 있어도 건널 수 없고

길이 있어도 갈 수 없는

休戰線과 꼬옥 같아서

날마다 녹이 슬어가고 있다

하늘이여

죽는 그 날까지
단 한 번만이라도 좋으니
목청을 틔워다오
아버지
어머니
부르게 해다오
이 바보 상자야
— 「離散家族」 부분 인용, 『김광림 시 99선』, pp.189-190.

시인의 내성적인 특성이 여기에서도 드러난다. 그는 "서른 일곱 해" 동안 "아버지/어머니"를 "남몰래 되뇌"었을 뿐 "한 번도 목청껏 어머니를 찾은 적이 없다." 이로 인해 시인의 처지는 "날마다 녹이 슬어가"는 "休戰線과 꼬옥 같"아지게 된다. 그의 내성적인 감각이 지닌 상처가 잘 투영되어 있는 대목이다. 그의 내성적인 감각을 더욱 견고하게 해 주는 것은 분단이다. 시인의 어떤 의지도 녹슬게 하고, 밖으로 드러내지 못한 채 안으로 삭이게 하는 휴전선이라는 그 불가항력적인 것이 그를 무겁게 내리누르고 있는 것이다. 휴전선이 사라져야 그의 내성적인 감각도 변주될 수 있는 것이다. 그의 내성적인 현실 감각이 일정한 역사성을 담보할 수 있는 이유가 바로 여기에 있다 할 것이다.

(5) 김종삼 혹은 고독한 평화주의자의 내면

김종삼은 평화주의자이다. 『십이음계』(1969)를 시작으로 『시인학교』(1977), 『북치는 소년』(1979), 『누군가 나에게 물었다』(1982)를 거

쳐『평화롭게』(1984)에 이르기까지 평화는 그의 시가 추구하는 궁극이
다. 하지만 이 평화는 늘 성취되지 않는다. 그것은 시인이 사는 세계가
불화의 상태에 놓여 있기 때문이다. 이 불화로 인해 전쟁이라는 극단적
인 파괴가 자행되는 것이다. 그가 두려워하는 것이 바로 이것이다. 그
는 이 두려움과 불길함을 「民間人」이라는 시에서 섬뜩하게 노래하고 있
다.

      1947년 봄
      深夜
      黃海道 海州의 바다
      以南과 以北의 接境線 용당浦

      사공은 조심 조심 노를 저어가고 있었다.
      울음을 터뜨린 한 嬰兒를 삼킨 곳.
      스무 몇 해나 지나서도 누구나 그 水深을 모른다.

                  —「民間人」전문 인용, 『김종삼 전집』, p.123.

　　비극적인 흐름이 전편을 압도하고 있는 시이다. 시인은 이 비극을
"以南과 以北"이라는 현실적인 세계와 "바다", "용당浦"라는 신화적인
세계의 조합을 통해 극대화하고 있다. 그리고 그 비극의 표상이 "嬰兒"
이다. "嬰兒를 삼킨" 바다는 "누구나 그 水深을 모른다." 6·25 전쟁이
야기한 비극성과 그 상처의 깊음을 간결하지만 선명한 이미지로 표현
하고 있다는 점에서 미학적인 절제를 느낄 수 있다.
　　바다가 삼켜버린 嬰兒의 이미지는 순수에 대한 죽임을 반영한다. 嬰

兒 혹은 순수를 죽이는 세계의 폭력성과 부조리성 앞에서 시인은 미적으로 저항하고 있는 것이다. 嬰兒로 표상되는 순수의 죽음은 다양한 변주를 통해 시 속에 반복적으로 출몰한다. 그 대표적인 것이 그의 시에 등장하는 아이들이다.[4] 이 "아이들은 보통의 아이들과 다르게 항상 혼자서 가난하게 죽음을 예감하며 혹은 그것을 선고받고 살고 있는"[5] 존재들이다. 세계와 불화관계에 놓여 있는 아이들의 비극성을 반복적으로 드러냄으로써 시인은 평화를 위협하고 파괴하는 전쟁의 끔찍함을 끊임없이 환기하려 한다. 그러나 전쟁은 영아 혹은 아이를 삼키지만 시인은 평화에 대한 희구를 포기하지 않는다.

하루를 살아도
온 세상이 평화롭게
이틀을 살더라도
사흘을 살더라도 평화롭게

그런 날들이
그날들이
영원토록 평화롭게-
　　　　　　　　—「평화롭게」 전문 인용, 『김종삼 전집』, p.181.

평화에 대한 그의 희구는 간절해 보인다. 이 간절함은 그의 순수함에

---

4) 嬰兒나 아이들이 등장하는 대표적인 시로 「그리운 안니·로·리」, 「뾰족집」, 「文章修業」, 「개똥이」, 「掌篇·2」, 「북치는 소년」, 「民間人」, 「그날이 오며는」 등이 있다.

5) 김현, 「김종삼을 찾아서」, 『김종삼 전집』, 청하, 1988, p.239.

서 온다고 할 수 있다. 그의 순수는 미학적인 순수로, 그의 식대로 표현하면 그것은 '내용 없는 아름다움'이다. 내용 이전의 아름다움이란 무엇인가? 그것은 의미나 개념 이전의 세계에서 체험할 수 있는 어떤 것 아닌가. 이 세계에는 차이가 없기 때문에 불화란 있을 수 없다. 이런 점에서 「북치는 소년」은 상징적이다.

> 내용 없는 아름다움처럼
>
> 가난한 아희에게 온
> 서양 나라에서 온
> 아르다운 크리스마스 카드처럼
>
> 어린 羊들의 등성이에 반짝이는
> 진눈깨비처럼
>
> — 「북치는 소년」, 『김종삼 전집』, p.73.

이 시에서의 '북치는 소년'는 콤플렉스적인 존재가 아니다. 소년의 북치기는 '내용도 없고, 의미도 없는' 그야말로 "어린 羊들의 등성이에 반짝이는/진눈깨비처럼" 순수한 아름다운 유희이다. 따라서 '소년' 혹은 '어린 羊들', 그의 시에 반복적으로 등장하는 '嬰兒' 혹은 '아이들'의 북치기는 이들을 죽음으로 몰고 가는 세계에 대한 순수한 미적 저항으로 볼 수 있다. 6·25 전쟁과 분단을 체험한, 더욱이 실향의 아픔까지 체험한 시인이 이렇게 순수하고 아름다운 세계를 견지하고 있다는 것은 하나의 아이러니라고 할 수 있다. 시인은 절대 순수에 대한 지향으

166

로 순수하지 못한 세계를 드러내려고 한 것이다.

이런 맥락에서 보면 시인의 순수 지향은 고향에 대한 희구와 다른 것이 아니다. 북에 두고 온 고향에 대한 희구 역시 순수한 것이다. 여기에는 의미나 개념을 초월하는 그 무엇이 존재하는 것이다. 어쩌면 고향에 대한 희구는 '내용 없는 아름다움'의 세계인지도 모른다. 김종삼은 북에 두고 온 고향에 대한 그리움을 내용 차원에서 직설적으로 드러내지는 않았지만 순수와 평화에 대한 시편들을 통해 그것을 누구보다도 간절하게 노래하고 있다고 할 수 있다. 평화에 대한 희구가 곧 실향에 대한 아픔을 넘어서는 하나의 방법이라는 사실을 그는 누구보다도 잘 알고 있었던 것이다. 시인에게 평화는 전쟁을 잉태하지 않는, 그로 인해 고향을 상실하는 아픔도 없게 하는 하나의 묘약이었던 것이다.

3) 역사의 특수성과 보편성에 대한 시적 감각

월남한 다섯 시인들이 보여준 실향의 의미와 그 내적 형식은 견고한 데가 있다. 이들의 시에 드러난 실향은 단순한 소재주의나 주제론적인 차원을 넘어서고 있다. 이것은 이들이 모두 일급의 미적 감각의 소유자들이라는 것을 말해준다. 전봉건의 '역설의 미학', 박남수의 '집단적인 원형심상', 구상의 '구원의 형식', 김광림의 '내성적 현실 감각', 김종삼의 '평화주의자의 내적 형식'은 현실과 미학이 행복하게 만나 성립된 것들이다.

이러한 시적 형식이 성립된 데에는 고향이라는 대상이 가지는 보편성과 여기에 대한 시인의 미적 자의식 그리고 역사를 보는 안목이 작용한 결과라고 할 수 있다. 이들이 체험한 실향의 문제는 우리 역사의 특수성을 반영하고 있는 것이 사실이다. 이것은 시인의 의지에 의해 만들어진 것이 아니라 역사 속에서 성립된 일종의 특수한 상황의 산물인 것이다. 상황에 따라 인간은 얼마든지 변할 수 있다는 실존의 논리야말로 6·25 전쟁과 분단이 낳은 최고의 덕목이지만 이것에 대한 강조는 세계와의 지독한 불화를 통해 그것의 부정성과 부조리성을 폭로하는 차원으로 전락할 위험성이 있다. 전후의 우리 작가들 중에서도 이러한 위험성을 노출하고 있는 경우가 있지 않은가.

그러나 이들 다섯 시인들의 시에서는 이러한 위험성을 발견할 수 없다. 어느 누구 못지않게 이들 역시 전후의 실존적인 상황에 노출되어 있었던 것이 사실이다. 하지만 이들은 실존의 부정성과 부조리성에 함몰되지 않고 역사와 인간 속에서 어떤 긍정적이고 융화적인 논리를 찾으려고 했던 것이다. 전봉건, 김광림의 시에서 발견할 수 있는 논리가 그렇고, 특히 박남수, 구상, 김종삼의 논리가 그렇다. 박남수의 시에서 발견되는 집단 무의식을 통한 원형심상은 그 자체가 휴머니즘적인 것이다. 구상의 구원의 형식과 김종삼의 평화주의자의 내적 형식 역시 인류 보편의 문제와 관련되어 있다는 점에서 휴머니즘적이라고 할 수 있다. '실존주의는 휴머니즘이다' 라고 한 이는 사르트르이다. 사르트르의 말처럼 실존적인 상황이 가지는 부정성과 부조리성의 논리가 휴머니즘적인 속성을 가지는 것이 사실이다. 하지만 이것은 휴머니즘의 어느 어두운 면을 극단적으로 부각시킨 것에 불과하다.

이들 다섯 시인들이 보여주는 세계는 인간의 실존에 대한 밝음과 어둠, 부정과 긍정, 특수와 보편을 동시에 가지고 있다. 이런 균형 감각이 이들의 실향에 대한 시가 가지는 의미라고 할 수 있다. 이들이 체험한

6·25 전쟁과 분단, 이로 인해 야기된 실향은 그것이 한 개인 혹은 우리 민족만이 가지는 특수한 역사가 아니라 인류 보편의 역사인 것이다. 이들은 바로 이것을 체험을 통해 자각한 것이며, 이것이야말로 이들이 가지는 역사에 대한 시적 감각이라고 할 수 있다. 6·25 전쟁과 분단을 형상화한 우리 문학이 민족주의 이데올로기에 갇혀 있으며 이로 인해 시공간의 협소함과 세계 인식의 왜소함을 노출하고 있다는 비판에 대해 이들이 보여준 이러한 감각은 좋은 반박거리를 제공할 것이다. 이것이 바로 우리가 이들의 실향의 의미와 형식을 좀더 시간을 갖고 정치하게 탐색해야 하는 이유인 것이다.

여성문학의 운동성과 사회 · 역사적인 감각
— 공지영, 공선옥, 김인숙, 이남희를 중심으로

1) 여성성에 대한 자각과 운동의 진정성

우리 문학사에서 페미니즘 문학이 본격적으로 운동의 성향을 보이기 시작한 것은 80년대이다. 80년대 이전의 페미니즘 문학이 남성의 지배적인 문화운동을 모방하고 그것에 종속된 양태를 띠었다면 80년대를 기점으로 그것은 지배문화에 대한 저항과 여성의 권리와 가치를 옹호하는 여성해방의 양태를 띠게 된다. 이러한 변화의 요인으로는 급격한 산업화와 도시화, 여성의 교육 기회의 증대와 중간계급으로의 편입, 민주사회에 대한 열망과 시민의식의 성장, 서구 페미니즘 이론의 유입 등을 들 수 있다. 급격한 산업화와 도시화는 기존의 전통적인 가족 제도의 붕괴와 사회조직 및 계층의 재편성을 가져와 남성과 여성의 이분법적인 구도에 변화를 낳게 했다. 전통적인 대가족 제도의 붕괴는 서열화되고 고착화되어 내려온 남성과 여성의 우열의 질서를 느슨하게 하는 결과를 가져왔을 뿐만 아니라 여성의 단독자적인 지위를 강화하는 계기를 제공했다고 할 수 있다.

80년대에 들어 급물살을 탄 여성의 교육 기회의 증대는 여성의 지위를 변화시킨 가장 큰 요인 중의 하나이다. 여성의 사회·문화적인 억압 구조를 발견하고 여성의 존재성을 자각하는데 교육은 다른 그 무엇보다도 큰 영향을 미쳤다. 선택과 배제의 논리를 통해 남성의 지배구조를 강화해 온 교육 제도 속으로 여성이 편입해 들어오면서 그 지배구조에 저항하고 해체하는 또 다른 대항담론을 생산하기에 이른다. 여성의 교육 제도 속으로의 편입은 여성이 중간계급으로 진입할 수 있는 기반을 마련했다는 것을 의미하며 그것은 곧 페미니즘의 내실화와 통한다. 여성 나름의 윤리와 규범의 내면화가 제대로 이루어지기 위해서는 여성의 중간계급으로의 편입이 절실할 수밖에 없다.

80년대 후반이기는 하지만 독재사회로부터 벗어나려는 시민운동의 열기는 페미니즘 운동에도 큰 영향을 미쳤다. 개별화되고 소수의 차원에 머물러 있던 페미니즘 의식이 자유와 평등의 이념을 담고 있는 거대한 반독재 투쟁의 시민 운동과 만나면서 좀더 집단화되고 다수화되기에 이른다. 독재구조에 대한 청산을 기치로 내세웠지만 이 시민운동은 그동안 부당하게 억압을 행사해 온 모든 사회구조를 해체하려는 움직임 쪽으로 나아간 것이 사실이다. 이것은 페미니즘 운동이 반독재운동, 반식민지운동, 노동운동과 긴밀하게 연계될 가능성을 그 안에 가지게 되었다는 것을 의미한다. 페미니즘 운동과 이 다양한 운동들과의 연계는 페미니즘 운동의 자생적인 역사성을 말해주는 대목으로 볼 수 있다.

우리의 페미니즘 운동이 서구의 이론을 그대로 수용한 것이 아니라 자생적인 사회·문화적인 토양 하에서 성립될 토대를 가지게 되었다는 것은 페미니즘의 주체성 문제와 관련하여 시사하는 바가 크다. 근대 이후 주체적인 담론을 생산하지 못하고 늘 식민성의 그늘에서 벗어나지 못하고 있는 우리의 지식사회의 현실을 감안할 때 주체성의 문제는 중요하다고 하지 않을 수 없다. 그러나 이러한 중요성에도 불구하고 주체성의 문제는 간과되어 온 것이 사실이다.

우리의 사회·문화적인 토양 하에서 성립된 자생적인 페미니즘에 대한 논의와 함께 빠트릴 수 없는 것은 서구 페미니즘 이론의 유입이다. 페미니즘과 관련된 이론서의 번역은 이미 70년대 이후부터 있어 왔다. 이것이 80년대를 기점으로 활성화되면서 우리 사회의 지식담론으로 굳건하게 자리잡게 된다. 80년대를 기점으로 번역 소개된 이론은 자유주의적 페미니즘, 급진적 페미니즘, 사회주의적 페미니즘, 정신분석학적 페미니즘, 맑스적 페미니즘, 기호학적 페미니즘 등이다. 서구 페미니즘 이론의 확산은 학적인 체계를 갖추지 못한 채 의식적인 차원에 머물러 있던 페미니즘에 대한 논의를 구체화하고 가시화하는 계기를 마련한다. 서구 페미니즘 이론에 힘입어 여성이 주체가 되는 다양한 방식의 글쓰기와 말하기가 출현하게 되어 여성의 존재성과 관련된 상상과 표현의 영역이 확장되기에 이른다. 80년대 이후에 생산된 여성을 주체로 한 글쓰기와 말하기의 경우 어느 정도는 이러한 서구 페미니즘 이론에 영향을 받았다고 할 수 있다.

그러나 서구 페미니즘 이론의 확산은 여성 및 여성성에 대한 논의의 활성화에 큰 기여를 했음에도 불구하고, 우리의 페미니즘 운동에 대한 올바른 방향성을 제시해 주었다고 볼 수 없다. 서구 페미니즘 이론이 우리의 사회·문화적인 토대에 대한 구체적인 인식 없이 무분별하게 유입되면서 자생적이고 주체적인 페미니즘에 대한 논의를 약화시켰다고 할 수 있다. 특히 포스트모더니즘적인 인식을 토대로 하고 있는 서구 페미니즘 이론의 유입은 이론과 텍스트의 기계적인 결합, 언술 주체의 발생론적 차원에 대한 인식 부재, 타자에 대한 배제와 왜곡 등을 초래해 우리의 현실에 맞는 페미니즘을 생산하는데 부정적인 영향을 미쳤다고 할 수 있다. 가부장제와 제 3세계의 식민지 체험에서 자유롭지 못한 우리 여성의 삶을 서구의 토양 위에서 성립된 페미니즘 이론으로 재단하는 일은 엘리트 페미니스트 그룹에서는 거의 일반화된 일이다. 엘리트 페미니스트들의 서구 이론에 대한 무반성적인 수용으로 인해 한국적 페미니즘은 반주체성과 식민성이라는 혐의로부터 자유롭지 못하다.

우리의 페미니즘 운동이 안고 있는 이러한 문제점을 한국 사회의 엘리트 페미니스트 그룹인 '또 하나의 문화'와 '한국 여성연구회'를 통해서 확인할 수 있다. 두 그룹 중에서 서구 페미니즘 이론에 적극적인 쪽은 또 하나의 문화 그룹이다. 여성에 대한 다양한 말하기와 글쓰기를 생산하면서 우리 사회의 페미니즘 운동의 전면으로 부상한 또 하나의 문화 그룹의 이론적인 토대는 대부분 서구의 정신분석학적인 차이론과 탈식민주의 문화론이다. 이들은 씩수스와 이리거라이의 차이론에 입각해 여성과 남성의 차이를 강조한다. '여성은 생물학적(sex)으로 뿐만 아니라 사회·문화적(gender)으로도 남성과 다르다'는 차이론은 누대에 걸친 가부장제적인 억압으로부터 벗어나 여성 자신의 아이덴티티를 찾으려는 페미니스트들에게 큰 반향을 불러일으켰다. 이들은 남성과 다른 말하기 또는 남성과 다른 글쓰기에 대해 고민하면서 다양한 텍스트적인 실험을 단행했다. 그 결과 환유, 감성, 광기, 몸, 모성, 욕망 등과 같은 다양한 담론이 새롭게 부상하게 되었다. 이 다양한 담론들의 부상은 여성의 정체성 찾기의 현주소를 말해주는 것인 동시에 그 가능성과 불가능성까지도 말해주고 있는 것으로 볼 수 있다.

또 하나의 문화 그룹과는 다른 시각에서 한국 여성연구회는 페미니즘 운동에 접근하고 있다. 이 그룹은 또 하나의 문화에서처럼 남성과 여성의 차이를 강조하지 않는다. 오히려 이들은 차이보다는 자본주의 사회의 구조적인 모순에 관심을 갖는다. 이것은 이들이 자본주의 사회 구조 내의 계층이나 계급의 의미에 관심을 두고 있다는 것을 의미한다. 이런 좌파적인 시각에서 이들은 자본주의 사회 구조의 모순보다는 남성과 여성의 차이성을 운동의 모토로 내세우고 있는 또 하나의 문화 그룹을 비판한다. 이들은 또 하나의 문화 그룹에서처럼 여성 문제를 동시대적인, 계층적 차별성이 없는 동일한 문제로 파악할 경우, 그 역사 사회 계급적 특수성은 간과될 수밖에 없다고 말하고 있다. 특히 이들은 또 하나의 문화 진영이 보여주는 포스트모던한 경향의 페미니즘이 민족문학론을 폐기하고 비역사적인 여성성으로서의 복귀를 조장한다고 보고 있다.[1]

두 페미니즘 그룹이 보여주는 이러한 상반된 입장은 상호보완적으로 작용하지 못하고 있다. 또 하나의 문화 그룹의 페미니즘 경향이 중심적인 흐름을 유지하면서 한국 여성연구회의 입장은 주변부로 밀려나 있다. 여성으로서의 말하기와 글쓰기의 형식으로 이루어지는 행위의 대

---

1) 고갑희, 「차이의 정치성과 여성 해방론의 현단계」, 『현대비평과 이론』 통권 6호, 1993년, pp.121-126 참조.

부분이 가부장제 하에서 억압받아 온 여성의 삶과 여기에서 벗어나 자기자신의 정체성을 찾으려는 욕망을 보여주고 있다. 여성의 정체성 찾기의 욕망은 그 유래가 없을 정도로 확대·재생산되고 있지만 그것의 대부분은 자본주의 사회구조라든가 민족사적인 문맥을 아우르는 포괄적인 차원이 아닌 여성 단독의 내면이라든가 역사적인 시공의 개념이 배제된 순수한 개념으로서의 유토피아의 세계를 향하고 있다. 페미니즘 운동이 하나의 운동으로서 성립하기 위해서는 이러한 경향은 위험하다고 할 수 있다. 이런 점에서 반식민지 운동, 반독재 운동, 노동 운동의 감각을 자신의 글쓰기에 반영하면서 사회·역사적인 문제 의식을 보여주고 있는, 이른바 민중 문학을 주창했던 여성 작가군들의 행보는 실로 주목에 값한다고 할 수 있다. 공지영, 공선옥, 김인숙, 이남희, 유시춘, 정지아 같은 여성 작가들은 리얼리즘론에 기초해 민중의 삶의 현실과 이상을 날카롭게 형상화해 왔다. 이들의 리얼리즘적인 감각은 여성의 삶의 현실과 만나면서 여성 및 여성성에 대한 여타 여성 작가들과는 조금 다른 모습을 보여준다. 리얼리즘적인 감각을 토대로 글쓰기를 수행하기 때문에 이들 여성 작가들의 소설은 세태와 일상성의 표면을 부유하거나 지식인의 주관화된 관념 속에서 창출되는 세계를 의식적으로 경계한다.

민중문학 진영 여성 작가들이 보여주는 이러한 경향은 '리얼리즘은 더 이상 리얼하지 않다'고 말해지는 90년대적인 상황 속에서 의미를 더한다. 리얼리즘이 폐기된 것이 아닌 상황에서, 더욱이 여성의 삶의 현실을 재현하기 위해서는 리얼리즘적인 형식이 필요한 상황에서 이들의 존재는 매우 소중하다고 하지 않을 수 없다. 80년대의 첨예한 운동성과 정치성이 90년대로 넘어오면서 일상성과 여기에서 비롯되는 트리비얼리즘의 위험 속에 놓이면서 이들의 변모는 페미니즘 문학 차원에서 뿐만 아니라 우리 문학사 전반으로 볼 때도 주목의 대상이 될 수밖에 없다. 운동으로서의 페미니즘 문학이 가지는 가능성을 다른 운동과의 연장선상에서 형상화할 수 있는 집단이 바로 이들이기 때문이다. 가족 제도 및 가부장적 이데올로기의 차원이 주를 이루는 우리의 페미니즘적인 현실을 감안할 때 이들이 보여주고 있는 방식은 그 영역을 사회·역사적인 차원으로 넓힐 수 있는 계기를 제공한다. 그러나 이러한 기대는 이들에게 부담감으로 작용할 수 있다. 여성의 삶을 우리 사회·역사적인 삶 속에서 보편화하는 일은 결코 쉬운 일이 아니다. 공지영, 공선옥, 김인숙, 이남희의 소설이 가지는 딜레마가 바로 여기에 있다.

2) 페미니즘 운동의 역사성과 리얼리즘의 감각

(1) 페미니즘의 정치성과 후일담 형식

공지영은 『무소의 뿔처럼 혼자서 가라』(1993), 『착한 여자』(1997), 『봉순이 언니』(1998)로 이어지는 일련의 소설을 통해 여성 문제에 대한 다양한 시각을 열어 보이고 있다. 『무소의 뿔처럼 혼자서 가라』에서는 첨예한 정치성을, 『착한 여자』에서는 남성성까지를 끌어안는 포용성을, 그리고 『봉순이 언니』에서는 절망의 순간에서 희망을 잃지 않는 끈질긴 여성성을 다각도로 모색하고 있다. 그러나 이러한 다양한 모색 중에서 빛을 발하는 것은 정치성을 첨예하게 드러내고 있는 『무소의 뿔처럼 혼자서 가라』에 투영된 작가 의식이다. 이 소설에는 혜완, 경혜, 영

176

선 등 세 명의 기혼 여성이 등장한다. 이들은 각각 '절대로', '어차피', '그래도'로 표상 되는 인물들이다. '절대로'로 표상 되는 혜완은 세 여성들 중에서 자의식이 가장 강하며, 가부장적 가족 제도와 결혼 제도에 대해 비판적인 거리를 확보하고 있다. '어차피'로 표상 되는 경혜는 자의식이 가장 적은 인물이며, 남편의 부와 명성의 그늘에서 살고자 하는 욕망을 가진 속물이다. '그래도'로 표상 되는 영선은 전형적인 자기 희생형 인물이다. 결국에는 가부장적 제도의 희생양으로 사라져버린다.

세 명의 여성들이 드러내는 이러한 태도는 가부장적인 이데올로기가 행사하는 현실의 폭력과 작가의 갈등을 형상화한 것으로 볼 수 있다. 현실의 폭력 앞에 작가는 비애를 느끼고 그것을 해결하기 위해 세 명의 여성들에게 각각의 방법을 이야기하도록 한 것이다. 이 여성들이 드러내는 각각의 방식은 비록 작가의 관념을 통해 만들어지기는 했어도 남성 중심의 가부장적인 이데올로기 속에서 억압받고 있는 우리 사회의 여성의 특성을 다양한 각도에서 잘 형상화하고 있다고 할 수 있다. 작가의 의식이 혜완을 통해 강하게 발설되고 있는 것이 사실이지만 경혜와 영선의 모습이 혜완의 의식에 묻히지 않고 각각 독립적으로 존재하는 것은 이들의 모습이 우리 사회의 보편적인 리얼리티를 띠고 있기 때문이다. 경혜의 남성 의존적이고 통속적인 속물 근성과 영선의 자기 희생적인 속성은 페미니즘이 우리 사회의 중심 담론으로 부상했음에도 불구하고 여전히 우리 여성의 의식을 지배하고 있는 현실이다.

　　― 난 우리 연지한테 가르칠 거야. 시집가서 남편 뒷바라지나 하라고…… 그게 여자가 바랄 수 있는 최상의 행복이라고…… 더 이상은 꿈도 꾸지 말라고…… 그도 아니면…… 처음부터 아무것도 줄 생각을 하지 말

라고 할 거야. 영선이처럼 바보 같은 것처럼 뭐든지 다 줄 생각하지 말라고, 언제나 제 몫은 아무도 모르는 제 몫은 남겨 놓으라고…… 근데 혜완아…… 왜 이렇게 억울하다는 생각이 드니……[2]

경혜의 말을 통해 알 수 있는 것은 가부장적 이데올로기에 종속된 여성의 운명이다. 영선의 자기 희생에 대해 "억울하다는 생각"을 하지만 가부장적 이데올로기에 저항하고 해체하려는 의지를 보이는 대신 그것에의 종속을 꿈꾼다. 자신이 억압받고 있다는 의식을 하고 있으면서도 '종속을 꿈꿀 수밖에 없다' 는 것은 그만큼 현실이 여성에게 억압적이라는 것을 의미한다. 세 여성 중에서 가장 진보적인 페미니즘 의식을 가지고 있는 혜완의 경우에도 현실이 주는 무게를 감당하지 못한 채 이상과 현실 사이에서 심한 내적 갈등을 일으키기에 이른다. 그녀의 남자 친구인 선우가 "넌 결국 여성해방의 깃발을 들고 오는 남자를 기다리는 신데렐라에 불과했던 거"라고 몰아붙일 때에 당당히 맞서지 못하고 여기에 대해 어느 정도 수긍하는 대목은 페미니즘 의식의 불철저함을 드러낸 것으로 볼 수 있다.

그러나 혜완의 이러한 모습은 우리의 현 상황을 놓고 볼 때 오히려 리얼리티를 가진다고 할 수 있다. '지금', '여기'에서의 상황은 페미니즘의 이상론만으로 그것을 구체적으로 형상화할 수 없는 것이 사실이다. 종종 엘리트 의식을 가진 페미니스트들이 현실을 괄호 친 상태에서 제시하는 유토피아적인 전망이 위험한 이유가 바로 여기에 있다. 현실과 이상 사이의 괴리를 그 자체로 드러내고 있다는 점에서 이 소설은

---

2) 공지영, 『무소의 뿔처럼 혼자서 가라』, 1993, p.288.

갈등의 수사학이라는 서사의 기본 원리를 충실히 따르고 있다고 할 수 있다. 현실과 이상 사이의 괴리에서 오는 갈등은 혜완만이 체험하고 있는 것은 아니다. 경혜와 영선 모두 이 갈등 때문에 괴로워 한다. 결국 영선은 자살을 선택함으로써 이 갈등으로부터 벗어난다. 하지만 그것은 갈등으로 표상되는 세계와의 싸움의 포기라고 할 수 있다. 죽음이 아닌 삶을 선택한 혜완과 경혜는 이 지난한 싸움을 계속해 나갈 수밖에 없으며, 이 과정에서 이들은 심한 상처를 입는다. 경혜는 '행복하기를 포기해야 했고, 혜완은 아이를 죽여야 했던' 것이다. "이 땅에서 살아가려면 마땅히 그래야 하지 않"을 수 없었던 것이다.

이러한 희생 위에서만이 이 땅에서 홀로 설 수 있다는 인식은 가부장적인 이데올로기와의 화해라든가 섣부른 유토피아적인 전망이 얼마나 위험한 것인지를 잘 말해준다. 종종 엘리트 페미니스트들이 범하는 오류 중의 하나가 현실을 배제한 채 이상적인 페미니즘 이데올로기만을 전면에 내세우는 것이다. 여기에는 진정한 의미에서의 갈등이 존재하지 않는다. 현실과의 갈등을 통해 생산되지 않은 이데올로기는 관념의 노예밖에 될 수 없다. 이런 점에서 『무소의 뿔처럼 혼자서 가라』가 보여주는 갈등의 도정학은 주목에 값한다고 할 수 있다. 특히 여성이 가지는 다양한 콤플렉스를 세 명의 여성들을 통해 그려냄으로써 이 소설은 많은 사람들에게 공감할 수 있는 여지를 열어 놓고 있다. 이것은 이 소설이 가지는 강점이며, 여성의 현실을 구체적인 삶 속에서 형상화한다거나 여성의 타자로 존재하는 남성과의 복합적인 상호 관계성을 그려내고 있는 데는 다소 미흡함에도 불구하고 그녀의 소설이 드러내는 갈등과 콤플렉스는 많은 관심을 불러일으킬 수 있는 원인으로 작용하고 있다.

80년대 후반을 넘어서면서 예각화되기 시작한 페미니즘 운동의 정치적인 맥락을 수용하면서 그것이 가지는 문제 의식을 형상화하고 있는 작가의 역량은 크게 보면 80년대적인 현실감각의 소산이다. 80년대의 문제 의식을 공유한 자로서 그녀가 이야기하고 있는 여성의 삶은 단순히 억압된 것들의 귀환을 넘어서는 힘이 있다. 현실 변혁의 힘과 그 가능성으로서의 미래에 대한 희망은 그녀로 하여금 '무소의 뿔처럼 혼자서 가라'고 당당하게 발언할 수 있게 한 것이다. 그러나 이러한 당당함은 『고등어』(1994)와 『착한 여자』, 『봉순이 언니』로 오면서 무화되기에 이른다. 이것은 여성이 처한 현실 상황에 대해 작가가 유연하게 대처하거나 그것을 다양한 시각으로 조망하고 있는 것으로 볼 수도 있지만 다른 한편으로 보면 그것은 작가와 현실 사이의 긴장의 와해로도 볼 수 있다. 70·80년대적인 현실을 후일담 내지 회고담 형식으로 풀어내고 있는 『봉순이 언니』나 『고등어』와 같은 소설은 현실의 냉혹함이 아니라 아련한 향수에 대한 낭만적인 기록으로 읽힌다.

내 머릿속으로는 마치 조감도보다 더 선명히 아현동의 산동네가 떠오른다. 지금 당장 외투를 걸치고 찾아가라 해도 골목 하나 틀리지 않고 찾아갈 수 있을 만큼 선명한 동네. 구불구불 끝도 없이 이어진 산비탈길, 돌과 가마니에 싸인 흙으로 이어진 계단들, 버드나무가 서 있던 집 골목, 토끼장처럼 붙어 있던 지붕 낮은 집들. 깊은 우물 속에 신기하게도 빨간 금붕어를 키우던 절름발이 할머니댁, 아침이면 보라색 나일론 망태기를 들고 시장으로 일하러 가던 아낙네들, 나보다 열배는 커보였지만 늘 침을 질질 흘리고 다니던 지금은 이름도 잊은 어떤 사내.

나는 거기서 나서 거기서 자랐다. 미국 유학을 준비하고 있던 무력한 아

버지와 고생 모르고 자라 이 가난이 끔찍하기만 해서 예민할 대로 예민해
진 어머니. 이미 커서 초등학교엘 다디던 언니와 오빠, 그리고 봉순이 언
니가 있었다. 생각해보면 이 세상에 처음 태어난 나의 얼굴을 본 사람은
봉순이 언니였다. 실망스럽게도 태어난 아이가 딸이라는 사실을 어머니에
게 알려준 것도 그녀였고, 나를 낳느라 몸이 약해져버린 어머니를 대신해
핏덩이를 안고 잠을 설쳤던 것도 그녀였다. 그때 봉순이 언니 나이 열세
살이라고 했다.[3]

거대 이념이 사라지고, 개인적인 욕구가 끊임없이 창궐하는 90년대
의 막바지에 작가는 과거의 기억 속에 유폐되어 있던 봉순이 언니를 불
러낸다. 그녀의 호출은 80년대에 대한 작가의 부채의식에서 비롯된다.
작가는 대학시절 자신과는 "살아왔던 나날"이 "다른 계급들을 만나"면
서 그들을 동정하게 되고, 이에 "노동운동을 해 보겠다고 공장에 들어
간"다. 그러나 작가의 이러한 선택은 일종의 죄책감 그 이상도 이하도
아닌, 인텔리의 자격지심에서 비롯된 것이다. 대학 졸업자의 신분으로
위장취업이 발각되었을 때, "내심으로 자신을 발각해 준 공장주 측에
감사하는 마음을 가졌"[4]던 작가의 행위를 통해 우리는 진정한 노동자
가 될 수 없었던 그녀 자신에 대한 원망과 인텔리 지식인의 한계를 발
견할 수 있다. 여기에서 비롯되는 부채의식으로 인해 그녀는 노동자 계
층을 표상 하는 봉순이 언니를 불러내 그녀에 대해 이야기하게 된 것이
다.

---

3) 공지영, 『봉순이 언니』, 1998, pp.12-13.
4) 위의 책, p.189.

그러나 80년대에 대한 부채의식이 동기가 된 것은 사실이지만 작가가 불러낸 봉순이 언니는 당대의 시대적인 표상으로 존재하기에는 미흡한 구석이 있다. 작가가 불러낸 봉순이 언니는 80년대 혹은 70년대 민중의 삶을 대변하는 인물이기보다는 작가의 기억 속에 아련한 연민의 정서로 존재하는 그런 순종적이고 착한 여자일 뿐이다. 작가의 연민에 가득 찬 서술에 봉순이 언니의 계급성과 정치성은 무화되어 버리고 만다. 봉순이 언니는 이 소설 속에서 주체적으로 존재하는 것이 아니라 언제나 작가의 부르조아적인 시선에 의해 형상화되기 때문에 그녀의 대표성은 드러나지 않는다. 그녀의 존재가 70 · 80년대는 물론 90년대를 충격하기에는 부족한 것이 너무 많다. 이런 점에서 작가가 지향하는 후일담 형식과 페미니즘의 정치성의 조화로운 통합을 통한 글쓰기는 제대로 구현되지 않고 있다고 할 수 있다. 80년대 민중문학의 정치적인 감각을 어느 누구보다도 잘 계승하고 있다고 평가받아 온 그녀의 소설적 운명이 결과적으로 80년대의 치열했던 이념적 현실을 과장된 도덕적 자기 정당성과 자신의 보상받지 못한 젊음에 대한 회한으로 귀착되고 있다는 것은 그녀의 소설 역시 사적인 영역을 넘어서지 못하고 있다는 것을 의미한다.

(2) 모성의 이중성과 현실 체험의 핍진성

공선옥은 80년대를 통어하는 사회 · 역사적인 사건인 광주 항쟁을 원체험[5]으로 하여 현실의 수난 속에서도 좌절하지 않는 강인한 모성의 형

---

5) 이덕화, 「자매애적 유대를 통한 사랑의 실현: 공선옥론」, 『여성문학연구』 창간호, pp.259-266 참고.

상을 리얼하게 그려내고 있다.『피어라 수선화』(1994),『오지리에 두고 온 서른 살』(1995),『내 생의 알리바이』(1998),『수수밭으로 오세요』(2001)로 이어지는 그녀의 일련의 작업들은 리얼리즘적인 감각과 페미니즘 의식을 적절히 잘 구사하고 있다는 점에서 주목에 값한다. 그녀가 그려내는 소설 속의 여성들은 대부분 이혼을 했거나 과부 또는 남편과 별거하고 있다.

그러나 여성들은 다른 여성 작가의 소설에서처럼 지적인 엘리트이거나 중산층의 부유함을 소유하고 있는 존재가 아니다. 이들은 하나같이 노동자나 술집 여자 같은 기층에 속한 존재들이다. 이런 존재들을 등장시킴으로써 그녀의 소설은 산업화와 도시화로 인해 야기된 뿌리 뽑힌 여성들의 삶과 상처를 그려내고 있다. 하지만 그녀는 이들을 연민의 눈으로 보지 않는다. 연민이 아니라 그 여성들의 입장에서 솔직하게 이들의 신산스러운 삶을 조명한다. 그녀의 이러한 시각은 어머니로서의 여성을 주인공으로 등장시키고 있는 소설「우리 생애의 꽃」,「어린 부처」,「어미」,「술 먹고 담배 피우는 엄마」에서 특히 빛을 발한다. 소설 속의 어머니는 강한 모성을 지닌 존재이지만 그 모성은 긍정적인 측면과 부정적인 측면을 동시에 드러낸다. 그녀의 소설 속의 어머니는 새끼를 보호하려는 어미의 원초적인 보호본능을 드러내면서 동시에 그것이 가지는 심리적 부담감으로부터 벗어나려는 이중적인 모습을 드러낸다.

설거지하고 청소를 하고 빨래하고, 그리고 아이가 돌아왔을 때 의기양양하게 내놓을 만한 음식을 준비한다. 그럴 때, 나는 행복하다. 아니, 생각해보라. 이녁 자식에게 먹일 음식을 장만하는 이 세상의 어미치고 행복해하지 않을 어미가 어디 있단 말인가. 자기 자식에게 먹일 음식을 행복한 기분 없이 불행하다, 또는 비참하다 하며 만든다면 그 어미가 어떻게 진정한 '어미'가 될 수 있겠는가를. 그런 여자는 맞아죽어도 할말이 없다고 생각한다.(……) 이 세상 온갖 망나니를 동원하여 치도곤을 쳐서 죽여도 그런 여자는 할말이 없으리란 걸 믿어 의심치 않는다.

나는 지금 당당히 말한다. 뻔뻔스럽게도. 그런데, 그런데 말이다. 문제는 내가 바로 그런 치도곤을 당해도 쌀 여자라는 것에 있다는 거다. 세상에, 어떻게 다른 사람도 아닌 내가 치도곤을 당해도 쌀 여자라고 말해도 그게 아니라고 도리질할 수 없는 이 기막힌 현실 앞에서 나는 절망한다.[6]

어머니로서 가지는 이중성에 대한 서술은 모성에 대한 두터운 시각을 제공한다. 어머니와 모성을 등가로 놓고 그 모성에 여성을 종속시키려는 논리가 가지는 허구성을 이 서술은 폭로하고 있다. 모성은 반드시 선한 것이어야 한다는 논리에 작가는 정면으로 맞서 모성도 악한 것일 수 있다는 논리를 편다. 그녀가 그려내는 어머니는 밤이면 카바레를 찾아 술 마시고 담배 피우는, 그리고 때때로 남자의 살 냄새를 맡고 싶어하는 그런 존재이다. 이것은 그녀의 모성이 착함과 정숙함을 거부하는 자리에 놓여 있다는 것을 의미한다.

그녀의 소설에 드러나는 어머니의 이러한 모습은 우리 사회에 만연해 있는 젠더 이데올로기에 대한 저항으로 볼 수 있다. '술 먹고 담배 피우는 엄마'로 상징되는 부정적인 모성은 모성 자체를 이분법적인 틀 안에 가둬 두지 않고 해체함으로써 현모양처 이데올로기는 물론 모성이 가지고 있는 포용과 융화의 특성을 폭력과 배제의 특성을 보이고 있는

---

6) 공선옥, 「우리 생애의 꽃」, 『피어라 수선화』, 1994, p.159.

남성 중심의 지배구조에 저항하는 유토피아적인 기획으로 내세우고 있
는 페미니즘 집단에 대한 비판과 반성으로도 볼 수 있다. 어떤 거창한
이념을 내세워 첨예한 정치성만을 드러내는 소설들과는 달리 여성의 삶
의 현실을 현실로 체험하고 그것을 자신의 글쓰기의 목표로 삼고 있는
그녀의 태도는 여성의 삶의 진정성을 구현하고 있다고 말할 수 있다.

그러나 그녀가 그려내는 여성의 삶은 개인의 신변과 가족이라는 울
타리 안에 머물러 있지 않다. 그녀의 소설 속의 어머니 혹은 여성들은
사회적인 개인인 동시에 역사적인 개인이다. 가령 그녀의 소설 중에서
여성의 신산스러운 삶을 일상과 통속의 차원에서 그려내고 있다는 평
가를 받고 있는『오지리에 두고 온 서른살』을 보자. 이 소설의 구도는
단순하다. 오지리라는 시골 마을에서 성장한 은이와 채옥이 남상훈이
라는 지주의 아들을 사이에 두고 벌이는 삶과 사랑의 통속적인 이야기
가 바로 이 소설이다. 통속이란 사회와 역사적인 문제 의식을 단순화하
고 희석화하는 속성을 지니는 것이 일반적이지만 여기에서는 그것이
적용되지 않는다. 통속적인 서사의 이면에 "지주로 군림한 남성의 집안
과 그에게 지배받는 여성들의 사회·경제적인 요인에 의한 갈등이 깔
려 있고, 다시 그 밑에는 남성과 여성이라는 생물학적인 차이가 사회적
차별로 굳어지면서 깔려 있다."[7]

일상적이고 세속적인 삶에 대한 서술을 통해 사회·역사적인 문제
의식을 자연스럽게 예각화하고 있는 작가의 솜씨는 지적인 훈련을 통
해서 얻어진 것이 아니라 현실에 대한 치열한 부딪힘을 통해 얻어진 결
과라고 할 수 있다. 그녀는 자신을 짓누르는 삶의 무게를 회피하지 않

---

7) 이상경, 「서사성의 약화 그리고 통속성의 강화」, 『소설과 사상』, 1993. 겨울호, p.241.

고 정면으로 맞서 싸우면서 그 과정에서 겪게 되는 자신의 심리적인 갈
등과 운명적인 삶을 적나라하게 발설하고 있다. 숨김없이 자신이 처한
상황을 세계 속으로 투사함으로써 그녀의 소설은 상투적인 전망을 제
시하여 삶을 관념 속으로 몰아넣는 소설과는 일정한 차이를 보인다.
「술 먹고 담배 피우는 엄마」에서 "털북숭이 남자"의 "두꺼비 같은 손아
귀가 맹렬하게 내 몸 안으로 쳐들어오고 있는 것"을 알면서도 "그 손을
떼어내지" 않은 채 "그 손바닥의 뜨거움이 그다지 싫지 않다"고 말하는
대목을 통해 우리는 그녀의 세계를 보는 진솔함과 정직함을 발견할 수
있다. '따순 것' 은 '따순 것' 이라고 말하는 그녀의 감각은 허위로 가득
찬 세상에 대한 날카로움이 도사리고 있다.

그녀의 솔직함과 적나라함은 세계의 허위를 벗기는 힘이지만 간혹
그것이 잘못 분출되어 염려스러울 때가 있다. 그녀의 현실에 대한 적나
라한 들추어냄이 자연주의적인 폭로나 방향 상실로 이어지는 경우가
있다. 가령 『내 생의 알리바이』에서 민중적 이념을 바탕에 둔 태도마저
도 당장 먹고사는 것이 위협받은 삶의 현실 앞에서 신랄한 빈정거림의
대상이 되고 있는 장면은 이념의 관념성에 대한 비판과 반성이라기보
다는 현실의 무게에 짓눌린 한 여성의 삶에 대한 맹목적인 집착으로 읽
힌다.

> "지금 보시는 책이 뭐예요?"
>
> "별거 아녜요. 노동해방문학이라는 예전 잡진데, 아세요?"
>
> 물음체로 끝내주는 것은 좋은데 아세요?하고 물으면서 흘낏 나를 보는
> 검은테 안경 속의 눈빛이 어찌 냉랭하다. 저놈의 눈구멍은 어째 저리 서늘
> 한가. 모른다. 어쩔래?하고 싶은 것을 꾹 참고 나는 입술을 깨문다.[8]

언제까지 바라보아도 싫증나지 않을 것 같은 서늘한 저 눈. 그 눈이 말한다.

"그 책에 보면 이런 말이 있지요. 인간이 동물로부터 구별되는 가장 본질적인 특징은 인간이 노동한다는 사실에 있다. 노동이 인간, 그것을 만들었던 것이다,라고요."

"×까지 말라 그거야, 크윽."

"그 말을 그대로 따르자면 그러니까 저는 노동하지 않는 인간이므로 동물과 구별이 되지 않는 인간이지요. 지금 무위도식하는 돼집니다. 전. 돼지가 무슨 말을 하겠습니까."

"어이, 안경 쓴 친구, 개같이 일해서 정승같이 쓰래는 말 몰러? 사람은 일헐 때 짐승이 되는 것이여어. 돈 쓸 때만 사람 되는 거구우, 좆도 모르면 가만 있으라고오."[9]

작가가 "검은테 안경"을 쓴 인텔리를 등장시킨 것은 그가 가지는 관념성과 무능함을 비판하기 위해서라고 할 수 있다. 그러나 그를 비판하는 이유가 어떤 뚜렷한 준거를 통해서가 아니라 맹목적인 적대감에서 비롯되고 있다. 소설 속의 "나"와 "털북숭이"의 "검은테 안경"에 대한 태도는 상대방에 대한 자격지심 내지 자기 콤플렉스를 느끼게 할 정도로 맹목적인 적대감을 드러내고 있다. 이러한 적대감은 상황에 대한 이해와 판단을 불가능하게 하여 현실 변혁의 힘을 차단해버린다. 그녀의 신산스러운 삶이 궁극적으로 지향하는 세계는 '지금', '여기' 보다 더

---

8) 공선옥, 「술 먹고 담배 피우는 엄마」, 『내 생의 알리바이』, 1998, pp.178-179.
9) 위의 책, pp.182-183.

좋은 그런 세상이라는 점을 고려한다면 이와 같은 맹목적인 적대감은 마땅히 극복해야 할 과제라고 할 수 있다. 그녀의 소설이 온전한 형상을 가지려면 육체에 의한 현실적인 체험과 함께 정신에 의한 이상을 동시에 드러내야 하리라고 본다.

(3) 사회변혁에 대한 통찰과 환멸의 감각

김인숙은 80년대의 희망과 90년대의 절망을 동시에 체험한 작가이다. 그녀의 체험은 80년대와 90년대를 조감하는 중요한 시대적인 기록으로 간주할 수 있다. 『79~'80 겨울에서 봄 사이』(1887), 『칼날과 사랑』(1993), 『먼길』(1995), 『당신』(1996), 『유리구두』(1998)로 이어지는 그녀의 소설의 도정은 시대적인 감각과 그 정신을 수렴하면서 일정한 변모를 보여준다. 그녀의 초기 소설에서 강조하고 있는 것은 순수를 토대로 한 강한 실천 의지이다. 그녀가 강조하는 순수성은 80년대라는 변혁의 시대와 만나면서 강한 부정성과 저항성을 띠게 된다.

그러나 이 부정성과 저항성은 관념의 차원에서 제시되는 것이 아니라 구체적인 차원에서 제시되고 있다. 작가는 자신이 추구하는 이상적인 세계란 사회 현실의 억압적인 구조를 해체하지 않고서는 불가능하다는 인식을 하게 된다. 지배계급과 피지배계급 사이의 격차를 해체하고, 소수자가 아닌 일반 민중이 주체가 되는 사회 구조의 창출이 없고서는 순수한 의지 자체가 아무런 의미를 가질 수 없다는 인식을 하게 된다. 또한 작가는 민중의 생리에 대해서도 잘 인식하고 있다. 『79~'80 겨울에서 봄 사이』에서 보여주는 이상과 현실 사이의 괴리 혹은 일상에 대한 욕구로부터 자유롭지 못한 민중에 대한 통찰은 80년대 변혁운동이 어떤 한계를 가지고 있는가를 잘 말해주고 있다.

김인숙의 민중관은 노동자의 삶에 대한 통찰에서 비롯된다. 노동자의 삶에 대한 통찰은 「79~'80 겨울에서 봄 사이」(1987), 「하나 되는 날」(1988), 「함께 걷는 길」(1988) 등을 거치면서 지속적으로 수행되고 있다. 「79~'80…」에서는 개인적인 욕구로부터 출발한 그녀의 세계관 내지 글쓰기관이 민중적인 염원 및 현장 체험으로의 변모를 발견할 수 있고, 「하나 되는 날」에서는 민중이 가지는 집단 이데올로기의 정치성과 투쟁성을, 그리고 「함께 걷는 길」에서는 남성이 아닌 여성을 주인공으로 내세워 그들의 민중적인 삶에 대한 자각과 주체적인 세계 인식을 각각 발견할 수 있다. 여성 작가가 여성의 민중성에 대해 통찰의 시각을 수행하고 있다는 것은 그 동안 노동 운동 내에서 주체가 아닌 타자로 인식되어온 여성의 존재를 새롭게 부각시키고 있다는 점에서 문제적이라고 할 수 있다.

"폭력경찰 물러가라!"

그녀가 그렇게 외칠 수 있었던 것은 순전히 주워들은 풍월에 지나지 않았지만, 그 순간 그 말만큼 그녀에게 절실할 수 있는 외침은 없었다.

"니네들이 왜 간섭이야! 법적으로 보장된 노조 좀 하자는데 왜 너네들이 나서는 거야? 사장을 잡아가란 말이야! 불법 사장, 악덕 기업주를 족쳐야지. 왜 우리를 잡아가, 이 나쁜 놈들아!"

그녀들은 개처럼 끌려 호송차에 실렸다.

"희재야! 희재야!"

아이들은 울며울며 끌려가는 지 어미들을 따라 호송차에 탔다.

"폭력경찰 물러가라, 물러가라, 물러가라!"

격렬한 전쟁이었다. 그녀들은 호송차 안에 실려서도 미친 듯이 구호를 외쳤고 시민들을 향해 소리를 질렀다. 배워서 하는 일이 아니었다. 그 순간의 절실함이 그녀들을 아주 익숙한 데모꾼으로 만들었다.[9]

"배워서 하는 일"이 아니라 "순간의 절실함이 그녀들을 익숙한 데모꾼으로 만든"다는 통찰은 노동의 현장 체험 없이는 발견할 수 없는 진술이다. 민중성이란 민중적인 이념이나 이데올로기에 대한 학습을 통해서 불어넣어질 수도 있는 것이지만 그에 앞서 어떤 현실적인 절실함에 의해 체득될 수도 있다는 사실을 작가는 말하고 싶었던 것이다. 민중 혹은 민중성에 대한 담론은 무성했지만 그것이 내적인 추동력을 얻지 못하고 하나의 구호로 그친 데에는 노동 현실에 대한 지식인 집단의 체험의 결핍과 여기에서 비롯된 콤플렉스의 과잉 때문이라고 할 수 있다.[10] 지식인의 자기 콤플렉스를 드러내는 적절한 예가 바로 박노해의 출현이다.

박노해가 1984년에 첫 시집 『노동의 새벽』을 상재 했을 때 우리 문단은 그의 출현을 놀라움으로 받아들였다. 그 놀라움의 요지는 그의 신분이 '노동자라는 것', '노동의 현실을 관념이 아닌 구체적 체험에 깊이 뿌리박고, 그 현실을 살아가는 근로자들의 절망과 슬픔, 원한과 분노의 정서, 인간다운 삶을 향한 주체적 일어섬 등을 놀랍도록 생생히 담아내고 있다'(채광석, 『노동의 새벽』 해설, p.152) 것 등이 그것이다. 그의 시에 대한 이러한 평가는 다수의 평론가들에 의해 문제제기가 있었

---

9) 김인숙, 「함께 걷는 길」, 『당신』, 1996, pp.69-70.
10) 이재복, 「몸과 노동의 언어:박노해론」, 『현대시학』, 2001.3, pp.292-306 참조.

지만 그 숫자의 적지 않음에도 불구하고 도저한 흐름을 거역하지는 못했다. 이 대목에서 우리는 박노해가『노동의 새벽』을 상재 했을 때 놀라움으로 받아들인 평자들의 태도에 대해 다시 한번 되짚어 볼 필요가 있다. 그들이 박노해의 시에 대해 놀라움으로 받아들인 노동자라는 신분과 노동 현실의 생생한 체험은 관념적인 지식인이 가질 수밖에 없는 노동현장 체험의 부재에서 오는 일종의 자기 콤플렉스가 만들어낸 과장된 평가로 볼 수 있다. 관념적인 놀음을 즐기는 지적인 인텔리들에게 노동 현장 체험 부재라는 사실은 그들이 가지고 있는 가장 큰 환부이다. 그들은 무의식중에 그것을 감추고 싶었는지도 모른다. 이런 점에서 보면 평자들이 보인 과민 반응은 자신들의 환부를 숨기기 위한 일종의 역설적인 행위로 볼 수 있다.

그녀의 일련의 소설들은 이러한 한계를 넘어서고 있다. 그녀의 소설들이 모범적인 노동소설로 평가받는 이유 중의 하나가 바로 이러한 노동 현실에 대한 직접적인 체험에 있다. 비록 그녀의 노동소설에서 여성의 현실을 중심 문제로 첨예하게 부각시키고 있는 경우는 거의 없지만 노동 현실의 체험을 통해 노동자의 삶을 바라보려는 태도는 억압받는 자들에 대한 이해와 통찰을 통해 사회 변혁의 논리를 제시하고 있다는 점에서 리얼리즘적인 힘을 느끼게 한다.

그러나 김인숙이 보여주고 있는 사회 변혁에 대한 날카로운 통찰은 90년대에 들어와서는 그것이 많이 둔화되기에 이른다. 변혁의지가 실종되고 민중은 모두 일상 속에 함몰된 상태에서 그녀 자신이 유지해온 강한 변혁에의 의지는 한풀 꺾이고 만다. 강한 변혁에의 의지 대신 그녀는 환멸의 방식을 택한다.『칼날과 사랑』과『먼 길』에서 보여지는 이러한 환멸은 90년대적인 상황에서 변혁의 의지를 상실한 무기력한 자신에 대한 드러냄으로 볼 수 있다. 이 자기 환멸의 무기력함으로부터 벗어나는 일은 자신과 세계에 대해 시간적인 거리를 두고 지켜보는 일이다. 누구보다도 현실에 대한 변혁을 강하게 꿈꾸었으며, 역사의 유토피아적 전망을 믿었던 작가에게 90년대는 견디기 힘든 시대였음이 틀림없다.

　이러한 이유 때문에 작가는 『먼 길』에서 80년대와는 다른 차원의 의지를 드러낸다. 이 소설은 낯선 땅으로 이민 간 세 명의 젊은이들을 중심으로 이야기가 전개된다. 이들은 모두 상처를 가지고 있다. 이 상처 때문에 이들은 과거 조국에서의 삶으로부터 자유롭지 못하다. 이들에게 조국에서의 삶은 "돼지우리 같은 땅"에서의 고통스러운 기억으로 존재할 뿐이다. 한림, 명우, 한영를 가로지르는 고통스러운 기억이란 개인적인 것이 아닌 사회적이고 시대적인 문맥 속에서 형성된 것이다. 조국에서의 고통스러운 삶으로부터 벗어나 자유롭고 보편적인 이념이 살아 숨쉬는 새로운 땅을 갈망하지만, 이들이 깨닫게 되는 것은 그것이 실현될 수 없는 또 하나의 미망에 불과하다는 사실이다. 이것은 이들의 방황의 귀착지가 조국이라는 것을 의미한다. 이들의 길 떠남은 변혁의 의지를 상실한 자신 혹은 조국의 현실과의 거리두기를 통해 그것에 대한 새로운 조망을 시도하는 작가의 의지로 볼 수 있다. 이런 점에서 '우리'를 이민으로 난민으로 만드는 땅을 떠나 다시 그들의 땅으로 돌아가자는 이 소설의 외침은 오랜 기간 자기 환멸이라는 방황을 끝내고 다시 이 땅의 현실에 발을 딛고 싶어하는 작가의 의지를 반영하고 있는 것으로 볼 수 있다. 이것은 작가의 역사에 대한 반성과 전망을 동시에 드러낸 것에 다름 아니다. 작가가 보여주고 있는 이 새로운 방법 – 환멸의 방식을 통한 새로운 길찾기 – 이 어느 정도 성공할 수 있을 지 『유리구두』를 거쳐 최근의 그녀의 소설을 지켜보면서 다소 의문이 들기는 하지만 그 동안 보여주었던 저간의 역량을 생각하면 좀더 지켜보는 것이 좋을 듯하다.

(4) 문명의 야만과 야만의 문명

이남희의 소설에는 80년대의 민중문학의 이념과 90년대의 탈이데올로기적인 이념이 공존하고 있다. 민중문학의 이념은 역사의식과 사회비판 의식을 첨예화하는 쪽으로 작용한다. 『바다로부터의 긴 이별』(1991), 『갑신정변』(1991), 『사랑에 대한 열두 개의 물음』(1993), 『사십 세』(1996), 『플라스틱 섹스』(1998), 『황홀』(1999), 『수퍼마켓에서 길을 잃다』(2002)에 이르기까지 그녀의 이러한 의식은 전면에 그대로 드러나기도 하고 또 그것은 내면화되기도 한다. 이 과정에서 주목되는 것은 그녀 소설의 문명 비판성이다. 『바다로부터의 긴 이별』에 드러나는 문명의 야만성에 대한 고발과 생태학적인 세계관에 대한 자각, 『플라스틱 섹스』, 『황홀』, 『수퍼마켓에서 길을 잃다』에 드러나는 문명 사회의 성과 자본의 검은 욕망에 성찰 등은 모두가 문명에 대한 비판적인 통찰이 주를 이루고 있다. 90년대의 탈이데올로기적인 상황에서 문명에 대한 무반성적이고 무차별적인 가치 옹호를 드러내고 있지 않는다는 것은 그녀가 다른 여성 작가들과 차별화 되는 지점이다. 많은 여성 작가들이 사회비판 의식을 가지고 있지만 그것을 문명의 차원에서 조망하고 성찰한 경우는 송경아를 제외하고는 거의 없다고 할 수 있다.

이러한 문명 비판성은 여성 작가들이 가지는 사회 · 역사적인 시각의 부재에 대한 그 나름의 대안적인 실천 방식을 제시하고 있다고 할 수 있다. 그녀가 비판하고 성찰의 대상으로 삼고 있는 환경과 생태, 성, 욕망의 문제는 우리 문명의 가장 큰 화두이다. 이 문제에 대한 깊이 있는 성찰이 선행되지 않고서는 남성 중심의 문명에 의해 배제되고 소외되어 온 여성의 존재성에 대한 깊이 있는 성찰 역시 기대할 수 없다. 여성의 시각으로 문명이 가지는 폭력과 야만성을 들추어내는 일은 곧 남성 중심주의에 대한 비판과 저항의 문맥을 거느리고 있다는 것을 의미한다. 그녀의 소설들 중에서 비교적 문명과 페미니즘에 대한 의식이 강하게 투영되어 있는 『플라스틱 섹스』와 『수퍼마켓에서 길을 잃다』를 보면 문명이 행사하는 상징적인 금기가 여성을 소외시키고 그 정신을 얼마나 황폐하게 하는지를 잘 보여주고 있다.

"그 결혼 생활에서 남은 것이라곤 아들뿐, 나머진 상처였죠. 남자라면 신물이 났어요. 무디고 인간에 대한 배려라곤 할 줄 모르고 이기적인……이혼한 뒤 남자들은 있었지만 잘 되지 않았어요. 그러면서도 여자 쪽은 영 거부감이 이는 게 어딘지 부자연스럽고 구역질 날 거 같기도 하고, 기형이다 하는 느낌이 강하게 들곤 했죠. 그래서 그냥 살았어요. 하지만 사람은 그게 아니더라구요. 난 거짓말은 딱 질색인데. 내 삶, 황폐하죠. 딴 여자들은 내 나이쯤 되면 이젠 일족의 족장 같은 위치에 이르죠. 그런데 난 말라서 비비 틀어진 나무토막 같아요. 사람은 다른 사람의 존재로 풍요로워지는 법이에요. 사랑하고 사랑받아야만 해요. 그게 이성이나 아니냐 하는 건 대수로운 문제가 못 돼요. 사랑 없이 잘 살고 있다고 큰소리치는 사람도 있긴 하지만 그런 사람들, 난 거짓말쟁이들 같아요. 아주 황폐한 채로 견디고 있거나 아님 거짓말하는 거죠. 그렇게 생각되요. 물론 내게도 아들이 있었죠. 그런데 갠 열다섯살쯤 되니까 방문을 걸어잠그기 시작하더라구

요. 그러더니 나중에는 일 없이도 막 소리를 질러요. 간섭이 지겹다는 거
죠. 심지어는 내 눈길만 받아도 갑갑해서 죽을 지경이래요. 결국 걔는 지
가 원하는 대로 유학을 갔어요. 그 뒤 한동안 나는 밤마다 차를 몰고 나가
곤 했죠. 무작정 날이 샐 때까지 돌아다니는 거예요. 어디가 어딘지도 모
르죠. 운이 좋으면 어디 처박혀 죽을 수도 있겠다 하는 생각을 하기도 했
죠. 마치 사막처럼 끝간 데 없이 펼쳐진 메마른 삶……그 무렵에 초록이를
만났던 거예요. 첨엔 어쩔 줄 몰랐어요. 분명히 걔를 볼 때마다 아래가 축
축히 젖고 몸이 뻣뻣해졌지만 그걸 인정할 수는 없었어요. 고민하다가 결
국 초록이에게 그랬죠. 같이 살자고. 하지만 다른 건 기대하지 말라구요.
그러나 점차 초록이는 내게 용기를 주었죠. 사실 이제와서 생각해보면 그
게 그렇게 대단한 문제는 아니었는데……단지 오르가슴을 느끼는 게 남자
냐 여자냐 하는 사소한 차이일 뿐인데……"[11]

위의 긴 발언을 통해 알 수 있는 것은 사랑에 대한 인습으로 인해 고
통받아 온 한 여인의 아물지 않는 상처이다. 그녀는 남편과 자식으로부
터 사랑을 느끼기 못한 채 "사막처럼 끝간 데 없이 펼쳐진 메마른 삶"
을 살아 왔다. 그녀의 남편과 자식에 대한 이러한 인식의 이면에는 남
자들이 가지는 "인간에 대한 배려"의 결핍 이 깔려 있지만 그것 못지
않게 중요한 원인은 그녀가 동성인 여성에게서 사랑을 느낀다는 사실
에 있다고 할 수 있다. 그녀가 동성인 "초록이"를 볼 때마다 "아래가 축
축히 젖고 몸이 뻣뻣해"지는 사실이 그것을 잘 말해준다. 그러나 지금
까지 그녀는 이러한 동성애에 대해 "거부감이 이는 게 어딘지 부자연스

---

11) 이남희, 「어두운 열정」, 『플라스틱 섹스』, pp.89-90.

럽고 구역질 날 거 같기도 하고, 기형이다 하는 느낌이 강하게 들곤 했"
다는 고백을 통해 알 수 있듯이 그것을 제대로 인식하지 못한 채 살아
왔다. 그녀는 이 문명이 요구하는 상징적인 질서에 자신의 감정을 강제
로 맞추려고 했던 것이다.

여성의 자연스러운 감정조차도 통제하고 관리하는 이 문명을 작가는
'플라스틱'이라는 말로 표상하고 있다. 자율적인 생명의 숨결과 전망의
부재를 강하게 환기하는 이 말은 결국 문명 비판적인 속성과 새로운 대
안의 제시로 이어질 수밖에 없다. 이것은 곧 작가가 겨냥하고 있는 미
래의 문명은 여성의 시각과 연대를 통해 성립되는 그 무엇이어야 한다
는 것을 의미한다. 작가의 문명에 대한 이러한 인식은 현실 변혁적인
의지를 담고 있는 것으로 볼 수 있다. 하지만 그녀의 소설이 보여주는
문명 비판성과 전망은 종종 계몽적인 목소리의 전경화로 인해 구체적
인 실감의 차원을 상실하고 있다. 작가의 개입이란 소설의 서사를 적절
하게 통어하는 힘으로 작용할 수도 있지만 그것이 지나치면 소설을 관
념 덩어리 내지 이데올로기의 토설장으로 만들어버리기도 한다. 따라
서 지금 그녀에게 필요한 것은 '플라스틱' 같은 문명 속에 뛰어들어,
그 문명과의 몸 섞음을 통해 진정한 가치를 추구하는 좀더 유연한 리얼
리즘 정신의 구현이라고 할 수 있다.

3) 일상성에의 함몰과 운동의 트리비얼화

80년대 후반을 기점으로 일기 시작한 페미니즘 운동은 일회성으로
그칠 성질의 것이 아니다. 우리 문학사의 많은 운동성을 띤 문학이 대

중과의 괴리, 미학성의 결핍 등으로 단명하고 만 경우와는 달리 페미니즘 운동은 이러한 딜레마를 그렇게 심하게 앓고 있는 것 같지는 않다. 엘리트 페미니스트와 일반 대중 사이의 괴리, 남성 지배 속에서의 억압된 여성성의 무목적적인 분출이 없는 것은 아니지만 우리의 페미니즘 운동은 계층과 계급을 떠나 폭넓은 공감과 연대를 형성하고 있다. 또한 여성성에 대한 맹목적인 접근이 아닌 여성 자신의 정체성이라든가 존재성에 대한 탐색을 진지하게 시도하고 있으며, 이성에 억눌려 있던 감성을 회복시켜 다양한 글쓰기와 말하기를 통해 새로운 미학의 영역을 열어 보이고 있다.

  페미니즘을 구현하고 있는 우리의 여성 작가들의 경우에도 이러한 흐름 속에 놓여 있다고 볼 수 있다. 그들은 이제 주변이 아닌 중심에서 글을 쓰고 말하면서 우리 문학사에서 보기 드문 풍요로운 향연을 연출하고 있다. 가부장적 부성에 대한 저항, 젠더 이데올로기를 생산하는 사회 제도에 대한 탐색, 여성을 배제하고 소외시켜 온 문명에 대한 비판 등은 여성의 시각으로 '지금', '여기'에서의 존재론적인 상황을 들추어내고 있다는 점에서 그동안 우리 소설이 보여주지 못한 시대정신을 구현하고 있다고 할 수 있다. 그러나 우리 여성 작가들이 보여주는 시대정신이 올바른 방향성과 목적의식을 가지고 제대로 구현될 수 있을 지 그것에 대해서는 자신할 수 없다. 이런 불안한 조짐은 이미 80년대 후반을 기점으로 등장한 여성 작가들의 소설에서 그 징후를 발견할 수 있다. 이들의 소설은 페미니즘을 표방하고 있기는 하지만 그것이 대부분 일상의 차원을 통해 이루어지고 있다는 점에서 문제적인 면을 가진다고 할 수 있다. 일상에 대한 성찰을 통해 자신을 억압하고 배제해온 젠더 이데올로기의 실체와 그 속에서의 자신의 정체성을 탐색한다는 것은 그동안 남성에 비해 상대적으로 일상의 세계에 더 많이 종속되어 온 여성의 입장을 고려할 때 당연한 현상으로 볼 수 있다. 거대 담론이 배제해 온 일상에 존재하는 미시적인 권력의 실체를 세세하게 포착해 내고 그것이 얼마나 여성의 삶을 잠식하고 있는지를 들추어내는 일은 페미니즘 운동에서 중요하다고 하지 않을 수 없다.

그러나 일상의 차원에서 다루어지는 페미니즘은 언제나 일상성에의 함몰이라는 위험이 도사리고 있는 것이 사실이다. 일상의 세계를 세세하게 그리다 보면 페미니즘이 가지는 보다 큰 차원의 문제 의식이 실종될 수 있다. 90년대 이후 거대 담론의 해체, 감각적이고 감성적인 문화의 팽창, 상업자본주의의 만연 등으로 우리 사회에 엄연히 존재하고 있는 계층이나 계급의 격차, 분단과 식민주의, 문명의 야만성, 자본주의 체제의 모순과 같은 보다 큰 차원의 문제 의식은 좀처럼 찾아 볼 수 없다. 페미니즘을 지향하는 우리의 여성작가들이 보여주는 이러한 일상성에의 함몰은 페미니즘 소설은 물론 우리 소설 전체의 왜소화와 트리비얼화를 초래하고 있다. 90년대 이후 우리 여성작가들의 글쓰기에 나타난 특징은 사소하고 무의미한 일상의 사건을 아주 세밀하게 묘사하는 것이다. 묘사에 대한 치중으로 인해 이들이 말하고자 하는 세계 자체가 드러나지 않는다. 세계가 없는 묘사 위주의 글쓰기는 여성의 자아를 성숙하지 못하게 할 것이고, 이것은 곧 페미니즘 운동의 약화로 이어질 것이다. 이런 점에서 페미니즘의 기치를 내세우고 있는 우리의 여성 작가들은 자신의 자아를 좀더 과감하게 보다 큰 실존의 장으로 투사할 필요가 있다.

감각과 생리 혹은 육체적 존재로서의 글쓰기
— 배수아론

1) 후기산업사회와 90년대식 감각

배수아의 감수성은 90년대식이다. 그것은 6·25 전란의 상처를 「생명연습」, 「환상수첩」, 「무진기행」, 「서울 1964년 겨울」 등에서 내면화된 환멸의 정서로 수용한 김승옥의 60년대식 감수성이나 산업사회의 모순되고 불협화음적이며 고통스러운 뿌리뽑힌 자들의 삶을 「난장이가 쏘아올린 작은 공」에서 절망과 환상의 정서로 수용한 조세희의 70년대식 감수성, 그리고 이분법적인 인식논리를 거부하고 제 3의 시각을 찾아 참혹한 방황을 거듭하는 한 회색분자의 삶을 「숲속의 방」에서 비극적인 정서로 수용한 강석경의 80년대식 감수성에 견줄만 한 90년대식 감수성이다.

　이처럼 시대정신과 감수성과는 불가분의 관계에 놓여 있지만 60년대
나 70·80년대에 비해 90년대는 그 변화속도가 파시스트적이라는 점에
서 변별된다. 이 가공할만 한 속도의 변화는 그동안 결정적 패러다임으
로 작용해 왔던 정치나 경제·사회 같은 거대담론 대신 문화를 새로운
인식의 심급 단위로 올려놓았다. 자아와 세계를 인식한다는 것은 문화
를 이해해야 가능하며, 거꾸로 문화에 대한 정당한 이해가 있어야 삶의
총제성이 드러날 수 있게 된 것이다. 그만큼 문화는 다른 층위들과의
환유적 인과성과, 중층결정의 관계망을 가지게 된 것이다. 이것은 바꾸
어 말하면 문학이 고유의 순수성을 지킬 수 없게 되었다는 것을 의미할
뿐만 아니라 한걸음 더 나아가 문학이 후기산업사회의 다양한 문화형
식들을 도입할 수밖에 없는 당위성을 또한 의미한다.

　문학 특히 소설이 수용하는 이러한 후기산업사회의 문화형식이란 생
산이 아니라 소비의 측면에서 구축되는 것으로, 소비가 자본과 욕망을
결합하는 의미체계를 형성하여 그 의미 체계 속에서 사물들이 물질적
의미가 아니라 하나의 기호적 의미가 되는 것을 말한다. 물질적인 실체
가 없고 기호라는 이미지만 존재하기 때문에 이 후기산업사회는 '가상
실재(simulation)의 세계' (장보들리야르)이며, '연극화된 의식이 지배
하는 사회' (레이몬드 윌리암즈)이다. 마치 인간의 오감을 모두 지원하
는 컴퓨터 속의 인공낙원처럼 이렇게 현실이 이미지화되고 연극화되어
있다면 결국 그 속에서 글쓰기를 행하는 작가들의 감수성 또한 이미지
화되고 연극화될 수밖에 없을 것이다. 이 점에서 후기자본주의 문화논
리를 온몸으로 체험하고 있는 배수아의 90년대식 감수성과 김승옥이나
조세희, 강석경이 보여주고 있는 60년대 또는 70·80년대식 감수성 사
이에는 상당한 편차가 존재하게 되는 것이다. 그 편차란 범박하게 말하

면 자연과 인간으로부터 수용한 감수성과 복제되고 인공화된 가상현실
에서 수용한 감수성 사이의 차이라고 할 수 있다.

　자연이나 인간이 아닌 이러한 복제되고 모조화된 가상현실에서 수용
한 감수성을 배수아는 첫 창작집인『푸른사과가 있는 국도』를 거쳐『랩
소디 인 블루』,『바람인형』에 이르기까지 섬뜩하리만치 적나라하게 보
여주고 있다. 감수성 자체가 생명을 가진 실체가 아니라 가상현실이라
는 사실로 인해 그녀의 소설은 기존의 소설에서 경험할 수 없는 낯설음
을 제공하고 있다. 이 모든 낯설음은 단순한 내용상의 차원에서만 주어
지는 것이 아니라 형식과의 통합적인 차원에서 주어진다. 그것은 글쓰
기의 출발점인 대상의 수용방식에서부터 플롯과 구조의 내적 형식을
거쳐 미적 체험의 현상학이라는 보다 거시적인 예술의 형식 문제로까
지 심화·확대된다. 이 과정에서 특히 중요하게 대두되는 것은 그동안
이분법적인 사유체계에서 정신에 의해 철저하게 지배당해온 육체가 새
로운 주체로 등장하고 있다는 점이다. 그녀의 소설 속에 수용되는 후기
산업사회의 현상들은 정신이 아니라 육체를 향해 급격하게 쏟아져 들
어온다. 이로 인해 정신은 육체의 일시적인 변형으로 전락되고 사유는
감각을 위한 도구의 차원으로 떨어지고 만다. 인간이 감각을 통해 육체
로 밀려드는 세계를 놓칠 것 같은 위협을 느낄 때 비로소 사유의 문이
열린다는 '나는 생각한다. 그러므로 나는 존재한다.' 라는 데카르트의
이성중심주의적인 명제는 이제 '나는 감각한다(느낀다). 그러므로 나
는 존재한다.' 라는 감각중심주의적인 명제로 바뀔 수밖에 없다. 존재의
주체가 사유에서 감각으로 바뀜에 따라 소설의 플롯이나 구조 또한 바
뀔 수밖에 없는데, 그것은 기존의 플롯이나 구조 자체의 합리성이라든
가 필연적인 속성들이 비합리적이고 우연적인 것으로 바뀌면서 그 플

롯이나 구조에 저항하고 더 나아가 그것을 해체하는 양상으로 이해할 수 있을 것이다.

그런데 이러한 기존소설의 플롯과 구조에의 저항과 해체란 배수아 소설에서는 여성의 은유적인 경험들(월경, 임신, 출산, 수유, 낙태)과 은밀하게 연결되어 있다. 이 은유적 경험들은 무의식적인 반복충동을 일으키면서 끊임없이 남성과 이성, 그리고 정신에 의해 생산되어진 언어에 의해 매개된 플롯과 구조에 저항하고 이것을 해체하려고 한다. 여성의 육체를 통해 감각적으로 생산되어진 이 플롯과 구조, 그것은 '생리적 플롯'이며 '생리적인 구조'라고 말할 수 있다. 여기에서 육체 – 여성 – 감각이라는 새로운 글쓰기의 패러다임이 등장하게 되는 것이다. 기존의 이성 – 정신 – 남성 중심의 패러다임에 저항하고 이것을 해체하는 감각 – 육체 – 여성이라는 새로운 패러다임을 구축함으로써 배수아 소설은 90년대식 소설의 한 전형을 보여주고 있다.

2) 대중매체와 육체적 감각 인상

배수아 소설은 감각적이다. 『푸른 사과가 있는 국도』, 『랩소디 인 블루』, 『바람인형』 등 이 소설집 안에 수록된 소설들은 모두 육체를 통해 수용된 감각인상들이다. 사유가 아니라 육체적 감각이라는 것은 그녀의 소설이 감각 – 인지 – 이해 – 판단이라는 소설의 독법을 파괴하고 단지 감각의 차원에서 그 의미가 결정된다는 것을 말한다. 그것은 그녀의 소설이 그만큼 현장 의존적이고 순간 포착적이라는 것을 의미한다. 사실 그녀의 소설 어디를 들추어보아도 작중인물과 대상 사이에 존재하는 것은 오관을 통해 수용된 감각인상의 차원을 넘어서지 못하고 있다.

금방 백화점의 쇼 윈도에서 꺼내 온 듯한 새 것인 하이힐이고 발목 부분에 금빛의 버클이 달여 있는 것이다. 여자 아이는 몸을 기울이고 그것을 신는다. 갑자기, 모든 것들이 너무나 밝은 빛 속에 사라져 버리고 여자 아이의 몸도 사라진다. 새로운 디자인의 구두만이 화면에 남아 있다.

―『푸른 사과가 있는 국도』, p.263.

맨발로 하이웨이를 달려가는 여자 아이. 여자 아이가 입고 있는 푸른 스커트가 정말로 바람에 날리고 있다. 자동차의 톱이 여자 아이의 손목에 상처를 내기 시작하고 붉은 피가 오랜 가뭄으로 건조해진 하이웨이에 떨어지고 있다. 여자 아이는 아무것도 오지 않는 하이웨이의 끝을 지켜보면서 두 다리를 벌리고 있다. 석양이 내리 덮이고 있다.

―『랩소디 인 블루』, p.281.

화려한 크리스마스는 언제나 텔레비젼의 만화 영화에서부터 시작한다. 꿈속같은 트리가 흑백의 텔레비전에 가득 찬다. 흰 눈이 덮인 끝없는 서부의 평원, 언제나 따뜻하게 타오르고 있는 장작 난로, 긴 금발의 여자 아이들, 눈 덮인 숲속의 사냥, 테이블에 넘칠 듯이 가득한 호두와 치즈와 코콜릿 케이크.

―『바람인형』pp.103-104

『푸른 사과가 있는 국도』, 『랩소디 인 블루』, 『바람인형』 등 그녀의 모든 소설은 이처럼 시각화되고 또 청각, 후각화되어 있다. 이 각각의 이미지들은 이성이나 오성에 의해 개념화되고 상징화되기 이전의 존재 형태이며, 자아와 세계, 혹은 현상과 본질이 육체에 의해 곧바로 드러나는 존재의 형태 그 자체이다. 따라서 각각의 이미지들은 완전한 현실의 대체물로 기능하며, 그 속에는 총체성의 의식과 맞먹는 의미가 투영되어 있다.

이러한 이미지들 중 그녀의 소설에서 가장 지배적인 양태를 띠는 것은 시각이다. 다른 감각보다 시각적인 이미지가 압도적인 이유는 그것이 동일시의 효과가 크기 때문이다. 그녀 소설의 감수성의 원천인 광고, 영화, 텔레비젼의 만화, 동화, 사진과 같은 후기산업사회의 문화적 텍스트를 통해 생산되는 대표적 이미지들 중에서 청각은 이미 그 자체가 어느 정도 의식이나 정신을 동반하는 이성화의 산물로 두 주체 사이의 약호화가 전제되어야지만 효력을 발생할 수 있다. 이에 비해 시각은 이성에 의한 약호화 없이 직접적으로 육체를 통해 수용된다.

『푸른 사과가 있는 국도』,『랩소디 인 블루』,『바람 인형』에 이르기까지 의식이나 정신보다 육체에 더 가까운 이 시각적인 이미지들은 김동식이 적절하게 지적하고 있듯이 '색 – 이미지'와 '빛 – 이미지'로 대비되어 하나의 라인을 형성하고 있다.[1] 이 중 '색 – 이미지'의 흐름은 흰색 → 검정 → 핑크 → 초록 → 회색 → 붉은 색 → 블루 → 검은 색 → 흰색 → 분홍 → 회색으로 이어지고, '빛 – 이미지'의 흐름은 어두움 → 푸르름 → 투명함 → 어두움 → 투명함 → 어두움 → 푸르름 → 어두움 → 투명함 → 푸르름 → 투명함 → 어두움으로 이어진다.

이러한 두 흐름 중 흰색과 회색, 어두움이 지배적인 이미지로 나타나

---

1) 김동식,「우리 시대의 공주를 위하여」,『문학과 사회』, 1996. 여름호.

지만 여기에서 중요한 것은 이미지의 상대 비교가 아니라 색감의 변화와 명암의 교차이다. 색감의 변화와 명암의 교차가 심하면 심할수록 불안정의 정도와 병적인 징후는 그만큼 커지고, 이것은 죽음 충동과 연결되어 있다. 색감과 명암 사이의 교차를 죽음 충동과 연관시켜 놓고 보는 것은 육체적 존재의 형태로 드러나는 색과 빛 이미지들이 사물의 실체라기 보다는 하나의 기호에 불과하기 때문에 그 자체가 실재가 되기 때문이다. 실재(the real)란 '여기'가 아니라 '저기 – 밖'에 존재하는 것이다. 저기 밖이란 상징화(이성화, 현실화)를 거부하는 영역, 곧 죽음의 영역이다.

이 죽음의 영역으로 향하는 충동은 그녀의 작품 곳곳에 드러나 있다. 그것은 첫째, '한밤의 안개가 가득한 고속도로를 최대 속도로 달려가려는'(「푸른 사과가 있는 국도」) 무목적적인 욕구에서처럼 어두움이라는 빛 – 이미지로 드러나기도 하고, '언니의 붉은 옷과 입술이 피처럼 눈부셔 보였다.'(「프린세스 안나」)나 '우물을 들여다보면 거기에 머리에 붉은 리본을 달고 얌전히 누워 죽은 내가 보인다.'(「마을의 우체국 남자와 그의 슬픈 개」)에서 처럼 붉은 색 – 이미지로 드러나기도 한다. 둘째, 그것은 '불은 온집을 태우고 온 산을 태우고 산속에서 기르고 있는 많은 염소들도, 그리고 염소를 기르는 남자도 보이지 않는 사람으로 만들어 버릴 수 있을 것이다.'(「검은 저녁 하얀 버스」)와 '불이 내 온몸에서 타고 있으면 나는 얼마나 뜨거울까, 얼마나 슬플까 생각하다가 잠이 깨고 꿈속에서 어느 섬인가에서 바다에 몸을 던지는 남자를 본 것도 같다.'(「내 그리운 빛나」)에서 처럼 불을 통한 붉은 색 – 이미지와 어두움의 빛 – 이미지로 드러난다. 셋째, 그것은 '옥수수 잎은 흔들리고 바람은 어두운 숲 먼 곳으로 불어간다(……) 너의 흰 맨발에서는 피가 흐

르고, 너는 죽었어.' (「바람인형」)에서처럼 흰색과 붉음의 색 – 이미지
와 어두움의 빛 – 이미지의 복합된 형태로 드러나기도 하고, '붉고 푸
른 해초들이 춤추는 것이 그대로 들여다보이고 검은 모래가 발바닥에
붉은 피를 흐르게 했다.' (「천구백팔십팔년의 어두운 방」)에서처럼 푸
름과 붉음, 검정의 색 – 이미지와 투명함과 어두움의 빛 – 이미지의 복
합된 형태로 드러나기도 한다.

그녀의 소설의 지배적인 존재 양태인 빛과 색의 이미지들은 텔레비
전이나 영화, 광고, 만화, 사진 등과 같은 대중문화에서 수용한 징표들
이다. 이것은 그녀의 소설의 본질이 켈빈 클라인 청바지나 헤이즐넛 커
피, 마리떼 프랑소아 저버, 하이네켄 등의 상품 이미지에 있다는 사실
과 연속선상에 있으며, 더 나아가 그 감수성이 배수아의 소설쓰기를 전
적으로 결정하고 있는 것으로도 볼 수 있다. 그녀는 복합적이고 다층적
인 대중문화의 텍스트들을 자신의 정신이 아니라 육체를 통해 수용하
면서 그것을 다시 소설쓰기를 통해 감각적으로 재구성하고 있는 것이
다. 그녀의 소설은 어디를 들추어 보아도 시각, 청각 그리고 후각과 같
은 감각적인 이미지들로 이루어지지 않은 곳이 거의 없다. 그만큼 그녀
에게 있어서 감각과 육체는 그녀의 소설쓰기의 한 원천을 이루고 있다
고 할 수 있다.

3) 여성의 육체와 생리적 플롯

배수아의 소설쓰기가 정신이 아니라 육체에 의해서 행해진다는 사실
은 소설 일반에 대한 새로운 담론을 이끌어 낸다. 그중에서도 소설의

형식 문제와 밀접하게 관련되어 있는 구조와 플롯은 그 중심에 놓여있다고 할 수 있다. 일반적으로 소설의 구조와 플롯은 육체적 존재물이라기 보다는 현상들을 법칙화하고 체계화하는 정신에 의한 이성의 산물에 가까운 것이다. 헤겔을 포함해 모든 이성중심주의자들은 대상과 현상을 정신에 의해 틀 짓고 그 속에서 사유함으로써 최고의 자유를 누릴 수 있을 것이라고 믿어 왔다. 그러나 그 믿음은 정보화 사회의 도래와 함께 가치를 상실하게 되었다. 정보화 사회의 총화인 매스미디어를 통해 쏟아져 들어오는 영상이미지들은 이해와 판단이 아니라 감각으로 수용됨으로써 더 이상 정신이 존재의 주체가 될 수 없고 기껏해야 육체의 일시적인 변형에 불과하다는 것을 확인시켰다.

이처럼 존재의 가능태인 시·공간의 중심에 육체가 놓인다는 것은 배수아 소설의 존재를 드러내는 구조와 플롯에 육체가 놓인다는 사실을 의미한다. 이것은 그녀의 소설이 기존의 구조와 플롯과는 다른 '육체적인 구조'와 '육체적인 플롯'이라는 새로운 소설형식을 창출하고 있다고 볼 수 있다. 구조와 플롯이 정신의 산물이라는 점을 상기한다면 육체적 구조, 육체적 플롯이라는 말이 적절하지 않을 수도 있다. 이미 육체라는 말 속에는 구조와 플롯에 대한 대립적인 속성이 강하게 내재되어 있기 때문이다. 그러나 정신과 육체의 대립은 어느 한쪽의 전면적인 부정이 아니라 상호보족적인 특성에 불과한 것이다. 육체는 정신에 대한 전면적인 부정이 아니라 정신과의 상호관련 하에서 정신이 구축한 체계에 저항하고 또 이것의 해체를 통해 그 존재성을 부여받을 수 있는 것이다.

육체가 소설의 중심에 놓임으로써 배수아 소설의 서사는 기존의 구조주의에서 말하는 각 기호들이 어떤 논리적 관계에 따라 잘리고 연결된다는 식의 분절의 법칙이 적용되지 않는다. 그녀의 소설 속의 기호들은 모두 순간적으로 일상에서 통용되는 논리를 넘어서서 결합되고 또 배치된다. 여기에서는 기호들이 논리와 의미의 규칙을 따르는 것이 아니라 감각의 규칙을 따른다. 그녀의 소설 곳곳에 드러나는 여러 이미지들의 혼잡한 나열은 마치 꿈의 이미지들이 일상적 논리와는 다르게 배치되는 것과 같다.

이러한 현상이 일어날 수 있는 것은 각 이미지들이 고유하게 가지고 있는 의미가 제거되었기 때문이다. 의미는 논리의 세계에 속하기 때문에 의미 체계들이 결합하기 위해서는 논리의 규칙을 따라야 한다. 그러나 의미가 제거된 기호들은 상호간에 자유로이 결합될 수 있다. 따라서 가장 그럴 법하지 않은 이미지들조차 여기에서는 서로 등가로 놓일 수 있다.

1) 모래 언덕 위 강가의 높은 집이 빛나의 눈에 마지막으로 보인다. 난 그러지 않아. 이곳에 보이지 않는 계단이 있어.

한때는 어리디어린 사랑스러운 여자 아이였던 빛나. 이 세상의 마지막은 어떤 모습인가 난 궁금하였다. 금빛 모래와 죽음과도 같은 햇빛. 모두 잠들어 있는 사람들. 남자 아이의 검고 마른 어깨. 조용히 흔들리는 나무 배. 난 돌아가지 않는다. 강가에서 불어오는 바람은 너의 깊은 한숨. 이 세상의 마지막.

—「내 그리운 빛나」, 『바람인형』, pp.81-82.

2) 빗물에 젖어 있는 슬럼가의 뒷골목이다. 좁고 더러운 주차장과 깨진 가로등. 번쩍이는 가죽 옷을 걸치고 집으로 돌아가지 않는 남자 아이들.

208

가까이서 들리는 기차 지나가는 소리. 어디에선가 유리 병이 블럭 위로 떨어지며 깨어지는 소리들. 맨발의 여자 아이가 달려가고 있다. 여자 아의의 얼굴은 보이지 않는다. 빗물 웅덩이 곁에 구두가 떨어져 있다.

— 「검은 늑대의 무리」, 『푸른 사과가 있는 국도』, p.263.

3) 꿈속 같은 트리가 흑백의 텔레비전에 가득 찬다. 흰눈이 덮인 끝없는 서부의 평원, 언제나 따뜻하게 타오르고 있는 장작 난로, 긴 금발의 여자 아이들, 눈덮인 숲속의 사냥, 테이블에 넘칠듯이 가득한 호두와 치즈와 초콜릿 케이크. 소금기 있는 치즈의 냄새. 세 살 위인 언니는 벌써 밥을 먹을 수 있었고 엄마는 치즈를 작게 찢어서 언니의 밥그릇에 올려 준다. 그리고 검고, 웅크린 강아지 같은 전화기.

— 「프린세스 안나」, 『바람인형』, pp.103-104.

4) 내 붉은 스커트는 밤의 바람에 날리고 내 머리칼은 이슬과 빗물에 초라하게 젖어간다. (……) 바람은 말한다. 네 몸이 풀먹인 흰 종이라면, 겨울 나뭇가지 위에 앉은 흰 서리의 새라면 너는 한여름 촛농처럼 녹아 사라져버렸을 텐데. 겨울 저녁의 나무와 빈 그네. 그네를 타고 싶어하는 여자 아이. 넓고 텅빈 흙마당. 친구가없는 여자 아이. 더러워진 스커트를 입고 먼지 날리는 마루에 앉아 있던 가난한 자매들. 타이어 자국이 나 있는 포장되지 않는 진흙길.

— 「바람인형」, 『바람인형』, pp.141-142.

소설의 문장들이 이성의 산물인 논리적인 인과성에 의해 분절되지 않고 육체를 통해 들어오는 감각에 의해 구체화되고 있기 때문에 어떤 현상을 분명하게 경계짓기가 불가능하다. 인용된 문장에서 볼 수 있듯이 1)의 경우에는 어디까지가 현실인지 또 환상인지 경계짓기가 모호할 뿐 아니라 서술행위가 누구의 시점에서 이루어지고 있는지 분명하게 알 수 없다. 첫 문장만 놓고 보면 안나의 시점에서 서술이 이루어지고 있음을 알 수 있지만 그 다음 이어지는 문장들을 보면 그것이 안나인지, 남자 아이인지, 아니면 작가의 시점에 의해 이루어지는지 좀처럼 구분할 수가 없다. 3)에서는 어디까지가 텔레비젼 속의 현실이고 또 어디까지가 실재 현실인지 불분명하며, 4)에서는 현재와 과거의 경계가 또한 불분명하다.

육체적 감각으로 인해 드러나는 이러한 경계짓기의 어려움은 그녀의 소설 전반에 걸쳐 나타나는 하나의 현상이다. 단편 소설은 말할 것도 없고, 가장 구조적인 속성을 필요로하는 장편소설에서 조차 이 현상은 지배적인 양상을 띠고 있다. 그녀의 장편인『랩소디 인 블루』는 과거, 현재, 미래라는 시간에 대한 경계짓기가 불분명하다. 이 소설은 '열아홉 살의 밤'에서 '스무네살의 여름', '스무네살의 여름'에서 다시 '서른 살이 금방 지나 돌아온 오늘'로 대략 그 시간의 흐름을 정리할 수 있지만, 이것은 어디까지나 도식일 뿐이다. 실제 서사적인 흐름 속에서 과거의 회상, 현재, 미래에 대한 상상은 분명한 표지 없이 교차되고 혼합된 양태로 드러난다. 이 혼란은『랩소디 인 블루』역시 기본적으로 상이한 여러 장면과 장면의 재구성을 통해 이루어지는 후기산업사회의 문화양식을 그대로 소설 속에다 옮겨놓고 있다는 사실을 말해준다.

이 옮겨놓기는 후기산업사회의 해체 전략 중에서 가장 중요한 원리이다. 타인의 작품을 뚜렷한 인쇄상의 단위까지 고스란히 덩어리 채 가져다 쓴다거나 신문기사를 임의로 가위질하여 조립하는 행위, 광고의 카피, 텔레비전 화면을 그대로 발췌하여 편집하는 행위 등은 모두 옮겨놓기라는 해체 전략 중의 하나이다. 그녀의 소설은 이러한 일반화된 옮겨놓기 전략을 그대로 수용하고 있다. 라디오에서 DJ가 읽어주는 시(「여섯 번째 아이의 슬픔」)라든가 유행가 가사(「아멜리의 파스텔 그림」), 신문기사(「프린세스 안나」)를 통째로 인용하고 있는 것이 바로 그것이다.

그러나 이것은 그녀의 소설이 보여주는 옮겨놓기 전략의 일부분에 지나지 않는다. 그녀의 소설이 보여주는 진정한 옮겨놓기 전략은 후기 산업사회의 대표적인 문화양식인 영화, 광고, 사진을 내용적인 측면에서 뿐만 아니라 형식적인 측면까지 고스란히 옮겨다 놓음으로써 소설쓰기의 한 전형으로 삼고 있다는 점에 있다. 소설과는 장르가 다른 이질적인 문화양식들이 이렇게 형식적인 면까지 덩어리째 옮겨질 수 있었던 것은 그녀가 육체적 감각을 통해 그것들을 받아들였기 때문이다. 정신이 아니라 육체에 의해 소설쓰기가 이루어지기 때문에 결국 소설의 토대를 구축하고 있는 구조와 플롯이 육체적인 특성을 띨 수밖에 없다.

이로 인해 그녀의 소설은 플롯의 고유한 목적인 통제기능을 찾아볼 수 없다. 소설의 전체 서사를 이끌어나가는 서술자는 사건들의 총체성이라든가 종합에의 의지를 염두해 두지 않고 단순히 육체적 감각에 의해 수용되는 대상을 무의식적인 자동기술법에 의해 서술하고 있다. 이 육체적 감각에 의한 통제 기능 상실로 인해 그녀의 소설은 하나의 사건과 또 다른 사건이 인과성을 지니지 않은 채 고립되어 있는 양상을 보이기도 하고, 장소에 일관성이 없는 것처럼 느껴지며, 시간과 공간개념이 파괴되어 드러나기도 한다. 그녀의 소설들 중 특히 『바람인형』에 수록된 소설들은 그 정도가 심하다. 여기에서는 사건 자체의 발생을 의문시할 정도로 위기, 절정 같은 급전(急轉)을 동반한 인물 행위가 전혀 나타나 있지 않고, 사건의 순서를 바꾸거나 어느 한 부분을 삭제해버려도 소설의 플롯은 별다른 영향을 받지 않는다.

여성의 육체를 통해 드러나는 이러한 플롯의 해체로 인해 그녀의 소설은 무수한 틈이 존재한다. 이 틈은 세계를 구조화하거나 틀 짓는 상징적인 행위 자체에 대한 저항의 표시이며, 언제나 환상의 형태로 존재한다. 하나의 사건과 또 다른 사건 사이, 한 장소와 또 다른 장소, 시간과 공간 사이에 난 틈 속으로 환상이 끼어들고, 오히려 이 무의식적인 환상이 사건보다 더 중요한 지배소가 된다. 사건은 이 환상을 구축하는 종속물로 기능할 뿐 더 이상 서사구조의 핵심 골격이 되지 못한다. 환상과 사건의 관계가 전도됨으로써 그녀의 소설은 암시되고 함축될 뿐 직접적으로 세계를 이해하고 판단하지 않는다. 이것은 그녀의 소설이 여성의 육체가 가지는 생리적인 속성을 통해 글쓰기가 이루어지고 있다는 것을 의미함과 동시에 실체가 아니라 이미지를 통해 세계에 대한 인식을 드러내는 후기산업사회의 징후를 반영하고 있다는 것을 또한 의미한다.

4) 감수성의 편향과 미적 체험의 불안

배수아의 육체 – 여성 – 감각이라는 패러다임은 글쓰기의 새로운 방식을 열어 보인 것이다. 이 새로움은 기존의 정신 – 남성 – 이성의 패러다임에서 볼 수 없는 미적 체험의 문제를 제기함으로써 예술(소설)의 정체성 자체에 대한 담론을 생산하고 있다. 육체, 여성, 감각과 같은 이러한 주변적인 것들이 글쓰기의 중심에 놓일 수밖에 없었던 것은 그녀가 감수성의 연원을 후기산업사회의 문화양식에 두고 있기 때문이다. 글쓰기 주체와 대상과의 이 관련성은 얼핏 보면 감수성의 자발적인 행위로 보일지 모르지만 기실은 타율적인 것에 더 가깝다. 후기산업사회의 중층적인 문화양식은 글쓰기 주체의 자발적인 감수성에 관계없이 무차별적으로 수용되고 또 의미화된다.

감수성 자체가 일방통행적이라는 것, 그것은 글쓰기의 대상이 곧바로 육체를 향해 쏟아져 들어온다는 것을 말한다. 육체는 오관을 통해 쏟아져 들어오는 영상이미지들을 인지 - 이해 - 판단 같은 정신적인 사유과정 없이 곧바로 감각화하고 생리화한다. 이 감각과 생리는 수용 대상의 존재를 관념이 아니라 실체로써 만나게 한다. 이것은 감각과 생리가 글쓰기의 주체와 대상과의 거리를 좁혀 후기산업사회의 문화현상을 포착할 수 있는 가능성을 가지고 있다는 것을 의미한다. 그녀의 소설, 특히 『바람인형』에 오면 감각화되고 생리화된 컨텍스트와 텍스트는 상동관계에 놓이게 된다.

이러한 육체를 통한 감각과 생리적인 글쓰기는 새로운 미적 체험을 제공하고 있는 것이 사실이다. 그러나 그녀의 글쓰기는 미적 체험에 대한 열린 시각 이면에 닫힌 시각도 제공하고 있다. 이 닫힌 시각은 감수성의 연원이 되고 있는 후기산업사회의 문화양식들에서 비롯된다. 사실 후기산업사회의 문화양식들이 얼마나 새로운 미적 체험을 가능하게 해줄 지 의문이다. 이 문화양식들은 대부분 실체가 없는 이미지만을 복제 생산하는 경우가 많기 때문에 자칫하면 '차이'에 대한 인식이 불분명하게 되어 이것을 그대로 육체를 통해 수용할 경우 미적 체험 자체가 한계에 부딪치게 될 것이다. 미적 체험은 차이에서 비롯되는 창조성이 아닌 복제의 상태에서는 온전히 성립될 수 없기 때문이다.

그녀의 글쓰기 속에 잠복해 있는 이러한 미적 체험에 대한 불안은 수용적인 감수성 이외에 자발적인 감수성을 적극 활용하여 극복해야 한다. 자발적인 감수성은 몸의 내적 층위(심장, 간장, 애, 간, 담 등)에서 생성되기 때문에 육체의 외적 층위(오관)에서 생성되는 수용적인 감수성에 못지않게 상상과 표현의 문제와 긴밀하게 연결되어 있다. 이것은 자발적인 감수성 행위가 수용적인 감수성 행위와 동시에 드러날 때만이 다양한 미적 체험이 성립될 수 있다는 것을 의미하며, 후기산업사회의 소설(배수아 소설)의 정체성 문제와 관련하여 중요한 단초를 제공해 줄 것이다.

사적 감성으로써의 글쓰기의 한계
— 윤대녕의 『코카콜라 애인』의 불안과 불길함

1) 신세대 작가들의 등장과 사적 감성

『코카콜라 애인』(이하 『코카』로 표기)은 미적 불안을 드러낸다. 이 불안의 뿌리는 사적 감성에 있다. 세계보다는 자아를 내세운다는 것은 기본적으로 소설이라는 장르와 불화의 관계에 놓일 수밖에 없다. 이것은 윤대녕 뿐만 아니라 신경숙, 배수아, 이응준, 박청호 등 90년대 신세대 작가들에게 해당되는 보편적인 양상이다.

사적인 감성은 섬세의 감각을 통해 이념, 역사 등의 공적 초자아가 놓쳐버린 독자들의 내밀한 곳을 어루만져주면서 공고한 연대감을 불러일으킨다. 사적인 감성을 무기로 작가는 독자에게 저항과 갈등의 현상학이 아닌 위로나 위무의 감미로운 목소리를 들려준다. 공적 초자아에 비해 이런 사적인 감성은 더 은밀하고, 끈끈하기 때문에 중독성이 강하다. 사적인 감성 하에서 작가는 은밀하게 자신의 몸을 보여주고 독자와 한몸이 되기를 바라는 관능적인 유혹으로 가득 차 있다. 이 관능적인 유혹으로 인해 작가와 독자가 비평가 없이 직접적으로 만나는 풍경을 연출하기에 이른다.

사적인 감성에 중독된 작가는 소설이라는 장르에 구애받지 않는다. 독자를 유혹하기에 가장 좋은 양식 곧 사적인 감성을 가장 효과적으로 생산해 내는 것이 그들에게는 장르에 대한 인식보다 우선이다. 이런 작가 의식이 만들어 낸 것이 바로 '에세이식 소설'이다. 흔히 '시적 소설' 이라고도 하지만 그 보다는 '에세이식 소설'이 더 적절하다고 할 수 있다.

에세이와 소설의 결합, 90년대 신세대 소설의 특성 중의 하나인 이 결합은 분명 하나의 새로운 징후이다. 어쩌면 그것은 운명적인 만남일 수도 또 잘못된 만남일 수도 있다. 그것은 만남에서 상실되고 보충되는 것이 이야기성과 이미지이기 때문이다. 소설은 이미지를 극소화하고 이야기성을 극대화할 때, 에세이는 그 반대로 이야기성을 극소화하고 이미지를 극대화할 때 각각 그 존재성을 가질 수 있는 것이다. 따라서 이미지의 극대화는 곧 소설의 위기 혹은 소설의 죽음을 가져올 수도 있다는 점에서 문제적이라고 할 수 있다. 물론 이것을 단순히 소설의 개념 변화로 볼 수도 있다. 그러나 개념 변화라고 하기엔 소설에 있어서 이야기성이 차지하는 비중이 너무 크고 본질적이다.

이야기성 없이 이미지만으로 90년대 신세대 작가들은 충분히 소설가의 지위를 유지해 온 것이 사실이다. 어디 유지 뿐인가. 그 이미지에 유혹 당한 독자들이 매니아가 되고, 그들의 지지를 얻어 이들 신세대 작

216

가들은 언제나 베스트셀러의 저자가 된다. 연애인 부럽지 않은 인기와 부와 명예를 동시에 거머쥔다. 더욱이 그들은 고상함과 지적인 통념을 내세우는 차별화 전략으로 자신들의 아우라를 만들어 간다. 신경숙이 그렇고 윤대녕 또한 그에 못지 않다. 이미지적인 글쓰기를 통해 자신들의 아우라를 파는 이 행태는 소설의 위기 혹은 죽음의 담론을 약화시키고 초점을 흐리게 한다. 이들 작가들이 보여주는 화려함 뒤에는 그 화려함보다 더 큰 그늘이 있다.

신경숙과 윤대녕, 특히 윤대녕의 그늘이 더 깊어 보인다. 그늘이란 다른 것이 아니다. 이미지 혹은 이미지적인 글쓰기만으로 소설의 무게를 감당할 수 없다는 사실 바로 그것이다. 이미지는 에세이란 장르를 넘어서지 못한다. 이것은 곧 에세이적인 감성이 소설과 결합될 때 어느 부분까지 그 기능을 발휘할 수 있는지의 문제와 맥을 같이 한다. 에세이적인 감성, 그중에서도 특히 이미지를 주로 하는 경우, 그것은 단편과 중편에서이다. 단편과 중편은 작품 내적인 자아 및 세계만으로 성립될 수 있다. 따라서 '세계의 자아화'가 가능하다. 하지만 장편은 그렇지 않다. 장편은 작품 내적인 자아 및 세계에 작품 외적인 자아가 개입할 때 성립되는 것으로 자아와 세계가 어느 한쪽으로 귀착되지 않고 대결하는 양식이다. 따라서 '세계의 자아화'는 불가능하다.

자아가 세계의 간섭 하에 놓일 때 이미지는 맥을 못추게 된다. 세계는 끊임없이 자아에 대해 이미지가 아닌 구체적인 시간과 공간의 양태로 존재할 것을 요구한다. 자아가 이것을 거부하기 위해서는 시간과 공간이 구체화되지 않은 신화나 전설 속으로 돌아가는 수밖에 없다. 하지만 신화나 전설 속으로의 회귀는 '세계의 자아화'가 가능한 단편과 중편에서 가능한 것이지 자아와 세계가 첨예하게 대립하고 있는 장편에

서는 불가능하다. 이 불가능한 일을 가능하다고 믿는 사람이 있다. 윤
대녕이다.

윤대녕은 단편과 중편에서 보여준 '안개 속에서 붉게 타오르고 있는
휘황한 불꽃나무' 같은 이미지들을 장편에 옮겨 놓고 싶어 한다. 여인
의 음부나 어머니의 태반 같은 신비함을 간직하고 있는 우물 속, 물 속,
동굴 등과 물과 어둠의 신화적인 결합에 의해 만들어진 은어, 하동, 소
같은 동물들을 옮겨 놓고 싶어 한다. 그러나 현실 저편의 신비롭고 원
시적인 신화의 세계는 장편에 오면 불모성을 면치 못한다. 현실과 신
화, 중단편과 장편 사이에는 건널 수 없는 강이 흐르고 있다.『옛날 영
화를 보러 갔다』,『추억의 아주 먼곳』,『달의 지평선』그리고 이번에 출
간된『코카』등은 이미지와 신화를 좇다가 그 강 속에 익사한 작가의
아픈 상처의 퇴적물이다. 윤대녕 소설의 불안,『코카』의 불안과 불길함
이 여기에 있다.

2) 이미지와 신화에의 경도와 양식에 대한 인식의 부재

『코카』는 감성에 관한 한 3류이다. 물론 이것은 지금까지 그가 보여
준 감성과 비교해서 그렇다는 것이지, 다른 작가와 비교해서 그렇다는
것은 아니다. 중·단편도 아닌 장편에서 감성이 무슨 의미가 있을까?
장편은 감성보다는 이성이다. 더욱이 장편에서는 감성이 없을 수도 있
다. 사정이 이러하다면『코카』의 감성을 문제삼는 것은 본질을 외면한
처사 아닌가. 하지만 그렇지 않다.『코가』에서 윤대녕의 욕망은 이미지
와 신화적인 글쓰기를 통한 감성의 실현이다. 이 욕망의 흔적이 고스란

218

히 『코카』에 남아 있다. 따라서 『코카』에서 감성을 문제삼는 것은 의미가 있다. 애초에 장편에서 이미지와 신화적인 글쓰기를 실현하려는 것 자체가 무리였음에도 불구하고 그것을 통해 감성을 추구했던 자의 말로가 어떤지 『코카』는 잘 보여주고 있기 때문이다.

『코가』는 감성에 관한 한 3류이다. 이것은 문제이다. 감성이 3류라는 것은 그가 글쓰기의 욕망으로 삼은 감성도 죽이고 소설도 죽이는 것이며, 더 나아가 그 자신도 죽이는 것이다. 감성을 추구하다 상징적인 자살도 하지 못하고 3류적인 감성의 위안부로 전락된 '코가콜라 애인', 다시 한번 찬찬히 더듬어 보자.

윤대녕이 자신의 글쓰기 욕망을 충족시키기 위해 『코카』에 풀어 놓은 것은 두 여자와 한 남자이다. 이 중에서도 두 여자가 문제이다. 익히 알고 있듯이 그의 소설에서 여성이 문제가 안 된 적은 없다. 그의 소설에서의 여성은 가능태이다. 여성이 없으면 그의 글쓰기는 성립될 수 없다. 그의 소설에서 여성은 이미지와 신화를 구현하는 존재이다. 여성은 언제나 사이(경계)의 존재이다. 이쪽도 저쪽도, 현실도 비현실도 아닌 경계에 존재하면서 불연속과 결락감, 틈을 만든다. 주인공인 나(남성)는 이런 여성을 찾아나선다. 우연히 여성을 만나고, 그 순간 묘한 느낌과 석연찮은 예감을 체험한다. 그 예감에 이끌려 여성의 존재를 알고 싶어 하지만 그녀는 언제나 나보다 앞질러 가는 존재이다. 따라서 나는 그녀를 쫓을 수밖에 없는 운명에 놓이며, 간혹 나와 그녀가 만나지만 그 만남은 진정한 만남이 될 수 없다. 나와 그녀 사이에는 메울 수 없는 결락감이 있기 때문이다.

그의 모든 소설에서 거의 공식화되어 버린 이런 구도는 『코카』에서도 예외는 아니다. 동어반복이지만 다시 한번 적어 보자. 주인공 나는 두 여자를 만난다. 한 여자는 PC통신을 하다 만난 장진화이고, 또 한 여자는 김현필 피디의 실종을 쫓다 만난 오미향이다. 두 여자를 만나면서 나는 현실과 비현실의 경계가 느닷없이 흐려지는 경험과 정체 모를 불안감에 시달린다. 이 경험과 불안감은 나로 하여금 두 여자의 실체를 찾아 떠돌게 한다. 그러나 두 여자는 쉽사리 그 존재를 드러내지 않는다. 왜 일까? 그것은 두 여자의 은폐가 그의 소설의 본질을 결정하기 때문이다. 두 여자의 존재가 적나라하게 까발겨진다는 것은 곧 그의 소설의 죽음을 의미한다. 두 여자는 이미지적이고 신화적인 글쓰기를 위한 '욕망의 미끼'로 남아 있어야 한다.

A) 루이 암스트롱의 트럼펫 연주를 들으며 나는 화훼 전시회 때 장진화를 만나 마셨던 코로나 맥주를 주문했다. 그녀는 무엇을 하고 있을까. 그녀를 만났던 일이 벌써 추억처럼 멀게 느껴졌다. 불쑥 찾아온 주소 없는 인생. 야릇한 격리감. 여전히 통신과 접속하지 않으면 연락할 방법이 없는 그녀와의 관계. 결혼을 했지만 그녀는 이쪽도 저쪽도 아닌 아슬아슬한 경계에서 흔들리고 있었다. 비무장지대에 피어 있는 들꽃처럼. (p.89).

B) 나는 그녀의 목덜미를 가슴으로 끌어당겼다. 여자가 이내 발버둥을 쳤다. 그녀의 몸 안에서 바람 속을 지나온 냄새가 났다. 그 냄새를 나는 알고 있었다. 한번 몸에 배면 결코 빠져나가지 않는다. 낙타의 땀내. 선인장 꽃 냄새. 뜨거운 모래의 냄새. 석유 냄새. 아무튼 그런 것.

달이 창문 오른쪽 모서리로 옮겨갔을 때 나는 사정했다. (p.136).

　A)의 장진화와 B)의 오미향은 모두 경계인이다. 이 두 여인은 이쪽도 저쪽도 아닌 아슬아슬한 경계에서 흔들리고 있다. 이 흔들림이 결락 혹은 격리감을 만들어 낸다. 이로 인해 나는 이 두 여인과 운명적인 만남을 가지지만 그 누구와도 존재의 충만함으로 결합하지 못한다. 이 두 여인은 가깝게 있으면서도 너무나 멀리 있다. 이것은 이 두 여인과 밤을 같이 지내거나 '몸 섞음'의 대목에서 잘 드러난다.

　장진화와 나는 한번 밤을 같이 보낸다. 그렇다고 섹스를 한 것은 아니다. 단지 입맞춤을 했을 뿐이다. 믿고 싶지 않지만 이것은 사실이다. 그녀와는 섹스를 할 수 없다. 그녀는 더 이상 여성이 아니기 때문이다. 그녀는 여성도 남성도 아닌 중성이다. 이 변화는 한 아이가 그녀의 몸 안으로 들어가는 환상적인 체험을 통해 일어난다. 이 아이는 그녀의 또 다른 분신, 즉 '제 2의 자아'라고 할 수 있다. 그녀는 이 '제 2의 자아'와 통합함으로써 황홀한 일체감을 체험한다. 이렇게 "자신을 꼭 빼닮은 타인, 사무치게 가까운 타인, 자신에 관해서 무엇이든 알고 있는 그런 존재"(p.160)와의 통합은 결국 그녀로 하여금 변신을 가능하게 하여 나와 그녀 사이의 결락감을 드러내기에 이른다. .

　이 결락감은 존재성의 시공을 달리하기 때문에 일종의 돌이킬 수 없는 심연과 같다. 변신에 성공한 그녀는 나와는 다른 차원에 놓인 존재, 즉 나를 앞질러 간 존재가 된다. 이 존재의 차이로 인해 나는 그녀를 쫓고 또 쫓지만 그녀는 언제나 확연한 실체가 아닌 환영 혹은 이미지로만 드러난다. 가령 변신에 성공한 순간, 그녀의 모습은 "찰나 여름날의 부신 빛이 그녀의 몸에 하얗게 쏟아지는가 싶었는데 그 빛줄기들 사이로 한 무리의 새떼가 날아오른 게 동공에 비쳐들었다"(p.263)에서처럼 한 줄기 '빛 이미지'로 드러난다. 이미지 중에서도 색이 아니라 ' 빛 이미지 '이다. 빛은 이쪽과 저쪽을 넘나들고 그 경계까지도 들추어내는 존재의 이미지이다.

암수 한 몸, 곧 중성이 되었다가 한 줄기 빛으로 화한 여인. 그 차원 이동을 해버린 여인을 쫓는 나. 신비스럽고 불가사의한 존재의 비밀을 은폐와 탈은폐를 통해 보여주는 이 구도는 윤대녕 소설의 특장이다. 이 구도가 그의 감성의 원천이라고 해도 과언은 아니다. 그러나 『코카』에서 장진화와 나를 통해 보여주는 이 구도는 전혀 감성적이지 않다. 여기에서는 일반적으로 그의 소설의 여인과 나의 구도에서 체험하게 되는 손으로 물고기를 잡았을 때 전해지는 살아 꿈틀대는 구조와 이미지가 감지되지 않는다. 또한 안개 속에서 붉게 타오르는 휘황한 불꽃나무로 대표되는 그런 일상의 나태한 의식으로 인지되는 않는 신비롭고 낯선 세계에 대한 끊임없는 체험도 감지할 수 없다.

이 점에서 장진화의 변신은 유죄다. "여자와 남자의 마음을 동시에 갖게 되는, 암수 한 몸"(p.163)의 미분화된 원초적인 이미지를 갖게 된다는 것 자체가 그렇다. 이 중성적 인물 자체가 어떤 "연속성과 통합을 암시하고, 그것이 윤대녕적 세계를 이루는 전형적인 여자로 해석"(박철화, 『코카』 해설, p.275)할 수도 있다. 하지만 그것은 결과에 치중한 해석일 뿐이다. 그의 소설의 여인이 중요한 것은 연속성과 통합성의 암시라는 결과가 아니라 그것을 보여주는 과정이다. 이 과정 속에 신비함과 불가사의함, 곧 낯선 이미지들이 숨어 있는 것이다. 이것은 그의 소설 속의 여인이 드러내는 존재의 충만함이 이성보다는 감성에 의해 성립된다는 것을 의미한다. 사실 장진화의 변신은 이런 그의 소설의 기획을 따르고는 있지만 그것이 본의 아니게 감성화의 부재로 귀결된 것이다. 감성이 없는 혹은 감성을 환기하지 못하는 여인의 존재란 그의 소설에서는 의미가 없다. 여인이 제 기능을 발휘해야 그의 소설의 특장인 비약적인 암시와 이미지를 통한 형상화, 섬광과도 같은 순간의 포착, 순간과 순간 사이에 가로놓인 침묵과 단절의 표현이 가능하게 되는 것이다. 어쩌면 『코카』가 감성의 세계를 보여주지 못하고 무미건조한 추리 소설류의 호기심 차원으로 전락한 것도 장진화의 변신이 제 기능을 발휘하지 못한 데 그 원인이 있다고 볼 수 있다.

감성의 불모성은 오미향과 나(혹은 김현필)의 구도에서도 마찬가지이다. 장진화처럼 그녀 역시 나와는 결락된 존재다. 그것은 그녀 자체가 결락된 존재이기 때문이다. 이 결락으로 인해 그녀는 자신의 존재를 일치시키려고 한다. 그래서 그녀가 몰두하는 것은 섹스이다. 하지만 그 섹스는 성욕이 아니다. 그것은 그녀와 나 혹은 그녀와 김현필과의 섹스 대목에 잘 드러난다.

우선 B)에 드러난 나와 오미향과의 섹스 장면을 보자. 그녀의 몸은 검은 욕구나 욕망으로 꿈틀대는 동물적인 욕정이 없다. 그녀의 몸은 식물성에 가깝다. "바람 냄새", "낙타의 땀 냄새, 선인장 꽃 냄새, 뜨거운 모래의 냄새, 석유 냄새"로 가득한 몸에서 어떻게 음험한 섹스에 대한 충동이 일겠는가. 그녀와 나와의 섹스는 하나의 자연이다. 좀더 정확히 말하면 그것은 신화적이며 원시적인 것이다. 이것이 가능한 것은 인용문의 마지막 한줄, "달이 창문 오른쪽 모서리로 옮겨갔을 때 나는 사정했다" 때문이다. 이것은 무엇인가? 이것은 섹스가 달로 치환되고 있는 것 아닌가. '달 신화와 여성의 신비'를 다룬 에스터 하딩의 『사랑의 이해』(문학동네, 1996)를 보자.

가장 원시적인 종족들의 신앙에 따르면, 달은 일종의 은혜를 내려주는

존재이다. 그 빛은 이로울 뿐만 아니라, 자라나는 것들에 필수불가결한 것
이다. 달은 세계 전체에 영향력을 미치고 풍요롭게 하는 힘이다. 달은 씨
앗을 싹트게 하고, 초목들을 자라게 한다. 그러나 달의 힘은 거기에서 그
치지 않는다. 왜냐하면 달이 없다면, 짐승들은 새끼를 배지 못할 것이며,
여성들은 아기를 낳을 수 없을 것이기 때문이다.(p.49).

　달로 치환되는 섹스. 이 섹스의 원시성과 신화성은 그의 소설 어디에
서도 흔하게 발견되는 예이다. 가령 그것은 그의 소설에서 물의 이미지
와 어둠의 이미지가 만나는 곳이면 어디에서나 일어날 수 있다. 물의
이미지를 가지고 있는 비 혹은 안개와 어둠의 이미지인 밤이 만나면
'서로를 차단하고 있는 투명한 공간을 서먹하게 거역하면서' 만난지 몇
시간되지 않은 남녀가 '아무 뉘우침도 약속도 없이 한 몸이 되어 달빛
이 끄는 대로 조수처럼 떠내려가는' 환상적인 체험을 하기도 하고(「은
어낚시통신」), 갑자기 뿔피리 소리의 환청에 이끌려 여관으로 들어가
몸들 섞기도 한다.(「소는 여관으로 들어온다 가끔」) 그러나 이들 남녀
의 행위가 성적인 타락을 환기하지는 않는다. 오히려 그 행위 자체는
신비로움을 유발한다. 그것은 한마디로 '고기어(魚) 자 밑에 있는 네
개의 점이 소의 네다리'(「소는 여관으로 들어온다 가끔」)가 될 수 있는
그런 이성의 논리로 해명이 불가능한 무한한 신생의 잠재성을 드러내
는 상징적인 행위로 밖에 설명할 수 없다.
　섹스의 원시성과 신화성 또한 그의 소설에서 여인이 가지는 미덕이
다. 이 섹스로 인해 그의 소설은 생산의 풍요를 맛본다. 하지만 오미향
의 섹스는 예외다. 그녀의 섹스는 그 원시성과 신화성이 생명력을 가지
지 못한다. 도시적인 삶의 일상에 도사린 광기와 환각의 전율스러운 힘

224

에 대한 대비로서의 원시성과 신화성의 구도가 겉돌고 있다. 원시성과 신화성의 삽입이 오히려 군더더기로 보이기까지 한다. 광기와 환각 속에서 원시성과 신화성을 지닌 오미향의 삶에 대한 클로즈 업이 부족했던 것이다.

나와 오미향과의 섹스가 원시적이고 신화적이라면 김현필과의 섹스는 자신의 '존재 찾기'를 환기한다. "그녀는 섹스를 하는 동안 상대는 잊어버린 채 자신의 존재를 「안전한 장소」로 이동시키는 일에 몰두"(p.101)한다. 그것은 "그녀에게 생의 단절된 시기"가 있었기 때문이다. 그녀는 자신에게 존재하는 "두 개의 생의 공간을 하나로 일치시키고 싶어했던 것"이다. 즉 그녀는 "섹스를 통해서 이쪽과 저쪽에 있는 육체를 하나로 일치시키"(p.102)고 싶어 했던 것이다. 이 '존재 찾기'도 원시적이고 신화적인, 다시 말하면 존재의 충만함에 대한 '길 찾기'이다.

이런 오미향의 '길 찾기'는 어정쩡한 중성으로의 변신을 보여준 장진화에 비해 문제적인 것이 사실이다. 『코카』가 환기하는 '코카인에 중독된 자들의 환각과 광기'에 적합한 인물은 오미향이다. 오미향은 환각과 광기라는 어둠과 하강으로부터 밝음과 상승에 이르는 의식까지 아우르는 그런 문제적인 인물이다. 하지만 그녀는 이 두 상이한 존재 영역을 추처럼 진동하지 못하고 소설의 무대에서 잠적해 버린다. 따라서 오미향은 문제적인 인물이지만 그녀의 미덕이 『코카』가 잘 드러났다고 볼 수는 없다. 그것은 에고를 토대로 한 이미지적이고 신화적인 글쓰기에 길들여 있는 작가가 맞닥뜨린 감당할 수 없는 세계의 벽 때문이다. 그는 세계와 갈등하고 대결하는 방법을 잘 모른다.

필자는 그의 소설 세계에 대해 "타락한 세계에 타락한 방식으로 진정한 가치를 추구하는 것이 아니라 존재의 시원으로의 회귀 과정을 통해 보여주는 바와 같이 보다 근원적인 상상력으로 진정한 가치를 추구하고 있는 것이다. 이것은 그의 소설이 장르론적인 측면을 강조하는 골드만적인 잣대로 평가될 수 없을 뿐만 아니라 서구의 변증법적인 사유 문법에서도 벗어나 있다는 것을 의미한다" (졸고, 「동양적 존재의 숲 - 윤대녕론」, 『소설과 사상』, 1996. 겨울호)라고 말한 적이 있다. 이 말은 지금도 유효하다고 본다. 이 말은 듣기에 따라 긍정적인 쪽으로 상당히 기울어 있다. 전후 문맥으로 보아 이것은 사실이다.

그러나 이 말은 파르마콘적인 의미로 다시 읽어낼 수 있다. 아니 다시 읽어내야 한다. 골드만식의 갈등론으로 세계를 보지 않고 융화와 화해의 보다 근원적인 상상력으로 세계를 보는 것은 윤대녕의 독보적인 시각이며 감성으로 한편으로 약이 되지만 그것은 또한 소설의 본질에서 벗어났다는 점에서 치명적인 독이 될 수도 있는 것이다. 어차피 소설, 특히 장편 소설은 세계와의 대결을 운명적으로 지니고 있는 근대의 양식 아닌가.

3) 존재에 대한 성찰과 시 · 공간의 복원

윤대녕은 세계와 싸움하는 법을 배워야 한다. 세계란 그렇게 쉽게 에고 속으로 감추어질 수 있는 성질의 것이 아니다. 이 싸움을 포기한다면 그는 영영 단편이나 중편에 적합한 작가로 남을 수밖에 없을 것이다. 단편이나 중편에서의 이미지와 신화적인 글쓰기를 통해 독자들을 위무하고 위로하는 감성의 위안부가 그의 길인 것이다.

이 길이 문제다. 그는 길을 찾아야 한다. 에고를 통한 감성도 살리고 세계와의 싸움도 포기하지 않는 길을 찾아야 한다. 이것을 위해서는 우선 에고가 죽여 버린 세계를 살리는 일이 급선무이다. 이미지나 신화에 가려버린 현실이나 일상을 복원해 내야하고, 그 현실과 일상에 대해 그것을 감각 인상의 차원에서 일종의 분위기가 아닌 인식론적이고 존재론적인 사유를 통해 드러내야 한다. 물론 이것은 말처럼 쉬운 일이 아니다.

그러나 불가능한 일도 아니다. 이것은 에세이적인 감성에 토대를 둔 소설쓰기를 실천한 윤후명을 보면 알 수 있다. 그는 여러 가지 면에서 윤대녕과 유사한 점이 많다. 우선 그의 소설이 그렇다. 윤대녕처럼 그의 소설은 유미주의적인 특성을 보인다. 이것은 그가 에세이적인 혹은 시적인 감성의 소유자이기 때문이다. 그는 또한 길과 집, 떠남과 돌아옴이라는 자아의 존재 찾기를 주요 모토로 하고 있다. 이 점만 보아도 윤후명은 윤대녕의 진정한 선배이다.

하지만 윤후명은 윤대녕과는 다른 데가 있다. 윤대녕이 세계를 감각 인상의 차원에서 일종의 분위기로 수용하는 경우가 많다면 윤후명은 인식론적이고 존재론적인 사유를 통해 그것을 건져 올리는 경우가 많다. 이것은 윤후명의 감성이 윤대녕의 그것보다 시간과 공간에 대한 깊은 인식과 구체성을 띤다는 것을 의미한다. 윤후명의 소설은 시간과 공간에 대한 인식을 토대로 환상과 역사(사회)를 겹쳐놓는 환상적 리얼리즘의 세계를 보여주는 경우가 흔하다. 이 원리는 초시간적인 질서를 지향하기 때문에 현실에서는 실현 불가능한 아름다운 환상을 동반한다. 그러나 이 환상은 가볍다거나 단순히 위로나 위무의 차원에 머물러 있지는 않다. 그것은 환상이 역사라는 구체적인 시공 속에서 현실과 팽팽한 긴장을 유지하기 때문이다.

『코카』는 위로나 위무의 대상은 될 수 있지만 진정한 연인은 될 수 없다. 세계와의 긴장이 없는 혹은 세계를 흡착해버리는 이미지와 환상 속에 놓여 있는 '애인'은 한 순간의 끌림으로 족하다. 그러니 이쪽도 저쪽도 아닌 아슬아슬한 경계의 환상으로, 차원 이동을 통해 시간을 앞질러간 여인을 미끼로, 인연을 가장하여 우연성을 남발하는 그런 얄팍한 緣起論으로, 분위기에 취해 참을 수 없을 정도로 고상한 척 하는 그런 댄디적인 취향으로 더 이상 우리를 유혹하지 말지어다. 百尺竿頭 進一步라고 하지 않았던가. 온몸으로 밀고 나가지 않으면 하나의 세계를 가질 수 없다는 말, 그 말은 윤대녕의 것이다.

4부

문학의 활용과 전망

시, 즐거움을 넘어 즐김으로

　서정주나 김춘수의 시를 읽으면서 우리는 즐거움을 체험한다. 이들의 시 속에 담긴 삶의 깊은 의미라든가 인간과 세계에 대한 낯선 인식은 현실에서 맛볼 수 없는 아름다음과 즐거움을 체험하게 한다. 이러한 고전적인 텍스트는 우리에게 유익한 지식을 제공하여 자아를 강화시키는 역할을 한다. 자아의 강화는 텍스트 속으로 우리를 몰입시킨다는 점에서 안정과 균형감각에서 오는 즐거움을 제공하지만 시의 독자를 수동적으로 만들 위험성이 있다. 독자의 생리란 텍스트가 주는 의미나 아름다움을 일방적으로 체험하려는 욕구를 넘어 자신이 직접 텍스트의 의미 생산에 참여해 그것을 즐기려는 욕구를 가지고 있다고 할 수 있다.

　이러한 차원에서 보면 시는 우리와 멀리 떨어져 있는, 천부적인 재능을 가진 사람만이 생산할 수 있는 양식이 아니라는 것을 말해준다. 시인이란 우리와 다른 아주 고상하고 신비스러운 존재이며, 이들이 생산해 내는 텍스트는 우리가 감히 범접할 수 없는 권위를 지닌 성상의 존재물이라는 사실에 주눅들지 않아도 될 것이다. 시에 대해 가지고 있는 이러한 고정관념에서 벗어나 스스로 텍스트 생산에 참여할 때 독자는 수동적인 몰입에서 오는 자아의 강화보다는 일정한 모험과 여기에서 오는 불안으로 인해 자아의 상실을 체험하게 된다. 그러나 능동적인 텍스트 생산의 참여로 인해 생기는 불안은 그 자체가 하나의 즐거움이라고 할 수 있다. 시는 우리와 가까이 있으며 누구나 일상의 장에서 즐길 수 있는 양식이라는 사실을 깨닫게 될 때 시는 좀더 친숙하게 우리에게 다가올 것이다.

1) 시적 체험은 일상적인 삶의 감각으로부터 온다

(1) 고정관념 깨기와 자유로운 연상이 시를 만든다

시는 우리의 삶 속에 있다. 우리가 살아가는 일상의 삶이 시가 될 수 있다. 시란 일상의 삶을 일그러트린 것에 불과하다. 일상에서 체험하게 되는 모든 것들이 시의 질료가 된다. 나무나 꽃과 같은 살아 있는 사물들, 책상이나 의자 같은 가공된 사물들 또는 빌딩이나 자동차같은 인공적인 사물들 모두 시의 질료가 된다. 그리고 삶, 사랑, 이별, 고독, 절정, 비명 같은 추상적인 사물들도 시의 질료가 될 수 있다. 일상은 아주 친숙한 세계이다. 이 세계는 우리 모두가 감각적으로 느끼는 세계이기 때문이다. 이런 세계는 우리의 오관을 통해 만날 수 있다.
그러나 오관을 통한 일상의 체험은 중요하지만 그것은 결코 쉽지 않다. 새롭고 자유로운 체험은 언제나 방해를 받는다. 획일화되고 전체주의적인 사회·문화 구조와 교육제도, 개념화되고 관념화된 기호체계의 범람, 실용적이고 과학적인 가치에 대한 숭배, 살아 있는 감성의 보고인 자연 세계로부터의 분리 등은 오관을 통한 일상의 체험을 불가능하게 한다. 일상에 존재하는 사물들과의 감각적인 체험에서 중요한 것은 자연적인 사물들과의 친밀한 접촉이다. 자연적인 사물들은 죽어 있는 것이 아니라 늘 살아 있다. 살아 있는 것들을 눈, 코, 입, 혀, 피부로 느껴야 한다. 여기 꽃이 한 송이 있다고 하자. 먼저 그 꽃잎을 한번 눈으로 보고 손으로 만져보고, 냄새를 맡아본다. 그 느낌이 있을 것이다. 흙땅을 맨발로 걷게 한다. 그 느낌이 있을 것이다. 숲 속에서 바람 소리를 듣고 그 흐르는 물을 먹어 본다. 느낌이 있을 것이다. 우리가 오관을 통해 느끼는 것들은 모두 우리의 뇌와 연결되어 있다. 특히 감성적인 뇌와 연결되어 있는 것이다.

어떤 개념화된 관념도 배제한 상태에서 순수하게 사물과 만날 때 참신한 표현을 얻을 수 있다. 살아 있고 구체적인 사물을 오관으로 체험하는 것이 중요하다. 언어에 의해 그것을 재구성하는 것은 그 다음이다. 오관으로 체험한 자연물을 말할 때 우리는 어떤 내밀한 정서적인 체험을 하게 된다. 꽃을 손으로 만져본 느낌을 보들보들하다, 미끌미끌하다, 차갑다, 따뜻하다 등 여러 가지로 말할 때 우리의 내면에는 정서적인 파토스가 존재하게 되는 것이다. 어떤 하나의 사물을 두고 우리는 이렇게 다양하게 느낄 수 있다. 여기에는 '격차'가 있는 것이 아니라 단지 '편차'만이 있을 뿐이다. 이것은 비단 살아 있고 구체적인 자연물에 국한되지 않고 추상화되고 인공화된 사물에도 적용된다고 할 수 있다.

우리가 획일화되고 전체주의적인 사회·문화적인 구조에서 벗어나는 길은 두 가지이다. '풍자냐 아니면 자살이냐'가 그것이다. 풍자는 일종의 도피 혹은 도망으로 볼 수도 있지만 그것은 이러한 억압적인 사회·문화 구조를 미적으로 드러내는 행위이다. 시인은 사회·문화적인 억압에 대해 직설적인 말로 토로해서는 안 된다. 그것은 시인이 정치꾼이나 사회운동가와 다르기 때문이다. 언제나 시인은 그것을 비유적으로, 즉 미적으로 비판해야 한다. 그것에 대해 냉소적으로, 아이러니컬하게, 역설적으로, 또는 알레고리적으로, 심볼릭하게 드러내야 한다. 어쩌면 이것은 '말하기'보다 '보여주기'에 가까운 방법이라고 할 수 있다.

학교 교육 제도의 획일화와 전체주의적인 억압으로부터 벗어나기 위해서는 제도적인 개선이 가장 중요하지만 실질적으로 먼저 우리에게 요구되는 것은 자유로운 연상이다. 의외로 우리는 심리적으로 상당한 억압을 받고 있다. 이 억압은 사회·문화적인 구조에서 오며, 특히 획일화되고 수동적인 교육 제도에서 기인한다고 할 수 있다. 이런 억압으로부터 벗어나기 위해서는 우리가 가지고 있는 고정관념에 대한 인식과 그것을 해체하는 방법을 알아야 한다. 고정관념에서 어느 정도 벗어나면 그 다음으로 자유로운 연상의 방식을 수행하는 것이 좋다.

예 1
나무는 왜 나무일까?
지구는 왜 지구인가?
화가들은 왜 말에 눈썹을 그려넣었을까?
우리는 왜 빨간색에 대해 두려움을 느끼는 걸까?
아메리카를 발견한 사람은 콜롬부스인가?

똥은 곧 밥이다, 왜 그럴까?

똑 같이 직장 생활을 하면서 설거지를 하고 난 후 아빠는 왜 도와주었다고 말을 하는 것일까?

그녀의 눈가에 별이 반짝거렸다라고 할 때 그 별은 어떤 별인가? 그것을 그려보시오.

예 2

다음 그림을 보고 연상되는 것을 적어 넣어 보시오.

그림 1

그림 2

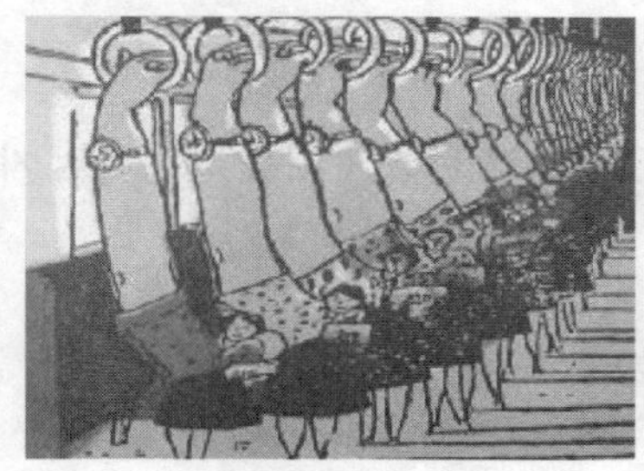

그림 3

그림 4

그림 5   그림 6

예 3

꽃, 나무, 바다, 강, 지하철, 연탄, 자동차, 애드벌룬, 아파트, 열쇠, 어둠, 산, 컴퓨터, 골목, 불빛, 텔레비젼, 책, 의자 등에서 연상되는 것을 적어 보시오.

예 4

예 2와 3 중에서 자신이 연상한 것 중에서 새롭다고 느끼는 것들을 나열해 보시오. 그리고 그것들을 다시 결합시켜 보시오.

예 5

단일한 문장이 아니라 행과 행을 결합시켜 한편의 시를 완성해 보자.

(2) 똥과 북어도 시가 될 수 있다

시는 일상의 체험으로부터 온다. 일상을 비튼 것, 일상에 폭력을 가한 것 그것이 바로 시이다. 아래의 시는 일상의 아주 흔한, 모든 사람들

236

이 혐오스러워하는 '똥'이라는 소재를 가지고 쓰여진 텍스트이다.

전라도에 온 지 사흘이 지났는데
똥이 잘 나오지 않는다
똥이 안 나오는 것은 내가 아직
(   )
몸 안의 사랑을 찾지 못하고
끓고만 있기 때문

— 이대흠의 「몸안의 사랑」.

단 여섯 줄 밖에 안되는 짧은 시이지만 '몸을 통한 깨달음'과 관련하여 볼 때 이 시가 그 안에 품고 있는 의미는 제법 깊고 명증하다. 이 깊이와 명증함는 이 시가 생물학적인 인간의 몸의 특성을 잘 포착하여 그것을 형이상학적인 깨달음으로 연결시키고 있기 때문이다. 이 시의 기본적인 발상은 '똥'과 '소화'라는 말이 강렬하게 환기하고 있듯이 인간의 몸이 가지는 생물학적이고 생리학적인 속성에서 비롯된다. 인간이 혹은 인간의 몸이 본질적으로 생물이고 자연이라는 점을 고려한다면 이 발상은 이미 어떤 보편성과 함께 타당성을 획득하고 있다고 할 수 있다. 이 때문에 이 시는 몸을 통한 시적 사유의 명증성을 유지하고 있는 것이다.

그러나 이 시는 이렇게 인간이라면 누구나 분비할 수밖에 없는 생리적인 현상에 의해 만들어지는 '똥'과 그것의 작용 양태인 '소화'라는 인간의 몸이 가지는 생물적이고 자연적인 사유에만 머물러 있지 않다. 이 시는 생물학적이고 생리학적인 몸을 형이상학적인 차원으로 끌어올리고 있다. 이것은 시적 주체의 몸이 소화하려고 하는 대상이 (   )라는 사실을 통해서 알 수 있다. 이 시에 표상된 시적 주체의 몸이 생물학적이고 생리학적인 몸이라면 어떻게 (   )를 소화할 수 있겠는가. (   )라는 말과 (   )라는 말이 폭력적으로 결합되면서 이 시에 표상된 몸은 생물학적이고 생리학적인 몸에서 형이상학적인 몸으로 거듭나는 것이다. 몸의 이러한 존재 양태는 하나의 몸이 또 다른 몸을 분만하는, 다시 말하면 '몸이 몸을 하는 것'으로 볼 수 있다.

이렇게 몸이 몸을 하면 이 시에 표상된 '똥'의 의미 역시 변할 수밖에 없다. 몸이 몸을 하기 전의 '똥'의 의미는 우리가 흔히 생각하듯이 생물학적이고 생리학적인 차원에서 현상하는 실질적인 악취를 발산하는 분비물로 해석되지만 이것이 몸을 하면 '똥'의 의미는 형이상학적인 차원에서의 세계에 대한 체험의 결과로 얻어진 어떤 '결정체'로 새롭게 해석되는 것이다. 이 과정에서 연상되는 '똥'의 양태는 크게 세 가지이다. 첫째는 "전라도에 온 지 사흘이 지났는데 / 똥이 잘 나오지 않는다"는 말에서 연상되는 생물학적이고 생리학적인 '똥'이고, 둘째는 (   )는 말에서 연상되는 형이상학적인 '똥'이며, 셋째는 "몸 안의 사랑의 찾지 못했기 때문에 똥이 나오지 않는다"는 말에서 연상되는 역시 형이상학적인 '똥'이 그것이다. 이 각각의 양태를 통해 알 수 있는 것은 첫째에서 둘째, 셋째로 갈수록 '똥'의 의미가 생물학적이고 생리학적인 차원에서 형이상학적인 차원으로 그 속성이 변한다는 사실이다. 이 변화는 '똥'에 대한 해석이 그만큼 다양화된다는 것을 말하는 것이다.

다음 시도 평범한 일상이 어떻게 한 편의 시로 태어나는지를 잘 보여주고 있는 텍스트이다.

밤의 식료품 가게

케케묵은 먼지 속에

죽어서 하루 더 손때 묻고

터무니 없이 하루 더 기다리는

북어들,

북어들의 일 개 분대가

나란히 꼬챙이에 꿰어져 있다.

나는 죽음이 꿰뚫은 대가리를 말한 셈이다.

한 쾌의 혀가

자갈 처럼 죄다 딱딱 했다.

나는 말의 변비증을 앓는 사람들과

무덤속의 벙어리를 말한 셈이다.

말라 붙고 짜부라진 눈,

북어들의 빳빳한 지느러미.

막대기 같은 생각

빛나지 않는 막대기 같은 사람들이

가슴에 싱싱한 지느러미를 달고

헤엄쳐 갈 데 없는 사람들이

불쌍하다고 생각하는 순간,

느닷없이

북어들이 커다랗게 입을 벌리고

(   )

귀가 먹먹하도록 부르짖고 있었다.

— 최승호의 「북어」.

이 시는 '북어'라는 아주 흔한 일상적인 소재를 대상으로 하여 쓰여진 시이다. 어느날 숙취에 시달리던 시인이 식료품 가계를 찾는다. 그곳에서 먼지가 뽀얗게 앉은 선반 위에 꼬챙이에 꿰어져 있는 북어를 본다. 그 순간 시인은 북어가 불쌍하다고 생각한다. 그러나 시인은 여기에서 그치지 않고 자신과 북어의 위치를 전도시켜 본다. 일상의 낯설게 하기를 단행한 것이다. 시인이 북어를 보는 것이 아니라 북어가 시인을 보게 되는 것이다. 시인이 북어를 보고 불쌍하다는 생각이 들었지만 북어가 숙취에 시달리는 초라한 시인의 몰골을 보고 역시 불쌍하다고 생각한다. 그래서 북어는 시인을 보고 (   )라고 귀가 먹먹하도록 부르짖는다. 이것을 통해 시인은 점점 왜소화되어 가고 황폐화되어 가는 현대인들의 초상을 형상화해 내고 있는 것이다.

이처럼 두 편의 시는 '똥'과 '북어'라는 아주 일상적인 소재와 사건을 시의 언어로 승화시키고 있다. 아주 평범한 일상적인 소재의 시적인 형상화는 시가 어디 하늘에서 뚝 떨어지는 것이 아니라 일상 속에서 새롭게 보려고 하는 의지를 통해 얻어질 수 있는 것이라는 사실을 말해주고 있다.

2) 시는 놀이로써의 텍스트이다

(1) 시의 리듬을 몸으로 느껴라

시 읽는 가장 큰 즐거움 중의 하나는 그 시의 리듬을 몸으로 느끼는 것이다. 몸으로 리듬을 느끼기 위해서는 소리내어 시를 읽는 방법이 가

장 효과적이다. 한번은 큰 소리로 또 한번은 작은 소리로 읽어본다. 또
는 시간 공간을 달리해서 읽어본다. 다른 사람이 소리내어 읽는 것을
듣고 느껴본다. 내 자신이 소리내어 읽을 때와 다른 사람이 읽을 때 몸
으로 느끼는 정도는 어떻게 다른가 비교해 본다. 여러 편의 시를 소리
내어 읽다보면 각각의 시가 가지는 맛이 드러날 뿐만 아니라 그 리듬이
주는 아름다움의 편차 및 격차도 체험하게 된다. 김억의 시와 소월의
시를 비교해 보자. 이 두 시인은 우리가 익히 알고 있듯이 7·5조의 민
요 시인들이다. 하지만 이 두 사람의 리듬은 큰 차이가 있다.

밤이도다/봄이다.

밤만도 애달픈데/봄만도 생각인데

날은 빠르다./봄은 간다.

깊은 생각은 아득이는데/저 바람에 새가 슬피 운다

검은 내 떠돈다./종소리 빗긴다.

말도 없는 밤의 설움/소리 없는 봄의 가슴

꽃은 떨어진다./님은 탄식한다.

— 김억, 「봄은 간다」.

산에는 꽃 피네/꽃이 피네

갈 봄 여름 없이/꽃이 피네

산에/산에/피는 꽃은

저만치 혼자서 피어 있네

산에서 우는 작은 새요

꽃이 좋아/산에서/사노라네

산에는 꽃 지네/꽃이 지네

갈 봄 여름 없이/꽃이 지네

— 김소월, 「산유화」.

　김억의 시에서는 리듬감이 크게 느껴지지 않는다. 이에 비해 소월의 시에서는 리듬감이 강하게 느껴진다. 이 차이는 김억이 시의 리듬을 지나치게 글자의 틀에 맞추고 있기 때문이다. 산유화의 리듬은 철저하게 사람의 몸의 호흡을 따른다. '사아네는/피이네, 가알/피이네, 사아네/저어만치, 우우는/사아네서, 사아네는/지이네, 가알/지이네'의 소리는 그 자체가 리듬을 드러내고 있다. 「산유화」의 의미는 단순하다. 산에는 꽃이 피고 진다는 사실이다. 이 자명한 원리를 이런 리듬에 실었기 때문에 80여년 가까이 흘렀어도 그의 시는 사랑받고 있는 것이다. 그의 리듬은 우리 몸의 리듬과 조응한다고 할 수 있다. 「산유화」처럼 리듬이 살아 있는 시를 읽는 것은 큰 기쁨인 동시에 시적 아름다움에 대한 감각적인 체험이라고 할 수 있다.

　시에 리듬이 있다는 것은 그것이 노래가 된다는 것을 의미한다. 시는 노래가 되어야 한다. 한 편의 시를 노래로 만들어 불러 볼 수 있다. 노래는 전문적인 작곡가만이 지을 수 있는 것이 아니다. 이러한 시도는 많이 있어 왔다. 서정주의 「푸르른 날」, 박목월의 「4월의 노래」, 김지하의 「타는 목마름으로」, 나희덕의 「귀뚜라미」 등이 대표적이다. 그러나 이러한 시도는 부분적으로 이루어졌을 뿐 본격적인 시도는 아니었다. 최근 김정란 위승희가 자신들의 시에 곡을 붙여 『사이렌 사이키』라는 음반을 내면서 시를 노래화하는 작업이 활발하게 진행되고 있다.

리듬이 있는 시를 몸으로 표현할 수도 있을 것이다. 리듬을 몸짓화하는 것인데 이것은 그 시가 가지는 전체적인 이미지나 정조에 맞게 구체적인 몸의 형태로 표현하는 일이다. 시극이 바로 여기에 해당된다. 문화적인 엔터테인먼트의 차원에서 앞으로 활발하게 창작 행위가 이루어지리라고 본다.

리듬이 있는 시를 노래화하고 몸으로 표현하는 일은 시의 본질로 되돌아 가는 일이다. 원래 시와 가(歌)와 무(舞)는 한 뿌리이다. 시가무가 분리된 것은 문자의 발명과 근대적인 제도화의 영향때문이라고 할 수 있다. 근대 이후 우리는 가와 무가 분리된 상태에서 시만을 공부해온 것이 사실이다. 이런 맥락에서 볼 때 우리의 노래방 문화도 이런 관점에서 해석할 수 있을 것이다.

예 6

아래의 시를 여러 번 읽어 본 뒤 각자 그 리듬에 대해 이야기해 본다. 만일 이 시를 노래로 만든다면 어떤 점을 잘 살려야 할까? 내가 만든 노래를 한번 불러보고, 이 시에 곡을 붙여 노래한 양희은의 「하늘」을 들어본다.

하늘이 내게로 온다.
여릿여릿
머얼리서 온다.

하늘은, 머얼리서 오는 하늘은
호수처럼 푸르다.

호수처럼 푸른 하늘에
내가 안긴다. 온 몸이 안긴다.

가슴으로 가슴으로
스미어드는 하늘
향기로운 하늘의 호흡.

따가운 별,
초가을 햇볕으로
목을 씻고
나는 하늘을 마신다.
자꾸 목말라 마신다.

마시는 하늘에
내가 익는다.
능금처럼 내 마음이 익는다.

— 박두진의 「하늘」.

(2) 시의 이미지를 이미지로 즐겨라

한 편의 시를 읽고 남는 것은 이미지이다. 그 시가 가지는 의미는 차후의 문제이다. 가령 정지용의 「유리창」을 읽고 남는 것은 무엇인가? 이 시는 '산새처럼 날아간 너'(아들의 죽음 혹은 너에 대한 상실이든 아니면 그밖의 또 다른 무엇이든)에 대한 슬픔을 노래하고 있다. 그러나 그 슬픔이 어떻게 드러나고 있는가? 아! 슬프다. 죽음은 슬픈 일이다. 죽음이란 무엇인가?와 같은 개념화된 의미의 차원으로 드러나지 않는다. '유리창의 차가움', '언 날개', '새까만 밤', '물먹은 별', '산새의 날아감' 등 이미지를 통해 제시되고 있을 뿐이다. '너를 잃어서 슬프다'를 말하기 위해 이 많은 질료들을 제시한 것이다. 우리가 이 시를 읽고 느낀 슬픔의 감정은 바로 이러한 이미지가 있기 때문에 가능한 것이다.

정지용의 「향수」 역시 마찬가지이다. 이 시는 고향에 대한 그리움을 노래하고 있다. 하지만 이것을 아! 고향이 그립다, 고향은 내 평생 잊을 수 없다. 고향에 가고 싶다와 같은 개념화된 의미의 차원으로 드러나는 것이 아니라 '넓은 벌 동쪽 끝', '실개천', '얼룩백이 황소의 해설픈 금빛 게으른 울름', '질화로의 재', '밤바람', '말', '성근 별', '모래성' 등의 이미지를 통해 드러나고 있다. 지용의 시의 생명력은 여기에 있는 것이다. 사회·역사적인 현실을 노래하는 경우에도 이러한 이미지의 활용은 필요하다. 우리 시사를 뒤돌아 볼 때 사회·역사적인 현실을 노래한 시의 경우 개념이나 관념의 생경함을 앞세운 시는 그 생명력이 오래가지 못한 것이 사실이다. 카프 계열의 시인들의 시, 심훈의 「그날이 오면」 같은 시, 박노해의 시 등이 그것이다. 이에 비해 김지하, 고정희,

신경림의 경우는 리듬과 이미지를 적절하게 활용해 그 시의 생명력을 지속시키고 있는 것이 사실이다.

한 편의 시에서 이미지를 찾아내는 일은 중요하다. 어떻게 시인이 이미지를 활용하고 있는 지를 찾아내는 일은 그가 사물이나 일상적인 삶의 현실을 어떻게 시로 형상화하고 있는가 하는 것을 이해하는데 필수적이다. 이런 점에서 시에서의 이미지란 시인의 상상력과 표현의 영역을 반영한다고 할 수 있다.

동일한 시적 대상을 노래할 때도 시인마다 각기 다른 이미지로 그것을 상상하고 표현한다. 같은 꽃이라도 김춘수의 꽃과 이형기의 꽃이 다르고 이형기의 꽃과 최영미의 꽃이 다르다. 그것이 다른 것은 의미가 다르다는 것을 의미하지만 보다 근본적인 그것을 드러내는 이미지가 다르기 때문이다. 이 세 시인의 꽃은 모두가 나와 너와의 관계 속에서 생성된다. 그러나 김춘수의 꽃(「꽃」)은 '몸짓', '빛깔', '향기', '눈짓' 등의 이미지를 통해 보여주고 있다. 이 각각의 이미지들은 나와 너를 드러내고 이어줄 수 있는 질료들이다. 몸의 오관을 통한 감각적인 소통을 통해 나와 너 사이의 의미를 찾는 그런 시이다. 이에 비해 이형기의 꽃(「낙화」)은 '간다', '뒷모습', '진다', '녹음', '열매', '죽는다', '가을 손길', '샘터', '슬픈 눈' 등의 질료들 통해 보여주고 있다. 너를 나쪽으로 끌어들이는 것이 아니라 멀어지게 하는 이미지를 활용해 한편의 시를 형상화하고 있다. 이에 비해 최명미의 꽃(「선운사에서」)은 '피다', '지다', '웃다', '간다', '잊다' 등의 질료를 통해 보여주고 있다. 이 시는 반복적인 현상을 드러내는 이미지를 통해 자신의 내면 세계를 형상화하고 있는 것이다.

동일한 시적 대상을 형상화하는데 다양한 이미지가 활용된다는 것은 세계를 드러내는 방식이 다양하다는 것을 의미한다. 이것은 시적 이미지의 힘이다. 시는 획일화되고 전체주의적인 발상 자체를 싫어한다. 시의 이미지는 시인의 상상과 표현에 의해서도 결정되지만 그것을 감상하는 독자에 의해서도 아주 다양하게 변주된다. 좋은 시일수록 이 변주의 폭이 크다고 할 수 있다. 김수영의 「풀」이 좋은 시인 이유는 이 변주의 폭이 크기 때문이다. 이 시의 의미를 어느 한쪽으로 고정시킬 수 없다. 이 시의 풀의 의미를 강인한 민중의 생명력을 표상하는 것으로 이해되어 왔지만 이것이야말로 일종의 도그마이다. 여기에서의 풀이 왜, 민중인가? 강인한 생명력의 차원에서 풀과 민중을 서로 연결시키고 있다는 것을 모르는 바는 아니지만 이러한 해석은 이 시의 아름다움을 훼손하는 해석일 수 있다.

풀이 민중이고 바람이 그것을 억압하는 존재란 해석은 이 시를 제대로 해석한 것일까? 풀과 바람은 지금 갈등 내지 대립하고 있는 것이 아니라 서로 작란(作亂)하고 있는 것일 수도 있다. 이 시에서의 풀은 시인의 의식이 투영된 객관 상관물로 이해할 수 있다. 즉 이 시에서의 풀은 바람과 함께 시인의 고통스러운 의식을 환기하는 질료로 볼 수 있다. 이 시에서 환기받는 것은 시인의 발목 혹은 발밑에서 서로 작란하는 풀과 바람의 이미지이다. 자신의 발밑에서 서로 작란하는 풀과 바람을 바라보면서 시인은 온몸으로 세상과 부딪히지 못하는(그래서 발목 혹은 발밑이다. 온몸으로 풀과 하나가 되는 것이 아니라 발목 혹은 발밑으로만 풀과 어울리는) 자신의 존재를 아프게 성찰하고 있는 것이다. 그래서 마지막 "뿔뿌리가 눕는다"는 표현은 그 아픔의 최정점을 노래하고 있다고 할 수 있다. 이 시는 4·19의 좌절 이후 시인의 내면 상태를 드러내고 있는 시로 보는 것이 더 타당할 것이다. 풀이 민중이라는 해석은 아전인

수격의 해석이다. 어떤 틀을 가지고 시에 덤비기 때문에 일어난 일이다. 일단 이 시의 이미지를 이미지로 만나면 그러한 식의 해석은 나오지 않을 것이다. 시의 이미지와 노는 방법을 먼저 체득해야 하리라. 이 시를 읽고 떠 오르는 이미지는 풀 밭에 있는, 발목까지 발밑까지 잠기는 풀밭에 있는 시적 자아의 모습이다. 바람에 일렁이는 풀밭에서 시적 자아는 고통스러운(울다) 자신의 내면을 응시하고 있는 것이다.

예 7

다음은 어머니에 대한 그리움을 노래하고 있는 시편들이다. 이 시에서 어머니는 어떻게 형상화되고 있는지 알아보자.

예문 1

열무 삼십 단을 이고
시장에 간 우리 엄마
안 오시네, 해는 시든 지 오래
나는 찬밥처럼 방에 담겨
아무리 천천히 숙제를 해도
엄마 안 오시네, 배추 잎 같은 발소리 타박타박
안 들리네, 어둡고 무서워
금간 창 틈으로 고요히 빗소리
빈방에 혼자 엎드려 훌쩍거리던

아주 먼 옛날
지금도 내 눈시울을 뜨겁게 하는

그 시절, 내 유년의 윗목

— 기형도의 「엄마 걱정」 전문.

① 어머니를 형상화하기 위해 어떤 이미지를 활용하고 있는가?

② 시속의 이미지를 드러내는 단어들을 다른 것으로 대체해 보자. 열무 대신 무, 배추, 파, 시금치, 고등어, 장미, 책, 빵, 김밥 등을 넣어보자.

③ 대체된 단어들과 그 시절, 내 유년의 윗목, 시든 해, 찬밥 등의 단어들을 결합하여 전체적인 시의 이미지들이 어떻게 변형되는지 이야기해 보자.

예문 2

대낮의 風雪은 나를 취하게 한다

나는 定處없다.

산이거나 들이거나 나는

비틀거음으로 떠다닌다.

쏟아지는 눈발이 앞을 가린다.

눈발속에서 초가집 한 채가 떠 오른다.

아궁이 앞에서 생솔을 때시는

어머니

— 이근배의 「겨울行」에서.

① 어머니가 어떤 질료를 통해 드러나고 있는가?

② 풍설이 아니라 風雨라면 어머니는 어떻게 형상화될까?

③ 이 시의 질료들을 통해 드러나는 어머니와 나 자신과의 거리에 대해 생각해 보자.

예 8

시가 하나의 이미지라는 사실은 시의 언어가 비유적일 수밖에 없다는 것을 의미한다. 이런 점에서 시의 가장 기본적인 형식은 무엇은 무엇이다라는 것이다. 즉 X는 Y라는 사실이 그것이다. 이때 중요한 것은 Y의 참신성이다. 가령 어머니는 강인하다 혹은 의자는 딱딱하다는 형식은 참신하지 않다. 엄마는 열무다. 엄마는 내 유년의 윗목이다. 어머니는 생솔이다라는 형식은 참신하다. 이것은 이미지가 어떤 사물이나 현실의 일차적인 체계가 아니라 이차적인 체계라는 것을 의미한다. 이차적인 체계란 때때로 애매하고 모호한 영역(다층성, 다양성, 복합성)을 거느린다. 한편의 시를 가장 기본적인 형식인 X는 Y이다로 놓고 그 참신성을 밝혀보는 것은 시 읽기의 또 다른 재미를 가져다 줄 것이다. 시에 드러난 이 형식을 가지고 독자가 직접 상상하고 표현해보는 것도 좋으리라. 김춘수의 다음 시를 읽고 이미지의 결합에 대해 이야기해 보자.

사랑하는 나의 하나님, 당신은
늙은 悲哀다.
푸주간에걸린 커다란 살점이다.
詩人 릴케가 만난
슬라브女子의 마음 속에 갈앉은
놋쇠항아리다.

손바닥에 못을 박아 죽일 수도 없고 죽지도 않는

사랑하는 나의 하나님, 당신은 또

대낮에도 옷을 벗는 어리디 어린 純潔이다.

三月에

젊은 느릅나무 잎새에서 이는

연두빛 바람이다.

— 김춘수의 「하나님」 전문.

(3) 시의 원텍스트를 한번 비틀어 보라

시에 대한 우리의 생각을 바꿀 필요가 있다. 시가 시인의 것이라는 생각이 그 하나이고 시는 신성하다는 생각이 또 다른 하나이다. 시가 과연 시인의 것인가? 시인이 시를 세상에 내 놓으면 그때부터 그 시는 시인의 것이 아니라 독자의 것이 된다. 시인이 '내가 이런 의도를 가지고 시를 썼으니 당신도 이런 식으로 읽어주시오' 라고 말하는 것은 잘못된 것이다. 시인의 성상의 권위가 깨진 지 오래다. 인터랙티버티의 사회·문화적인 소통 구조 속에 살고 있는 인터넷 세대들에게 이런 식의 생각은 낡은 것으로 간주될 수밖에 없다. 이들에게 시는 하이퍼 텍스트에 불과하다. 이들은 언제나 권위에 대해 도전하고 또 그것을 해체하고 싶어한다. 그러나 이러한 도전과 해체의 욕망은 이들 뿐만 아니라 기성 시인들에게서도 발견할 수 있다. 가령 장정일은 김춘수의 「꽃」을 다음과 같이 비틀고 있다.

내가 단추를 눌러주기 전에는

그는 다만
하나의 라디오에 지나지 않았다.

내가 그의 단추를 눌러주었을 때
그는 나에게로 와서
전파가 되었다.

내가 그의 단추를 눌러준 것처럼
누가 와서 나의
굳어버린 핏줄기와 황량한 가슴 속 버튼을 눌러다오
그에게로 가서 나도
그의 전파가 되고 싶다

우리들은 모두
사랑이 되고 싶다
끄고 싶을 때 끄고 켜고 싶을 때 켤 수 있는
라디오가 되고 싶다.

— 장정일의 「꽃」 전문.

이 시는 김춘수의 존재론적인 나와 너의 관계짓기를 비판하고 있다. 나와 너의 관계가 운명론적인 것이 아니라 끄고 싶을 때 끄고 켜고 싶을 때 켤 수 있는 가변적이고 임시적인 것이라는 사실을 이 시는 노래하고 있다. 이러한 식의 비틀기는 원텍스트를 창조적으로 비판하면서 비튼다는 점에서 유희적인 비틀기라고 할 수 있다. 재미와 의미를 동시에 겨냥하고 있는 것이다. 장정일처럼 미적으로 수준 높게 비틀 수는 없어도 일반 독자 역시 원텍스트를 재미 있게 비틀 수 있다. 가령 황지우의 「심인」이라는 시를

김민식 2002년 3월 봄바람따라 가출
소식 감감 4월 25일 결혼식장 잡았음
귀가 요 본 사람은 연락 바람 신부될 사람
125 - 8282

등으로 비틀 수 있을 것이다. 「심인」의 무거운 이미지를 가벼운 이미지로 비틀면서 새로운 미적 효과를 창출하고 있는 것이다. 원텍스트에 대한 비틀기가 단순한 재미의 차원으로 떨어진다면 그것도 문제이지만 이러한 방법을 통해 시에 가깝게 다가가는 것도 의미가 있다고 할 수 있다. 이렇게 완성된 시를 인터넷에 올려놓으면 어떨까? 이 시의 텍스트는 끊임없이 바뀌게 될 것이다. 어쩌면 이 방법은 그 옛날 구비전승되던 우리 시가의 모습을 인터넷이라는 또 다른 환경 속에서 구현되고 있는 것으로 볼 수도 있을 것이다. 많은 사람들의 희노애락의 정서를 담으면서 이 시는 독특한 모습으로 탄생할 수도 있으리라. 이것 또한 의미 있는 일 아닌가.

예 9

다음은 김지하의 「타는 목마름으로」라는 시이다. 이 시는 인간의 보편적인 정서나 상황 뿐만 아니라 시대적인 정황을 함의하고 있는 그런 시이다. 이 시를 한번 비틀어 보고 그것이 가지는 의미에 대해 이야기

해 보자.

신새벽 뒷골목에

네 이름을 쓴다 민주주의여

내 머리는 너를 잊은 지 오래

내 발길은 너를 잊은 지 너무도 오래

오직 한가닥 있어

타는 가슴 속 목마름의 기억이

네 이름을 남 몰래 쓴다 민주주의여

아직 동 트지 않은 뒷골목의 어딘가

발자국소리 호르락소리 문 두드리는 소리

외마디 길고 긴 누군가의 비명소리

신음소리 통곡소리 탄식소리 그 속에 내 가슴팍 속에

깊이깊이 새겨지는 네 이름 위에

네 이름의 외로운 눈부심 위에

살아오는 삶의 아픔

살아오는 저 푸르른 자유의 추억

되살아오는 끌려가던 벗들의 피묻은 얼굴

떨리는 손 떨리는 가슴

떨리는 치떨리는 노여움으로 나무판자에

백묵으로 서툰 솜씨로

쓴다.

숨죽여 흐느끼며

네 이름을 남 몰래 쓴다.

타는 목마름으로

타는 목마름으로

민주주의여 만세

① 각자 그렇게 비틀게 된 동기에 대해 말해 보자.

② 원텍스트가 쓰여질 당시의 시대적인 상황에 대해 이야기해 보자.

③ 민주주의에 대해 어떻게 생각하는가?

④ 당신이 가장 목마르게 불러보고 싶은 것은 무엇인가?

(4) 시는 언어 유희를 통해서도 실현될 수 있다

시가 언어 유희의 산물이라고 하면 동의하지 않는 사람들이 적지 않을 것이다. 특히 시의 언어 하나 하나가 시인의 육화된 체험에서 비롯된다고 믿고 있는 사람들에게 이 말은 상당히 부정적으로 인식될 것이다. 이들이 보이는 불안은 충분히 이해할 수 있는 바이지만 그것이 절대성을 가질 수는 없다. 만일 언어 유희가 단순히 언어 유희로 끝나면 그것은 문제이지만 시에서의 그것은 하나의 형식적인 전략의 차원에서 드러나기도 한다. 언어 유희적인 가벼운 형식을 통해 세계에 대해 의미 있는 발언을 하는 경우가 바로 그것이다.

그는 그녀를 집으로 끌고 다녔다
— 울산집, 아줌마집, 과부집

그는 그녀를 방으로 끌고 다녔다

— 섬다방, 금강다방, 차다방

그는 그녀를 논으로 끌고 다녔다

— 존재론, 예술론, 우주론

그녀가 집이 싫증났다고 하자 그녀를

너무 사랑하는 그는

그녀를 성으로 데려 갔다

— 만리장성, 자금성, 소주성

— 백인덕의 「불황기의 사랑」.

　　백인덕의 「불황기의 사랑」은 지시성이 파괴되면서 언어 유희가 시작된다. 시인이 말하고 있는 '집', '방', '논', '성'은 모두 우리의 일상적인 지시성의 기능을 해체하고 있다. 특히 재미 있는 것은 '논'과 '존재론', '예술론', '우주론' 같은 개념과의 동일시이다. 이런 동일시는 가벼운 말 장난 같지만 그것이 드러내는 의미는 결코 가볍지 않다. 이 시에서 보여지는 이러한 동일시는 이 시대의 존재론, 예술론, 우주론에 대한 냉소와 아이러니를 함의하고 있다고 할 수 있다. 지금 우리는 이런 문화적 공간에 살고 있다. 도시를 지배하는 것은 진정한 이름을 상실한 허위의 이름들로 넘치는 삶이다. 공간의 허위성은 언어의 허위성과 통하며, 언어의 허위성은 또한 자아의 허위성을 낳는다고 할 수 있다.

예 10

　　어느 젊은 해체시인의 시이다. 이 시의 스타일이 가지고 있는 의미에 대해 각자 생각해 보자.

　　새벽 다섯 시
　　다섯 식구가 둘러앉아
　　밥먹는 놀이를 한다
　　아빠 A가 한 개 먹고
　　내 폭탄 아직 안 터졌어
　　아빠 B가 한 개 더 먹고
　　내 밥도 아직 안 터졌어
　　아빠 C가 또 먹으며
　　내밥도 폭탄이야
　　아빠 D도 아빠 E도
　　내 폭탄도, 내 폭탄도

— 박상순의 「불멸」.

①이 시의 놀이는 어떤 식으로 전개되고 있는지 이야기해 보자.
②제목이 왜 '불멸'일까?
③이 시가 드러내고 있는 시대적인 의미는 무엇인가?

3) 시는 다양하게 활용될 수 있다

　시는 죽은 텍스트가 아니다. 그것은 고정된 활자의 차원을 넘어 다양
하게 활용될 수 있다. 시가 활용되는 대표적인 예가 시낭송이라고 할

수 있다. 시가 낭송된다는 것은 그것이 개인의 독백이나 고백의 차원을 넘어 감정이나 정서가 공유된다는 것을 의미한다. 눈으로 보는 것이 아니라 소리로 들음으로써 그 감성이나 정서의 정도가 좀더 구체적으로 다가올 수 있다. 시가 가지는 본래적인 속성 중의 하나가 리듬이라는 점을 고려한다면 이러한 낭송은 그 시의 실체에 접근할 수 있는 좋은 계기를 제공해 줄 것이다. 그러나 우리의 경우에는 낭송이 하나의 문화로 자리잡고 있지 못한 것이 현실이다. 시인들 몇몇이 동인의 차원에서 행해지는 것이 고작이다. 시인과 일반 대중이 함께 참여하는 낭송문화의 성립이 다른 무엇보다도 먼저 요구되는 이유가 바로 여기에 있다.

낭송과 함께 시 활용의 또 다른 예로 시의 원텍스트를 노래로 만들어 부르는 것이다. 이런 식의 활용은 역사가 오래 되었다고 할 수 있다. 그것은 시가 노래이기 때문이다. 예로부터 시를 단독으로 분리시켜 이해한 것이 아니라 시가 혹은 시가무라고 하여 서로 통합된 차원에서 그것을 이해하고 활용해 온 것이 사실이다. 정지용의 「향수」, 김소월의 「부모」, 서정주의 「푸르른 날」, 김지하의 「타는 목마름으로」 등이 대표적인 예이다. 이 이외에도 본격적으로 시와 음악을 통합한 새로운 장르적인 모핵을 하는 경우도 있다. 김정란 위승희가 자신들의 시에 곡을 붙여서 주목을 받은 『사이렌 사이키』가 바로 그것이다. 이러한 방법은 시를 소수를 위한 고급화된 예술의 차원에서 벗어나 다수를 위한 대중화된 예술로 거듭나는 계기를 제공해 주리라고 본다.

낭송이나 음악으로의 활용에 비해 조금은 생소하지만 시 속에서 노래되고 있는 현실의 공간을 체험해 보는 것도 좋은 예가 될 수 있을 것이다. 우리의 시에 대한 체험이란 대개가 학교나 집과 같은 공간에서 이루어지고 있는 것이 현실이다. 이런 식의 체험은 시에 대한 관념의 비대함을 초래할 수 있다. 시에서 노래되고 있는 혹은 그 시가 탄생한 공간을 체험함으로써 우리는 시를 보다 실감의 차원에서 접할 수 있게 될 것이다. 왕십리(소월), 백담사(만해), 성북동(김광섭), 소록도(한하운), 선운사(미당), 통영(김춘수), 고부(김지하), 춘천(이승훈), 성산포(이생진), 한라산(이산하), 섬진강(김용택), 사평역(곽재구), 압구정동·하나대(유하), 우포늪(배한봉), 홍원항(박성우) 등의 공간을 직접 체험함으로써 시의 발생론적인 차원에 대한 이해의 폭을 넓힐 수 있다. 또한 이 공간에 대한 적절한 활용은 사회·문화적인 차원에서 일정한 경제적인 부가가치를 창출할 수 있는 계기를 제공할 수도 있을 것이다.

그러나 지금 이 시대의 시 활용에 대한 논의는 비트를 토대로 하는 뉴미디어를 통한 활용의 차원을 간과하고는 이야기 할 수 없을 것이다. 인터넷 문화가 확산되면서 기존의 고정된 차원에서 이해되던 시가 끊임없는 변화를 그 안에 내장하고 있는 하이퍼텍스트적인 차원에서 이해되고 있다. 하이퍼텍스트란 정전을 거부한다. 여기에는 한 명의 고정된 창작자가 존재하는 것이 아니라 무수한 다수가 창작자가 되는 새로운 형태의 시인의 개념이 존재할 뿐이다. 활자 텍스트에서 해체적인 시에서 볼 수 있는 독자 참여의 문제가 여기에서는 보다 실질적인 차원에서 행해지고 있다고 할 수 있다. 최근에는 뉴미디어를 활용한 멀티포엠, 미디어시가 몇몇 실험적인 시인들을 중심으로 창작되고 있다. 문자로 쓰여지는 것이 아니라 영상으로 보여진다는 점에서 이것은 기존의 시의 개념과는 다른 새로운 시 장르의 탄생이라고 할 수 있다. 영상이 토대가 됨으로써 문자를 토대로 한 시에 비해 좀더 체험이 직접적이고 구체적이며 감각적인 것이 특징이다. 이 밖에도 영화, 드라마, 광고, 뮤직비디오 등에 이미지, 상징, 알레고리, 메타포, 펀, 패러디, 패스티쉬

등의 시적인 기법이 활용되는 경우가 많이 있다.

예 11

대중적인 사랑을 받고 있는 도종환과 김용택의 시에 곡을 붙인 노래를 한번 들어보고, 시와 노래와의 상관성에 대해 이야기해 보자. 이 두 곡은 2000년 발매된 시노래 모임 '나팔꽃'의 Book-CD 1집, '아무도 슬프지 않도록'에 수록된 곡이다. 두 곡 다 각각의 원 시를 가지고 있고 작곡가들이 거기에 곡을 붙인 것이다. 먼저 '나팔꽃'은 1999년 봄, 시인 김용택, 정호승, 안도현과 작곡가이자 시인인 유종화 그리고 가수이자 작곡가인 백창우, 김원중, 배경희, 김현성, 류형선, 이지상, 이수진 등이 모여 만든 시노래 모임이다. 이들의 고민이자 목적인 시와 노래의 만남은 시가 대중을 만나는 한 방법이라고 할 수 있다.

깊은 물

— 도종환 시, 백창우 곡.

물이 깊어야 큰 배가 뜬다

얕은 물에는 술잔 하나 뜨지 못한다

이 저녁 그대 가슴엔 종이배 하나라도 뜨는가

돌아오는 길에도 시간의 물살에 쫓기는 그대는

얕은 물은 잔돌만 만나도 소란스러운데

큰 물은 깊어서 소리가 없다

그대 오늘은 또 얼마나 소리치며 흘러갔는가

굽이 많은 이 세상의 시냇가 여울을

이 바쁜 때

— 김용택 시, 김현성 곡.

소낙비는 오지요
소는 뛰지요
바작에 풀은 허물어지지요
설사는 났지요
허리끈은 안 풀어지지요
들판에 사람들은 많지요

예 12

우리 시문학사에서 '왕십리'는 특별한 공간이다. 이것은 왕십리가 시인들의 창작에 많은 영감과 실질적인 동기를 제공해 왔다는 것을 말해준다. 시 창작과 공간과의 상관성의 차원에서 과거부터 현재에 이르기까지 왕십리를 노래한 시인과 시를 찾아보고 그것이 가지는 의미에 대해 이야기해 보자.

그림 7

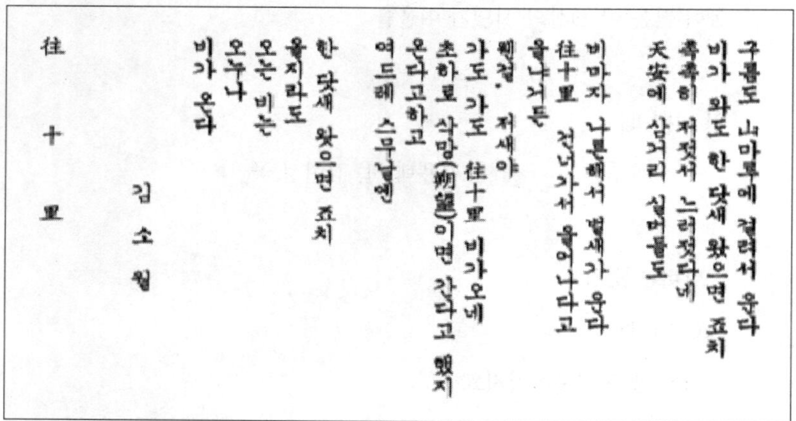

그림 8

예 13

시 「오감도」와 소설 「날개」 등의 작가인 이상이 젖먹이때 들어가서 1932년 백부가 죽을 때까지 20여년간 거주했던 곳(거의 생가와 다름없는 집)이 최근 한 소설가에 의해 새롭게 밝혀졌다. 정확한 주소는 서울시 종로구 통인동 154번지이다. 이곳을 찾아 시인의 체취와 창작의 향기를 체험해 보자.

그림 9   통인동 골목

262

그림 10
종로구 통인동 154번지

예 14

시적인 광고 중의 하나로 평가받고 있는 한 이동통신 회사의 광고이
다. 이 광고가 어떤 점에서 시적인 지에 대해 서로 이야기해 보고, 문자
를 넘어선 영상의 차원에서 그것이 하나의 장르(시)로 성립될 수 있는
지 그것에 대해서도 서로 이야기해 보자.

그림 11

그림 12

그림 13

애송시의 현황과 분석

1) 시인 246명을 대상으로 한 설문조사 결과

감태준　김소월 「엄마야 누나야」, 서정주 「부활」, 박목월 「윤사월」

강경주　기형도 「입 속의 검은 잎」, 김수영 「풀」, 백석 「나와 나타샤와 흰 당나귀」

강경호　박재삼 「울음이 타는 가을 강」, 조정권 「산정묘지1」, 오세영 「그릇 1」

강 수　서정주 「화사」, 황지우 「새들도 세상을 뜨는 구나」, 천상병 「귀천」

강신애　정지용 「유리창」, 김수영 「사랑」, 신동엽 「담배 연기처럼」

강유환　백 석 「남신의주 유동 박시봉방」, 김달진 「씬냉이꽃」, 김관식 「연」

강은교　김수영 「눈」, 신경림 「목계장터」, 이용악 「북쪽」

강인한　박목월 「청노루」, 이육사 「광야」, 정지용 「유리창」

강희근　정지용 「고향」, 서정주 「무등을 보며」, 김춘수 「꽃」

고두현　정지용 「장수산 1」, 황동규 「즐거운 편지」, 서정춘 「죽편 1」

고 영　김종삼 「북치는 소년」, 함민복 「긍정적인 밥」, 이수익 「우울한 샹송」

고재종   백석 「여승」, 정지용 「향수」, 신경림 「농무」

고진하   한용운 「님의 침묵」, 김현승 「절대 고독」, 정현종 「부엌을 기리는 노래」

고현정   구광본 「강」, 곽재구 「사평역에서」, 서정주 「자화상」

구석본   이형기 「낙화」, 김현승 「플라타너스」, 김춘수 「꽃」

구순희   박인환 「목마와 숙녀」, 김소월 「초혼」, 김춘수 「꽃」

권국명   김춘수 「꽃」, 서정주 「동천」, 윤동주 「서시」

권대웅   서정주 「신록」, 박재삼 「울음이 타는 가을강」, 오규원 「한 잎의 여자」

권영준   기형도 「안개」, 김기림 「길」, 곽재구 「사평역에서」

권택명   서정주 「국화 옆에서」, 윤동주 「자화상」, 김춘수 「꽃」

권혁웅   김수영 「사랑의 변주곡」, 백석 「북방에서」, 이성복 「어떤 싸움의 기록」

김계영   서정주 「자화상」, 문병란 「호수」, 김종철 「고백」

김광림   정지용 「백록담」, 박목월 「한복」, 박남수 「새 1」

김광자   윤동주 「별 헤는 밤」, 정지용 「향수」, 김수영 「자유」

김규성   김수영 「풀」, 정진규 「연서」, 김종해 「풀 2」

김규태   유치환 「그리움」, 정지용 「난초」, 김소월 「먼 후일」

김기홍   이상화 「빼앗긴 들에도 봄은 오는가」, 윤동주 「누나의 얼굴」, 신경림 「농무」

김남조   박목월 「이별가」, 윤동주 「십자가」, 서정주 「역사여, 한국 역사여」

김명배   박목월 「윤사월」, 이육사 「절정」, 정지용 「호수」

김병호   서정주 「신부」, 김수영 「가족」, 백석 「여승」

김상미   박인환 「세월이 가면」, 윤동주 「별 헤는 밤」, 황동규 「즐거운 편지」

김석규   유치환 「행복」, 조지훈 「풀잎」, 서정주 「귀촉도」

김선태   이형기 「낙화」, 김영랑 「모란이 피기까지는」, 백석 「여승」

김성규   김소월 「왕십리」, 서정주 「자화상」, 윤동주 「십자가」

김성옥   서정주 「침향」, 김현승 「절대고독」, 황동규 「10월」

김성호   윤동주 「서시」, 유치환 「바위」, 김춘수 「꽃」

김소엽   윤동주 「서시」, 김춘수 「꽃」, 정한모 「어머니」

김수우   한용운 「님의 침묵」, 서정춘 「죽편 1」, 강은교 「우리가 물이 되어」

김신영   이육사 「절정」, 최두석 「성에 꽃」, 김광규 「희미한 옛사랑의 그림자」

김 언   김수영 「말」, 백석 「여우난골족族」, 이 상 「오감도」

김영진   이근배 「송광사에 와서」, 조병화, 「우리 난실리」, 이성선 「사랑하는 별 하나」

김왕노   서정주 「자화상」, 박인환 「세월이 가면」, 윤동주 「서시」

김유선   박용래 「저녁눈」, 서정주 「귀촉도」, 이용악 「두메산골」

김 윤   이근배 「잔」, 강은교 「우리가 물이 되어」, 최승자 「청파동은 기억하는가」

김윤희   유치환 「그리움」, 정지용 「향수」, 신경림 「갈대」

김은정   안도현 「너에게 묻는다」, 강은교 「우리가 물이 되어」, 백석 「나와 나타샤
         와 흰당나귀」

김정인   이육사 「광야」, 정진규 「연필로 쓰기」, 김종해 「풀」

김종길   김소월 「못잊어」, 정지용 「고향」, 박목월 「나그네」

김종미   김춘수 「꽃」, 이형기 「낙화」, 기형도 「빈 집」

김종원   서정주 「부활」, 서정주 「풀리는 한강가에서」, 박목월 「가족」

김종철   한용운 「님의 침묵」, 김소월 「진달래꽃」, 윤동주 「서시」

김종태   김소월 「왕십리」, 한용운 「알 수 없어요」, 정지용 「향수」

김종해   서정주 「동천」, 김춘수 「꽃」, 유치환 「행복」

김주혜   서정주 「동천」, 유치환 「그리움」, 마종기 「물빛」

김준태   한용운 「님의 침묵」, 김수영 「사랑의 변주곡」, 김남주 「조국은 하나다」

김지헌   임영조 「갈대는 배후가 없다」, 오세영 「원시」, 함민복 「긍정적인 밥」

김찬옥   윤동주 「서시」, 유치환 「행복」, 김춘수 「꽃」

김 참   기형도 「빈 집」, 이승훈 「학교」, 이윤택 「맑은 음에 대한 기억」

김추인   오규원 「물푸레 여자」, 김수영 「풀」, 박재삼 「울음이 타는 가을강」

김춘수   서정주 「동천」, 김종삼 「북 치는 소년」, 김수영 「풀」

김충규   오규원 「한 잎의 여자」, 김영태 「큰 개 자리 여인숙」, 최하림 「저녁 예감」

김태형   서정주 「바다」, 김명인 「소금바다로 가다」, 송재학 「유등 연지」

김현숙   서정춘 「죽편 1」, 윤동주 「서시」, 김현승 「가을의 기도」

김형술   이형기 「낙화」, 정호승 「우리가 어느 별에서」, 천상병 「귀천」

김혜순   김수영 「눈」, 김현승 「눈물」, 서정주 「봄」

김혜영   김수영 「눈」, 조정권 「산정묘지」, 김언희 「트렁크」

김후란   김춘수 「꽃」, 신석초 「꽃잎절구」, 김남조 「겨울바다」

나금숙   박재삼 「울음이 타는 가을강」, 김현승 「눈물」, 한용운 「님의 침묵」

나태주   서정주 「국화 옆에서」, 박목월 「나그네」, 김춘수 「꽃」

노명순   이성선 「미시령 노을」, 문인수 「채와 북 사이, 동백 진다」, 정진규 「알시,
         포도를 먹는 아이」

노향림   최남선 「해에게서 소년에게」, 김광균 「와사등」, 김광섭 「성북동비둘기」

류기봉   김종삼 「북치는 소년」, 김춘수 「꽃을 위한 서시」, 조정권 「산정묘지」

류인서   최승호 「순환의 바퀴」, 송찬호 「달빛은 무엇이든 구부려 만든다」, 장석남
         「마당에 배를 매다」

마경덕   유홍준 「저울의 귀환」, 이윤학 「짝사랑」, 정병근 「유리의 기술」

맹문재   김수영 「거대한 뿌리」, 박노해 「포장마차」, 기형도 「안개」

문인수   최승호 「북어」, 서정주 「자화상」, 김수영 「풀」

문정영   김소월 「진달래꽃」, 김영랑 「모란이 피기 까지는」, 서정주 「서시」

문혜진   이상의 「꽃나무」, 이장희 「봄은 고양이로다」, 김종길 「성탄제」

민 영   이육사 「광야」, 김소월 「진달래」, 서정주 「자화상」

박경자   박용래 「저녁눈」, 정지용 「장수산」, 김종삼 「민간인」

박남희   유안진 「황홀한 거짓말」, 황지우 「너를 기다리는 동안」, 김지향 「가을바람」

박무웅   한용운 「사랑하는 까닭」, 윤동주 「서시」, 서정주 「신록」

박상천   박목월 「산이 날 에워싸고」, 김상용 「남으로 창을 내겠소」, 서정주 「무등
         을 보며」

박서영   황지우 「거룩한 식사」, 황동규 「조그만 사랑 노래」, 강은교 「저물녘의 노래」

박소향   박두진 「장미의 노래」, 박재삼 「울음이 타는 강」, 이수익 「우울한 샹송」

박의상   이유경「겨울 숲에 선 나무의 전언」, 천양희「직소포에 들다」

박정대   백석「나와 나타샤와 흰 당나귀」

박제천   이창대「애가」, 강우식「어머니의 물감상자」, 송정란「화목」

박종국   서정주「푸르른 날」, 김소월「진달래」, 김춘수「꽃」

박종훈   김소월「산유화」, 정지용「향수」, 조지훈「낙화」

박주택   기형도「정거장에서의 충고」, 백석, 「남신의주 유동 박시봉방」, 신경림
         「수항요」

박진숙   김종삼「물통」, 박용래「강아지풀」, 박목월「산비」

박해람   백석「나타샤와 흰 당나귀」, 이성복「그 여름의 끝」, 정희성「저문 강에 삽
         을 씻고」

배문성   김소월「강변 살자」, 기형도「빈집」, 박재삼「울음이 타는 가을 강」

배용제   이성복「남해금산」, 기형도「빈집」, 황동규「즐거운 편지」

백우선   전봉건「피리」, 박남수「새」, 박용래「은버들 몇 잎」

상희구   김영랑 모란이 피기까지는, 저정주 국화옆에서 문태준 맨발

서규정   김지하「빈 산」, 고은「문의마을에 가서」, 신경림「가객」

서안나   조정권「산정묘지 1」, 송찬호「흙은 사각형의 기억을 갖고 있다」, 김수영
         「눈」

서정윤   김광균「설야」, 김춘수「서풍부」, 이수익「우울한 상송」

서정춘   서정주「동천」, 김수영「풀」, 김종삼「북 치는 소년」

서지월   오세영「강물」, 이근배「냉이꽃」, 정진규「연필로 쓰기」

설태수   성찬경「보석밭」, 한용운「님의 침묵」, 구상「강 60」

성배순   김승희「세상에서 가장 무거운 싸움1」, 강은교「빨래 너는 여자」, 나희덕
         「소나무 옆구리」

성찬경   정지용「고향」, 조지훈「승무」, 구상「老境」

손순미   윤동주「쉽게 쓰여진 시」, 서정주「자화상」, 이상「가정」

손택수   백석「고향」, 박용래「저녁 눈」, 곽재구「사평역에서」

송명진   조지훈 「승무」, 유치환 「깃발」, 서정주 「동천」

송수권   김소월 「진달래꽃」, 한용운 「님의 침묵」, 윤동주 「별 헤는 밤」

신달자   윤동주 「자화상」, 박목월 「가정」, 서정주 「풀리는 한강가에서」

신수현   서정주 「자화상」, 이근배 「냉이 꽃」, 강은교 「풀잎」

신중신   이상화 「빼앗긴 들에도 봄은 오는가」, 서정주 「무등을 보며」, 김수영 「풀」

신 협   김소월 「산유화」, 유치환 「깃발」, 노천명의 「사슴」

안도현   백석 「남신의주 유동 박시봉방」, 김종삼 「장편2」, 송수권 「산문에 기대어」

안명옥   이시영 「이름」, 정희성 「아버님의 말씀」, 함민복 「긍정적인 밥」

안시아   윤성택 「주유소」, 김상미 「사랑」, 안도현 「겨울 강가에서」

안영희   김현승 「가을의 기도」, 조지훈 「낙화」, 이형기 「낙화」

안정옥   김수영 「풀」, 김소월 「진달래」, 박정대 「이 세상의 애인은 모두가 옛애인
         이지요」

안현미   김소월 「초혼」, 백석 「남신의주 유동 박시봉방」, 신동엽 「껍데기는 가라」

안혜초   서정주 「국화 옆에서」, 김춘수 「수련」, 김현승 「호소」

양은순   이형기 「낙화,」 김남조 「겨울바다」, 유치환 「깃발」

오규원   이상 「거울」, 김소월 「초혼」, 김현승 「고독의 끝」

오사라   윤동주 「서시」, 천상병 「귀천」, 구상 「오늘」

오시영   서정주 「화사」, 김소월 「가는 길」, 김수영 「풀」

오탁번   정지용 「향수」, 김소월 「진달래꽃」, 윤동주 「서시」

우대식   백석 「남신의주 유동 박시봉방」, 윤동주 「서시」, 박용래 「저녁눈」

원재훈   김소월 「진달래꽃」, 윤동주 「서시」, 서정주 「국화 옆에서」

유병근   유치환 「울릉도」, 서정주 「상리과원上里果園」, 김춘수 「꽃을 위한 서시」

유수연   김종삼 「북치는 소년」, 이성복 「편지 3」, 기형도 「빈집」

유안진   이육사 「광야」, 박목월 「가정」, 정지용 「백록담」

유영금   최승자 「근황」, 천상병 「새」, 김종해 「그녀의 우편번호」

유자효   서정주 「귀촉도」, 구상 「노경」, 안장현 「풍경」

유홍준   신동엽 「금강」, 이제하 「청솔그늘에 앉아」, 장석남 「못자리에 들어가는 못
        물처럼」

윤강로   박목월 「윤사월」, 조지훈 「완화삼」, 김광균 「향수」

윤석산(경기) 김소월 「금잔디」, 김춘수 「꽃」, 박인환 「목마와 숙녀」

윤홍조   김춘수 「꽃」, 서정주 「동천」, 김종해 「낮별」

이가림   백석 「남신의주 유동 박시봉방」, 한용운 「알 수 없어요」, 정지용 「유리창 1」

이건청   이수익 「주점에서」, 김영란 「모란이 피기까지는」, 조병화 「인간사막」

이경림   최하림 「그리운 날」, 강은교 「자전」, 김수영 「폭포」

이경히   김수영 「웃음」, 김종해 「풀」, 전봉건 「꽃」

이규리   문인수 「해안 북 사이 동백 진다」, 문태준 「산수유나무의 농사」, 장옥관
        「달의 뒤편」

이근배   정지용 「향수」, 김기림 「길」, 서정주 「자화상」

이기와   이형기 「낙화」, 황동규 「즐거운 편지」, 김지향 「가을바람」

이명수   서정주 부활, 박용철 떠나가는 배, 박목월 소곡

이명훈   이성복 「남해금산」, 함민복 「눈물은 왜 짠가」, 허수경 「혼자 가는 먼 집」

이문재   백석 「흰 바람벽이 있어도」, 서정주 「자화상」, 김종삼 「묵화」

이민하   이상 「절벽」, 이승훈 「세레피아」, 김승희 「꿈꾸는 병」

이병률   김수영 「거미」, 김영랑 「모란이 피기까지는」, 마종기 「별, 아직 끝나지 않
        은 기쁨」

이사라   박목월 「나무」, 정현종 「섬」, 곽재구 「사평역에서」

이상국   백석 「남신의주 유동 박시봉방」, 박목월 「꽃등」, 강은교 「우리가 물이 되어」

이상호   김소월 「진달래꽃」, 박목월 「나그네」, 윤동주 「서시」

이생진   한하운 「전라도 길」, 김소월 「산유화」, 이상희 「거울」

이선영   정지용 「유리창」, 윤동주 「서시」, 김수영 「거미」

이수익   이형기 「낙화」, 김춘수 「꽃」, 김종길 「성탄제」

이승하   김소월 「초혼」, 이상화 「빼앗긴 들에도 봄은 오는가」, 윤동주 「별 헤는 밤」

이승훈   박목월「나그네」, 김춘수「꽃」

이시영   이용악「북쪽」, 백석「남신의주 유동 박시봉방」, 신경림「목계장터」

이영식   고은「문의 마을에 가서」, 이형기「낙하」, 곽재구「사평 역에서」

이영춘   김소월「진달래꽃」, 박목월「나그네」, 조오현「내가 나를 바라보니」

이 원   이상「거울」, 김춘수「은종이」, 오규원「비가 와도 젖은 잔은」

이위발   김명인「침묵」, 기형도「빈집」, 이성복「물의 나라에서」

이유경   박남수「새의 암장」, 허만하「낙동강 하구에서」, 박의상「아내와 함께」

이윤학   신경림「갈대」, 강은교「풀잎」, 이성복「남해금산」

이윤훈   서정주「화사」, 백석「흰 바람벽이 있어」, 이장희「봄은 고양이로소이다」

이은봉   백석「남신의주 유동 박시봉방」, 이용악「그리움」, 김현승「눈물」

이은유   서정주「자화상」, 오규원「비가 와도 젖은 자는—순례 1」, 강은교「사랑법」

이은채   허수경「폐병쟁이 내 사내」, 문인수「철자법」, 장석남「길」

이인원   이성복「새 이야기」, 이수익「그리운 악마」, 나희덕「빛이 비치다」

이자규   오탁번「순은이 빛나는 아침」, 이기철「풀잎」, 이승훈「황혼의 책」

이재무   서정주「선운사 동구」, 신경림「갈대」, 백석「모닥불」

이재훈   서정주「자화상」, 윤동주「십자가」, 이형기「낙화」

이종만   김소월「엄마야 누나야」, 박재삼「울음이 타는 가을강」, 김춘수「꽃」

이종욱   신동엽「금강」, 김수영「폭포」, 문익환「꿈을 비는 마음」

이창수   백석「여승」, 정지용「향수」, 한용운「님의 침묵」

이 탄   조지훈「피리를 불면」, 윤동주「서시」, 박성룡「교외」

이태수   박목월「나그네」, 황동규「탁족」, 김춘수「꽃」

이향지   이형기「낙화」, 정지용「향수」, 김소월「진달래꽃」

이형기   유치환「首」, 서정주「아지랑이」, 이용악「오랑캐꽃」

이홍섭   김소월「길」, 백석「남신의주 유동 박시봉방」, 서정주「마른 여울목」

이화은   박정만「작은 연가」, 김종철「고백성사」, 김형영「따뜻한 봄날」

이희정   서정주「신록」, 허형만「일월의 아침」, 조병화「사랑은」

이희중   백석 「남신의주 유동 박시봉방」, 신경림 「가난한 사랑노래」, 김종길 「국화
         옆에서」

임강빈   박두진 「해」, 서정주 「동천」, 박용래 「저녁놀」

장석남   김소월 「산유화」, 김수영 「파밭가에서」, 김종삼 「묵화」

장석원   김수영 「사랑의 변주곡」, 조정권 「산정묘지 1」, 백석 「북방에서」

장석주   백석 「나와 나타샤와 흰 당나귀」, 김수영 「폭포」, 서정주 「자화상」

장인수   김종해 「풀」, 기형도 「빈 집」, 한용운 「님의 침묵」

장종권   서정주 「신부」, 심경림 「농무」, 김구용 「해바라기」

전길자   김상용 「남으로 창을 내겠소」, 윤동주 「자화상」, 박재삼 「울음이 타는 가
         을강」

전동균   백석 「멧새소리」, 서정주 「풀리는 한강가에서」, 김종삼 「북치는 소년」

전순영   서정주 「푸르른 날」, 김기림 「길」, 한용운 「님의 침묵」

전윤호   이형기 「낙화」, 고은 「문의마을에 가서」, 김남주 「그대 있음에」

정끝별   백석 「남신의주 유동 박시봉방」, 서정주 「석남꽃」, 김수영 「먼 곳에서부터」

정병근   김소월 「산유화」, 서정주 「영산홍」, 백석 「나와 나타샤」

정성수   윤동주 「서시」, 이상 「거울」, 김수영 「풀」

정 영   백석 「나와 나타샤와 흰 당나귀」, 김종삼 「스와니강이랑 요단강이랑」, 유
         하 「사랑의 지옥」

정영선   황동규 「즐거운 편지」, 김춘수 「꽃」, 서정춘 「죽편, 여행」

정영숙   노천명 「이름없는 여인이 되어」, 서정주 「푸르른 날」, 한용운 「님의 침묵」

정영주   김규동 「시와 천국」, 김준태 「참깨를 털면서」, 송수권 「산문에 기대어」

정익진   김언희 「그라베」, 김 참 「시간이 멈추자 나는 날았다」, 이문재 「물 위의 집」

정일근   조지훈 「낙화」, 윤동주 「별 헤는 밤」, 김남조 「기도」

정주연   박정만 「저 無花의 꽃상여」, 김종해 「항해일지 12」, 신경림 「떠도는 자의
         노래」

정진규   정지용 「백록담」, 서정주 「冬天」, 김춘수 「제1번 悲歌」

정채원   정현종「견딜 수 없네」, 임영조「고도를 위하여」, 김중식「황금빛 모서리」

정호정   김종해「잡초 뽑기」, 박재삼「천년의 바람」, 정호승「하늘그물」

조동범   백석「여승」, 이용악「낡은 집」, 기형도「엄마 걱정」

조말선   이 상「꽃나무」, 정현종「섬」, 장석남「배를 밀며」

조성국   고재종「씨나락 담그는 풍경」, 김준태「감꽃」, 김형수「낡은 수첩」

조영서   서정주「귀촉도」, 김춘수「꽃을 위한 서시」, 김종삼「북치는 소년」

조영순   김종해「풀」, 정진규「네번째 별」, 한영옥「맛있었던 것 들」

조용미   이용악「죽음」, 백석「흰 바람벽이 있어」, 김수영「꽃잎 2」

조원규   김수영「사랑」, 이승훈「재」, 이성복「숨길 수 없는 노래 2」

조 은   백석「수라」, 김수영「풀」, 오규원「시인들」

조정권   박목월「윤사월」, 전봉건「속의 바다 1」, 조병화−낙엽끼리 모여 산다」

조정인   기형도「10월」, 박상순「목련꽃 그늘 속」, 최승호「뭉게구름」

조창환   서정주「동천」, 정지용「유리창」, 이육사「광야」

조하혜   백석「모닥불」, 정지용「선창」, 최승호「북어」

조현석   이상「거울」, 천상병「귀천」, 황동규「즐거운 편지」

주원규   김석「돌의 잠언」, 서정주「화사」, 김춘수「꽃」

진경옥   이형기「코스모스」, 이유경「보리」, 김종해「가을 귀가」

진은영   최승자「올 여름의 인생공부」, 김정환「바닷속−프롤로그」, 기형도「진눈
          깨비」

차한수   서정주「푸르른 날」, 박용래「점묘」, 이형기「낙화」

천수호   이성복「남해금산」, 송찬호「달은 추억의 반죽덩어리」, 이윤학「저수지」

천양희   서정주「동천」, 백석「남신의주 유동 박시봉방」, 신경림「농무」

최영철   백 석「흰 바람벽이 있어」, 김수영「어느 날 고궁을 나오면서」, 이용악「낡
          은 집」

최종천   유치환「모년 모월 모시」, 곽재구「사평역에서」, 이성부「봄」

최창균   서정주「동천」, 송찬호「구두」, 나희덕「그 복숭아나무 곁으로」

최하림   김수영「사랑의 변주곡」, 정지용「백록담」, 서정주「무등을 보며」
탁영환   조용환「옥상에서의 사색」, 신경림「갈대」, 서정춘「돌의 시간」
편부경   이상「가정」, 이생진「무명도」, 김혜순「달력공장 공장장님 보세요」
하청호   신경림「갈대」, 박재삼「울음이 타는 가을강」, 박노해「굽이 돌아가는 길」
한미영   김광규「희미한 옛사랑의 그림자」, 신경림「신의주-단동에서」, 홍신선
         「산꿩소리」
한상남   김소월「초혼」, 김춘수「꽃」, 서정주「국화 옆에서」
한영옥   서정주「연꽃 만나고 가는 바람같이」, 박재삼「과일 가게 앞에서」, 이형기
         「낙화」
함민복   한용운「님의 침묵」, 윤동주「서시」, 곽재구「사평역에서」
허금주   김소월「초혼」, 박목월「님」, 이근배「노래여 노래여」
허세욱   김영랑「모란이 피기까지」, 서정주「무등을 보며」, 박목월「나그네」
허의도   박인환「세월이 가면」, 유치환「그리움」, 함형수「해바라기의 비명」
허형만   윤동주「서시」, 이육사「절정」, 김현승「눈물」
허혜정   이상화「나의 침실로」, 서정주「자화상」, 기형도「바람의 집 – 겨울 판화 1」
홍신선   정지용「장수산 1」, 백석「남신의주 유동 박시봉방」, 황동규「풍장4」
홍윤숙   김소월「산유화」, 이육사「절정」, 김춘수「꽃」
황금찬   이근배「겨울 자연」, 홍금자「새벽 강 저쪽」, 김광균「해변가의 무덤」
황병승   백석「나와 나타샤와 흰 당나귀」, 김종삼「북치는 소년」, 김수영「공자의
         생활난」
황인숙   김종삼「라산스카」, 김소월「옛사랑」, 백석「남신의주 유동 박시봉방」
황희순   김종삼「묵화」, 이육사「황혼」, 윤동주「자화상」

274

2) 시인 애송시 설문조사 결과 분석

(1) 애송시 설문조사 결과

순 위	작 품	대상 시인	추천횟수
1	꽃	김춘수	23
2	서시	윤동주	18
3	남신의주 유동 박시봉방	백 석	15
4	자화상	서정주	14
	낙화	이형기	14
6	님의 침묵	한용운	12
	동천	서정주	12
8	진달래 꽃	김소월	11
	풀	김수영	11
10	향수	정지용	10
11	울음이 타는 가을강	박재삼	9
12	나와 나타샤와 흰 당나귀	백 석	8
	북치는 소년	김종삼	8
14	나그네	박목월	7
	빈집	기형도	7
	사평역에서	곽재구	7
17	초혼	김소월	6
	모란이 피기까지는	김영랑	6
	국화 옆에서	서정주	6
	즐거운 편지	황동규	6

(2) 애송시로 추천된 시인별 작품 목록(괄호 안은 추천된 총 작품 수)

서정주(72)

백 석(40)

김수영(36)

김소월(33)

윤동주(32)

김춘수(30)

정지용(26)

박목월(23)

김종삼(16)

한용운(15)

신경림(15)

기형도(15)

이형기(15)

유치환(12)

김현승(11)

박재삼(11)

이 상(10)

이육사(10)

강은교(10)

황동규(10)

김종해(10)

강은교 : 우리가 물이 되어 4, 저물녘의 노래1, 빨래 너는 여자 1, 풀잎 2, 사랑법 1,
        자전1 (10)

김언희 : 트렁크 1, 그라베 1 (2)

김영랑 : 모란이 피기까지는 6 (6)

김영래 : 큰개자리 1 (1)

김정환 : 서시-바다 속 1 (1)

김준태 : 참깨를 털며 1, 감꽃 1 (2)

김종길 : 성탄제 2, 국화 앞에서 1 (3)

김종삼 : 북치는 소년 8, 민간인1, 장편2 1, 묵화 3, 스와니강이랑 요단강이랑 1, 라
　　　　산스카 1, 물통 1 (16)

김종해 : 풀 4, 풀2 1, 그녀의 우편번호 1, 잡초뽑기 1, 낮별 1, 항해일지12 1, 가을 귀
　　　　가 1 (10)

김중식 : 황금빛 모서리 1 (1)

김지하 : 빈 산 1 (1)

김지향 : 가을바람 2 (2)

김　참 : 시간이 멈추자 나는 날았다 1 (1)

김춘수 : 꽃 23, 서풍부 1, 꽃을 위한 서시 3, 제1번 비가 1, 은종이 1, 수련 1 (30)

김현승 : 가을의 기도 2, 눈물 4, 플라타너스 1, 호소 1, 고독의 끝 1, 절대고독 2 (11)

김형수 : 낡은 수첩 1 (1)

김혜순 : 달력공장 공장장님 보세요 1 (1)

나희덕 : 소나무 옆구리 1, 빛이 비치다 1, 그 복숭아나무 곁으로 1 (3)

노천명 : 사슴 1, 이름 없는 여인이 되어 1 (2)

마종기 : 물빛 1, 별, 아직 끝나지 않은 기쁨 1 (2)

문병란 : 호수 1 (1)

문인수 : 채와 북 사이 동백 진다 2, 철자법 1 (3)

문태준 : 맨발 1, 산수유나무의 농사 1 (2)

박남수 : 새1 1, 새 1, 새의 암장 1 (3)

박노해 : 포장마차 1 (1)

박두진 : 장미의 노래 1, 해 1 (2)

박목월 : 나그네 7, 한복 1, 이별가 1, 가정 2, 윤사월 4, 님 1, 산비 1, 청노루 1, 가족
　　　　1, 산이 날 에워싸고 1, 나무 1, 소곡 1, 꽃등 1 (23)

박상순 : 목련 꽃 그늘 속 1 (1)

박성룡 : 교외 1 (1)

박용래 : 저녁 눈 5, 은버들 몇 잎 1, 점묘 1, 강아지풀 1 (8)

박용철 : 떠나가는 배 1 (1)

박의상 : 아내와 함께 1 (1)

박인환 : 세월이 가면 3, 목마와 숙녀 2 (5)

박재삼 : 울음이 타는 가을강 9, 과일 가게 앞에서 1, 천년의 바람 1 (11)

박정대 : 이 세상의 애인은 모두가 옛애인이지요 1 (1)

박정만 : 작은 연가 1, 저 무화의 꽃상여 1 (2)

백　　석 : 남신의주 유동 박시봉방 15, 나와 나타샤와 흰 당나귀 8, 흰 바람벽이 있어
　　　　4 여승 5, 북방에서 2, 여우난골族 1, 고향 1, 통영 1, 수라 1, 멧세소리, 1, 모
　　　　닥불 2 (40)

서정주 : 자화상 14, 동천 12, 귀촉도 4, 국화옆에서 6, 푸르른 날 4, 신록 3, 역사여
　　　　한국 역사여 1, 봄 1, 서시 1, 상리과원 1, 아지랑이 1, 풀리는 한강가에서 3,
　　　　선운사 동구 1, 무등을 보며 5, 영산홍 1, 마른 여울목 1, 바다 1, 화사 4, 석
　　　　남꽃 1, 연꽃 만나고 가는 바람같이 1, 부활 3, 침향 1, 신부 2 (72)

서정춘 : 죽편1 3, 죽편 1, 돌의 시간 1, 여향 1 (6)

성찬경 : 보석밭 1 (1)

송수권 : 산문에 기대어 2 (2)

송재학 : 유등연지 1 (1)

송정란 : 화목 1 (1)

송찬호 : 흙은 사각형의 기억을 갖고 있다 1, 달빛은 무엇이든 구부려 만든다 1, 구
　　　　두 1, 달은 추억의 반죽덩어리 1 (4)

신경림 : 농무 4 갈대 4, 가객 1, 신의주 – 단둥에서 1, 수향요 1, 가난한 사랑노래 1,
　　　　목계장터 2, 떠도는 자의 노래 1 (15)

신동엽 : 껍데기는 가라 1, 금강 2, 담배 1 (4)

신석초 : 꽃잎 절구 1 (1)

안도현 : 겨울 강가에서 1, 너에게 묻는다 1 (2)

안장현 : 풍경 1 (1)

오규원 : 한 잎의 여자 1, 한 잎의 비가 1, 비가 와도 젖은 자는 2, 물푸레 여자 1 (5)

오세영 : 원시 1, 강물 1, 그릇 1 1 (3)

오탁번 : 이 순은이 빛나는 아침에 1 (1)

유안진 : 황홀한 거짓말 1 (1)

유　하 : 사랑의 지옥 1 (1)

유치환 : 그리움 3, 행복 3, 바위 1, 깃발 2, 울릉도 1, 수 1, 모년모월모시 1 (12)

유홍준 : 저울의 귀환 1 (1)

윤동주 : 서시 18, 별 헤는 밤 5, 십자가 3, 쉽게 쓰여진 시 1, 자화상 4, 누나의 얼굴 1
　　　　(32)

윤성택 : 주유소 1 (1)

이근배 : 잔 1, 냉이꽃 2, 노래여 노래여 1, 겨울 자연 1, 송광사에 와서 1 (6)

이기철 : 풀잎 1 (1)

이문재 : 물 위의 집 1 (1)

이　상 : 거울 4, 꽃나무 2, 오감도 1, 절벽 1. 가정 2 (10)

이상화 : 빼앗긴 들에도 봄은 오는가 3, 나의 침실로 1 (4)

이상희 : 거울 1 (1)

이생진 : 무명도 1 (1)

이성복 : 새 이야기 1, 남해금산 1 (2)

이성부 : 봄 1 (1)

이성선 : 사랑하는 별 하나 1, 미시령 노을 1 (2)

조지훈 : 풀잎 1, 낙화 3, 승무 2, 완화삼 1, 피리를 불면 1 (8)

천상병 : 귀천 4, 새 1 (5)

천양희 : 직소포에 들다 1 (1)

최두석 : 성에꽃 1 (1)

최승자 : 청파동은 기억하는가 1, 근황 1, 올 여름의 인생공부 1 (3)

최승호 : 순환의 바퀴 2, 북어 1, 뭉게 구름 1 (3)

최하림 : 저녁예감 1, 그리운 날 1 (2)

한영옥 : 맛있었던 것들 1 (1)

한용운 : 님의 침묵 12, 알 수 없어요 2, 사랑하는 까닭 1(15)

한하운 : 전라도 길 1 (1)

함민복 : 긍정적인 밥 3, 눈물은 왜 짠가 1 (4)

함형수 : 해바라기의 비명 1 (1)

허만하 : 낙동강 하구에서 1 (1)

허수경 : 혼자 가는 먼 집 1, 폐병쟁이 내 사내 1 (2)

허형만 : 일월의 아침 1 (1)

황동규 : 즐거운 편지 6, 조그만 사랑 노래 1, 탁족 1, 풍장4 1, 10월 1 (10)

황지우 : 거룩한 식사 1, 새들도 세상을 뜨는구나 1, 너를 기다리는 동안 1 (3)

3) 감성 및 정서의 보편성과 시의 노래성

우리 시인들은 어떤 시를 가장 애송하고 있을까? 현역 시인 246명을 대상으로 설문 조사한 결과는 애송시에 대한 의미를 되돌아 보게 한다. 애송시란 기본적으로 누군가에 의해 말해지고 또 노래되어지는 것을 의미한다. 이것은 문학사 속에 유폐된 박제화된 시의 의미를 넘어선다는 점에서 주목에 값한다. 어떤 시가 누군가에 의해 애송된다는 것만으로도 그것은 충분히 가치 있는 것이다. 우리 시인들의 애송시 설문 결과 역시 이런 맥락에서 이해할 수 있을 것이다.

이번 설문 조사 결과에 나타난 사실은 우리 시인들의 시에 대한 취향이 감성이나 정서 쪽으로 많이 기울어져 있다는 것이다. 이것은 시인들로부터 추천받은 상위 10편의 시를 통해서도 알 수 있다. 시인들로 가장 많은 추천을 받은 김춘수의 「꽃」(23), 그 뒤를 이어 윤동주의 「서시」(18), 백석의 「남신의주 유동 박시봉방」(15), 서정주의 「자화상」(14), 이형기의 「낙화」(14), 한용운의 「님의 침묵」(12), 서정주의 「동천」(12), 김소월의 「진달래꽃」(11), 김수영의 「풀」(11), 정지용의 「향수」(10) 등을 보자. 이 10편의 시는 하나같이 연시(戀詩)의 형태를 띠고 있거나(「꽃」, 「낙화」, 「님의 침묵」, 「동천」, 「진달래꽃」), 자기고백이나 독백적인 차원의 괴로움, 외로움, 그리움 같은 감정이나 정서의 형태를 강하게 띠고 있다.(「서시」, 「남신의주 유동 박시봉방」, 「자화상」, 「풀」, 「향수」)

먼저 김춘수의 「꽃」을 보자. 이 시는 시인들로부터 가장 많은 추천을 받은 작품이다. 김춘수 시의 난해함에 비추어 보면 이러한 결과는 다소 의외일 수 있다. 그의 시와 정서적으로 혹은 의미론적으로 소통하기란 그렇게 쉽지 않은 것이 사실이다. 이 사실은 「꽃」(23) 이외에 애송시로 추천된 작품이 7편에 지나지 않는다는 것을 통해서도 알 수 있다. 그렇다면 무엇이 시인들로 하여금 이 시에 매력을 갖게 한 것일까? 우리가 익히 알고 있듯이 이 시가 '나'와 '너' 사이의 소통을 통한 존재의 아름다움을 노래하고 있기 때문일까? 물론 그렇다고 볼 수 있다. 하지만 이 시의 매력을 배가시키고 있는 것은 존재의 아름다움을 '연시의 구조'

속에 담고 있다는 점에서 찾을 수 있을 것이다. 이 시를 연시의 일종으로 체험함으로써 어려운 형이상학적인 존재의 문제는 일거에 아주 보편적이고 상식적인 차원의 문제로 바뀌게 된다. 이것이 바로 이 시가 가지는 대중적인 호소력 아닐까?

연시의 구조 혹은 연애의 형식은 모든 딱딱하고 관념적인 것을 녹여 버리는 힘이 있다. 한용운의 「님의 침묵」의 그 도저한 윤회의 세계를 만일 이러한 형식에 담지 않았다면 그것이 어떻게 많은 이들에게 정서적으로 감염시킬 수 있었겠는가? 「님의 침묵」에서 그 님을 '조국', '부처', '절대자' 아니면 '연인'으로 보든 그것이 중요한 것이 아니라 이 연시의 구조 혹은 연애의 형식이 중요한 것이다. 서정주의 「동천」, 김소월의 「진달래꽃」, 이형기의 「낙화」는 좀더 직접적으로 이 연시의 구조와 형식에다 자신의 감정을 담고 있다. 연애와 사랑과 같은 감정의 구조는 유사 이래 지금까지 절대적인 보편성을 띠어 온 것이 사실이다. 어쩌면 연애와 사랑의 감정의 구조는 인류사에서 가장 진보하지 않은, 가장 원형적인 모습을 가지고 있는 그 무엇이라고 할 수 있을 것이다. 우리가 고려시대의 「가시리」나 조선시대 황진이의 「동짓달 기나긴 밤을」에서 체험하는 연애와 사랑의 감정이 오늘날의 것과 비교해서 그 순도가 떨어진다거나 그 모습이 크게 다르다고 할 수 없는 이유가 바로 여기에 있다.

연애나 사랑의 감정의 구조는 인류 보편의 구조인 동시에 모든 시인들이 궁극적으로 꿈꾸는 세계 아닐까? 그래서 모든 시의 주제는 사랑이며, 죽기 전까지 연애 혹은 사랑 시 한편 쓰고 죽는 것이 자신의 꿈이라고 고백하는 시인의 말이 거짓된 것이 아님을 우리는 이런 맥락에서 이해할 수 있을 것이다. 연애나 사랑의 감정의 구조가 가지는 감염력 못지않게 시인들을 사로잡고 있는 것은 원초적인 괴로움, 외로움, 그리움 같은 감정들이다. 윤동주의 「서시」는 순수하지 못한 세계 속에서 삶을 감내해야 하는 인간으로서 가지는 원초적인 괴로움에 대한 한 선언이다. '사악함이 없는 것이 시'라는 동양적인 정의에서 보면 그의 괴로움은 가장 시적인 괴로움이라고 할 수 있다. 그의 순수는 세상이 점점 포악해지고 어두워질 때 엄청난 감성적인 에네르기를 우리 안에 불러일으킬 수 있다. 김수영의 「풀」 역시 다소 문맥은 다르지만 세계와의 괴로움을 잘 드러내고 있는 시이며, 이러한 시 속의 시인의 감정에 많은 사람들이 공감하고 있다고 본다. 여기에서의 괴로움이란 민중에게서 받는 시인의 고통을 말하는 것이 아니다. 만일 이 시의 '풀'을 민중으로 치환하여 그들의 강인한 생명력을 노래한 것으로 보았다면 과연 시인들로부터 이렇게 많은 추천을 받았을까? 이 시의 매력은 풀의 움직임에 시인의 괴로운 감정을 투사한데서 찾을 수 있다. 시인은 지금 풀밭에 있다. 그것도 발목까지 발밑까지 잠기는 풀밭에 있다. 풀들은 바람에 일렁인다. 그것을 시인은 '눕다/일어서다', '울다/웃다' 등으로 표현하고 있다. 이 동사의 반복적인 대립구조 속에 시인은 자신의 괴로운 의식을 싣는다. 이렇게 되면 풀들의 움직임은 곧 자신의 내면의 고통을 드러내는 혹은 생생하게 환기하는 하나의 질료가 되는 것이다. 이것은 "4·19의 좌절 이후 피 말리는 고통 끝에 가 닿은 마지막 지점"(정과리)을 노래하고 있는 것으로 볼 수 있다. 시인들은 김수영의 그 괴로움을 읽은 것이고 여기에 정서적으로 감염된 것이다.

　　백석의 「남신의주 유동 박시봉방」은 타지에서 느끼는 외롭고 무기력한 삶에 대한 회한을 절절하게 노래하고 있는 시이다. '남신의주 유동 박시봉방'이라는 제목 자체가 이러한 외로움과 고독 그리고 무기력함을 북방의 정서에 실어 강하게 드러내고 있다. 외로움의 정서를 이만큼 노래한 시가 또 있을까? 할 정도로 그의 정서는 그 세세한 감정의 결이 보일정도로 생생하다. 백석의 시에 대한 우리 시인들의 정서적인 친밀감은 같은 북방의 정서를 노래한 소월의 그것에 비해 결코 뒤지지 않는다. 「남신의주 유동 박시봉방」(15) 이외에 그의 시는 「나와 나타샤와 흰 당나귀」가 8, 「여승」이 5 등 총 40회의 추천을 받아 서정주의 72회 다음으로 많은 추천을 받았다. 이것은 그에 대한 친밀감이 해금시인이라는 단순한 호기심에서 비롯된 것이 아니라는 것을 말해준다. 그의 시에는 사람의 감정을 사로잡는 이야기성과 묘한 페이소스가 있다.

서정주의 「자화상」이 14명의 추천을 받은 것은 다소 의외다. 서정주의 경우 애송시로 추천된 횟수가 무려 72회라는 사실이 말해주듯이 시인들로부터 사랑받는 작품이 많기 때문이다. 「자화상」이 서정주의 시 중에서 가장 많은 추천을 받은 데에는 그 나름의 이유가 있겠지만 무엇보다도 중요한 것은 세계로부터 저주받은 운명을 가지고 태어난 시인에 대해 보인 그 어둡고 무거운 파토스 때문일 것이다. 시인을 저주받은 존재로 명명하는 것은 스스로에 대한 비극적인 규정이라는 점에서 시인들로 하여금 강한 정서적인 친연성을 불러일으켰다고 볼 수 있다. 정지용의 「향수」는 인간의 영원한 노스탤지어를 노래하고 있다는 점에서 정서의 근원을 자극한다. 인간은 길 위를 떠도는 존재인 동시에 끊임없이 자신의 안식처인 집을 찾아 떠 돌 수밖에 없는 존재라는 점에서 「향수」에서 보여주고 있는 세계는 그 자체가 아름다움의 세계라고 할 수 있다. 어떤 개념으로도, 어떤 이성적인 논쟁과 수렴을 통해서도 도달할 수 없는 보편적인 만족의 세계가 바로 고향인 것이다. 이 토대 위에서 「향수」는 다양한 이미지를 적극 활용해 보다 더 심원한 그리움의

세계를 그리고 있다. 더욱이 「향수」는 노래와 시가 만나 대중성을 확보
한 대표적인 경우 아닌가? 이것은 그만큼 「향수」가 인간의 보편적인 정
서를 잘 드러내고 있는 시라는 것을 의미한다.

　우리 시인들의 애송시가 감성이나 정서 쪽으로 많이 기울어져 있다
는 것은 이 상위 10편 이외에 11~43위까지 분포된 시들을 통해서도 드
러난다. 이것은 다시 말하면 우리 시인들의 애송시가 개인의 고백이나
독백 차원의 시에 편향되어 있다는 것을 의미한다. 서정시이면서 그 안
에 사회 · 역사적인 문맥을 담고 있는 시의 경우는 신경림의 「농무」(4)
와 곽재구의 「사평역에서」(7) 정도가 고작이다. 흔히 우리가 민중 · 민
족 계열의 시인들이라고 일컬어지는 고은, 민영, 문병란, 김지하, 조태
일, 양성우, 정희성, 김준태, 김명인, 이시영, 송기원, 김남주, 김명수,
하종오, 김정환, 박노해 같은 시인들의 작품은 신경림과 곽재구를 제외
하고는 거의 거론되지 않고 있다. 이 계열의 시인 중에서 시인들로부터
애송시로 추천된 횟수가 10이 넘는 시인으로는 신경림(총15회 추천)이
유일하다. 이것은 무엇을 의미하는가? 이 조사 결과가 절대적인 척도는
될 수 없지만 한 가지 분명한 것은 이들의 시가 동료 시인들에게 애송
대상이 되지 않고 있다는 점이다. 곽재구의 「사평역에서」 같은 경우 이
시가 사회 · 역사적인 문맥을 강하게 드러내고 있다기보다는 이 시 역
시 개인의 고백이나 독백 차원의 감성이나 정서에 많이 기울어져 있는
것이 사실이다.

　시인들로부터 소외받기는 레디컬한 시를 쓰는 시인의 경우도 마찬가
지다. 흔히 아방가르드 시인으로 불리면서 우리 시에 신선한 충격을 제
공해 온 1930년대의 이상이나 1980년대의 박남철, 황지우, 이성복, 장
정일 역시 언급조차 되지 않고 있거나 그 관심의 정도가 미미한 수준에

288

그치고 있다. 이상의 경우 현대시 100년에 10명의 시인(『시인세계』, 2002. 가을 창간호)으로 뽑혔지만 그의 시는 우리 시인들로부터 그에 걸 맞는 애송의 대상이 되지 못하고 있다. 「거울」이 4명으로부터 추천을 받았으며, 총 추천 횟수는 10회에 불과했다. 황지우는 총 3회, 이성복은 2회, 그리고 박남철과 장정일은 추천된 작품이 없었다. 이것은 이들의 시가 그 과도한 실험성으로 인해 애송의 대상이 되기에는 부적합한 일면이 있기 때문이기도 하지만 그보다는 이 레디컬한 시인들에 대해 우리 시인들이 가지는 부정적인 태도 때문이라고 할 수 있다. 시에 관한 한 우리 시인들은 대체로 보수적이며 지나치게 개인적인 고백이나 독백의 차원에 머물러 있다고 할 수 있다.

이러한 판단은 설문 조사 결과를 통해 드러난 사실이기도 하지만 이것은 또한 우리 시 전반에 대한 이해 속에서 얻어진 것이기도 하다. 우리 시의 이런 경향은 문제적인 것이긴 하지만 다른 한편으로 보면 그것은 우리 시 혹은 우리 시인들의 한 특성이라고 볼 수도 있을 것이다. 아무리 이성이나 지성을 겸비한 지적인 시를 높이 평가하고 그것을 우리 문학사의 한 장으로 끌어들인다고 해도 우리 시인들에게는 생리적으로 감성이나 정서에 대해 이끌리는 그 무엇이 존재하는 것이다. 그것이 우리 시인들의 집단 무의식의 산물인지 아니면 개인적인 독특한 체험의 산물인지 정확히 알 수 없지만 유난히 우리 시인들이 개인의 고백이나 독백적인 감성이나 정서 속에서 시의 존재를 규정지으려는 경향이 강하다는 사실이다. 따라서 우리 시, 좀더 정확히 말하면 우리 시의 감성이나 정서를 다른 언어로 번역하는 것이 불가능한 이유도 여기에서 기인한다고 할 수 있다.

우리 시인들의 애송시 설문 결과에 드러난 감성이나 정서 편향성 이

외에 또 하나의 특성은 애송시로 추천된 작품이 이미 작고했거나 원로
급의 시인들의 시에 국한되어 있다는 점이다. 시인들에 의해 애송시로
추천된 상위 16명의 시인들의 면면을 순위별로 보면 서정주(72), 백석
(40), 김수영(36), 김소월(33), 윤동주(32), 김춘수(30), 정지용(26),
박목월(23), 김종삼(16), 한용운(15), 신경림(15), 기형도(15), 이형기
(15), 유치환(12), 김현승(11), 박재삼(11) 등이다. 이러한 결과는 이들
의 시를 정말로 애송하는 경우도 있겠지만 아직 문학사적으로 검증되
지 않은 동시대의 시인들의 시를 추천하는 데서 오는 의식적·무의식
적인 불안과 부담감이 이런 식으로 작용했다고도 볼 수 있다.

그러나 이것은 어디까지나 심증일 뿐 정확한 사실은 아니다. 설문 조
사 결과를 바탕으로 이야기해 보면 우리 시인들로부터 애송시 추천을
가장 많이 받은 시인은 서정주이다. 미당은 무려 72회나 추천을 받았으
며, 이 횟수는 두 번째로 많이 추천을 받은 백석의 40회에 거의 두 배에
가까운 수치다. 미당의 경우는 '현대시 100년 10명의 시인'(『시인세
계』, 2002. 창간호)에서도 평론가들로부터는 소월에 이어 두 번째로 많
은 표를 얻었지만 시인들로부터 최고의 시인으로 뽑힌 바 있다. 그의
친일 행위가 애송시 선정에도 암암리에 작용한 것을 고려한다면 미당
의 시에 대한 우리 시인들의 신뢰는 거의 절대적이라고 할 수 있다. 시
인들로부터 추천된 그의 작품과 그 횟수를 보면, 「자화상」(14), 「동천」
(12), 「국화 옆에서」(6), 「무등을 보며」(5), 「푸르른 날」(4), 「귀촉도」
(4), 「화사」(4), 「풀리는 한강가에서」(3), 「부활」(3), 「신록」(3), 「신부」
(2), 「역사여 한국 역사여」(1), 「봄」(1), 「서시」(1), 「상리과원」(1), 「아
지랑이」(1), 「선운사 동구」(1), 「영산홍」(1), 「마른 여울목」(1), 「바다」
(1), 「석남꽃」(1), 「연꽃 만나고 가는 바람같이」(1), 「침향」(1) 등 총 23

편에 추천 횟수가 72회이다.

이러한 결과는 우리 시인들 중 많은 이들이 미당의 시를 하나의 이상적인 시의 전범으로 삼고 있다는 것을 말해준다고 할 수 있다. 미당의 시가 보여주는 상상과 표현의 그 도저한 세계를 도달하기에는 거의 불가능하다는 인식을 우리 시인들이 갖게 되면서 그것이 그의 시에 대한 절대적인 신뢰와 애정으로 이어진 것이라고 할 수 있다. 미당의 시가 보여주는 그 종합적이고 마술적인 상상력과 그것으로부터 잉태되는 표현력은 그의 시를 애송하지 않을 수 없게 했다고 볼 수 있다. 이런 점에서 직접 시를 쓰는 사람과 그렇지 않은 경우에 미당의 시에 대한 태도는 다를 수 있다. 미당에 대한 평론가와 시인의 평가가 달리 나타난 것을 상기해 보라.

미당처럼 이렇게 여러 작품들이 골고루 추천을 받은 경우로는 김수영, 김소월, 백석, 박목월을 들 수 있다. 김수영은 「풀」이 11회로 가장 많은 추천을 받았지만 이 이외에도 「눈」(4), 「폭포」(3), 「사랑」(2), 「자유」(1), 「꽃잎2」(1), 「사랑의 변주곡」(4), 「공자의 생활난」(1), 「어느날 고궁을 나오면서」(1), 「거미」(2), 「가족」(1), 「거대한 뿌리」(1), 「파밭가에서」(1), 「웃음」(1), 「먼곳에서부터」(1), 「말」(1) 등 총 16개 작품이 36회의 추천을 받았다. 김소월의 경우에는 「진달래꽃」 11회를 비롯해서 「초혼」(6), 「산유화」(5), 「먼후일」(1), 「옛사랑」(1), 「왕십리」(2), 「엄마야 누나야」(3), 「못잊어」(1), 「금잔디」(1), 「길」(1), 「가는 길」(1) 등 총 11개 작품이 33회의 추천을 받았고, 백석의 경우에는 「남신의주 유동 박시봉방」 15회를 비롯해서 「나와 나타샤와 흰 당나귀」(8,) 「여승」(5), 「흰 바람벽이 있어」(4), 「북방에서」(2), 「여우난골族」(1), 「고향」(1), 「통영」(1), 「수라」(1), 「멧세소리」(1), 「모닥불」(2) 등 총 11개 작품이 40회의 추천을 받았으며, 목월의 경우에는 「나그네」 7회를 비롯해서 「한복」(1), 「이별가」(1), 「가정」(2), 「윤사월」(4), 「님」(1), 「산비」(1), 「청노루」(1), 「가족」(1), 「산이 날 에워싸고」(1), 「나무」(1), 「소곡」(1), 「꽃등」(1) 등 총 13개 작품이 23회의 추천을 받았다. 이에 비해 시인들로부터 가장 많은 추천을 받았던 꽃의 시인 김춘수는 총 6개 작품이 30회를 추천을 받았고, 윤동주는 총 6개 작품이 32회의 추천을 받았으며, 정지용은 총 7개 작품이 26회의 추천을 받았다. 이밖에 기형도가 총 8개 작품이 15, 김종삼이 총 7개 작품이 16, 한용운이 총 3개 작품이 15, 신경림이 총 8개 작품이 15, 이형기가 총 2개 작품이 15회의 추천을 받았다.

이 결과를 통해 알 수 있는 것은 김수영, 김소월, 백석, 박목월의 시가 어느 몇몇 작품에 국한되지 않은 채 우리 시인들에 의해 폭 넓게 사랑을 받고 있다는 사실이다. 이에 비하면 김춘수, 윤동주, 정지용의 경우는 그것이 몇몇 작품에 국한되어 있다고 할 수 있다. 이것은 한용운이나 이형기에 오면 더욱 더 그것이 국한되어 드러난다. 어느 시인의 시가 어느 한 작품에 국한되지 않고 폭넓게 애송된다는 것은 시인의 시 세계 전반과 관련해서 주목할 만한 점이라고 할 수 있다. 이것은 단순히 이 시인들의 시가 애송할 만한 작품이 많다는 것을 의미하는 것은 아니다. 이것은 이들의 시가 그만큼 다양하게 노래되고 또 보여 질 수 있는 여지를 가지고 있다는 것을 의미한다. 김수영 시의 매력은 형식과 내용, 주체와 구조, 리얼리즘과 모더니즘 사이의 중층적인 인식을 보여 주고 있다는 점이고, 김소월의 매력은 리듬을 자수가 아닌 호흡에 맞추어 애송자의 다양한 정서의 변화를 이끌어 낼 수 있다는 점에 있으며, 백석은 이야기성과 페이소스 강한 북방의 정서를 시 속에서 결함시킴으로써 복합적인 시적 서정을 창조해 내고 있다는 점에 있으며, 목월의 경우는 끝까지 세계와의 긴장을 놓지 않고 시적 변모를 꾀하고 있다는 점에 있다. 특히 목월의 경우는 조지훈, 박두진 등 청록파 시인들과 비교해서 다른 점 중의 하나가 바로 여기에 있다고 할 수 있다. 목월의 경우는 초기의 자연적인 서정에 얽매이지 않고 후기에는 소시민적인 서정 등으로 시적 변모를 꾀한 점 등이 조지훈이나 박두진에 비해 그의 시가 널리 애송되게 된 동기가 되었다고 할 수 있다. 이런 점에서 볼 때 애송시에 대한 평가에서 우리가 간과해서는 안 되는 것이 바로 애송시로 추천된 개별 작품의 횟수 못지않게 시인들로부터 추천된 시인의 총 작품 수인 것이다. 어떤 작품이 시인들로부터 가장 애송되는가도 중요하지만 그에 못지않게 중요한 것은 어느 시인의 시가 얼마만큼 시인들로부터 애송되는가이다.

시인들의 애송시 추천 설문 결과 감성이나 정서에의 편향성과 동시대 시인에 대한 의식적 혹은 무의식적 배제 등이 문제가 된 것이 사실이다. 하지만 이것 못지않게 중요한 문제는 시인들에 의해 추천된 애송시 중에 여성시인의 시가 거의 없다는 것이다. 시인들로 부터 애송시로 1회 이상 추천된 시인은 모두 133명이며, 이중 여성시인은 16명에 불과하다. 특히 추천된 애송시의 상위 순위에는 물론 애송시로 추천된 시인별 상위 목록에도 여성시인은 존재하지 않는다는 것이다. 제일 많은 추천을 받은 시인은 강은교로 총 10회이다. 김남조 1회, 노천명 2회, 김승희 2회, 김혜순 1회, 유안진 1회, 최승자 3회, 허수경 2회, 나희덕 3회 등이다. 이들 여성 시인들의 명성에 비해 애송시로 추천된 횟수가 낮게 나타났다는 것은 다소 의외라고 할 수 있다. 설문 결과처럼 정말로 여성시인들의 시 중에 애송할 만한 작품이 없는 것일까? 아니면 여기에도 여성시인에 대한 무의식적인 배제의 논리가 작동한 것일까? 그것도 아니면 애송시로 추천할 수 없는 무슨 다른 이유가 있는 것일까? 이 물음에 대한 답은 추천한 시인만이 정확히 알 수 있을 것이다. 남성과 여성을 편 가르는 것으로 들릴지 모르지만 앞으로는 남성시인들 못지않게 여성시인들의 시가 애송시로 많이 추천될 날이 오기를 기대해 본다.

우리시는 지금 배가 고프다

1) 시의 위기와 위기의 시

시의 위기는 어디에서 오는가? 요즘 들어 부쩍 이 문제에 관심을 두게 되면서 막연한 불안감에 휩싸이곤 한다. 우리의 사회·문화적인 자장 안에서 시의 위상이 형편없이 낮아지고 있다는 생각을 할 때마다 지독한 소외감을 느낀다. 시의 상상과 표현을 대체할만한 새로운 양식의 출현을 지켜보면서, 그 기세등등함에 주눅 든 지가 어제 오늘의 일이 아니다. 간혹 지금 이 시대, 경제적인 효용 가치만을 극대화하는 지금 이 시대에 시는 순수한 영혼의 불을 밝히는 등대가 되어야 하지 않는가? 혹은 시는 테크놀로지가 상상하고 표현해 내지 못하는 어떤 영역을 가지고 있지 않는가?하고 스스로를 위로해 보지만 내 안에 뿌리를 내린 불안은 쉽게 사라지지 않는다.

이 같은 불안을 벗어나기 위해 많은 시인들이 이 시대의 지배적인 양식으로 군림하고 있는 미디어를 이용해 새로운 시적 양식을 모색하기도 하고, 시의 속성을 문학이 아닌 문화의 차원에서 새롭게 활용하려는 시도를 단행하고 있지만 '시도' 그 자체의 의미를 넘어서지 못하고 있는 것이 사실이다. 하지만 이러한 시도들이 축적되면 그 나름의 새로운 양식이 생성되고, 제도화라는 과정을 거쳐 보편성을 획득하게 될 것이다. 이렇게 되면 기존의 문자를 매체로 하는 시를 대신해 비트를 토대로 하는 시(그것이 멀티포엠이 되든 영상시가 되든 아니면 또 다른 무엇이 되든)가 지배적인 양식으로 군림할 수도 있을 것이다. 그러나 이것은 어디까지나 가정일 뿐이다. 비트를 토대로 하는 양식이 지배력을 행사한다고 해서 문자를 매체로 하는 시가 사라지리라고 섣불리 단정할 수는 없을 것이다. 비트의 조합으로 모든 것들이 그 존재성을 얻게 되는 지금 이 시대의 현실 속에서도 여전히 문자시는 끊임없이 창작되고 있기 때문이다.

'시의 위기설' 혹은 '시의 사망설'이 불거져 나온 90년대 이후 오히려 시잡지 창간은 더욱 늘어났고, 시인 역시 더욱 많이 배출되었다. 이 사실은 하나의 아이러니로 볼 수도 있지만 그 이면을 자세히 드려다 보면 여기에는 그럴만한 충분한 이유가 숨어 있음을 알 수 있다. 시의 매체가 '말(몸)'에서 '문자'로 '문자'에서 '비트'로 변해왔지만 이것은 완전한 단절이 아닌 '단절이면서 동시에 연속인' 양태로 이행되었다고 할 수 있다. 이 사실은 비트의 시대에도 문자는 사라지지 않고 하나의 양태로 존재할 수밖에 없다는 것을 의미한다. 이처럼 비트의 시대에 문자를 매체로 한 시의 수요가 있다는 것은 문자를 통한 욕구나 욕망의 표현이 암암리에 수행되고 있다는 것을 말해준다. 무언가 자신을 표현하려는 욕구나 욕망이 비트를 토대로 한 영상의 이미지로만 수행되는 것이 아니라 문자를 토대로 해서도 그것이 수행된다는 사실은 비록 문자가 황금시대의 영광을 비트에게 넘겨주었지만 그것으로는 표현해 내지 못하는 아우라가 문자에 있다는 것을 말해주는 대목이라고 할 수 있다.

매체의 지배적인 형태가 변해도 문자시에는 인간의 내밀한 욕구 및 욕망을 표현해 내는 독특한 감성적인 회로가 흐르고 있는 것이다. 최근 우리 시단의 흐름은 이러한 생각이 틀리지 않았다는 것을 잘 보여주고 있다. 최근 몇 년 사이에 문단에 얼굴을 내민 젊고 역량 있는 신인들의 시에 대한 열정과 결코 만만찮은 상상과 표현의 수준을 지켜보면서, 시에 대한 위의를 지키기 위해 세계에 대한 긴장을 놓지 않고 있는 소장 및 중견, 원로 시인들의 시를 지켜보면서 문자시의 양식을 통한 표현 욕구 및 욕망의 자연스러운 흐름을 감지할 수 있었던 것이다.

2) 표현 욕구의 증대와 신인의 등장

지난 계절에는 주목할 만한 신인을 하나도 아니고 둘이나 발견할 수 있어서 좋았다. 조동범과 유지소가 그들이다. 조동범은 『문학동네』 문예공모 당선자이고, 유지소는 『시작』 신인상 당선자이다. 우후죽순 격으로 생겨난 시잡지와 대량으로 쏟아져 나온 신인들로 인해 몸살을 앓고 있는 우리 시단의 암울한 현실에 절망하고 있던 차에 이들을 발견하게 되어 적지않은 위안이 된 것이 사실이다. 등단이 결코 요식행위가 아니라는 사실과 함께 문단의 한 관문을 통과하기가 결코 쉽지 않다는 사실을 이들의 시를 통해 새삼 깨닫게 되었다.

『문학동네』 2002년 가을호에 실린 조동범의 「그리운 남극」 외 4편은 신선한 시의 출현을 기대해 온 사람들에게 적지 않은 파문을 불러일으킬 만큼 매력적이다. 네 편의 시가 모두 일정한 수준을 유지하고 있지만 그 중에서도 「둘둘치킨」은 단연 압권이다. 이 시의 신선함은 현대 혹은 현대인의 비극성을 노래하는 방식에 있다. 현대 혹은 현대인들의 왜소함과 소외를 다룬 시편 중에 인상적인 것으로 최승호의 「북어」를 들 수 있다. 이 시의 신선함은 '북어'와 시적 자아 사이의 극적인 반전에 있다. '케케묵은 먼지 속에서 꼬챙이에 꿰어져 있는 북어'를 보면서 시적 자아는 '불쌍하다'는 생각을 하게 된다. 그러나 "바로 그 순간 느닷없이 북어들이 커다랗게 입을 벌리고/거봐, 너도 북어지 너도 북어지 너도 북어지하고 귀가 먹먹하도록 부르짖고 있다"는 환청에 시달린다. 불쌍한 것은 '북어'가 아니라 바로 시인 자신, 다시 말하면 "헤엄쳐 갈 데 없는" 현대인이라는 이 극적인 반전은 이 시를 오래도록 기억하게 하는 강렬함의 원천이다.

이처럼 세계의 불모성과 죽음을 환기하는 '북어'와 '치킨'이라는 질료를 통해 현대 혹은 현대인의 비극성을 강렬하게 환기하고 있다는 점에서 이 시와 조동범의 시는 여러모로 닮은 데가 있다. 그러나 조동범의 「둘둘치킨」은 또한 여러 면에서 최승호의 「북어」와 차이가 있다. 이 둘 사이의 가장 큰 차이는 질료에 대한 시적 자아의 인식 태도에서 비롯된다. 「북어」의 시적 화자는 질료와의 경계를 해체하고 있지만 「둘둘치킨」의 시적 자아는 오히려 질료와의 경계를 분명히 하고 있다.

나는 둘둘의 경계 밖에서 시계를 본다.

뜨겁게 펼쳐지는 닭들의 천국 둘둘.

그곳으로 한 무리의 양복이 들어간다.

둘둘치킨 안에서 간간이 즐거운 폭죽이 터진다.

나는 둘둘의 경계 밖에 있다.

몇 개의 만남과 사소한 시비.

닭들의 죽음으로부터

비껴 있다.

오지 않는 애인,

을 기다린다.

둘둘 돌아가는 닭들의 천국,

지루한 닭들의 장례 앞에서.

―「둘둘치킨」 부분 인용.

「둘둘치킨」의 시적 자아는 질료의 경계 밖에 있다. '둘둘'과 시적 자아 사이의 이러한 경계 유지는 이 둘이 각자 따로 기능하고 있는 것을 의미하는 것은 아니다. 이것은 하나의 시적 전략이라고 할 수 있다. 시적 자아가 "둘둘의 경계 밖에 있"음으로써 오히려 그 안에서 벌어지는 일련의 일들은 더 비극적으로 환기된다. '둘둘 안'에서는 "튀김옷을 둘둘 말아 입은 닭들"이 "분주히 기름으로 들어가"고 있다. 이것은 살벌하고 처참한 살육의 현장이다. 시각과 청각 그리고 후각이라는 인간의 가장 원초적인 욕구를 자극하는 온갖 감각들이 뒤범벅이 된 이 살육의 현장에 뛰어들지 않고 "둘둘의 경계 밖에"서 그것을 "유리 너머"로 무심히 바라보고 있을 뿐이다. 심지어 시적 자아는 여기에서 한 걸음 더 나아가 그 살육의 현장을 "지루한 닭들의 장례"로 인식하고 있다.

이러한 태도를 견지함으로써 시인이 겨냥하고 있는 것은 무엇일까? 시적 자아와 질료 사이에 심연을 만드는 의도를 어떻게 보아야 할까? 이 물음에 대한 답은 간단하지 않지만 여기에서 한 가지 말할 수 있는 것은 도저히 극복할 수 없는 세계와의 단절을 시인이 이런 식으로 드러내고 있지 않나하는 점이다. 이 단절의 상황 속에서 시적 자아는 "애인을 기다린다". 그러나 그 애인은 오지 않는다. 마치 고도를 기다리듯 애인을 기다리는 시인의 행위는 실패를 전제로 한 비극적인 기다림의 의미를 함축하고 있다고 할 수 있다. 세계에 대한 단절과 부재만이 시적 자아의 존재를 근거지어 주는 조건이라는 시인의 인식은 그의 시적 표현의 방식이 가벼움에도 불구하고 현대 혹은 현대인의 삶에 대해 결코 가볍지 않은 문제의식을 제기하고 있다고 할 수 있다. 이것은 시인의 감각에서 비롯되는 것이다. 시인의 이 감각이 그의 시를 현대 혹은 현대인들의 삶, 더 나아가 문명화된 세계에 대한 미적 비판을 가능하게 하는 중요한 인자라고 할 수 있다.

『시작』 2002년 가을호에 실린 유지소의 「노인」 외 4편의 시는 재치가 번득인다. 재치는 언어에 대한 민감한 자의식이 없으면 불가능한 일이다. 시인은, 특히 신인은 언어에 대한 자의식이 시 속에 녹아 있어야 한다.

나는 이제부터(여기서 '어제'란 내가 썼던 시간의 총체이다), 생각을
제거했고, 고통을 삭제했으며, 언어를 멈추었다, 나는 나무가 되기 위해
생애를 매진하고 있다, 밝고 부드러운 시간 속으로

세상에 태어나 자라지 않는 것은 없다, 시체도 부패와 소멸 쪽으로 줄기
를 뻗으며 성장한다, 나무는 나의 사상과 번뇌가 붐비는 쪽으로 뿌리를 뻗

어가고 있다,(여기서 나무란 나,無와 동음동의어라는 것을 우리는 이미 알
고 있다)

　　나무에서 추락한 혓바닥이 내 발등을 핥는다, 나무가 분실한 하얀 꽃들
이 내미혹을 끌고 다닌다, 나는 나무 그늘에서 그늘로 옮겨다니며 내 그늘
의 무거움을 소화시킨다.

　　나는 살아있는 나무(여기서 나무는 나, 無를 동반하고 있다)를 갈망한
다, 생각과 고통이 삭제된 나무, 환상이나 희망이 배제된 나무, 너에 대한
모든 관념이 제거된 나무, 나無를 증거하는 사물로서 나의 부재는 즐겁다.
　　　　　　　　　　　　　　　　　　　　　　　　　　　　—「나,무」전문.

　'나'라는 존재를 '나무'로 치환해서 그 의미를 탐구해가는 시이다.
이러한 치환의 예는 새로운 것이 아니다. 하지만 이 시는 새로운 감각
이 엿보인다. 그것은 '나'라는 존재를 '나무'로 치환할 때 그것을 표현
하는 방식에서 비롯된다. '나'라는 존재를 단순히 '나무'라고 하면 새
롭지 않지만 그것을 "나, 無"로 표현해 놓고 보면 그것은 새롭다. 또한
'나'와 '나무'가 성장한다는 발상은 새롭지 않지만 "세상에 태어나 자
라지 않는 것은 없다, 시체도 부패와 소멸 쪽으로 줄기를 뻗/으며 성장
한다, 나무는 나의 사상과 번뇌가 붐비는 쪽으로 뿌리를 뻗어가고/있
다"고 한 표현은 새롭다.
　'나'와 '나무'와의 경계를 넘나들면서 혹은 그것을 해체하면서 전개
되는 그녀의 시의 상상과 표현은 읽는 이로 하여금 즐거움을 체험하게
한다. 이것은 언어의 조작이 불러일으키고 있는 일종의 유희에 대한 체

험이라고 할 수 있다. 하지만 「나,무」를 포함한 「노인」, 「늪」, 「역」, 「제4
번 방」 등의 시에서 엿보이는 유희는 감각적이지만 그 감각 이외의 어
떤 시적 깊이도 발견할 수 없다는 점에서 불안하다. 언어의 조작을 통
한 유쾌한 감각적인 체험만으로 그친다면, 그녀의 시가 세계에 대한 존
재론적인 깊은 울림을 보여주지 못하고 있다면 이것은 그녀의 언어가
단순한 유희의 차원으로 떨어질 위험성을 가지고 있다는 것을 의미한
다. 존재론적인 깊이가 배제된 언어는 성장할 수 없다. 시적 자아의 세
계에 대한 치열한 싸움이 요구되는 이유가 바로 여기에 있다고 할 수
있다.

3) 현실의 리얼리티와 미적 모더니즘

박성우와 최종천은 우리가 가장 주목해 보아야 할 시인들이다. 하지
만 이 두 시인의 궤적은 사뭇 다르다. 박성우가 등단(2000년 중앙신인
문학상)과 함께 우리 문단의 주목을 받았다면 최종천은 등단(1986) 이
후 오랜 무명의 시간을 거쳐 비교적 최근에 와서 주목을 받고 있는 그
런 시인이다. 두 사람의 궤적이 어떻든 중요한 것은 이들이 '지금', '여
기'에서 가장 주목받고 있는 시인들 중 하나라는 사실이다.

박성우 시의 매력은 고통스런 세계에 대한 체험을 서정적인 언어로
길게 길게 풀어내는 그 유장한 가락에 있다. 이 가락은 삶 속에서 쓰라
린 현실과 대면하여 고통을 맛보지 않은 자들은 감히 흉내 낼 수 없는
진솔한 체험 속에서 나온다. 그는 이 고통스러운 체험을 '머리'가 아닌
'삶의 숨결'로 풀어내고 있다. 이런 점에서 그의 시는 언어의 조작에서

오는 미적 효과를 중시하는 모더니즘 계열의 시라기보다는 현실의 리얼리티를 추구하고 구현하려는 것을 목적으로 하는 리얼리즘 계열에 가까운 시라고 할 수 있다. 『시작』 2002년 가을호에 실린 「홍원항」은 이런 그의 시 세계를 잘 보여주고 있다.

(……) 술을 마시다 말고 내가 어깨를 들썩이며 훌쩍거리면 늙은 작부는 내게 지나온 내력을 풀어내며 왜 나이를 먹을수록 쌉쌀한 음식을 좋아하게 되는지 연거푸 소주잔을 비우며 말해 주겠지 자꾸 엉켜 가는 혀로 엉킨 그물 같은 삶을 풀어내겠지 그러다가 늙은 작부는 한숨을 쉬듯 세월이 약이라는 식상한 말로 나를 위로하며 내 등을 아무렇지 않게 툭툭 치겠지 하지만 그렇듯 식상하고 극히 상투적인 대답도 아침저녁으로 색색의 알약을 삼키지 않으면 생이 위태로워지는 늙은 작부가 말한다면 어떤 위로의 말보다 가슴에 와 닿겠지 잘도 들어앉던 아이를 마지막으로 떼낸 뒤로 아픈 자궁에 쓸쓸한 바다를 가득 채워 넣어야만 했던 늙은 작부가 말한다면, 나는 그 늙은 작부의 손을 잡고 별과 달이 취해 떨어질 때까지 술잔을 기울이고 싶다 늙은 작부가 마른행주로 내 눈물을 닦아주기를 기다렸다가 나는 애달픈 사랑 노래를 불러 달라고 칭얼거리고 싶다 젓가락 장단에 맞춰 식은 동태찌개가 제일 먼저 어깨를 들썩거릴 것이고 빈 접시와 빈 그릇들도 금시 흥이 올라 온몸을 달그락거릴 테지만 늙은 작부의 노래소리는 인적 없는 포구의 바람소리처럼 쓸쓸하게 들리겠지 뜬금없이 나는, 선창가에 버려진 장화가 아무렇게나 신는 신발보다 오히려 쉽게 삭고 헐거워진다는 것에 새삼 놀라며 막무가내로 슬퍼지겠지 늙은 작부 또한 후렴구를 채 부르기도 전에 흐느끼겠지 그때쯤 나는 술상을 물리고 늙은 작부와 비린내가 풍기는 쪽방으로 들고 싶다 생선을 담았던 나무상자처럼 비린내

가득한 늙은 작부의 품에 나는 갓 잡아올린 도미처럼 담겨져, 등허리로 바
닷가 푸른 달빛이 땀을 타고 흘러내릴 때까지 있는 힘껏 파닥거려주고 싶
다 거친 파도가 방안 가득 들어와 철썩철썩, 철썩거리다가 곤한 잠에 빠지
겠지 나는 도마 위를 콧노래처럼 지나가는 칼소리나 북어포를 내려치는
방망이 소리에 잠을 깨겠지 늙은 작부는 내가 북어국을 먹는 모습 애써 보
지 않는 척 담배에 불을 당기겠지 한술 뜨고 어여 가

—「홍원항」 부분 인용.

  이처럼 길게 인용한 것은 이 시가 가지는 유장한 가락 때문이다. '홍
원항' – '나' – '늙은 작부' 사이를 넘나드는 정서적인 교감을 통해 삶
의 고단함과 인생의 쓸쓸함을 풀어내는 이 시의 내용은 별반 새로울 것
이 없다. 이 시는 리얼리즘 계열의 시인들에게서 얼마든지 볼 수 있는
상투적인 소재와 주제를 보여주고 있는 것이 사실이다. 그러나 여기에
서 문제삼고 싶은 것은 이것이 아니다. 이 시의 매력은 호흡에 있다. 이
시는 "~다", "~지" 등으로 마침의 기능이 존재하지만 이것은 어디까
지나 형식적인 언어의 지표일 뿐이다. 언어의 형식적인 지표가 아닌 호
흡이라는 차원에서 보면 이 시는 단절이 아니라 연속의 특성을 가진다.
이 시에서 시인이 "~다", "~지" 다음에 마침표를 찍지 않은 것도 이런
사실과 무관하지 않다고 할 수 있다.
  연속된 호흡 속에 '홍원항' – '나' – '작부' 사이의 교감을 드러내고
있기 때문에 이 시는 우리의 정서 속으로 스며들 수 있는 것이다. 이 연
속된 호흡은 아무나 흉내낼 수 있는 성질의 것이 아니다. 우리는 이미
이 호흡의 아름다운 예를 곽재구의 「사평역에서」 보지 않았던가. 곽재
구의 「사평역에서」가 삶의 고단함을 '막차', '눈', '대합실', '기적' 등

의 감성적인 질표를 연속된 호흡에 실었다면 「홍원항」의 그것은 '작부', '폐선', '그물', '포구', '선창' 등의 질료를 연속된 호흡에 실었다고 할 수 있다. 이 두 시에서 느끼는 감성이 일정한 편차가 있는 것은 이 질료에서 기인한다고 할 수 있다. '폐선', '그물', '포구', '선창' 등 '홍원항'을 표상하는 질료들이 '작부'라는 질료와 만나면서 상승의 이미지가 아닌 하강의 이미지를 강하게 환기하게 된다. 이 사실은 삶의 처연함과 쓸쓸함, 그리고 고단함을 드러내는데 이러한 만남이 제격이라는 것을 말해준다.

그의 시에 드러나는 이러한 호흡은 그의 시의 생명이다. 이 장점을 그는 잘 살려나아야 할 것이다. 다만 간혹 엿보이는 상투적인 연민의 정서나 대상과의 거리를 상실한 주관화된 감정의 토로 등은 극복해야 될 과제라고 할 수 있다. 좀더 정제되고 견고한 시로 거듭날 수 있기를 기대해 본다.

최종천의 「상징은 배고프다」(『문학과 사회』, 2002. 가을호) 외 3편의 시는 세계에 대한 인식의 견고함을 느끼게 한다. 이 시는 시(예술)와 삶에 대한 인식이 투영되어 있다. 그러나 시인의 이 양쪽 어디에도 쏠리지 않는 균형감각을 보여주고 있다. '상징은 배고프다'라는 표제만 놓고 보아도 그렇다. '상징은 배고프다'라는 말은 '시 혹은 예술은 배고프다'라는 말로 치환할 수 있다. 이 말만 놓고 보면 상징(시 혹은 예술)은 배고파아야 하는 지, 아니면 배고프기 때문에(배고프면 결국 죽게 된다) 그것을 버려야 하는 지, 그것에 대한 시인의 입장이 명확하게 드러나 있지 않다.

　　　삼풍백화점이 주저 앉았을 때

어떤 사람 하나는

종이를 먹으며 배고픔을 견디었다고 한다

만에 하나 그가

예술에 매혹되어 있었다면

그리고 그에게 한 권의 시집이 있었다면

그는 죽었을 것이다

그는 끝까지 그 시집의 종이를 먹지 않았을 것이다

시의 의미만을 되새김질 하면서

서서히 미이라가 되었을 것이다

그 자신 하나의 상징물이 되었을 것이다

—「상징은 배고프다」 전문.

이 시에는 크게 두 대상이 존재한다. 하나는 '종이를 먹은 사람'이고, 또 다른 하나는 '종이를 먹지 않은 사람'이다. 시인은 '삼풍백화점 붕괴'라는 극단적인 상황을 설정해 놓고 이 두 유형을 대비한다. 얼핏 보면 '종이를 먹지 않은 사람', 즉 시인의 존재에 대해 말하고 있는 것처럼 생각될 것이다. 시인은 예술을 목숨과도 초연히 바꿀 수 있는 존재여야 한다는 시인의 인식이 투영된 것으로 볼 수 있을 것이다. 이렇게 보면 이 시는 시의 순수성을 강조하는 것으로 읽힐 수 있다. 하지만 9행, 10행의 행간에서 읽을 수 있는 의미, 좀더 정확히 말하면 행간의 뉘앙스는 시의 순수성에 대한 옹호라고 볼 수 없는 무엇인가가 있다. "되새김질"이나 "미이라"는 시의 순수성을 강조하는 말로는 적당하지 않다. 이 말은 부정적인 뉘앙스를 풍긴다. 만일 이 대목을 부정적으로 읽게 되면 '종이를 먹은 사람'이 오히려 긍정적인 대상이 되는 것이다.

그러나 이렇게 단정적으로 말할 수 없다. 그것은 ‘종이를 먹은 사람’에 대한 옹호의 발언이 구체적으로 드러나 있지 않기 때문이다. “삼풍백화점이 주저 앉았을 때/어떤 사람 하나는/종이를 먹으며 배고픔을 견디었다고 한다”라는 진술은 객관적인 사실에 대한 나열일 뿐이지 여기에 무슨 시적 자아의 주관이 투영되어 있다고 볼 수는 없다.

‘종이를 먹은 사람’과 ‘먹지 않은 사람’ 사이의 긴장은 곧 삶과 시 혹은 예술 사이의 긴장으로 볼 수 있다. 삶과 시 어느 한쪽으로 함몰되어버리는 것이 아니라 둘 사이에서 팽팽한 긴장을 유지하는 것 그것이 바로 「상징은 배고프다」에 나타난 시인의 세계 인식의 방식이라고 할 수 있다. 시인의 이와 같은 태도는 그의 시의 궤적을 통해 보더라도 확인할 수 있다. 그의 시를 흔히 ‘예술과 노동 사이를 잇는 시’(김우창, 「문화 시대의 노동」, 『눈물은 푸르다』 해설, 시와시학사, 2002, p.115.) 라고 말한다. 이 말은 ‘예술(시)과 노동(삶) 모두를 아우른다’는 의미를 가진다. 이것은 예술과 노동 사이의 긴장을 유지하려는 시인의 인식으로 볼 수 있다. 이 긴장이야말로 참으로 소중한 것이라고 할 수 있다. 예술과 노동 혹은 시와 삶 사이의 긴장이 함몰되어 시도 잃고 삶도 잃은 경우가 얼마나 많은가. 최종천의 시와 삶 사이의 균형감각은 그것이 경계에 대한 인식을 동반하고 있다는 점에서 많은 창조적인 고통을 함축하고 있다고 할 수 있다.

4) 상상과 표현의 시적 전략

지난 계절에 이장욱, 김참, 서안나, 박진성의 시를 볼 수 있었던 것은 개인적으로 큰 기쁨이었다. 이장욱의 「중독」(『현대문학』, 2002. 10월 호)은 그의 시의 특장인 몽환적인 세계를 보여주고 있다. 「중독」의 시적 체험은 '걷는다'를 통해 표상된다. '걷는다'는 이장욱 시를 대표하는 기표이다. 그의 첫 시집인 『내 잠 속의 모래산』을 보면 '걷는다'는 통사론적이고 의미론적인 차원과 긴밀하게 연결되어 있음을 알 수 있다. '걷는다'가 시적 표상이 되는 예는 우리 시인들의 시에서 어렵지 않게 발견할 수 있지만 그의 경우처럼 잠 속을 가로지르는 그런 몽환적인 걷기는 흔하지 않다. 잠 속에서 행해지기 때문에 그의 걷기는 뚜렷한 방향성과 목적성이 존재하지 않을 뿐만 아니라 모든 시공간을 가로지를 수 있다.

「중독」 역시 이와 다르지 않다. 이 시는 걷기에 중독된 시적 자아의 몽환적인 내면을 다루고 있다. 시적 자아는 '걷는다'는 사실 자체에 대해 "이건 거의 중독이야"라고 고백하고 있다. 걷기 중독이 무엇인지 여기에 대한 자세한 사실은 드러나 있지 않다. 그것은 다만 "일몰의 해변"의 이미지를 통해 드러나고 있을 뿐이다. "일몰의 해변"이란 밝음과 어둠(의식과 무의식, 의미와 무의미)의 이미지가 교차하는 어떤 경계의 세계를 의미한다고 할 수 있다. 그러나 그의 이 몽환적인 걷기는 관념으로 흐를 위험성을 가지고 있다. 몽환이 경계의 세계를 표상함에도 불구하고 시인은 그것을 지적인 차원에서 조작하려고 한다. 이 조작이 눈에 보인다는 것은 몽환적인 세계에 대한 체험이 시인의 내면에 녹아 있지 않다는 것을 의미한다.

김참의 「매달린 사람」과 「미궁」(『세계의 문학』, 2002. 가을호)은 환상의 세계를 보여주고 있다. 『시간이 멈추자 나는 날았다』에 투영된 시인의 상상력이 이 시에도 그대로 이어지고 있다. 그의 환상의 세계에는 현실에서와 같은 시간이 흐르지 않는다. 따라서 그의 시의 질료에서는 언제나 시간이 빠져 있다. 시간이 흐르기 때문에 사물은 단절되지 않고 유기적인 하나의 질서를 유지하지만 시간이 멈추면 그 질서는 해체되고 만다. 시간 속에 유기적으로 놓여 있던 모든 사물들은 어떤 내적 질서도 없는 무한한 미궁 속에서 뒤섞인다. 이상한 나라가 펼쳐지는 것이다. 미궁의 세계는 모든 것이 그 안에 변화 가능성을 내장하고 있는 그런 길이다. "아파트 벽에서 수평으로 검은 나무가 뻗어나와 건너편 아파트 옥상에 걸려 있"기도 있고, "거리의 유리창 위에 똑같은 크기의 검은 라디오가 매달려 있"기도 한다. 어디 그뿐인가 "사람들은 머리에 뿔을 달고 아스팔트를 뛰어다니"기도 한다.

환상의 세계로 이미 깊숙이 들어가 현실로 나오는 통로를 잃어버린, 아니 어쩌면 나올 필요성을 느끼지 않는 그의 미궁 속의 행보는 어디까지 미끄러져 들어갈지 감을 잡을 수 없다. 그러나 『시간이 멈추자 나는 날았다』 이후 그의 환상 속에서의 미끄러짐은 무한히 열려 있는 미지의 세계를 보여준다기보다는 환상의 어느 한 곳을 맴돌고 있다는 느낌을 떨쳐버릴 수 없다. 환상의 매너리즘에 빠진 것은 아닌지 의심의 눈초리로 그의 시를 읽을 때가 많다. 환상의 세계에 대한 새로움을 기대하고 그의 시를 찾아 읽다가 그것이 환멸이 되어 나타날 때 환상이 현실보다 더 드러내기가 어려운 것이라고(환상은 눈에 보이지 않기 때문에 그것을 개념화된 언어를 통해 드러낸다는 것이 지난한 일이라는 생각이 든다) 단정해버린다. 물론 이 단정은 잘못된 것이리라. 이 단정은 그의 시에서 환상의 영역의 확장이 드러날 때 사라져버릴 것이다.

서안나 시의 미덕은 사물에 대한 섬세한 관찰에 있다. 「스타킹 속의 세상」(『다층사람들』, 2002. 9월호)를 비롯해서 「건빵 먹는 밤」, 「금은

상처들의 힘이다」, 「낡은 구두 속에서」, 「문신에 대하여 나는」(이상 『다
층사람들』, 2002. 9월호) 등의 시에서 느낄 수 있는 것은 사물을 대하
는 시인의 섬세한 감각이다.

　　스타킹을 신을 때면

　잘 풀리지 않는 세상일처럼 조잡하게 말려 있는 두 가닥의 길. 풀기 없
이 뭉쳐져 있는 길들. 그 길속으로 조심스럽게 발을 디디면 망사그물처럼
단단하게 조여오는 아픈 기억들.

　　스타킹을 신을 때면

　열 손가락에 힘을 주고 잡아당기면 뱀 아가리처럼 순식간에 내 몸을 삼
켜버리는 탄력적인 길들. 위험스런 길속엔 함정처럼 꽃들이 피고 지고. 꽃
잎에 진딧물처럼 엎혀진 푸른 골목길. 푸른 골목길에서 누군가가 담장에
기대어 조급하게 기침을 한다. 기침소리처럼 쏟아지는 꽃보다 습한 기억
들. 골목에선 사람들이 잠 속에서도 두 눈을 감지 못한다. 검은 내장을 우
우 떨며 담장들이 목덜미가 하얀 여자를 뱉아 낸다. 절벽처럼 각이 진 얼
굴이 낯익다. 슬픈 내력을 지닌 무성한 소문들이 골목 안에 가득 들어찬
다. 여자의 슬픈 발걸음이 낙타 발자국처럼 따뜻한 담장 안에 고요하게 찍
힌다. 발자국마다 길들이 열린다. 길들이 여자를 휘감는다. 꽃잎들이 여자
목덜미에 서둘러 피어난다. 스타킹을 신다보면 꽃처럼 붉은 길들이 망사
그물처럼 단단하게 조여온다

—「스타킹 속의 세상」 전문.

시인에게 "스타킹"은 일상적인 질료이다. 이 질료를 시인은 "길"로
치환한다. 이 발상은 신선하다. "스타킹"의 "망사그물" 같은 삶의 길이
란 질긴 상처의 자국을 남길 수밖에 없다. "열 손가락에 힘을 주고 스타
킹을 잡아당기면" 그것은 순식간에 시인의 "몸을 삼켜버리"고 마는 것
이다. 시인은 삶의 길에서 얻게 된 이 상처를 '붉은 꽃'이라는 선명한
이미지로 표현하고 있다. 선명하기 때문에 오히려 그 상처가 더욱 아프
게 느껴진다.

하나의 사물을 대하는 감성의 섬세함은 최근 우리 여성시인들의 시
속에서 많이 발견된다. 이것은 여성시인들의 감성이 본질적으로 남성
시인들의 그것보다 더 섬세하다는 것을 의미하는 것은 아니다. 단지 최
근 우리 시단의 현상이 그렇다는 것이다. 이 섬세함은 사물과 언어에
대한 구체성을 획득하면서 우리 시단에 신선한 감각을 불러일으키고
있는 것이 사실이다. 스타킹 속의 세상에 투영된 시인의 섬세한 감각이
놓인 지점이 바로 여기라고 할 수 있다. 다만 그녀의 시가 다소 불안한
것은 섬세한 감각에 비해 그것을 시의 문법 내에서 통어하는 힘이 부족
하다는 것이다. 그녀의 시가 언어와 언어의 긴밀함을 통해 하나의 견고
한 몸을 이루지 못하고 있기 때문에 섬세한 감각이 보여주는 미적 효과
가 내적인 깊은 울림을 가지지 못하고 표피적으로 흐르게 되는 것이다.

박진성의 「고도를 기다리며」(『현대시학』, 2002. 10월호)는 발상 자
체가 재미 있다. 우선 "성인오락실"에서 "고도를 기다린다"는 것 자체
가 그렇다. 그러나 무엇보다도 이 시의 발상이 신선한 것은 우리들이
기다리던 '고도'가 모습을 드러내고 있다는 것이다. '고도'라는 절대자
에 대해 목말라 하면서 그가 누구인지 점점 알 수 없게 되지만 포기하
지 않고 그를 기다리는, 그러나 끝내 '고도'는 나타나지 않는 베게트의

그것과는 다르다. '고도'는 나타났고 그것을 본 사람은 "으악!"하고 "비명소리를 내며 쓰러진"다. 시인의 이 발상은 일정한 미적 효과를 창출하고 있다.

'고도'가 나타남으로써 그가 가지는 절대적인 힘 -『고도를 기다리며』에서는 '고도'가 나타나지 않음으로써 사람들은 더욱 실존에 대한 불안과 공포를 가지게 된다. 이것이 바로 베게트가 의도한 미적 전략이라고 할 수 있다. - 이 약화되고 있기는 하지만 그가 나타난 곳이 "성인오락실"이라는 점에서 이것은 베게트와는 다른 미적 효과를 드러낸다. "성인오락실"은 '고도'가 가지는 절대자로서의 신비함을 투사하기에 적합한 장소가 아니다. '고도'의 신비로움이 뚫고 들어갈 공간이 아니기 때문에 그가 나타나지 않는다는 사실 자체가 그다지 큰 불안과 공포의 요인이 될 수 없다. 시인은 이것을 알고 있었던 것이다. 이런 발상에서 시인은 역으로 '고도'를 "성인오락실"에 모습을 드러내게 한 것이다. 이것은 기대의 배반이며(고도를 보는 순간 사람이 비명을 지르며 쓰러진 것을 상기해 보라), 여기에서 미적인 효과가 창출되는 것이다.

시인의 이러한 발상과 그것을 드러내는 형식은 모던해 보인다. 하지만 같이 실린 「겨울, 안면도」나 「발작 이후」, 「테오에게, 중심에 바친다」, 「봉구」(이상 『시와사상』, 2002. 가을호) 등의 시에서는 이러한 모던함이 느껴지지 않는다. 상투적인 감상주의적인 냄새가 나기도 하고, 나이브한 서정의 냄새가 나기도 한다. 그는 아직 자신의 시적 정체성을 찾지 못한 것 같다. 이 정체성 찾기가 다른 무엇보다도 시인에게 중요하리라고 본다.

5) 시적인 욕구와 욕망의 대중화를 위하여

아직도 우리 시인들은 몹시 배가 고픈 것 같다. 시적인 욕구와 욕망은 다른 어떤 시대보다도 강렬한 것 같다. 잡지의 범람과 무분별한 신인 배출로 인해 시인이 넘쳐나고 그로 인해 우리시가 질적으로 저하된 것이 사실이지만 시, 좀더 정확히 말하면 시를 창작하고자 하는 욕구는 예나 지금이나 변하지 않은 것 같다. 따라서 이 많은 시쓰기의 욕구를 우리 시단이 수렴하면서 시에 대한 가치평가도 게을리 하지 말아야 하리라고 본다.

시가 대중으로부터 외면당하고 있다는 지적은 한편으로 보면 타당하다. 하지만 또 다른 한편으로 보면 그것은 타당하지 않다. 그것은 바로 시쓰기(창작)에 대한 변하지 않는 욕구 때문이다. 대중이 시를 외면한다고 한탄하기 전에 시인들이 대중 속으로 찾아들어 가야 하리라고 본다. 그 한 방법이 '낭송 문화'의 활성화라고 생각한다. '시낭송회를 열면 누가 오겠냐'고 하지만 그것은 대중들의 이런 욕구를 잘 읽어내지 못한 무지함의 소치라고 할 수 있다. 낭송 문화의 활성화를 위해 시인들의 노력과 제도적인 뒷받침이 있어야 할 것이다. 우리의 문화는 몹시 척박하다. 이 척박한 땅에 씨를 뿌리고 싹을 틔울 수 있는 터를 잡아주는 일을 먼저 우리 시인들이 해야 한다. 시인들은 배가 고프다. 대중들도 배가 고프다. 아니 우리시는 지금 배가 고프다.

소설의 허구와 역사적인 사실의 경계는 있는가

1) 역사와 소설과의 관계

역사와 소설은 어떤 관계인가? 적대적인가 아니면 우호적인가? 이 물음에 대한 답은 참으로 애매모호하다. 역사의 편에서 보면 소설은 정도를 벗어난 허접한 이야기에 불과할 수 있고, 소설의 편에서 보면 역사는 실증적인 사실이나 들먹이는 고리타분한 학문에 불과할 수 있는 것이다. 이러한 불화의 뿌리는 소설이 허구의 양식이라는 데에 있다. 허구란 사실과는 다른 것이다. 허구라는 말 속에는 사실에 대한 직접적인 반영을 넘어 그것을 굴절시킨다는 의미가 포함되어 있다. 소설이 사실을 굴절시켜 보여줄 수 밖에 없는 것은 이미 소설이라는 장르가 가지는 특성 속에 존재한다고 할 수 있다. 소설이란 가담항설(街談巷說), 곧 길거리에 떠돌아다니는 이야기를 말한다. 가담항설이란 어떤 정확한 실체가 존재하는 것이 아니다. 그것은 여러 사람들에 의해서 끊임없이 가감되고 비틀리면서 떠돌아다니는 사실로부터 멀리 있는 이야기의 형태일 뿐이다.

　이런 맥락에서 볼 때 소설에서의 허구는 케논을 가질 수 없다. 그것은 수많은 이본의 형태로 존재할 수밖에 없는 것이다. 이것이 문제인 것이다. 역사의 차원에서 보면 이본이란 존재할 수 없는 것이다. 역사란 이본에 대한 실증적인 확인 과정을 통해 정본을 확립해 가는 과정이라고 할 수 있다. 일단 역사에서는 원래적인 사실이 무엇이냐가 문제가 된다. 사실이 밝혀지지 않으면 그것은 정확하게 역사의 맥락으로 들어올 수 없다. 추정이나 개연이란 위험하다고 판단하기 때문이다. 대부분의 역사서들(우리가 흔히 ‘정사’라고 말하는)이 정확하게 밝혀진 사건이나 사실을 바탕으로 기술된 점을 상기해 보라. 특히 역사에 대한 충실한 기록을 위해 자신의 목숨까지도 내놓을 정도로 우직했던 사관들을 떠올려 보라. 역대 왕들도 자신의 불미함과 과오를 사관이 기록했다고 해서 그들을 죽이거나 그것을 고치는 일은 거의 없었다고 해도 과언이 아니다.

　역사는 이처럼 사실의 차원이 중심 토대를 이루고 있다. 물론 ‘야사’라고 하는 것이 있어 사실의 차원을 벗어나는 경우가 있기는 하지만 이것들은 대부분 신비하고 기이한 것의 차원을 넘어서지 못하고 있다. 역사가 이 차원에 놓이다 보면 그것은 자칫 인류학적인 원형으로 환원될 위험성을 가지게 된다. 야사는 단순한 사실의 반영이 아니라 그 시대의 집단무의식을 반영하고 있다는 점, 정본이 아닌 이본의 가능성을 내포하고 있다는 점에서 소설과 상통하는 부분이 있기는 하지만 허구 혹은 허구성의 측면에서 보면 그것 역시 미흡하다고 할 수 있다. 소설에서의 허구란 시대의 집단무의식의 차원을 넘어 선 개별화된 다양한 의식까지 포함하고 있을 뿐만 아니라 사실과의 관계성으로부터 자유로운 굴절된 이데올로기의 형상을 가질 수도 있는 것이다.

소설에서의 허구는 역사와 소설을 구분짓는 하나의 잣대가 될 수 있다. 역사가 허구를 토대로 쓰여진다면 과연 그것을 역사라고 믿겠는가.(하겠는가) 아마 대부분의 사람들이 고개를 가로 저을 것이다. 허구를 토대로 하는 소설과 사실을 토대로 하는 역사는 분명히 다르게 인식될 수 있다. 하지만 이러한 생각은 소설과 역사 혹은 허구와 역사에 대한 일반론에 기울어져 있다고 할 수 있다. 이러한 비판은 허구와 역사가 대립적인 것이 아니라 서로 넘나들 수 있는 여지가 있다는 것을 의미한다. 이 가능성을 가장 뚜렷히 보여주고 있는 것이 바로 '역사소설' 아닌가. 역사면 역사고 소설이면 소설이지 역사소설이라니, 도대체 이런 식의 장르 명칭이 올바른 것이긴 한가? 역사적인 사실을 허구화한 것 혹은 역사를 허구화한 것 그것이 역사소설인가? 불화관계에 놓이는 역사와 소설, 사실과 허구가 어떻게 하나로 묶여질 수 있는지 의문이 든다.

2) 역사소설의 허구적 상상력의 의미

역사소설이라면 역사적인 사실을 바탕으로 한 것인가? 역사소설에 대한 일반적인 정의가 여기에 있음은 주지의 사실이다. 가령 우리 역사의 한 장을 차지하고 있는 수양대군과 단종의 사건을 소설로 쓴다고 하자. 작가는 우선 조선시대의 역사를 이해하는데 가장 기본이 되는 조선왕조실록 등 여러 사서들을 찾아 역사적인 사실들을 살펴볼 것이다. 이 사실들을 살펴보지 않고는 수양대군과 단종에 관한 소설을 쓸 수 없을 것이다. 그것은 단종과 수양대군이 역사에 실존한 인물이기 때문이다.

하지만 작가는 이 사실들을 그대로 카피하지는 않을 것이다. 그러면 이것은 역사서와 다를 바 없는 것이 된다. 필연적으로 여기에는 작가의 상상력이 개입될 수밖에 없다. 이 기본적인 사실들을 토대로 작가는 여기에 살을 붙이거나 덜어내거나 해서 원래의 역사적인 사실과는 다른 어떤 새로운 세계를 만들어 낼 것이다. 수양대군의 입장에서 그가 가진 고뇌를 드러내 보일 수도 있는 것이고, 사육신 뿐만 아니라 생육신도 충신이라는 입장에서 서사를 전개해 갈 수도 있는 것이다. 그런데 만일 그 세계가 역사서에 기록된 세계와 너무나 차이가 난다면 어떤 일이 벌어질까? 더욱이 역사를 공부하는 사람들이나 이들과 관계된 사람들(후손들)이 그 사실을 발견한다면 무엇이라고 말을 할까? 아마 그 사람들은 대부분 작가가 역사를 왜곡했다고 말할 것이다.

그러나 이 '왜곡'이라는 말은 참으로 애매모호한 의미를 내포한다. 여기에는 서로 다른 시각의 교차라는 의미가 존재하기 때문이다. 어떤 하나의 사건에 대한 해석은 그것을 해석하는 사람의 입장에 따라 달라질 수 있기 때문이다. 해석의 다양성을 열어놓은 상태에서 역사적인 사건을 보면 왜곡이란 참으로 판단하기 힘든 것이라고 할 수 있다. 하나의 사건을 바라보는 이러한 다양한 시각의 차이를 가장 잘 보여주는 것은 6 · 25를 형상화하고 있는 소설들이다. 우리가 흔히 역사소설의 범주에 포함시키는 조정래의 『태백산맥』을 보자. 이 소설은 6 · 25를 좌익의 시선으로 전개해 나가고 있다. 우익의 입장에서 보면 그것은 철저한 역사의 왜곡이라고 생각할 것이다. 이것은 80년대라는 시대적인 상황이 만들어 낸 우리소설사의 한 사건이다. 왜곡이란 시대정신이나 그 시대의 이데올로기에 의해 다르게 해석될 수 있는 것이다.

역사소설의 작가는 역사적인 사실을 토대로 그것을 허구화한다라고 할 때 그렇다면 그 허구화란 무엇인가? 이것은 없는 사실을 거짓으로 꾸며내는 것인가? 꾸민다는 것은 맞는 말이지만 그것이 거짓이라는 것은 문제가 있다. 이런 식으로 이야기하면 허구화된 사실, 그것이 역사적인 사실이든 아니면 일상적인 사실이든 그것을 화구화한 것은 모두 가짜요, 거짓이란 말인가. 그러나 우리는 그것을 거짓이라고 말하지 않는다. 허구화란 사실을 넘어 진실에 접근하기 위한 한 방법으로 인식하기 때문이다. 작가의 상상력이란 단순히 눈에 보이는 사실 뿐만 아니라 그 이면에 있는 사실에 대해 집요하게 들추어 내고 해석하는 특성을 가지고 있다. 눈에 보이는 사실만을 서사화하는 경우 배제하기 쉬운 것은 얽히고 설킨 세상의 이치와 사람들의 세세한 정서의 굴곡이다. 소설은 바로 이것을 드러내는 것이다. 소설이 역사서보다 리얼한 이유가 바로 여기에 있는 것이다. 진수의 『삼국지』보다 나관중의 『삼국지』가 더 리얼할 뿐만 아니라 누대에 걸쳐 많은 사람들의 사랑을 받는 이유인 것이다. 나관중의 『삼국지』의 인물들과 일련의 사건들은 죽어 있지 않고 생생하게 살아 움직이면서 우리로 하여금 미적인 감동을 체험하게 한다.

나관중의 『삼국지』를 통해 우리는 '위·촉·오'의 역사를 체험하게 되는 것이다. 우리는 『삼국지』가 허구라는 것을 알지만 그것이 거짓되고 역사를 왜곡한다고 생각하지는 않는다. 오히려 허구 속에 역사적인 진실이 있다고 생각하게 된다. 그렇다면 허구와 역사는 다른 것이 아닌 것이다. 역사는 존재하기는 하되 그것은 우리가 도달할 수 없는 그 무엇이라고 할 수 있다. 역사는 우리의 사고와 인식에 시공을 초월해서

318

끊임없이 영향을 미치지만 직접적으로 인식할 수 없는, 그래서 소설과 같은 허구화된 텍스트를 통해서만이 그 존재성을 드러내는 것이라고 할 수 있다. 역사는 계속해서 소설과 같은 허구화된 텍스트를 통해 그 모습을 드러내면서 완성이나 총체성이 아닌 미완의 열린 구조로 존재할 뿐이다. 우리가 흔히 고전이라고 하는 루카치의『역사소설론』은 이런 맥락에서 볼 때 일정한 한계를 가진다고 할 수 있다. 서사시적인 총체성의 구현이란 그 의미는 아름답고 장엄하지만 그것으로 인해 리얼함을 상실할 수도 있는 것이다. 이상적인 삶과 역사의 주체를 민중으로 제시하면서 역사 변혁의 새로운 장을 펼쳐보였지만 그 이론이 가지는 이상에 경도되어 텍스트의 경직성을 초래한 것이 사실이다.

  역사와 허구가 다른 것이 아니라면 역사소설의 경우 그것이 꼭 역사적으로 발생한 사실을 토대로 하지 않을 수도 있다는 것을 의미한다. 역사를 가상해서 새롭게 재구성할 수도 있다는 것이다. 가상이 아니더라도 역사적인 사실을 토대로 하되 그것을 진지하게 접근하지 않고 재미있게 접근할 수도 있으며, 이것을 통해 역사의 성상파괴를 단행할 수도 있는 것이다. 역사소설에서 허구의 범주를 넓게 보자는 것이다. 최근에 나온 김훈의『칼의 노래』는 난중일기를 토대로 하고 있다. 소설 속에서 이순신은 영웅으로서의 풍모보다는 평범한 인간의 모습을 하고 있다. 그가 보여주는 인간적인 고뇌와 갈등은 우리가 공감할 수 있는 많은 여지를 가진다. 복거일의『비명을 찾아서』는 역사를 가정법에서 출발한다는 점에서 문제적이다. 만일 이토우 히로부미가 안중근 의사에게 사살되지 않고 부상만 당했으면 역사는 어떻게 전개되었을까? 태평양 전쟁은 일어나지 않았고, 일본은 조선과 만주를 식민지로 거느리면서 내적인 충실함을 도모해 세계의 미국과 소련에 맞먹는 강대국이 되고, 조선은 주권을 완전히 상실하게 되어 조선인(박영세)은 자신의 이름조차 알지 못하고 살아간다는 이야기가 이 소설의 대강의 줄거리이다.

줄거리만 놓고 보면 황당무계한 혹은 허무맹랑한 역사소설이다. 하지만 이 소설은 역사에 대해 진진한 물음을 던진다. 비록 가상의, 대체된 역사이지만 우리는 이 속에서 '지금', '여기'라는 현실을 반추해 볼 수 있을 뿐만 아니라 소설의 허구성이 역사의 사실성을 넘어 진실에 접근할 수 있는 길을 발견할 수 있을 것이다. 이런 점에서 복거일의 역사소설에 대한 다음의 평가는 주목에 값한다고 할 수 있다.

역사소설의 근자에 흐르는 역사와 문학, 사실과 허구의 관계를 이전처럼 구분할 경우, 어쩌면 복거일의 작품이 지닌 혁신성을 분석할 기준을 영원히 못 찾을 수도 있다. 이는 복거일의 작품이 공적 역사의 사실성을 오히려 허구로 만들었기 때문이다. 여기서 가장 문제가 되는 지점은 사실과 허구의 관계이다. 이전의 사실이 실은 허구이고, 허구가 사실일지도 모른다는 인식의 전환은 사실과 허구의 안정적인 경계를 흔들어놓기에 충분했던 것이다.[1]

"사실이 실은 허구이고, 허구가 사실일지도 모른다는 인식"은 역사와 소설에 대해 한 번쯤 생각해 본 사람에게는 새로운 것이 아니다. 하지만 복거일의 소설처럼 그것을 텍스트를 통해 실천적으로, 아주 진지하게 또는 아주 실험적으로 보여준 소설가는 일찍이 없었다고 해도 과

---

1) 공임순, 『우리 역사소설은 이론과 논쟁이 필요하다』, 책세상, 2000, p.6.

언이 아니다. 이것을 역사에 대한 포스트모던적 해석이라고 해도 틀린 말은 아니지만 달리 생각해 보면 그것은 또한 사실과 허구에 대한 아주 본질적인 의문을 담고 있는 것으로도 볼 수 있다. 사실과 허구에 대한 경계가 무너지면서 사실보다는 허구의 위력이 더 강해지고 확장된 것이 사실이다. 허구가 세상을 지배하게 된 데에는 매스미디어의 팽창이라는 매체의 변화가 가로놓여 있다. 허구가 역사에 길을 물었다면 이제는 역사가 허구에 길을 묻는 형국이 된 것이다. 역사소설의 논의가 단순한 소설의 차원에 머물지 않고 드라마나 영화 같은 이 시대의 지배적인 양식의 차원에서 논의되어야 하는 이유가 여기에 있다. 역사가 있고 역사소설이 있고 역사드라마와 역사적인 것을 토대로 하는 영화가 있는 것이다. 따라서 사실과 허구, 역사와 소설에 대한 논의는 점점 더 복잡해지고 다양화되어 가고 있다고 말할 수 있다.

3) 역사적 사실의 허구적 변용

지금까지는 역사의 시대였다면 앞으로는 허구의 시대가 될 것이다. 아니 어쩌면 벌써 허구의 시대가 되었는지도 모른다. 허구가 역사에 길을 물었다면 이제는 역사가 허구에 길을 물어야 하리라. 최근 몇 년간 우리는 역사드라마의 홍수 속에서 살아 왔고 또 살아가고 있다. 「용의 눈물」이 그 서막을 열더니 이어서 「태조왕건」, 「여인천하」, 「제국의 아침」, 「어사 박문수」, 「야인시대」, 「무인시대」, 「장희빈」 등이 그 뒤를 잊고 있다. 바야흐로 역사드라마의 전성시대라고 할 수 있다. 그러나 이것의 인기를 단순히 트렌드로만 볼 수 없는 측면이 있다. 이제 역사는 매스미디어의 발달로 인해 우리 눈앞에 그대로 재현(물론 이것은 일종의 시뮬라시옹이지만)하기가 쉬워졌을 뿐만 아니라 가상의 세계를 갖고 싶어 하는 사람들의 욕망에 의해 그것은 하나의 즐김의 대상이 된 것이다.

한때 장안의 주가를 구가했던 「용의 눈물」이나 「여인천하」 그리고 최근의 「야인시대」가 방영되는 날이면 사람들은 하던 일을 잠시 멈추고 모두 텔레비전 앞으로 모여든다. 텔레비전 화면 앞에서 펼쳐지는 영상의 위력에 이들에게 역사적인 사실은 단순한 참고사항일 뿐이다. 사람들은 「용의 눈물」의 유동근을 통해 태종을 떠올리며, 그가 보이는 카리스마 넘치는 권력놀음 앞에서는 압도당하기도 하고, 조카 단종을 죽일 수밖에 없는 상황에서 고통스러워 하는 그의 모습에서는 연민을 느끼기도 한다. 역사의 사실을 토대로 했다고는 하지만 이 드라마에서 사람들은 허구화된 역사를 체험할 뿐이다. 어디 그뿐인가. 「야인시대」는 또 어떤가. 김두한이라는 깡패를 역사적인 사실을 넘어서 신화화시키고 있지 않은가. 구마적과 신마적, 쌍칼 그리고 김두한이 일대일로 맞장을 떠서 진 사람은 종로를 떠나 만주로 또는 평양으로 가는 장면은 우리에게 깡패들에 대한 환상을 심어주기에 부족함이 없다. 얼마나 낭만적인가. 이것에 매료되어 우리는 역사에 실존했던 김두한에 대한 사실을 망각한 채 허구화된 안재모 혹은 김영철의 영상에 스스럼없이 빠지게 되는 것이다.

이 단계에 오면 허구와 사실의 구분이 문제가 되는 것이 아니라 허구가 역사를 만든다는 사실이 문제가 된다. 사람들은 그 허구화된 역사를 보고 그것이 진짜라고 믿으며 그것은 끝없이 우리가 살고 있는 현실 속에서 우리의 의식과 행동 속에 파급되어 새로운 담론을 만든다. 일제시대나 해방정국이라는 시대가 '지금', '여기'라는 현실 속으로 침투해 들어와 새롭게 부활하면서 실체가 없는, 우리가 인식할 수 없는 역사에 실체성을 부여하는 것이다. 우리가 살고 있는 시대를 역사의 시대가 아니라 '허구의 시대'라고 하는 이유가 바로 여기에 있는 것이다. 이것은 역사의 왜곡인가. 한낱 뒷골목의 깡패가 애국주의의 옷을 입고 신화화되는 광경을 지켜보면서 우리는 그 왜곡됨에 분노하고 분개하는가. 물론 이런 부류의 사람들도 있을 것이다. 그러나 대부분의 사람들은 허구를 허구로써 즐길 뿐이다.

허구에 대한 즐김이 역사가 되는 시대에 우리는 살고 있는 것이다. 「여인천하」는 『왕비열전』에 나와 있는 기록과도 차이가 있을 뿐만 아니라 그것을 소설화한 그래서 그것을 원작으로 삼은 월탄 박종화의 『여인천하』와도 차이가 있다. 차이가 있을 수밖에 없는 것이 앞의 두 텍스트는 고정된 것이지만 뒤의 텍스트는 고정되어 있지 않기 때문이다. 배우의 사정에 따라 시청율의 정도에 따라 시청자의 반응에 따라 드라마 「여인천하」는 달라질 수 있는 것이다. 만일 시청자들이 어떤 인물의 죽음을 원한다면 역사의 기록 혹은 원작에 관계없이 그를 죽일 수도 있는 것이다. 또한 시청률에 따라 이야기를 늘릴 수도 줄일 수도 있는 것이다. 허구의 개념이 달라지고 있는 것이다.

일방소통이 아니라 쌍방향소통의 시대를 살아가면서 역사와 허구는 점점 더 대중의 요구에 따라 생산되고 소비되기에 이른 것이다. 이제는 모두가 세계를 손쉽게 허구화할 수 있다. 소설의 시대가 갔다고 하지만 그것이 얼마나 경솔한 판단인지 '지금', '여기'에서의 허구의 존재성에 비추어 보면 알게 될 것이다. 앞으로 역사적 사실의 소설적 허구화는 다양하게 변주되면서 지금 여기의 현실 속에서 실현될 것이다. 이것은

다시 말하면 역사와 소설, 허구와 사실 사이의 경계가 해체되어 드러난
다는 것을 의미한다.

4) 소설적 허구와 역사적 사실의 경계 해체

　소설적인 허구와 역사적인 사실의 경계의 해체는 새로운 양식들의
다양한 생산으로 이어질 것이다. 이것은 소설적인 허구가 이 시대의 문
화 속에서 다양하게 활용될 수밖에 없다는 것을 의미한다. 허구가 사실
이 되고 역사가 된다면 역사가 그러하듯이 우리는 그 허구를 통해 좌표
를 설정하고 끊임없는 변증법(미적 변증법)적인 과정을 통해 새로운 세
계을 열어 보여야 할 것이다. 토대가 바뀌고 역사의 주체가 바뀌고 그
들이 추구하는 이상이 바뀌는 상황에 단순한 관조자가 되지 않고 직접
적으로 참여하기 위해서는 이러한 허구와 사실에 대한 싶은 성찰이 있
어야 할 것이다. 어쩌면 우리의 역사는 허구의 역사라고 할 수 있을 것
이다. 그 허구의 실체를 가장 잘 구현하고 있는 텍스트는 소설이나 영
화, 드라마, 애니메이션 같은 서사물이며, 이제 우리는 역사의 가눈 길
을 이 텍스트를 통해 물어야 할 것이다.

소설 원작의 각색과 그 변용에 관한 이해

―「돼지가 우물에 빠진 날」
(홍상수 감독 1996, 구효서의 『낯선 여름』 원작)을 중심으로

1) 충실성의 허구와 창조적 변용성

구효서의 『낯선 여름』(1994)을 각색한 홍상수 감독의 「돼지가 우물
에 빠진 날」(1996, 이하 「돼지가」로 표기)은 소설과 영화의 상관성과
관련하여 다양한 시사점을 제공한다. 우선 이 두 텍스트는 소설의 영화
로의 각색 일반에 대한 성찰의 의미를 강하게 드러낸다. 소설의 영화로
의 각색 과정에서 암묵적으로 동의해 온 '소설이 가지는 복합적이고 높
은 차원의 이야기성(storytelling)과 상상력(imagination)을 영화가 드
러내기에는 한계가 있다'는 인식 자체가 허구라는 것을 이 두 텍스트는
잘 보여주고 있다. 이러한 허구적인 인식은 영화 역사의 일천함과 그로
인한 소설 원작에의 의존에서 비롯된 잘못된 오해의 산물인 것이다.[1]

---

1) 소설은 문자를, 영화는 영상을 토대로 하지만 소설 역시 말로써 이미지를 전달한다는 차원

소설과 영화와의 이러한 인식은 그대로 각색에 대한 잘못된 이해로 이어진다. 영화의 소설에 대한 의존성은 '소설 원작의 이야기성 자체의 충실성(fidelity)이 곧 각색의 본질' 이라는 환상을 불러일으키기에 이른다. 하지만 이 두 텍스트를 통해 드러나는 것은 소설 원전의 문자나 정신은 신성불가침적인 것이 아니라 각색 주체에 의해 충분히 창조적으로 변용될 수 있다는 사실이다. 각색 주체의 창조성에 대한 강조는 소설에 대한 영화의 위상을 정립하기 위한 일정한 토대를 제공한다. 또한 그것은 좋은 각색에 반드시 좋은 소설이 필요한 것이 아니며, 말하기 위주의 소설보다 보여주기 위주의 소설이 영화로 만드는데 더 매력적인 것은 아니라는 사실을 말해준다. 각색 자체가 소설에서의 '명백히 드러난 화자, 해설자, 묘사자, 인물의 심리 상태에 관한 정보 제공자, 논평자, 철학적 설명자 등과 맞붙어 싸우는 지적인 작업'[2]이기 때문에 오히려 말하기 위주의 소설이 더 매력적일 수 있다.

이런 점에서 홍상수의 「돼지가」는 주목에 값한다. 「돼지가」는 각색 주체의 감각 및 취향 그리고 독자의 관습에 의해 소설 원작이 얼마든지 변용될 수 있다는 것을 잘 보여준다. 『낯선 여름』은 각색의 과정을 거치면서 자연스럽게 그 틈이 드러나고, 이 틈을 각색 주체들이 채워나간다. 영화가 시각적으로 어떤 사실을 현존하게 한다고 해서 틈이 없다고 말할 수는 없다. 영화의 '서사단계 뿐 아니라 문체나 표층 단계에서도'[3]틈

에서 보면 영화와 별반 다르지 않다. 이 사실은 소설을 언어적인 것 영화를 시각적인 것이라고 단정하는 것이 위험할 수도 있다는 것을 의미한다. '말로써 이미지를 전달하는 것, 음으로 보게 하는 것, 뇌 속에 있는 스크린에다 움직이는 사건과 사물을 투사하는 것' (이영식 옮김, 『영화와 문학』, 동문선, 2000, 20쪽)이 소설이라는 정의는 이상적인 영화의 정의이기도 하다.

2) S. 채트먼, 한용환 옮김, 「영화 각색의 새로운 유형 - 프랑스 중위의 여자」, 『영화와 소설의 수사학』, 동국대학교 출판부, 2001, 3쪽

3) 위의 책, p.1.

은 생길 수밖에 없다. 이러한 과정을 통해 생기는 틈은 소설의 영화로의 각색에 있어서의 창조적인 변용성을 반영한다. 그 동안 행해져 온 각색은 대부분 온건한 차원에서 이루어진 것이 사실이다. 그 결과 우리 영화의 각색은 소설 원작이 주는 고전으로서의 위압감과 신성불가침성에 주눅들거나 소설 원작의 상품성과 대중성을 그대로 업고가려 한다거나 아니면 지나치게 대중추수주의에 함몰되어 버린 경우가 대부분이다.

그러나 「돼지가」는 소설 원작을 해체하여 재구성하는 방법을 통해 소설 원작이 드러내는 서사성의 약화와 결핍을 상쇄하고 있을 뿐만 아니라 많은 해석의 틈을 제공함으로써 상상력의 폭을 확장하고 있다. 이 사실은 소설 속의 보이지 않는 상상력이 각색 과정을 거쳐 하나의 완전하고 고정된 영상으로 보여지면서 그것이 가지는 풍부한 잠재력이 약화되고 소멸되어버린다는 일반적인 견해에 배치된다. 이런 점에서 「돼지가」는 소설 원작의 영화로의 각색이 왜 필요하며, 그것이 나아갈 방향이 어디에 있는가를 잘 보여주고 있는 텍스트이다. 이것은 「돼지가」가 그 안에 '세계에 대한 해석(interpretation)의 문제'를 내포하고 있는 텍스트라는 것을 의미한다. '해석'이 창조성의 개념을 동반한다는 점에서 보면 이 사실은 결코 간단한 문제는 아니다. '기술 복제 시대의 예술'로 명명되는 우리 시대의 예술사적 맥락에서 '해석'의 문제를 어떻게 바라보아야 할까? 하는 포괄적이고 전면적인 문제와 만나기 때문이다. 창조성의 문제가 포스트모더니즘에서의 논리에 의해 희석되면서 시대착오적인 것으로 인식되고 있는 것이 사실이다. 하지만 창조성의 논리는 이름을 달리해서 우리 시대의 예술의 창작 과정에서 작동하고 있다. 이런 맥락에서 이 글은 각색이 드러내는 창조적인 변용성의 차원에 초점을 두고 논의를 전개해 나갈 것이다. 이 과정을 통해 소설 원작의 영화로의 각색에 대한 새로운 의미들을 고찰해 보고, 아울러 창조적인 해석의 유효함에 대해서도 또한 고찰해 보고자 한다.

2) 고백적 서술 구조의 해체적 구성

(1) 소설 원작의 자기 고백성과 각색 주체의 해체 욕망

「돼지가」의 원작인 구효서의 『낯선 여름』은 장편소설이다. 하지만 『낯선 여름』은 일반적으로 장편소설이 다층적이고 모순된 세계 구조와 총체적인 인간 심리나 사회적 현실 차원의 서사체를 토대로 하는 것과는 달리 '자기고백성' 혹은 '자기독백성'을 강하게 드러내고 있는 텍스트이다. 이런 점에서 볼 때 『낯선 여름』은 양적인 차원에서만 장편소설의 서사적인 요건을 갖추고 있을 뿐 서정에 가까운 양식이다.

『낯선 여름』의 이러한 서정적인 특성은 이 소설이 두 남녀의 독백을 통한 연애담의 구조에서 기인한다. 따라서 『낯선 여름』은 서술자의 화법 자체가 자기 고백적인 것이다. 이 소설은 김효섭과 강보경이라는 중년의 남녀에 의해 서술이 이루어지고 있다. 이 둘의 서술은 서로 교차되면서 안정적이고 권태로운 한 유부녀와 부인을 사별한 고독하고 외로운 한 소설가와의 불륜의 과정을 들려준다. 이 과정을 통해 두 사람은 자신의 내면에 숨어 있는 낯선 자아를 조금씩 문면으로 드러낸다. 여기에서 우리가 주의해서 볼 것은 이들이 들려주는 이야기의 방식이다.

저는 지금 저를 저라고 말합니다. 나가 아니고 저라고 합니다. 누구한테 그러는 것일까요.

모르겠습니다. 지금 저는 줄곧 그를 생각하며 이 글을 쓰고 있습니다. 구렛나룻, 김효섭 말입니다. 그러나 그에게 드리는 글이라곤 할 수 없습니다.

이것은 누구에게도 드리는 글이 아닐 것입니다. 제가 하고 싶은 대로 하는 말일 뿐입니다. 그런데도 저는 저를 저라 하고, 이랬습니다 저랬습니다 공손해지는군요, 무작정 그리 됩니다.

그냥 누구에겐가 솔직한 심정들을 털어놓고 싶었던 것일 겁니다. 그게 그일 수도 있고, 남편일 수도 있고, 제가 전혀 알지 못하는 그 누구일 수도 있겠지요.[4]

강보경의 서술 화법은 서간투이다. 강보경의 서간투는 철저한 고백의 형식으로 되어 있기 때문에 허구가 끼어들 틈이 없다. 여기에서의 나는 사실적인 나이면서 동시에 진실하고 순수한 나이다. 따라서 이 형식의 언어는 구심적이고 단성적인 속성을 지닐 수밖에 없다. 이것은 이 소설의 언어가 길거리에 떠돌아다니는 다양한 사람들의 오염된 이념소이며 언제나 원심적이고 다성적인 목소리를 가지고 있지 않다는 것[5]을 의미한다.

강보경의 서술 화법이 자기 독백적 혹은 자기 고백적이기 때문에 소설 속의 작중인물의 언어와 다양한 일상의 언어들이 대화적인 관계를

---

4) 구효서, 『낯선 여름』, 중앙일보사, 1995, p.55.
5) 미하일 바흐찐, 전승희 외 옮김, 『장편소설과 민중 언어』, 창작과비평사, 1988, pp.64-257 참조.

형성하지 못하고 그녀의 목소리 안에서 고립되어 드러난다. 다양한 인물과 일상의 세계가 아니라 서술자의 자기 독백적인 자아만이 전경화됨으로써 서사가 아닌 서정의 양식이 출몰하게 되는 것이다. 그녀의 서술을 통해 세계에 대한 부피감이나 입체감 대신 평면의 느낌만을 체험하게 되는 이유가 바로 여기에 있다. 강보경과 교차 서술되는 김효섭의 화법 역시 자기 독백성을 띠고 드러난다.

> 그곳에는 누구나 상상할 수 있는 나무들과 바위와 바람이 있다. 비라도 내린 날이면 물 흐르는 소리도 들린다. 봄과 여름에는 야생화도 핀다. … (중략) …
>
> 나는 그곳에서 하늘을 본다. 별이 보이는 날이면 더욱 좋다. 내가 그곳에 올라 하늘을 보는 게 대단히 동화적인 모습으로 비칠 수도 있겠다. 그렇게 비친대도 나는 상관하지 않는다. 실제로도 나는 그 산등성이에 누워 줄곧 동화를 떠올리곤 했으니까.
>
> 동화는 아주 흔한 동화다, 쫓기던 사슴이 나무꾼의 도움을 받아……라고 시작되는 거니까. 선녀와 결혼을 한 나무꾼이 그만 잘못하여 선녀옷을 내주는 바람에 선녀는 하늘로 올라갔고…….
>
> 선녀가 올라간 하늘이 저 하늘이려니 생각했다. 그러니까 자연히 나는 산에 오른 나무꾼이 되는 것이다.[6]

강보경의 경우처럼 서간투는 아니지만 나라는 일인칭 서술자를 내세워 그가 서술하고 있는 것은 자신과 자신의 사소한 신변적인 체험이다.

---

6) 구효서, 앞의 책, pp.44-45.

자신과 불륜의 관계인 강보경, 자신을 짝사랑하는 서민재, 강보경의 남편인 박동우와 몇몇 다른 인물들과 이들과의 사이에서 벌어지는 사건에 대해 그는 서술하고 있다. 이 과정에서 그는 체험 자아인 나보다 그것을 서술하는 자아인 나 쪽으로 기울어진다. 자신이 체험한 인물과 사건이 자신의 주관적인 내부 안에서 재형성됨으로써 자기 독백적인 서술 양태를 띠게 된다. 자신이 서술하는 대상에 초점이 놓일 때 일인칭 시점이 가지는 제한에도 불구하고 다양한 대상과 사건이 그 나름의 존재 양태를 띠게 되지만 이렇게 자기 독백적인 서술 안에서는 그 다양성을 상실하게 된다.

자기 독백적인 서술로 인해 이 소설의 서사는 평면적인 차원의 의미 구조를 띠게 된다.『낯선 여름』의 중심 이야기인 김효섭과 강보경의 불륜과 일상으로부터의 일탈 욕망은 대립과 갈등이라는 현실적인 리얼리티를 획득하지 못한다. 이들의 이야기가 작가의 관념 속에서 작위적으로 만들어진 인상을 강하게 받게 되는 이유가 바로 여기에 있다. 더욱이 이들의 불륜 이야기는 리비도의 구도 속에 통합되지 못한 채 어설픈 화해와 융화를 지향하는 초월론적인 것으로 귀결된다. 이 소설의 불륜 이야기는 삼각관계라는 세속적인 욕망의 구도를 지니고 있을 뿐만 아니라 일상으로부터의 일탈 욕망이라는 현대인의 삶의 전형까지를 함축하고 있는 중층적인 주제임에도 불구하고 소설에서는 그것이 제대로 형상화되고 있지 않다.

이것은『낯선 여름』을 영화로 각색하는 일이 결코 쉽지 않다는 것을 말해준다. 소설의 서사성이 약하다는 것은 기본 틀이 존재하지 않기 때문에 소설 원작을 전면적으로 해체하여 재구성해야 한다는 것을 의미한다. 결과적으로 이것은 일정한 시간의 한계 속에서 긴장과 이완의 중

층적인 서사로 구성해서 실현해야 하는 영화에 적지 않은 부담을 줄 수
밖에 없는 것이다. 이 일은 각색 주체로 하여금 한편으로는 고된 창작
의 고통을 안겨주지만 다른 한편으로는 창조에 대한 지적인 욕구를 불
러일으키게 한다. 이 양면성이 보다 생산적인 효과를 창출하기 위해서
는 각색자의 창의적인 해석 능력이 요구되는 것이다.

(2) 소설 원작의 해체와 이야기의 재구성

『낯선 여름』의 각색 작업은 소설 원작의 전면적인 해체로 이어진다.
서사성이 견고한 소설 역시 전면적인 해체를 통해 재구성할 수 있지만
그런 시도는 필요함에도 불구하고 원작이 가지는 견고함에 미치지 못
한다는 불안을 동반할 수밖에 없다. 이에 비해 서사성이 부재한 소설의
해체는 이런 불안에서 자유로울 수 있다. 『낯선 여름』의 각색 역시 이
범주에 속한다고 할 수 있다. 이런 점에서 『낯선 여름』의 각색은 좁은
의미의 각색 차원을 넘어 "협동 전략을 의식하는 것으로, 글읽기와 글
쓰기 같은 모든 행위에 속하는 창조적 작업을 강조하는"[7] 넓은 의미의
각색을 의미한다고 볼 수 있다. 이런 넓은 의미의 각색은 홍상수 · 정대
성 · 여혜영 · 김알아 · 서신혜 등 다섯 명의 각색자에 의해 이야기와 담

---

7) 넓은 의미의 각색은 관찰자의 입장과 각색의 인정을 통합하는 수용적 관점이 필수적이다.
이는 수용자가 적극적으로 참여하면서 끝없이 손질을 해야 하는 과정이다. 이때 각색의 코드는
다음의 것들을 함축할 수 있다. 1) 몇몇 본질들 간의 관계 혹은 전체 본질들 간의 관계, 눈앞에 보
이는 총체의 각 체계간의 관계. 2) 가능하다면 수용자의 기대 지평 내에서 출발하는 텍스트에 대
한 인식. 3) 텍스트 변형과 텍스트 선택에 대한 예비적이고 컨텍스트적인 규범들. 4) 변형되는 개
별 발화 행위체의 성격과 수치에 대한 상호 텍스트적인 계약들. 이러한 각색의 코드 문제는 매우
중요하다. 다체계적인 분석은 출발과 도착이라는 사회-문화적 상황 속에서 전이의 컨텍스트, 그

론 등 서사 전면에 걸쳐 이루어진다.[8]

　먼저 확인할 수 있는 것은 소설 원작이 가지는 이야기의 해체와 재구성이다. 『낯선 여름』의 이야기는 크게 보면 세 개의 흐름을 가진다. 강보경과 김효섭의 만남을 표상하는 이런 저런 기미들이 그 하나이고, 강보경과 김효섭의 우연한 만남이 그 둘이고, 강보경의 죽음과 김효섭의 회한이 그 셋이다. 이 세 개의 중심 이야기에 강보경의 가족 이야기, 김효섭의 과거 연애담과 그를 짝사랑하는 서민재 이야기, 김효섭과 강보경 남편 박동우와의 만남 등이 끼어들면서 전체적인 이야기가 짜여진다. 이러한 원작의 이야기는 각색 주체들에 의해 「돼지가」에 오면 전면적으로 해체되기에 이른다. 「돼지가」의 이야기는 크게 네 개의 흐름을 가진다. 김효섭의 무기력하고 황폐한 삶의 이야기, 박동우의 가족과 사회로부터 배제되고 소외된 삶의 이야기, 서민재의 신분상승이라는 가망 없는 희망에 집착하는 삶의 이야기, 강보경의 일상의 무미건조함과 권태로움을 일탈하려는 삶의 이야기가 바로 그것이다.[9]

　『낯선 여름』과 「돼지가」를 서로 비교해 보면 전자가 김효섭과 강보경의 만남과 헤어짐에 초점을 두고 있다면 후자는 이 둘 이외에도 박동우, 서민재, 양민수(소설에는 없는 새롭게 창조된 인물) 등의 일상 속에서 꿈틀대고 소멸하는 개별적이고 파편화된 삶에 초점을 두고 있다.

리고 전환 체계와 전환 규칙이 얼마나 중요한 역할을 하는지 강조하고 있다.(앙드레 엘보, 이선형 옮김, 『각색, 연극에서 영화로』, 동문선, 2002, pp.43-44 참조).

　8) 홍상수, 「돼지가 우물에 빠진 날」의 시나리오를 끝마치다」, 『키노』, 2000. 5.

　9) 하나의 큰 중심적인 것은 되지 못하지만 양민수의 이야기가 있다. 사랑은 없고 집착만이 있는 양민수의 이야기는 서민재의 이야기 속에 종속되어 드러나기 때문에 하나의 독립된 것으로 간주하지 않았다. 그러나 그의 이야기는 「돼지가」의 이야기의 흐름에 결절점을 제공한다는 점에서 중요하다고 할 수 있다.

이런 점에서 소설의 이야기가 개인, 관념, 감각, 존재, 단일성, 투명함을 드러낸다면 「돼지가」의 이야기는 사회, 현실 혹은 일상, 욕구, 실존, 복합성, 불투명함을 드러낸다고 할 수 있다. 두 텍스트를 통해 드러나는 이러한 이야기의 차이는 각색 주체들의 상상력의 틈새를 의미하는 것이다. 이 틈새를 각색 주체들은 인물, 사건, 배경의 차원에서 각각 새롭게 채워 넣고 있다.

소설 원작의 이야기가 해체되었다는 것은 곧 인물이나 사건 그리고 배경 역시 해체되어 새롭게 변용되었다는 것을 의미한다. 이것은 이야기가 인물·사건·배경에 의해 구성되는 실체이기 때문이다.[10] 『낯선 여름』의 이야기 속에는 지적이고 차가우며 세상과 거리를 둘 줄 아는 무관심과 권태로움을 지닌 인물이 등장하고, 외부로의 격함이 아닌 내부를 지향하는 사건이 등장하며, 질퍽질퍽하고 세속적인 욕구로 꿈틀대는 현실적인 배경보다는 먼 기억과 회상 속에 고요하고 정적으로 존재하는 그런 배경이 등장할 뿐이다. 소설 원작의 구성에서 서사의 핵심인 갈등과 대립이 명확하게 드러나지 않는 것도 이런 이유 때문이다.

소설에서의 갈등과 대립의 구도는 김효섭-강보경-박동우와 서민재-김효섭-강보경으로 이어지는 쌍삼각관계이다. 그러나 이 삼각 구도는 강보경의 죽음과 서민재의 프랑스로의 출국으로 인해 쉽게 와해되고 만다. 강보경의 죽음을 계기로 만난 김효섭과 박동우의 대화에서 발견할 수 있는 것은 어떤 내적인 계기도 주어지지 않은 상태에서 행해지는 세계와의 화해이다.

---

10) 시모어 채트먼은 서사물을 이야기와 담화로 구분하면서 이야기에 사건들(행위, 우발적 사건), 존재하는 것들(인물들, 배경), 작가의 문화적 코트에 의해 미리 처리된 사람이나 사물들을 포함시키고 있다. (시모어 채트먼, 김경수 옮김, 『영화와 소설의 서사구조』, 민음사, 1990, p.28).

"난 결국 이 모든 걸 받아들이게 될 거요. 그러지 않으면 안되지. 내가 알고 있는 모든 것, 내가 끌어다 댈 수 있는 모든 논리를 동원해 내 나름대로 이 상황을 받아들이는 거요. 산 사람은 사는 거니까. 나에게도 생존방식이라는 게 어차피 필요하니까…… 당신을 꼭 한번 더 만나야겠다고 생각한 것도 그런 필요에 의해서인 거요. 역시 오늘 당신을 본 게 많은 도움이 됐소. 나와줘서 고맙소." …(중략)…

"아내의 글은 마음대로 해도 좋소, 태우든지, 가지고 있든지, 아니면 다시 내게 돌려주든지……."

"괜찮다면 갖고 있겠습니다."

내가 말했다.

"어떻게 하든 난 상관하지 않겠소. 아내가 세상과 맺었던 구조적 관계들로부터 이탈되어가고 있었다는 걸 당신도 눈치챌 수 있었다면 족하오. 아내는 결국 나한테도 당신한테도 속할 수 없었던 거요. 어떤 개인한테도…… 또다른 세계의, 더 큰 포괄자에게 재통합되어가고 있었을 뿐……."

우주와 생명에 속해 있는 거지요라고 나는 속으로 중얼거렸다. 누구나 또 거기에 속해 있듯이.[11]

아내의 불륜에 대한 이러한 해석은 갑자기 전반부의 삼각 구도에서 오는 세속적인 멜로의 분위기는 없어지고 한 성스럽고 세상을 달관한 자의 목소리만 남게 한다. 지극히 대립적이고 갈등을 내포한 세속적인 구도가 내적인 필연성 없이 이렇게 대립과 갈등이 없는 융화와 화해의

---

11) 구효서, 앞의 책, pp.292-293.

성스러운 구도로 바뀌게 되면서 각색 주체가 이야기와 담론 전체를 모두 해체하고 싶은 강한 욕구를 가지게 되는 것은 어쩌면 당연한 일인지도 모른다.

각색의 주체들은 소설의 이야기를 전면적으로 해체하고 대립과 갈등의 구도를 전경화하는 새로운 구성을 단행한다. 소설 원작의 갈등과 대립 구도의 뼈대인 삼각관계에 초점을 두고 이것을 보다 첨예하게 드러내기 위해 양민수라는 새로운 인물을 등장시킨다. 서민재-김효섭-강보경, 김효섭-강보경-박동우의 삼각관계에 김효섭-서민재-양민수의 삼각 구도가 첨가되면서 갈등과 대립은 보다 복합적인 양상을 띠게 된다. 가령 서민재-김효섭-강보경의 삼각 구도에서 서민재는 김효섭의 일상으로의 소통의 대상으로 존재하며, 강보경은 탈일상의 소통 대상으로 존재한다. 마찬가지로 강보경과 서민재에게 박동우와 양민수는 일상으로의 소통 대상이며, 김효섭은 탈일상으로의 소통 대상으로 존재한다. 일상과 탈일상으로 소통 대상이 교차되고 재교차되면서 이 삼각 구도는 상당히 복합적인 양태로 드러나게 되는 것이다.

그러나 무엇보다도 중요한 것은 이 삼각 구도가 대립과 갈등의 첨예한 긴장 없이 와해되거나 소멸되지 않는다는 점이다. 서민재-김효섭-강보경, 김효섭-강보경-박동우의 삼각 구도는 대립과 갈등이 어떤 정점을 향해 진행되는 양상을 보여준다. 서민재는 자신의 김효섭에 대한 사랑이 강보경에 의해 위협받자 순순히 물러나지 않고 효섭에게 '너에게 있어 나라는 존재는 무엇이냐' 고 따져 묻는다. 이에 대해 효섭은 그녀를 심하게 구타하면서 '나는 지금 진짜 사랑을 하고 있다' 고 말한다. 그녀는 배신감에 양민수와 여관으로 가 섹스를 하지만 이것은 효섭에 대한 사랑의 포기가 아니라 애증에 의한 충동적인 행위에 불과하다. 그녀의

336

이러한 태도는 삼각관계의 어떤 해결을 바라는 고정관념을 위반한다. 무엇하나 명확하게 해결되지 않는 또는 무엇 하나 명확하게 해결할 것도 없는 이들의 관계란 소통이 부재한 일상 속에서 무미건조하고 희망 없이 살아가는 현대인의 모습을 표상한다. 이 관계는 김효섭-강보경-박동우, 김효섭-서민재-양민수의 관계에서도 반복적으로 드러난다.

「돼지가」의 이러한 복합적인 삼각 구도는 일정한 대립과 갈등을 유지하고 있기 때문에 텍스트 자체를 끝까지 긴장 속으로 몰고 간다. 이것은 제한된 시간 안에서 극적인 것을 강조하는 각색의 특성이 반영된 것으로 볼 수 있다. 복합적인 삼각관계에 의해 유지되고 있는 긴장은 결국 파국을 맞는다. 서민재를 욕망하는 양민수가 김효섭과 그녀를 죽임으로써 긴장은 최고조에서 하강 곡선을 그리게 된다. 이들의 죽임은 작위적이고 관습화된 행위가 아니라 절망적이고 닫힌 상황 속에서 필연적으로 선택할 수밖에 없는 행위라고 할 수 있다. 『낯선 여름』에 드러난 화해와 용서를 통한 대립과 갈등의 부재를 각색의 주체들은 살인이라는 정반대의 방법을 통해 극복하고 있는 것이다. 이 반전은 세계에 대한 '낯설게하기'라는 미학의 한 기본 원리와도 통한다.

그러나 각색 주체들의 이야기의 재구성에서 빼놓을 수 없는 것 중의 하나는 공간이다. 『낯선 여름』에서의 공간은 작중 인물의 자기 고백적인 서술로 인해 그 의미가 뚜렷하게 드러나지 않는다. 하지만 「돼지가」에서는 그 의미가 뚜렷하게 드러난다. 각색 주체들은 공간을 퍼즐 조각처럼 흩어 놓는다. 따라서 관객들은 그 분편들을 모아 한데 맞추어 봄으로써 공간의 전모를 체험한다. 이런 점에서 「돼지가」에서의 공간은 자연스럽게 각색 주체가 전하려는 메시지의 중추를 내포하고 있다고 할 수 있다. 이것은 「돼지가」가 "그 자체의 속성상 장소 제시와 묘사에 있어 커다란 이점을 가지고 있"[12]는 영화의 특성을 잘 살리고 있다는 것을 의미한다.

『낯선 여름』의 이야기를 각색의 주체들이 이렇게 변용시키고 있다는 것은 이들이 상상력의 틈새를 인식하고 있었다는 것을 의미한다. 대립과 갈등이 부재한 삼각관계를 해체하여 새롭고 복합적인 삼각 구도로 재구성한 일은 각색에서 중요한 것이 무엇인지를 잘 말해주고 있는 대목이다. 이러한 상상력의 틈새를 채우는 감각이 있고서야 카메라나 몽타주 같은 영화의 기법이 살 수 있는 것이다. 영화의 발달에 테크놀로지와 여기에서 비롯되는 다양한 기법의 활용이 중요한 기여를 해왔지만 그에 못지않게, 오히려 더 중요한 기여를 해온 것은 이러한 각색 주체들의 상상력[13]이라고 할 수 있다.

3) 단절된 시간의 서사와 욕망의 재구성

(1) 클로즈 업(close-up) 효과와 카메라의 눈

『낯선 여름』의 각색에서 그 주체들이 가장 중요하게 부각시키려 한

---

12) 영화는 그 도입부의 타이틀과 함께 시간과 장소 소개(지리적 표지의 제시)는 필수적이다. 다시 말하면 영화는 그 본질적 특성상 매순간 어떤 시각적 시점을 통해 영상을 드러낼 수밖에 없다는 것이며, 그 영상은 필연적으로 어떤 장소와 시간을 함의하지 않을 수 없는 것이다. 그것은 관객의 상상력을 이륙시키기 위한 도약대 정도의 단순한 지적에 그칠 수도 있고 여러 장소의 조직적이고 체계적인 답사의 과정이 될 수도 있다.(서정남, 『영화 서사학』, 생각의 나무. 2004, p.255).

13) 웰스 루트, 윤계정·김태원 옮김, 『시나리오의 구성과 기법』, 현대미학사, 1997, pp.171-173 참조.

338

것은 욕망(desire)이다. 원작에서는 그 욕망이 당사자들 간의 손쉬운 화해로 두드러지지 않은 것이 사실이다. 각색 주체들은 이 점을 중시하고 욕망을 부각시켜 영화의 내적 논리를 구성하려고 시도하기에 이른다. 그런데 영화에서 이 과정을 실현하고 있는 주체 중의 하나는 카메라이다. 흔히 카메라를 소설의 서술자에 비교하기도 한다. 소설의 서사를 이끌어가는 서술자처럼 카메라 역시 하나의 펜(camera-stylo)으로 기능하는 것이 사실이다. 카메라의 위치, 각도, 움직임에 따라 영화의 서사는 다양하게 실현될 수 있기 때문이다.

「돼지가」에서의 카메라의 눈은 네 명의 인물에 초점을 두고 이들을 따라간다. 첫 번째 에피소드에서는 효섭, 두 번째 에피소드에서는 동우, 세 번째는 민재 그리고 네 번째는 보경에 초점을 두고 카메라가 이들을 따라간다. 영화가 다양한 장면을 몽타주의 형식으로 표현하는 예술이라는 점을 고려한다면 네 개의 에피소드로 분리해서 그것을 각각 보여준다는 것은 그다지 문제가 될 것이 없다. 그러나 영화에서의 몽타주란 여러 개의 장면을 관객이 단절되었다는 것을 인식할 수 없도록 제시하는 것이 일반적이지만 여기에서의 그것은 단절이 눈에 보일 정도이다. 이것은 영화의 단절이 의도적이라는 것을 말해준다.

이 단절은 쇼트와 쇼트, 신과 신, 또는 시퀀스와 시퀀스 더 나아가서는 각각의 에피소드가 바뀔 때마다 드러나기도 한다. 에피소드가 바뀔 때는 암전을 통해 그것이 드러난다. 이때의 암전은 이미지의 무화를 통해 직접적으로 제시됨에도 불구하고 영화의 흐름 상 그다지 부자연스럽게 느껴지지 않는다. 효섭의 에피소드에서 동우의 에피소드로 혹은 동우의 에피소드에서 민재의 에피소드로 넘어가는 대목에서의 암전이란 관객의 입장에서 보면 다음 서사 전개를 위한 휴지 정도로 밖에 인식되지 않을 것이다. 영화에서 단절이 문제가 될 수 있다면 그것은 서사의 흐름과 무관할 정도로 어색하게 끼어든 클로즈 업(close-up) 장면들이다.

1. 효섭집 옥탑 마당

낑깡 C.U.

방문을 나와 문을 잠그고 신발을 바쁘게 신는 효섭

옆집 옥상 쪽으로 시선을 옮겨 뭔가를 쳐다보다가 이윽고 옆집 쪽으로 손을 내민다.

화면 가득 관상용 낑깡이 보인다.

그 낑깡을 똑 따는 효섭의 손.

낑깡을 먹으며 계단을 내려오는 효섭[14]

5. 커피숍

민재「요번에 쓰신 거예요? 봐도 돼요?」

효섭「벌써 보네. 조금만 봐. 아직 더 고쳐야 돼.」

경외심이 가득 우러나오는 표정으로 원고를 처음부터 넘기는 민재. 진지한 눈빛과 꼼꼼한 자세.

효섭, 일어나 밖으로 나간다.

효섭, 담배 한 모금 빨며 커피숍 앞에 있는 화분 앞에 쭈그려 앉는다.

화분 안의 무언가를 만지작거리는 효섭.

화분 안의 벌레가 가는 길을 자꾸 손가락으로 막는 효섭의 손.[15]

---

14) 홍상수 외,「돼지가 우물에 빠진 날」,『시나리오 선집』 제 14권, 집문당, 1999, p.133.

15) 위의 책, pp.133-134.

　영화 맨 첫 장면에 나오는 효섭집 옥탑 마당 장면과 민재와 만나는 커피숍 장면이다. 카메라는 효섭집 옥상 마당에 있는 관상용 낑깡을 화면 가득 보여준다. 낑깡이 왜 클로즈 업 되어 드러나는지 그 이유를 발견하기란 영화의 흐름 상 쉽지 않다. 이어지는 다른 신들과 어떤 내적인 연관성도 없는 것처럼 인식될 뿐만 아니라 그것이 영화의 이야기 전체를 포괄하는 어떤 상징성으로 존재하는 것도 아닌 것처럼 보인다. 이것은 화분 안의 벌레가 가는 길을 자꾸 손가락으로 막는 효섭의 손을 클로즈 업 해 보여주는 장면도 마찬가지이다. 클로즈 업이 서사의 흐름을 일정한 긴장으로 몰아가려 할 때 활용되는 기법이라는 점을 고려한다면 이 영화 속에서의 그것은 이물질 같은 것이라고 할 수 있을 것이다.

　그러나 이물질을 영화의 첫머리에 둔다는 것은 상식적으로 납득하기 힘든 부분이 있다. 이물질처럼 보이는 것이 기실은 텍스트 전체의 의미를 전복하고 해체하는 예를 어렵지 않게 보아 온 사람이라면 이물질처럼 끼어든 장면들이 중요한 의미를 드러낸다는 것을 알게 될 것이다. 이 클로즈 업 장면들 역시 마찬가지이다. 이 장면들에는 감독의 의지가 과도하게 투영되어 있다. 객관적 시점으로 세계를 제시하지 못하고 주관적 시점으로 흘러버린 그런 장면이다. 그렇다면 서사의 흐름에서 일탈된 장면을 제시하면서까지 이 영화가 드러내려고 한 것은 무엇일까? 이 물음에 대한 답은 「돼지가」가 지향하는 주제와 맞물려 있다. 작가나 감독이 과도하게 개입하는 경우는 대개 이 주제를 표 나게 드러내려 할 때이다.

　「돼지가」의 주제는 일상 속에 함몰되어버린 존재들의 단절과 헤어날 수 없는 욕망이다. 이 주제를 실현하기 위해 영화는 첫머리부터 낑깡의 장면을 클로즈 업해서 보여 준 것이다. 영화 전체의 맥락에서 낑깡의 장면이 이물질 같다는 것은 그것이 다른 것들과 분리내지 단절되어 있다는 것을 표상한다. 이런 점에서 보면 낑깡과 벌레는 각자의 고립된 세계에 함몰되어 허우적거리는 영화 속 인물들의 존재와 다르지 않다. 암전의 표식을 통해 각각의 인물들을 하나의 에피소드로 묶어 두려고 한 것이나 쇼트와 신 그리고 시이퀀스 사이 사이에 일정한 여백과 휴지를 둔 것, 여러 쌍의 삼각 구도를 통해 복잡하게 표출되는 욕망의 어긋남 같은 것, 효섭의 옥탑방의 창살, 민재가 근무하는 극장의 매표 창구, 보경의 아파트 베란다 문 등이 모두 단절을 표상하는 질료들이다.

카메라의 눈에 의해 드러나는 이러한 장면들이 단절을 표상하는 것이 사실이다. 하지만 여기에서 간과해서는 안 될 것이 있다. 그것은 이 단절을 견고하게 하기 위해 행해지는 카메라의 고정 기법이다. 카메라의 위치, 각도, 움직임에 의해 장면들이 다양하게 드러나지만 「돼지가」의 경우에는 움직임이 없는 고정된 기법을 활용하여 단절의 세계를 보여주고 있다. 카메라의 움직임이 없는 고정된 상태에서 드러나는 영상은 단절이 영속화되는 느낌을 제공한다. 「돼지가」에서는 이것이 주로 시간과 공간 사이의 단절로 드러난다. 하루라는 시간 속에서 각각의 인물들의 일상을 카메라가 담고 있지만 여기에는 동시성만이 존재할 뿐 어떤 뚜렷한 인과성이 존재하지 않는다. 인과성이 없이 시간이 존재하기 때문에 영화의 서사는 파편화되고 단절될 수밖에 없다.

파편화되고 단절된 시간 속에서의 삶이란 영화 속의 인물들이 보여주듯이 그것은 진실한 관계성에서 성립되는 삶이 아니라 욕망만이 나뒹구는 황폐한 삶을 의미한다. 파편화되고 단절된 시간의 궁극에는 죽음이 있을 수밖에 없다. 영화의 결말에 제시되는 양민수의 김효섭과 서민재의 살인이 바로 그것을 말해준다. 이런 점에서 영화 속의 시간은

'죽음의 시간(tempts morts)'이다. 죽음의 시간 속에서 행해지는 사건을 카메라는 고정된 기법을 통해 담아냄으로써 현실과 일상의 재현과는 다른 리얼리티를 구현하고 있다. 이렇게 죽음의 시간 속의 장면들이 카메라의 고정을 통해 드러나기 때문에 그것은 마치 층위가 다른 시간들을 모아놓은 것 같은 다층화된 단절의 세계를 환기한다.

「돼지가」의 이러한 세계는 곧 관객의 체험으로 이어진다. 관객의 눈은 카메라의 눈을 따라갈 수밖에 없다. 극단적으로 이야기하면 관객은 카메라가 제공하는 화면의 공간구조 밖으로 나갈 수 없다. 카메라의 눈이 제공하는 죽음의 시간 속의 단절된 장면들을 따라가면서 다양한 층위의 세계를 체험하게 되는 것이다.[16] 「돼지가」의 중개자이자 화자인 카메라는 이런 점에서 다층적인 눈을 가지고 있다고 할 수 있다. 그 눈을 따라가는 것이 즐거울 수도 있고 또 그렇지 않을 수도 있을 것이다. 관객은 연속적으로 이어지는 것에 익숙하기 때문에 이 영화의 서사가 드러내는 불연속적인 세계가 다소 불안하거나 불편할 수도 있을 것이다. 하지만 이 불안과 불편함은 낯선 체험을 불러일으킨다는 점에서 어떤 미학적인 세계를 지향한다고 할 수 있다.

(2) 바라보기(eye)와 보여짐(gaze)의 욕망 구조

『낯선 여름』에 비해 「돼지가」의 서사 구조가 중층성을 드러내는 것은 바라보기(eye)와 보여짐(gaze)이라는 '시선'[17]의 문제를 적극적으로 활용하고 있기 때문이다. 「돼지가」에 드러나는 시선은 은밀할 뿐만

---

16) 서정남, 앞의 책, p.309 참조.

아니라 복합적이다. 영화 속의 인물들은 각기 바라보는 존재(시선)이면서 동시에 보여지는 존재(응시)이다. 바라만 볼 때는 욕망이 존재할 수 없다. 누군가에 의해 보여질 때 비로소 욕망이 발생하는 것이다. 누군가에 의해 보여질 때 결핍(상징계에 난 틈 혹은 구멍)이 생기고, 그 결핍을 채우기 위해 욕망하는 것이다.

이러한 욕망의 구도는 각 인물의 관계에서 드러난다. 카메라의 눈은 첫 번째 에피소드에서는 효섭, 두 번째 에피소드에서는 동우, 세 번째는 민재 그리고 네 번째는 보경에 초점을 두고 카메라가 이들을 따라간다. 이것은 에피소드가 바뀔 때마다 시선의 주체가 바뀌게 된다는 것을 말해준다. 먼저 첫 번째 에피소드에서의 시선의 주체는 효섭이다. 카메라는 효섭에 초점을 두고 그를 쫓는다. 따라서 효섭의 시선에 의해 보여지는 민재, 보경, 동우는 시선의 객체가 된다. 두 번째 에피소드에서의 시선의 주체는 동우이며, 보경이 객체가 되고, 세 번째 에피소드에서는 민재가 주체가 되고 효섭, 보경, 민수가 객체가 된다. 그리고 다시 네 번째 에피소드에서는 보경이 시선의 주체가 되고 동우, 효섭, 민재가 시선의 객체가 된다. 영화 속의 주요 인물들이 모두 시선의 주체이면서 객체라는 사실은 이들이 욕망하는 존재라는 것을 의미한다.

효섭은 민재와 보경에 의해 보여진다. 하지만 효섭은 자신이 보여짐을 제대로 인식하지 못한다. 효섭은 민재와 보경의 보여짐에 대해 그다지 민감한 자의식을 보이지 않는다. 특히 효섭의 민재라는 존재에 대한

---

17) 시선의 문제는 영화에서 중요하다. 우선 카메라에 의해 보여진 것을 관객이 다시 본다는 점이 그렇다. 이것은 카메라의 위치와 각도, 움직임에 따라 의미가 달라진다는 것을 말해줌과 동시에 영화에서의 시선이 필연적으로 선택과 배제 그리고 조작의 문제와 긴밀하게 연결되어 있다는 것을 말해준다. 이런 점에서 시선 이면에는 반드시 은밀한 욕망이 존재한다고 할 수 있다.

344

인식은 희박하다. 그녀와의 도덕적이고 윤리적인 거리는 드러나지 않는다. 민재가 효섭과 보경과의 관계에 대해 물었을 때 보인 과도한 자기방어의 감정적인 태도는 그가 그녀를 보여짐의 존재로 인식하지 않는다는 것을 의미한다. 이것은 효섭의 보경에 대한 태도에서도 마찬가지이다. 그의 보경에 대한 관계는 집착에 가깝다. 그녀에 대한 지나친 집착은 그의 사회적 자아에 대한 인식의 부재를 의미한다. 영화의 첫 번째 에피소드의 문인 모임에서 보인 그의 태도 역시 이것과 다르지 않다.

26. 한우관 홀
홀의 구석자리에 변상구와 웃통 벗은 효섭이 심각하게 앉아 있다.
변상구「너만 두려운 게 아냐.」
효섭「내가 뭐가 두려운데?」
변상구「모두 다. 너의 지금의 상황 모두 다, 넌 그 두려움 때문에 문학을 치기로 하는 거야.」
효섭「(벌떡 일어나며) 누구처럼 평론가들한테 알랑방구나 꿔서 베스트작가 되느니 차라리 치기 부리고 살겠습니다.」
변상구「(일어나서) 효섭의 멱살을 잡는다 이 자식이. 너 이거밖에 안돼?」
…(중략)…
효섭, 변상구를 세게 민다. 나가떨어지는 변상구. …(중략)…
문인 1.「김효섭, 너 정말 앞으로 아는 척 하지 말자.」
효섭「(약간 작은 소리로) 병신 쪼다 같은 것들이 지랄들하고 있네.」
문인 1「뭐? 병신?」
효섭「그래 이 병신이라고 했다. 병신한테 병신이라 그런 게 잘못됐

냐?」.[18]

　효섭이 보여주고 있는 이러한 일련의 태도는 자신이 세상에 의해 보여짐을 의식하지 못하는 자의 모습 그 자체라고 할 수 있다. 세상에 의해 보여짐을 의식하지 못함으로써 그는 사회로부터 고립되고 소외받는다. 세상에 의해 보여짐을 의식할 때 주체는 분리되고 고립과 소외를 벗어나 세상이라는 무대에 당당히 설 수 있는 것이다. 이것이 곧 타자의식이다.

　효섭이 보여주는 이러한 타자의식이 부재한 모습은 민재, 보경, 동우 모두에게 해당된다. 민재의 효섭에 대한 과도한 집착, 보경의 효섭에 대한 탐닉, 동우의 세상에 대한 결벽증, 양민수 민재에 대한 일방통행적인 애정 역시 이 타자의식의 부재에서 비롯된 것이다. 타자의식을 갖지 못함으로써 이들은 하나같이 소외되고 고립된 세계 속에서 은밀한 욕망을 꿈꾼다. 영화 속의 효섭과 보경, 효섭과 민재, 양민수와 민재, 동우와 다방레지와의 섹스가 바로 그것이다. 이들의 섹스는 리비도적인 쾌락에 의한 행위가 아니라 타자를 의식하지 않는데서 오는 과도한 불안의식의 소산으로 볼 수 있다. 타자를 의식하지 않는 이들의 욕망의 끝은 결국 죽음일 수밖에 없다.

　이들이 드러내는 불안의 최대치가 바로 죽음인 것이다. 죽음은 곧 욕망의 끝을 말한다. 양민수에 의해 민재와 효섭이 살해되는 장면은 타자의식이 없이 사회로부터 고립되고 소외된 자들의 말로를 잘 보여주는 예이다. 양민수에 의한 이 죽임은 김효섭-서민재-양민수라는 삼각 구도

---

18) 홍상수 외, 앞의 책, p.140.

가 선택과 배제라는 상징계적인 질서의 단계를 밟아 간 것이 아니라 그
것을 전복하고 파괴하는 단계를 밟아 간 것이다. 양민수가 김효섭을 바
라보는 것은 일종의 증오이지만 그 이면에는 자신에게 결핍되어 있는
것을 그가 가진 것에서 오는 부러움이 내재해 있다. '부러움이라는 단
어가 바라본다(videre)라는 동사에서 유래되었다'[19]는 것을 고려한다면
이 부러움이 맹목적인 집착에 불과하다는 것을 알 수 있다. 이것은 이
각각의 인물들이 모두 욕망의 끝인 죽음의 시간 위에 있다는 사실과 다
르지 않다.

이들이 죽음을 넘어서는 길은 타자의 존재를 의식하는 것이지만 영
화에서는 그것이 제시되지 않고 있다. 영화의 마지막 장면에서 보경이
베란다 문을 열고 밖을 보는 대목이 나오지만 이 장면은 고립되고 소외
된 일상과 맞서 그것을 넘어서려는 욕망을 드러낸 것이라고 볼 수 없
다. 보경이 신문을 바닥에 한 장씩 깔고 그것을 밟아 본 뒤 신문을 던져
놓는 행위는 일상 속으로의 편입이 아니라 그것으로부터의 도피로 볼
수 있다. 그녀가 바라보는 밖이란 일상의 밖, 다시 말하면 일상의 소음
이 들리지 않는 그런 세계라고 할 수 있다. 이 세계는 그녀가 김효섭과
몰래 섹스를 나누곤 하던 여관 방 혹은 이불 속이거나 김효섭이나 서민
재 등이 양민수에 의해 죽임을 당해 도달한 현실로부터 결락된 곳이
다.[20]

소설과는 달리 영화에서 인물들 사이의 욕망의 구도가 끝까지 그 긴
장을 유지한 데에는 일상으로부터의 일탈 욕구가 진정성을 획득하고
있기 때문이다. 섣부른 일상과의 화해가 아니라 죽음과 성욕을 통해 그

---

19) 자크 라캉, 권택영 외 옮김, 『욕망이론』, 문예출판사, 1994. p.35.

것과의 갈등과 대립을 첨예하게 유지함으로써 영화의 욕망의 구도 내
지 구조는 일정한 틀을 형성하고 있다. 보여주기만 있을 뿐 보여짐을
모르는 영화 속의 인물들의 욕망이 만들어내는 세계는 '지금', '여기'
에서 우리가 체험할 수 있는 그 무엇이라는 점에서 미학적인 보편성을
띤다.

4) 각색 혹은 미완의 서사

홍상수 감독의 「돼지가」는 소설 원작의 각색과 변용이라는 차원에서
시사하는 바가 크다. 각색의 진정한 의미가 원작을 충실하게 옮기는 것
이 아니라 그것을 창조적으로 변용시키는 것이라는 사실은 지금까지의
각색의 관행을 넘어서는 일이다. 『낯선 여름』을 완전히 다시 해체하여
재구성한 일련의 시도는 텍스트의 파괴가 아니라 창조라고 할 수 있다.
『낯선 여름』의 해체는 서사성의 부재에서 기인하며, 「돼지가」의 각색
주체들은 이 틈새를 놓치지 않고 파고들어 새로운 상상력으로 그것을
채워 놓고 있다. 이 과정에서 각색 주체들은 시선의 교차와 재교차의
기법을 활용한다. 이 기법은 욕망에 사로잡힌 현대인의 모습을 복합적
으로 또는 중층적으로 드러내는데 충분히 생산적이다. 그러나 그의 시

---

20) 「돼지가」에서 배경이 되는 장소의 이동을 꼼꼼히 읽어 본다면, 그것이 이야기의 극적 동
일성과 운동성을 보장해 주기 위해 얼마나 중요한 역할을 하는지, 작품 전체에서 다른 구성 요소
들과 얼마나 유기적인 관계를 맺고 있는지를 알 수 있을 것이다. 장소 이동과 여기에서 드러나는
특성들이 주제와 맞닿아 있다는 첨에서 이 관계는 중요하다고 하지 않을 수 없다.(서정남, 앞의
책, p.279 참조).

도가 의미 있는 것은 그가 생산한 서사가 리얼리즘 문법을 넘어 모던한 세계를 드러낸다는 사실이다. 각 인물들의 단절된 의식과 고립되고 소외된 세계 속에서 보여주는 파편화된 삶의 양식은 소설 원작에서 볼 수 없는 「돼지가」의 창조적 상상의 영역이면서 모던한 감각의 세계이다.

파편화된 세계 속에서의 고립되고 소외된 삶과 타자 의식을 갖지 못해 일상 내지 현실 속으로 편입해 들어가지 못하는, 그런 이유로 죽음과 성욕의 세계에 갇혀 있는 상상계적(the imagination)인 인물들의 형상화는 소설의 영화로의 각색에서 정작 중요한 것이 매체의 차이나 테크놀로지의 활용 정도가 아니라 각색 주체의 창조적인 상상력이라는 것을 잘 보여준다. 소설의 그것처럼 예술성을 지향하는 카메라 펜으로서의 영화의 가능성이 여기에 있다. 물론 이 각색에 문제가 없는 것은 아니다. 감독이 텍스트 안에 개입함으로써 관객의 자유로운 상상을 차단하고 지나치게 자신의 의도를 주입시키려 한다는 비판이 바로 그것이다. 또한 이 영화에서 보여주는 많은 표현 기법들이 다른 영화에서 이미 관습적으로 사용된 바 있는 낡은 것이라는 사실도 지적할 수 있다.

그러나 이런 문제들은 이 영화가 보여주는 각색의 의미를 퇴색시킬 수는 없을 것이다. 소설 원작의 각색이 창작시나리오의 위축을 가져 올 수 있다고 일부에서 우려하지만 그것은 '원전의 충실성이 곧 좋은 각색'이라고 간주해 온데서 비롯된 잘못된 생각이다. 아무리 원작에 충실하게 각색을 한다고 하더라도 여기에는 일정한 한계가 있을 수밖에 없다. 설령 각색 주체가 원작을 충실하게 따르고 있다고 말한다고 할지라도 이것은 어디까지나 인물의 의식 상태의 지향점과 그들이 보이는 행위 등과 같은 차원에서이다. 소설과 영화는 장르상의 차이가 있기 때문에 각색을 하는 과정에서 많은 틈이 있을 수밖에 없으며, 각색 주체는 이것을 창조적으로 채워 나가는 것이다.

이런 점에서 좋은 각색을 결정짓는 것은 각색 주체의 창조성, 다시 말하면 각색 주체의 세계에 대한 해석 능력인 것이다. 여기에는 소설과 영화의 내용과 형식 모두에 대한 각색 주체의 창조적인 해석이 포함되는 것이다. 이 대목에 초점을 맞출 때 각색을 통한 소설 원작의 영화로의 변용의 의미가 좀더 생산적인 차원에서 선명하게 드러날 것이다. 따라서 소설과 그것을 각색한 영화 사이가 「돼지가」에서처럼 비교 불가능할 정도로 낯설게 인식되는 경우에도 둘 사이의 내용과 형식상의 변용성을 찾아 내 그것의 의미를 해석하는 일은 중요한 것이다. 진정한 의미의 창조적인 각색이 여기에 존재하기 때문이다. 각색도 소설 원작이 그렇듯이 하나의 창작물인 것이다. 각색이란 원작에 대한 끊임없는 재해석을 의미하며, 이런 점에서 『낯선 여름』 혹은 「돼지가」는 언제나 새롭게 변용될 수 있는 여지를 가진다고 할 수 있다.

〈참고 문헌〉

1. 기본 자료

「매일신보」, 1914. 1. 1 - 1943. 12. 31.

「동아일보」, 1925. 1. 1 - 2004. 1. 31.

「조선일보」, 1928. 1. 1 - 2004. 1. 31.

「경향신문」, 1947. 1. 1 - 2004. 1. 31.

「한국일보」, 1955. 1. 1 - 2004. 1. 31.

「서울신문」, 1956. 1. 1 - 2004. 1. 31.

「중앙일보」, 1966. 1. 1 - 2003. 12. 31.

「대한일보」, 1970. 1. 1 - 1973. 1. 31.

「세계일보」, 1990. 1. 1 - 2004. 1. 31.

「문화일보」, 1992. 1. 1 - 2004. 1. 31.

『開闢』, 1920. 창간호 - 1926. 69호

『少年』, 1908 창간호.

『時事總報』, 1899.

『朝鮮文藝』, 1917

『諺文風月』, 1917.

『獎學月報』, 1908.

『泰西文藝新報』, 1918.

김시태 편, 『植民地時代의 批評文學』, 이우출판사, 1989.

이광수, 『이광수 전집』, 삼중당, 1962.

구효서, 『낯선 여름』, 중앙일보사, 1995.

홍상수, 「돼지가 우물에 빠진 날」, 동아수출공사, 1996.

홍상수 외, 「돼지가 우물에 빠진 날」, 『한국 시나리오 선집』 제14권, 집문당, 1999.

공지영, 『무소의 뿔처럼 혼자서 가라』, 문예마당, 1993.

———, 『고등어』, 웅진닷컴, 1994.

———, 『착한여자』, 한겨레신문사, 1997.

———, 『봉순이 언니』, 푸른숲, 1998.

공선옥, 『피어라 수선화』, 창작과비평사, 1994.

———, 『오지리에 두고 온 서른 살』, 삼신각, 1995.

———, 『내 생의 알리바이』, 창작과비평사, 1998.

———, 『수수밭으로 오세요』, 여성신문사, 2001.

구 상, 『드레퓌스의 벤취에서』, 고려원, 1984.

———, 『구상 시 전집』, 서문당, 1986.

———, 『인류의 맹점에서』, 문학사상사, 1998.

———, 『초토의 시』, 답게, 2000.

———, 『홀로와 더불어』, 황금북, 2002.

김광림, 『상심하는 접목』, 백자사, 1959.

———, 『심상의 밝은 그림자』, 중앙문화사, 1962.

———, 『오전의 투망』, 모음사, 1965.

———, 『들창코에 꽃향기가』, 미래사, 1991.

———, 『대낮의 등불』, 고려원, 1996.

———, 『김광림 시 99선』, 선, 2001.

———, 『놓친 굴렁쇠』, 풀잎문학, 2001.

김인숙, 『'79~'80 겨울에서 봄 사이』, 세계, 1887.

———, 『칼날과 사랑』, 창작과비평사, 1993.

———, 『먼길』, 문학동네, 1995.

———, 『당신』, 솔, 1996.

———, 『유리구두』, 창작과비평사, 1998.

김종삼, 『시인학교』, 신현실사, 1977.

――――, 『북치는 소년』, 민음사, 1979.

――――, 『누군가 나에게 물었다』, 민음사, 1982.

――――, 『김종삼 전집』, 청하, 1989.

――――, 『그리운 안니 로리』, 문학과비평사, 1989.

박남수, 『초롱불』, 동경 삼문사, 1940.

――――, 『갈매기 素描』, 춘조사, 1958.

――――, 『신의 쓰레기』, 모음사, 1964.

――――, 『새의 暗葬』, 문원사, 1970.

――――, 『사슴의 冠』, 문학세계사, 1981.

――――, 『어딘지 모르는 숲의 記憶』, 미래사, 1991.

――――, 『小路』, 시와시학사, 1994.

――――, 『박남수전집』한양대출판원, 1998.

이남희, 『바다로부터의 긴 이별』, 창작과비평사, 1991.

――――, 『갑신정변』, 풀빛, 1991.

――――, 『사랑에 대한 열두 개의 물음』, 문예출판사, 1993.

――――, 『사십 세』, 창작과비평사, 1996.

――――, 『플라스틱 섹스』, 창작과비평사, 1998.

――――, 『황홀』, 세계사, 1999.

――――, 『수퍼마켓에서 길을 잃다』, R&D, 2002.

전봉건, 『사랑을 위한 되풀이』, 춘조사, 1959.

――――, 『속의 바다』, 문원사, 1970.

――――, 『북의 고향』, 명지사, 1982.

――――, 『새들에게』, 고려원, 1983.

――――, 『돌』, 현대문학사, 1984.

――――, 『전봉건 시선』, 탐구당, 1985.

2. 논문 및 비평문

강경희,「전봉건시 연구」, 숭실대 석사학위 논문, 1994.

강계숙,「김종삼시 연구」, 연세대 석사학위 논문, 1999.

강철수,「전봉건시 연구」, 한양대 석사학위 논문, 1994.

권명아,「새로운 주체성의 서사를 위한 기획과 여성적 주체성의 서사」,『여성문학연구』제5호, 예림기획, 2001.

김경수,「성적 정체성의 자각에서 젠더 이데올로기로」,『소설과사상』, 1996. 여름호.

김동식,「개화기의 문학개념에 관하여」,『국제어문연구』29집, 2003.

김병욱,「매체의 변별성에 따른 서사의 변용 양상」,『내러티브』제4호, 2001. 11.

김열규,「여성과 집에 관한 시론」,『가와 가문』, 서강대 인문과학연구소, 1988.

김요안,「박남수 시 연구」, 한양대 박사학위 논문, 2000.

김은주,「박남수 시에 나타난 실향의식 연구」, 공주대 석사학위 논문, 2002.

김인호,「이야기의 힘, 새롭게 확장된 플롯의 역할」,『내러티브』제5호, 2002. 6.

김종회,「한국문학의 근대성과 근대적 문학 제도의 형성」,『한국문학평론』, 2002. 봄호.

김춘희,「한국 근대문단의 형성과 등단제도 연구」, 동국대 석사학위 논문. 2001.

김 현,「김종삼을 찾아서」,『김종삼 전집』, 청하, 1988.

남진우,「미적 근대성과 순간의 시학 연구」, 중앙대 박사학위 논문, 2000.

박남철,「시낭송의 문화적 기능」,『한국언어문화』21집, 2001. 6.

박상천,「Culture Technology 문화콘텐츠」,『한국언어문화』22집, 2002. 12.

박수연,「근대문학 연구의 한 관점」,『한국언어문학』46집, 2001. 5.

박정애,「무한한 다양성과 단조로운 유사성의 한가운데」,『여성문학연구』제5호, 예림기획, 2001.

백인덕,「김종삼시 연구」, 한양대 석사학위 논문, 1992.

서경석,「여성문학에서 한국문학으로」,『소설과사상』, 1996. 여름호.

성은애, 「소설에서 영화로」, 『비평』제4호, 2001. 7.

송기한, 「근대문학 형성에 관한 일고찰」, 『한국문화』제14호, 1999. 12.

우미영, 「'요한시집'의 서술거리와 무의식의 원리」, 『한국언어문화』12집, 1994. 12.

———, 「소설의 영상변용과 문학적 문화」, 『소설교육론』, 평민사, 1993.

———, 「우리 시대 왜 서사가 문제인가」, 『내러티브』창간호, 2000. 4.

유민영, 「소설의 드라마·영상으로의 확대」, 『소설과사상』, 1994. 여름호.

윤평중, 「탈현대 논쟁의 철학적 조망」, 『세계의 문학』, 1991. 가을호.

이건청, 「김광림 시 연구」, 『한국언어문화』24집, 2003. 6.

이경호, 「신춘문예 제도의 역기능과 순기능」, 『시인세계』, 2002. 겨울호.

이덕화, 「자매애적 유대를 통한 사랑의 실현」, 『여성문학연구』창간호, 태학사, 1999.

———, 「여성문학과 생명주의」, 『여성문학연구』제3호, 태학사, 2000.

이동희, 「문단의 권력 또는 공해」, 『현대소설연구』제18호, 2003. 6.

이명원, 「신춘문예 제도의 성립과 현재적 의의」, 『시인세계』, 2002. 겨울호.

이상경, 「한국 여성문학론의 역사와 이론」, 『여성문학연구』창간호, 태학사, 1999.

이선이, 「박남수시 연구」, 경희대 석사학위 논문, 1994.

이성모, 「전봉건시 연구」, 경남대 박사학위 논문, 1999.

이승훈, 「전봉건론 - 6?25 체험의 시적 극복」, 『문학사상』, 1988. 8.

이연정, 「모성론에 관한 비판적 고찰」, 서울대 석사학위논문, 1984.

이재복, 「신경숙 소설의 미학과 대중성에 관한 연구」, 『한국언어문화』21집, 2002. 6.

———, 「신춘문예 우리 문학사에 어떻게 기여했나」, 『시인세계』, 2002. 겨울호.

———, 「여성해방 문학의 출현과 그 전개양상에 관한 연구」, 『작가연구』, 깊은샘, 2002.

———, 「한국 현대시에 나타난 파편적 서술화 경향에 관한 연구」, 『한국언어문화』24집, 2003. 12.

──────,「우리문학의 행로와 신춘문예」,『열린시학』, 2004. 봄호.

──────,「종생기에 나타난 죽음의 의미와 근대성에 관한 고찰」,『한국문학이론과 비평』23집, 2004. 6.

──────,「소설 원작의 각색과 그 변용에 관한 연구」,『현대소설연구』22호, 2004. 6.

이정옥,「페미니즘과 모성 : 거부와 찬양의 변증법」,『모성의 담론과 현실』, 나남, 1999.

이태숙,「여성성의 근대적 경험양상에 관한 연구」, 고대 박사학위 논문, 2000.

임승용,「소설의 시나리오 각색 연구」, 연대 석사학위 논문, 1997.

임헌영,「현대소설과 권력의 양상」,『현대소설연구』제18호, 2003. 6.

전승희,「여성문학과 진정한 비판의식」,『창작과비평』, 1991. 여름호.

정영자,「한국현대 여성문학사의 흐름과 그 특성」,『여성문학연구』창간호, 1999.

최민성,「김종삼시 연구」, 한양대 석사학위 논문, 1996.

하효용,「소설을 각색한 TV드라마와 영화의 비교 연구」, 경희대 석사학위 논문, 1994.

홍상수,「'돼지가 우물에 빠진 날'의 시나리오를 끝마치다」,『키노』, 2000, 5.

3. 국내외 저서

가라타니 고진,『일본 근대문학의 기원』, 박유하 옮김, 민음사, 1997.

가스똥 바슐라르,『촛불의 미학』, 문예출판사, 1995.

가스똥 바슐라르,『몽상의 시학』, 홍성사, 1978.

강명구,『소비대중문화와 포스트모더니즘』, 민음사, 1993.

공임순,『우리 역사소설은 이론과 논쟁이 필요하다』, 책세상, 2000.

권영민,『한국현대문학사』, 민음사, 1993.

권현정,『마르크스주의 페미니즘의 현재성』, 공감, 2002.

기호학연대,『대중문화 낯설게 읽기』, 문학과경계사, 2003.

김미현,『한국여성소설과 페미니즘』, 신구문화사, 1996.

김민환, 『한국언론사』, 사회비평사, 1996.

김병익, 『새로운 글쓰기와 문학의 진정성』, 문학과지성사, 1997.

김상환, 『해체론 시대의 철학』, 문학과지성사, 1996.

김준오, 『현대시의 환유성과 메타성』, 살림, 1997.

김춘식, 『불온한 정신』, 문학과지성사, 2003.

김현 · 김윤식, 『한국문학사』, 민음사, 1992.

나병철, 『근대성과 문학』, 문예출판사, 1995.

동국대부설 한국문학연구회, 『한국문학과 근대성의 형성』, 아세아문화사, 2001.

레나 린트호프 지음, 『페미니즘 문학이론』, 인간사랑, 1998.

로버타 해밀턴 지음, 『여성해방논쟁』, 풀빛, 1982.

로버트 리처드슨, 이영식 옮김, 『영화와 문학』, 동문선, 2000.

로즈마리 통 지음, 『페미니즘 사상』, 한신문화사, 1996.

롤랑 바르트, 『텍스트의 즐거움』, 민음사, 1997.

─────, 『문학은 어디로 가고 있는가』, 강, 1998.

루돌프 아른하임, 김방옥 옮김, 『예술로서의 영화』, 기린원, 1990.

류현주, 『하이퍼 텍스트 문학』, 김영사, 2000.

리타 펠스키 지음, 『근대성과 페미니즘』, 거름, 1998.

린지 저먼 지음, 『여성해방의 정치학』, 여성사, 1994.

미하일 바흐찐, 전승희 외 옮김, 『장편소설과 민중 언어』, 창작과비평사, 1988.

박기수, 『애니메이션 서사 구조와 전략』, 논형, 2004.

박주택, 『반성과 성찰』, 하늘연못, 2004.

박진 · 김행숙, 『문학의 새로운 이해』, 청동거울, 2004.

배리 쏘온, 『페미니즘의 시각에서 본 가족』, 한울, 1991.

생 텍쥐베리, 『어린 왕자』, 비룡소, 2000.

서정남, 『영화 서사학』, 생각의 나무, 2004.

시모어 채트먼, 김경수 옮김, 『영화와 소설의 서사구조』, 민음사, 1992.

시모어 채트먼, 한용환 옮김, 『영화와 소설의 수사학』, 동국대학교 출판부, 2001.

송명희,『여성해방과 문학』, 지평, 1983.

앙드레 미셸,『여성해방의 역사』, 백의, 1994.

앙드레 엘보, 이선형 옮김,『각색 연극에서 영화로』, 동문선, 2002.

앨빈 커넌, 최인자 옮김,『문학의 죽음』, 문학동네, 1999.

오형엽,『현대시의 지형과 맥락』, 작가, 2004.

움베르토 에코,『낯설게 하기의 즐거움』, 열린책들, 2003.

원용진,『대중문화의 패러다임』, 한나래, 2003.

웰스 루트, 윤계정 · 김태원 옮김,『시나리오의 구성과 기법』, 현대미학사, 1997.

위르겐 하버마스,『현대성의 철학적 담론』, 문예출판사, 1994.

유임하,『기억의 심연 - 한국소설과 분단의 현상학』, 이회문화사, 2002.

유종호,『시란 무엇인가』, 민음사, 1995.

이마무라 히토시,『근대성의 구조』, 이수정 옮김, 민음사. 1999.

이문열, 권영민 · 이남호 편,『한국 문학이란 무엇인가』, 민음사, 1995.

이상경,『한국근대여성문학사론』, 소명출판, 2002.

이승훈,『한국 현대시의 이해』, 집문당, 1999.

이재복,『비만한 이성』, 청동거울, 2004.

이 한,『탈학교의 상상력』, 삼인, 2000.

이현석,『작가 생산의 사회사』, 경성대 출판부, 2003.

임원식,『신춘문예의 문단사적 연구』, 국학자료원, 2003.

자크 라캉, 권택영 외 옮김,『욕망 이론』, 문예출판사, 1994.

장경렬,『상상력이란 무엇인가』, 상상, 1997.

장미경,『페미니즘의 이론과 정치』, 문화과학사, 1999.

조맹기,『한국 언론사의 이해』, 서강대 출판부, 1998.

조순경 엮음,『노동과 페미니즘』, 이화여자대학교출판부, 2000.

조혜정,『성찰적 근대성과 페미니즘:한국의 여성과 남성 2』, 또하나의문화, 1998.

질베르 뒤랑,『상징적 상상력』, 문학과지성사, 1998.

케롤린 라마자노글루,『페미니즘 무엇이 문제인가』, 문예출판사, 1997.

코울릿지 외, 장경렬 외 옮김, 『상상력이라는 무엇인가』, 살림, 1997.
태혜숙, 『탈식민주의 페미니즘』, 여성문화이론연구소, 2001.
팸 모리스, 『문학과 페미니즘』, 문예출판사, 1997.
퍼트리샤 워, 김상구 옮김, 『메타픽션』, 열음사, 1989.
한국언론연구원, 『한국 언론사의 이해』, 한국언론연구원, 1991.
한국여성연구회문학분과, 『여성해방문학의 논리』, 창작과비평사, 1990.

4. 국외 논저

Alain Touraine, *The Voice and the Eye*, trans.Alan Duff, Canbridge: Cambridge University Press, 1981.

Allen Tilley, *Plot Snakes and the Dynamics of Narrative Experience*, University Press of Florida, 1992.

Angela McRobbie, *Postmodernism and Popular Culture*, London and New York, 1994.

Berthelot,J. *Sociological discourse and the body, Theory Culture and Society*,3:155-64, 1986.

Bettelheim, Bruno, *The Uses of Enchantment*, New York, Alfred A. Knopf, 1997.

Buytendijk,F.The phenomenological approach to the problem of feeling and emotions, in M. Reymert(ed.), *Feelings and Emotions*(The Mooseheart Symposium in Cooperation with the University of Chicago). New York:Mc Graw-Hill, 1950.

Christin Brooke-Rose, *A Rhetoric of the Unreal*, Cambridge University Press, 1981.

D.Owen, Nietzsche, *Politics and Modernity-A Critique of Liberal Reason*,

Sage,1995

Jean - Michel Rabate, *Writing the Image After Roland Barthes*, University of Pennsylvania Press, 1997..

John O' Neill, *Five Bodies: The Human Shape of Modern Society*, Ithaca Cornell University Press, 1985.

Jung, H.Y., *Vico and the critical genealogy of the body politic*, Rivista di Studi Italiani 11, 1933 b.

Keith Ansell - Pearson, *An introduction to Nietzsche as political thinker*, Cambridge University Press, 1994.

Le Goff. Jacques, *History and Memory*, New York, Columbia University Press 1992.

Leonard Jackson, *The Poverty of Structuralism*, Longman London and New York, 1991.

Mike Gane, *Towards a Critique of Foucault*, Rortledge & Kegan Paul Ltd, 1986,

Mark Currie, *Postmodern Narrative Theory*, Macmillan Press LTD, 1998.

Marshall Brown, *The Uses of Literary History*, Duke University Press, 1995.

Nikos Stangos, *Concepts of Modern Art*, Penguin Books Ltd, 1974.

Peter Berger, Brigitte Berger and Hansfred Kellner, *The Homeless Mind: Modernization and Consciousness*, New York: Random House, 1973.

R.B. Kershner, *Joyce, Bakhtin, & Popular Literature*, The University of North Carolina, Press, 1989.

Richard Poirier, *Poetry and Pragmatism*, Harvard University Press, 1992.

Ronald Schleifer, *Rhetoric and Death*, University of Illinois Press, 1990..

Wheelwright, Philip, *Metaphor and Reality*, Bloomington, Indians University Press, 1973.

White, Harden, *The Content of the Form*, The Johns Hopkins University Press, 1987.